同一个人，同一个地方，

同一把长椅上，同一棵银杏树下。

春日浅绿满枝时，他在树下。

夏日深绿葱郁时，他在树下。

秋日金黄炫目时，他在树下。

冬日碎雪缀枝时，他还在树下。

……

春夏秋冬，四季往复，他一直在。

MEIGUIGUANMIAN

MEMO NO.
DATE / /

暗恋
日记

谢誉礼的

春天浅绿满枝时，他在树下。

夏日深绿葱郁时，他在树下。

秋日金黄炫目时，他在树下。

冬日碎雪缀枝时，他还在树下。

春夏秋冬，四季往复，他一直在。

Secret crush diary

MEMO NO.
DATE / /

暗恋日记

谢堂礼的

竞赛获奖的他被媒体采访，回头看向楼上
她的班级，见她趴在窗台上面，于是他主
动和媒体提议在那里拍照……

Secret crush diary

谢景礼的

暗恋日记

她抱着书从舞台的另一头路过，台上的人
弹着吉他，歌声慵懒似晚风。

他一边轻唱，视线一边随着她而动。

那首歌，是《初恋》。

Secret crush diary

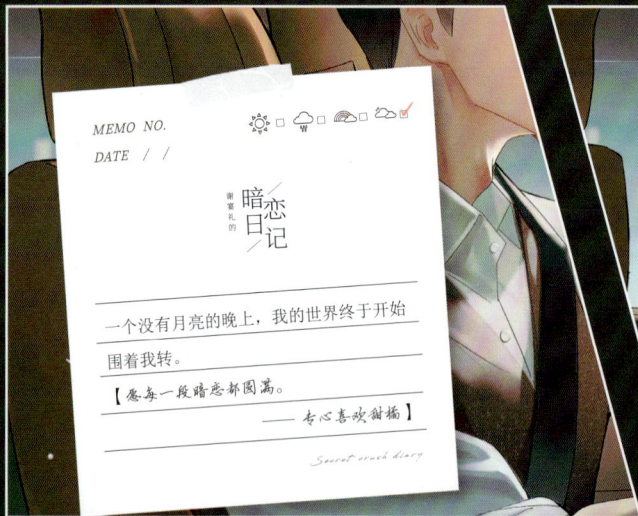

MEMO NO.
DATE / /

暗恋日记
谢霖礼的

一个没有月亮的晚上，我的世界终于开始
围着我转。

【愿每一段暗恋都圆满。

——专心喜欢甜橘】

Secret crush diary

Mei Gui
Guan Mian

久久萋

著

玫瑰

冠冕

四川文艺出版社

图书在版编目（CIP）数据

玫瑰冠冕 / 久久薆著 . -- 成都：四川文艺出版社，
2024.8
ISBN 978-7-5411-6988-5

Ⅰ . ①玫… Ⅱ . ①久… Ⅲ . ①长篇小说 – 中国 – 当代
Ⅳ . ① I247.5

中国国家版本馆 CIP 数据核字第 2024NX4053 号

MEIGUI GUANMIAN

玫瑰冠冕

久久薆 著

出 品 人	冯 静	
责任编辑	王梓画	
装帧设计	刘 艳 姜 苗	
责任校对	段 敏	

出版发行　四川文艺出版社（成都市锦江区三色路 238 号）
网　　址　www.scwys.com
电　　话　0731-89743446（发行部）　028 – 86361781（编辑部）

排　　版　长沙大鱼文化传媒有限公司
印　　刷　天津睿和印艺科技有限公司
成品尺寸　145mm×210mm　　开　本　32 开
印　　张　10.125　　　　　字　数　403 千字
版　　次　2024 年 8 月第一版　印　次　2024 年 8 月第一次印刷
书　　号　ISBN 978-7-5411-6988-5
定　　价　45.80 元

目录
contents

目 录

contents

第一章

◆

和我结婚

01

酒店房门被打开，一只修长的手按下开关。

暖色灯光下，面容精致的男人垂眼看着面前的少女，漆黑的睫毛遮住眼中的情绪，嗓音低哑地说："楼阮，告诉我，我是谁？"

少女浓密卷翘的睫毛蹭过他的皮肤，她细白的手臂抬上来，轻轻勾住他的脖子。温热的呼吸拂过，浓郁的酒香也跟着一起缠绕上来，钻进他的鼻尖。

为了防止她摔倒，谢宴礼下意识地扶住她的腰。

他的动作正好给了对方可乘之机，怀中的人无意识地靠过来，红唇轻轻擦过他的衬衫。

谢宴礼低下头，看到雪白的衬衫上多了一抹绯红的唇印。

始作俑者还没有意识到自己做了什么。

"你是……谢宴礼……"她软甜的嗓音挠得人心痒。

见她双眸弯了弯，那双盯着她的眼睛忽然变得浓稠晦暗起来。

天际泛白，逐渐有金色的光芒穿过云层，照亮整座城市。

楼阮头痛欲裂。她揉了揉酸涩的眼睛，眼睛还没完全睁开，昨天晚上的片段就争先恐后地往脑袋里钻。

"养女而已，我怎么会真的把她放在心上？咱们这样的人家，还是要门当户对。"

楼阮动作顿了一下。

她和周越添自初中就认识，一起长大，她追着周越添跑了十几年，不管什么时候、什么地方，周越添只要一回头就能看到她，可昨天她却听到他和身旁的人嘲弄地说她只是养女而已。

这些年，他在哪里她就在哪里，她读书的时候跟着他，长大以后进了他的公司。

她喜欢周越添是大家都知道的事情，唯独周越添不知道。

唯独周越添假装不知道。

她在他眼里，原来就只是"养女而已"。

酸涩感不受控制地涌上眼眶，连同昨晚他身边那群人的笑声一起涌上来，带着无尽的涩意。

思绪如同乱麻一般不断翻滚，慢慢将她淹没。

楼阮陷在枕头里，天旋地转的窒息感几乎让她无法呼吸。

这时，旁边的窗帘被缓缓拉开，耀眼的光芒争先恐后地涌了进来，窒息感戛然而止。

一个懒散悦耳的嗓音在耳畔响起："醒了？"

楼阮蓦地抬起眼睛，看到了一张耀眼夺目的脸。

对方双手抱胸，站在床边垂眼看她，问道："楼小姐，是你占了我的便宜，现在该难过的是我吧？"

楼阮抓着被子。占……占便宜？

昨晚支离破碎的片段浮现在眼前，昏暗的路灯，橘子味的酒，她勾着人家的脖子死活不放手，还……

还抱着人仰头咬了上去。

楼阮怔了两秒，漆黑圆澄的双眸瞬间抬起，目光准确地落在了那人雪白的喉结上。

对方微微凸起的喉结饱满漂亮，如同艺术品一般，但此时却因为那片红痕显得格外暧昧缱绻。

那里……还有个浅浅的牙印。

楼阮手指微微收紧，漆黑的瞳孔逐渐放大。

那是她昨天晚上咬的。

救命……太冒犯了。

站在床边的人见她似乎想起了什么，勾起薄唇，缓缓开口："楼小姐。"

楼阮抬起头，正对上那双狭长的黑眸。

她下意识颤了颤眼睫，努力地想，她昨天晚上除了抱着人家不放，咬人家喉结，亲人家脸，还有没有做过什么更过分的事情？

面前的男人笑了声，随即指着自己喉结上的牙印，说道："我能理解楼小姐对我有贼心，但也不用这样吧？"

闻言，楼阮恍恍惚惚地抬头。

她对谢宴礼有贼心？

楼阮不自觉地想起了读书时的事。

她和谢宴礼读的是同一所高中，同一所大学。

不管是京北一中还是华清大学，谢宴礼都是学校里的风云人物，很招人喜欢。

高中时，她在等周越添回家的时候经常会在球场见到谢宴礼。

有一次，周越添和程磊他们回来，看到她坐在那里看谢宴礼，程磊还问她是不是也被谢宴礼迷住了。

"这个谢宴礼很有名啊，好像全校女生都喜欢他。阮阮妹妹，你不会也要抛弃我们周哥喜欢他了吧？"

楼阮坐在那里看着篮球场上耀眼的男生，顿了一下，回头笑着说："怎么可能？我只喜欢周越添。"

谢宴礼见楼阮有些走神，往后退了退，靠在一旁的桌边，修长的双腿交叠，斜睨着她开口："楼阮。"

"……嗯。"楼阮总算回了神，认认真真点了点头。

她觉得谢宴礼能这样想也正常，毕竟他从小到大都那么受欢迎，而且昨天晚上她喝多了以后又实在太过……热情。

会有这种误会也正常。

"我会赔偿你的。"

"你怎么补偿我？"

两道声音同时响起。

楼阮微微一顿，慢慢从床上坐起来，看着靠在那边完美矜贵的人，小心翼翼地说道："我给谢先生买身新衣服，再请你吃顿饭，行吗？"

这样的状况，她还是第一次遇到，真的不知道该怎么解决。

谢宴礼转过头，狭长漆黑的双眸弯着，似笑非笑地问："请我吃饭？"

楼阮一愣：这个语气，是又误会了吗？

她抿了抿唇，认真回道："如果谢先生不方便的话，那我把衣裳和房费折现给您，还有吃饭的钱，也一起。"

"楼阮，你觉得我差那点钱？"谢宴礼靠在那儿，挑了挑眉。

楼阮顿时被噎了一下。

他确实不缺。

谢家的生意遍布各行各业，谢宴礼大学毕业后又自己创立了华跃生物科技，现在公司上市在即，市值五十多亿。

他当然不会在意什么衣服钱、房钱和饭钱。

这种人的时间都是按秒计算的，那要怎么补偿他，给他赔罪？

楼阮轻轻蹙眉，一时之间犯了难。

谢宴礼的目光落在她身上，缓缓开口："我的公司快要上市了，你知道吧？"

楼阮抬起头，看着他点点头，说："……知道。"

谢宴礼定定地看着她，那双激滟的黑眸中带着让人看不清的情绪。他漫不经心地说："这个时候，我和我的公司，都不能出事。

"尤其是当街和不知名女子激吻这种桃色新闻。

"这对我和我的公司来说，都很致命。"

02

公司上市确实是大事，很多公司在上市前都会出现各种各样的问题，最后导致上市失败。

华跃现在上市在即，如果华跃的老板谢宴礼在这个时候出现了一些负面新闻，那可能真的会影响华跃上市。

楼阮忽然觉得很内疚，她喝多了就喝多了，怎么还乱抓人？

昨天晚宴上那么多人，她抓谁不好，怎么偏偏抓了谢宴礼？

最近不知道有多少双眼睛盯着谢宴礼，她这一抓，不知道给人添了多少麻烦。

楼阮垂着眼睛，柔软的黑色发丝跟着一起垂落，半遮住面容，那双漂亮的细眉轻蹙，看起来十分苦恼。

"那怎么办……"楼阮声音低低的，倒不像是在和谢宴礼说话，而像是在自言自语，"我去求求爸爸。"

她说的这个爸爸并不是她的亲生父亲，而是她的养父，她亲生父亲的战友。她亲生父亲去世后，她就被接到了徐家。

楼阮垂着眼睛，眉头皱得更深。

养父说过，有事可以找他的。

可养母不太喜欢养父，也不喜欢她和养父接触。

她不想让妈妈生气，但这件事情又很棘手，现在看来，的确不是她可以解决的。

"求？"靠在桌边的人垂下眼睛，声音很轻，语气莫名。

顿了两秒后，他看了过来，漆黑的碎发下，狭长眼瞳激滟漂亮，嗓音温润富有磁性："倒也不用求，也不是没有别的解决办法。"

"真的吗，还有别的解决办法？"楼阮立刻抬头，双眸中隐约带着些期待。

似乎是觉得自己的态度太过热情，她顿了一下，又说道："谢先生尽管说，只要能做到，我一定配合。"

给人家添这么大麻烦，确实挺不好意思的。

那人姿态懒散地靠在那儿，目光沉沉地看着楼阮，直到楼阮被看得有些不自在以后，才微微抬了抬下巴，说："结婚。"

"什么？"楼阮一时没反应过来，有些呆呆愣愣的。

谢宴礼随意地靠着，手掌落在桌上，雪白的衬衣勾勒出完美的身材。他沉吟几秒，重复道："结婚。"

楼阮坐在酒店软绵绵的床上，像没理解似的，神情有些恍惚。

她还没来得及开口，就猝不及防地听到谢宴礼轻描淡写地说："准确来说，是和我结婚。"

"什么？"楼阮错愕。

"如果是和太太亲密，就不算桃色新闻。"谢宴礼懒洋洋地倚在那儿，印着暧昧痕迹的喉结存在感极强，"而且，已婚的形象，也能让合作方更信任我。"

楼阮听得头昏脑涨，她扶住手边的大抱枕，觉得一定是自己昨天晚上喝太多了。

喝太多酒还是不行，会出现幻觉的。

她抬手轻轻拍了拍自己的脸，试图让自己清醒过来。

嫁给谢宴礼不知道是多少人的梦，她很明显是在做梦。

她现在很需要洗把脸清醒一下。

靠在那边的男人看着她的动作，微顿，垂下眼整理腕表。

"至于楼小姐的好处……"男人扣在腕表上的手指顿住，声线悦耳，"离婚以后，你可以分到我一半的财产。"

楼阮刚刚掀开被子想下床，听到他这话吓得差点从床上栽下去。

谢宴礼看着倒是镇定自若，声音低缓地继续说："我们这个圈子，都是联姻。"

"如果楼小姐也要联姻，那我……"他顿了一下，发出低笑，"应该算是不错的选择吧？"

楼阮动作顿了一下，忽然想到了昨天晚宴上周越添的话。

"养女而已……咱们这样的人家，还是要门当户对。"

她的养父和养母就是联姻，高中同学的父母们也大多都是联姻。

这个圈子，都是门当户对。

楼阮垂下眼睛，细软的发丝遮住脸颊，只露出了半截白皙的下巴。

如果要联姻的话，谢宴礼的确是最好的选择。

她纤细的手指慢慢攥住雪白的被角。

可是，他是谢宴礼啊，如果要联姻，她应该不是他最好的选择，毕竟，她只是徐家的养女。

就算她不是养女，是徐家的亲女儿，那也差了不少，实在算不上门当户对。

"楼小姐可以考虑考虑。"谢宴礼掀起眼皮，终于看了过来，他神色闲散平静，像是在说一件很平常的事。

楼阮垂着眼睛，昨天晚宴时周越添的话反反复复在耳边回荡。

周越添的话就好像一把刀，这些年来，那把刀一直悬在头顶，而昨天晚上，它彻彻底底地落了下来。

谢宴礼靠在那里看了她几秒，忽然开口说道："先吃早餐。"说完，他就直起了身子，像是要走。

在他偏过头的那个瞬间，笼罩在楼阮周围的如同荆棘和乱麻一样的情绪仿佛被什么斩断，她蓦地抬起头，喊了一声："谢宴礼！"

准备转身的人动作顿住，回头看她，那双看向她的眼瞳润黑清冷。

他勾唇笑了一下，喉结轻滚，从容不迫地说道："看来楼小姐已经考虑好了。"嗓音还是一如既往的懒散悦耳。

楼阮沉了口气，定定地看着他，问："和我结婚，你会不会很吃亏？"

"吃亏？"谢宴礼眉梢轻挑。

楼阮的目光落在他脸上，又好像没在看他，因为她的目光空洞，没有聚焦。

她揪着自己的裙子，声音低下来："毕竟我们……门不当户不对。"

谢宴礼定定地站在那儿，目光落在她身上，神色有些晦暗。不过只是一瞬，他就勾唇笑起来，语调有些嘲弄地说："门当户对……"

"谢家不讲究这个，"他看向她，神色变得认真，"而且，楼家配谢家，绰绰有余。"

他微一顿，像是仔细思考了一下似的，又补了一句："徐家也一样。"

楼阮静了一下，她身后是被微风吹动的窗帘，细微的响声涌入耳膜，她直愣愣地看着谢宴礼，似乎听到了自己如同擂鼓的心跳声。

这还是她第一次这么近距离看他。

他歪头站在那儿，嘴角微勾，漆黑的双眸定定地看着这边，勾魂摄魄。

楼阮下意识合了合眼。

谢宴礼说："楼小姐，如果实在为难，你可以再考虑……"

"不考虑了。"楼阮睁开眼睛，"结婚。

"我和你结婚。"

谢宴礼保持着那个姿势，脸上的表情凝了一瞬，黑瞳也在一瞬间闪了闪。

他很快便反应了过来，修长瘦削的手掌插进西裤口袋，殷红的薄唇勾起，露出了一个无可挑剔的完美笑容，说道："好啊，和我结婚。"

楼阮整理了一下裙子，从床上下来，一边穿鞋子，一边问："什么时候？"

谢宴礼站在那儿看了她半晌，目光落在她雪白的脚踝上，见她两次都没有扣好鞋子上的珍珠饰带，便走过来在床边半蹲下来，伸出了手。

楼阮动作一顿，俯身看他。

谢宴礼垂着眼睛，修长白皙的手指捻着那串珍珠饰带，替她扣好，这才抬起眼睛，说："今天？"

"今天？"楼阮有些诧异。

今天……其实也很合理。

毕竟昨晚她抓着人家拉拉扯扯，搞不好已经被人看到拍了照，可能今天下

Rose Crown

午对家就会把照片放出来抹黑他。

"嗯，今天不行吗？"谢宴礼已经低下了头，手指即将碰到另一串珍珠饰带。但他还没碰到，就被楼阮躲了一下。

谢宴礼抬起头，目光里带着询问。

楼阮往后缩了缩雪白纤细的脚踝，低着头，有些难为情。

从小到大，还从没有男人为她做过这样的事。

"今天，也行。"她垂着眼睛看他，声音很轻。

她顿了一下又说："……我自己来就行。"

半蹲在她面前的人勾唇，重新低下头替她系好了那串珍珠饰带，他站起身来，散漫短促地笑了笑，说道："这是我应该做的，谢太太。"

楼阮抬起头，两人四目相对。

自她醒来的这十来分钟，她每一次近距离观察这个人，都会发自内心地感叹，他真是一个被上帝偏爱的人。

他这张脸完完全全称得上是最完美的艺术品，女娲炫技之作。

他只是站在那儿，周围的一切就都黯然失色，所有的一切都是陪衬……

楼阮后知后觉地无措起来。

好在对方也不打算在这里多待了，他看向某个角落，抬了抬下巴，说道："你的东西在那儿，别忘了。"

楼阮顺着他的目光看过去，动作顿住。

她看着桌上那只珍珠链条包，酸涩的情绪又悄无声息地爬上来，心口有些微妙地滞堵。

那是她生日的时候周越添送给她的。

不是什么奢侈品，是他们去海城出差时买的。

虽然不值钱，但她一直很宝贝，也很喜欢，只有在重要场合才会把它拿出来。

谢宴礼见她神色不对，重新看了一眼那只珍珠小包，蹙眉问道："怎么了？"

难道是昨天晚上拉拉扯扯的，没拿好，哪里给她弄坏了？

楼阮笑了一下，摇头，说："没什么。"

她走过去，拿起了那只小包。

包里只有一部手机。

她垂着眼睛把手机拿出来，还有电。

手机上显示未接来电71通。

几乎都来自徐旭泽。

徐旭泽是她养父母的儿子，她没有血缘关系的弟弟。

徐旭泽一般不会打电话给她，是家里出了什么事吗？

楼阮一边回拨电话，一边转身对谢宴礼说："我打个电话。"

她转过头，听到电话另一头说了什么后，脸色蓦地变了，回道："好的，我现在立刻过去，给您添麻烦了，不好意思。"

说完，她就挂了电话，好像忘了身后还有个人似的，急急忙忙地准备出门。

谢宴礼一直看着她，见她似乎很急，便三步并作两步走上前，问："出什么事了？"

楼阮走到门边逆光而立，整个人宛若水上无依无靠的浮萍，说道："我弟弟和人打架了，昨天在警局待了一夜。"

谢宴礼静了几秒，开口："我们现在过去，我的律师也会跟着一起，不会让你弟弟有事的，放心吧。"

楼阮的脸色十分难看。

警局的人说，和徐旭泽打架的人叫周越添。

怎么会这样？

昨天徐旭泽不是没去晚宴吗？

他一向不喜欢周越添，两个人以前就起过冲突。昨天他没去晚宴，怎么会打起来？

03

警局。

程磊坐在周越添身边，看着那边挂了彩的徐家小少爷，轻嗤一声，说："徐少还真是一如既往的不长眼啊。"

徐旭泽嘴角还是肿的，他明知道程磊是在激怒他，却还是忍不住生气，提起拳头就想站起来。

但他还没站起来，就触及了旁边警察的目光。

他动作一顿，又坐了回去。

程磊坐在周越添身边，笑得更大声了。

"徐少这性子还是和以前一样，一点没变啊。"他扬着眉，嘴角带着嘲讽的笑，"你再这样对我们周哥，回家可得挨你姐揍了啊。"

徐旭泽脸都快气歪了，可偏偏无法反驳，只能咬着牙转过头去，腹诽：楼阮眼光也太差了，到底是怎么看上周越添的？

气死了！气死了！

坐在程磊身边的周越添没说什么，他的脸也没好到哪里去，青一块紫一块的。

男人安静地看着前方，在一片嘈杂中显得格外安静。

程磊还在继续说道："你看你把我们周哥打成什么样，你姐要是看到得多心疼啊！"

徐旭泽闭上眼睛，十根手指紧紧地攥在一起，咬牙吐出三个字："他、活、该。"

徐旭泽和楼阮虽然不是亲生姐弟，但那双黑眸却格外相像。两人的眼睛都是黑亮圆澄的，不同的是，楼阮看人的时候温和软甜、纯良无害，而徐旭泽看人的时候却像小狼崽子在盯着选好的猎物似的，凶狠危险。

"你说什么？！"

程磊还要说什么，一直坐在那儿没开口的周越添忽然站了起来，弯腰拿起搭在椅子上的西装外套，说道："走。"

程磊气急败坏地说："周哥，你没听到他说什么吗？"

"该回去开会了。"周越添穿上已经变得皱巴巴的西装外套，转身就往外走。

楼阮没有来警局也正常，毕竟她和徐旭泽的关系一向不怎么样。

可能她也不知道徐旭泽和谁打架了。

这个时候，她应该已经在公司了。

走到门口的时候，周越添回头看了一眼坐在里面的徐旭泽。

徐旭泽也正看着他，那双和楼阮相似的黑眸穿过人群望过来，眼神中带着浓烈的厌恶。

周越添和程磊坐上车离开，一辆黑色的库里南与他们擦肩而过。

程磊回头看到那辆车在警局门口停下，扭过头说道："好像是昨天谢宴礼开的那辆车，稀奇啊，他怎么会来警局？"

谢宴礼自小到大都是人群中的焦点，长辈眼中别人家的孩子，大家学习的榜样，从来没闯过祸。

周越添坐在后座，安静地看着窗外。

因为一夜未眠，他眼底带着淡淡的青黑。

"谢宴礼？"纵使疲惫感不断撕扯他的神经，他还是后知后觉地抬了头。

"嗯！谢宴礼，那辆车绝对是谢宴礼昨天开的那辆！"

"谢宴礼那人你也知道，绝对不会把车借给别人的，肯定是他有什么事儿来了。"

"你说他摊上什么事儿了啊？"

车窗外的风景一跃而过，红灯闪过最后一秒，司机踩下油门，车子驶过了十字路口，他们离警局越来越远了。

周越添坐在那里，耳边嗡嗡作响。

昨天晚宴，谢宴礼也来了。

所有人的目光都在他身上，包括楼阮。

警局门口。

库里南的车门被打开，楼阮下了车。

谢宴礼从另一边下车，走到楼阮身边，抬头扫了一眼前方的警局大厅，说："进去吧。"

楼阮点点头，柔软的发丝落在脸颊上。

谢宴礼的目光落在她那绺不听话的发丝上，修长的手指微动，最后还是安静地跟在她身后，没有动作。

徐旭泽软骨头似的靠坐在警局里面，远远就看到了楼阮。

楼阮皮肤很白，长得又漂亮，在人群里格外显眼。

徐旭泽一看到她就转了身，轻轻撇了撇嘴角，已经做好了挨训的准备。

虽说别人都觉得楼阮那不算训，可他就觉得是。

小的时候他就不喜欢周越添，但楼阮总是劝他，让他不要对周越添有那么大恶意。

真好笑啊。

他是不喜欢周越添，但周越添也不喜欢他啊。

"你好，我是徐旭泽的家属。"

软甜的嗓音在身后响起，徐旭泽低下头，顶着鸡窝一样的头发抠手指，对身后楼阮的声音充耳不闻。

周越添都走了，她还来这儿干什么？

他可不觉得她会管他，尤其是在他打了周越添的情况下。

果然，她只说了两句话就没声儿了。

徐旭泽抠着手指的动作一顿，缓慢地转过头，正对上一双潋滟狭长的眼睛。

谢宴礼安安静静站在他身后，正垂眸看着他……的脑袋，那双漂亮的黑眸中透着点散漫。

徐旭泽微微睁大眼睛，盯着那双黑眸，半晌说不出话来。

"你……"还是谢宴礼先开了口，他盯着徐旭泽鸡窝一样的头发，薄唇微微勾起，认真评价道，"看样子战果不凡。"

徐旭泽一愣。

不是，他们很熟吗？

只是相互知道名字的关系，他们之间的社交距离从来就没有在十米以内过，为什么上来就这样和人家搭话啊？

谢宴礼原来是这种性格的吗？

就在徐旭泽疑惑的时候，站在面前的人更是朝着他伸出了手，慢条斯理地在他凌乱的脑袋上碰了一下，说："做得不错。"好像在夸他。

徐旭泽风中凌乱，忽然觉得事情变得严重起来了。

不对，等会儿，他身上这个味儿……有点熟悉。

徐旭泽吸了吸鼻子，努力往谢宴礼那边靠了靠。

谢宴礼懒散的表情在他靠过来吸的刹那凝滞了一下。

徐旭泽猛地抬头，表情瞬间变了，问道："你和楼阮什么关系？"

他身上为什么会有她常用的香水味？

在他抬头的一瞬间，对方白色衬衫上的绯色一闪而过，虽然只是一瞬，但他看清楚了！

他表情一震，下意识说道："那是楼阮的……"

肯定是楼阮的！

楼阮最常涂的口红就是这个颜色！

04

徐旭泽想破脑袋也没想到，大情种楼阮这辈子竟然还能和别的男人有瓜葛。

而且这个人还是谢宴礼！

"谢宴礼"这三个字，完完全全就是"神"的代名词。

他读书的时候就成绩优异，明明早就参加竞赛拿奖可以被保送，却坚持继续留在学校读完高中，最后拿了京北理科的省状元。

他大学时就手握好几项国际大奖，手上的专利随便一个的价值都是无法估量的。

毕业以后，他创立了华跃生物科技……

对外界来说，谢宴礼唯一的缺点就是年轻。

年轻意味着经验不足，不够稳重，这是他们唯一能从谢宴礼身上挑出来的刺。

徐旭泽觉得脑子嗡嗡响，他抬着头，仔仔细细地看了一遍那张完美的脸。

这张脸已经是谢宴礼身上最不足为道的优点了。

怎么想都觉得不太可能啊，这种人会和楼阮有纠葛？

就在徐旭泽怀疑人生怀疑自己的时候，站在他面前的人忽然低眉笑了一下，拖着漫不经心的调子开口："我和你姐姐……"

徐旭泽抬着头，一动不动地盯着谢宴礼。

谢宴礼垂着眼，继续不紧不慢道："是即将结婚的关系。"

徐旭泽定定看了他几秒，说："别太荒谬。"

楼阮能和他结婚？

就算他是谢宴礼又怎么样？楼阮还是个大情种呢，喜欢周越添十几年一点不动摇的那种。

听徐旭泽这么说，谢宴礼脸上是一点笑容也没了。

谢宴礼随性地靠在那儿，气质变得疏离起来，仿佛刚刚说话时的好脾气是徐旭泽幻想出来的一般。

徐旭泽心想：对，就是这个味儿，我以前见到的谢宴礼就是这样的，对人爱搭不理的，仿佛掀起眼皮多看你一眼都是恩赐。

此时楼阮已经穿过人群走到了他们跟前，身旁还跟着谢宴礼的律师。她看向徐旭泽的脸和乱糟糟的头发，蹙了下眉，说："走吧，可以走了。"

徐旭泽正要起身，就听到靠在一旁的人看着楼阮，幽幽问了一句："那我和你们一起走吗？"

楼阮转头看向谢宴礼，问："……你留在这里还有事？"

"没什么事。"谢宴礼瞥了徐旭泽一眼，语气中竟然夹杂了几分无辜，"就是弟弟好像不太喜欢我，我一起走的话，他不会不高兴吧？"

"他对我这个姐夫，好像不太满意呢。"

徐旭泽刚站起来，就彻底凝在了那儿。

姐夫？

他平时也不叫楼阮姐姐，看楼阮那个大情种的样子，再看看周越添对楼阮的样子，他原本以为楼阮会孤独一生的。

徐旭泽的身子晃了晃，原本是想转头看看楼阮的反应的，但他的目光猛地一顿，落在了谢宴礼的喉结上。

那个地方……

徐旭泽还没来得及说话，谢宴礼伸出手拉了拉自己的衬衫领口，勾唇，说道："见笑了。"

嘴上说见笑，但是他的动作、他的语气，好像在做展示似的，还不疾不徐地用指腹蹭了一下喉结上的咬痕。

这哪里是遮掩？分明是强调。

徐旭泽扯了扯嘴角，觉得实在没眼看，挪开了目光。

他幽幽地看向楼阮，表情意味深长，这怎么能不算玩得花呢？

楼阮有些呆滞地看向身边的人。

见她看他，谢宴礼垂眸，黑眸中携着恰到好处的无辜："来得太急，忘了。"

"……嗯。"楼阮垂下眼睫，"走吧。"

"弟弟好像不太喜欢我。"谢宴礼懒洋洋的调子里带着些无辜的笑意。

楼阮飞快地看了徐旭泽一眼，回道："不会。"

如果徐旭泽知道她终于不喜欢周越添了，会恨不得敲锣打鼓放炮庆祝。

而且，谁会不喜欢谢宴礼？

徐旭泽站在那儿，顶着乱糟糟的头发睁大了眼睛。

楼阮这反应是怎么回事儿？

他们不会真要结婚吧？！

他们到底是怎么凑到一起的啊？

05

徐旭泽微微转过头，目光落在楼阮脸上，认真观察她的神情。

随即他就明白了，应该是昨天晚上周越添那些混账话，楼阮听到了。

他硬生生从齿缝间挤出了几个字："真高兴啊。"

楼阮垂着眼睛，格外安静。

徐旭泽转头正对上谢宴礼的目光，不客气地打量了他一番，轻嗤一声，说："楼阮，我饿了，走不走？"

他是不喜欢周越添，但并不代表他可以接受谢宴礼做他姐夫。

这人优秀是优秀，但是长得这么招摇，看什么人都眼神腻腻的，肯定也不是什么好男人，哼。

谢宴礼靠在那儿，看着徐旭泽微微眯了眯眼。

徐旭泽看着他的眼神，脊背忽然凉了一下。

不过也只是一下，徐旭泽又凶巴巴瞪了回去！

然后，徐旭泽把手插进卫衣口袋里，扭头就往外走。

楼阮低声说："他就是这个脾气。"

谢宴礼和她并肩往外走，回道："嗯，我知道。"

他很久以前就知道了。

谢宴礼的司机开车带他们来到一家茶餐厅。

包厢里。

徐旭泽被热茶烫得龇牙咧嘴，他瞪着眼睛看着面前的两个人，问："你们今天结婚？"

"是今天领证。"楼阮坐在他身边，低声纠正。

"不行，我不同意这门亲事。"徐旭泽放下手上精致的瓷杯，扫了一眼坐在一旁的谢宴礼，"你们才认识几天，闪婚不行。"

"谁说我们才认识几天？"谢宴礼挑起眉梢，目光若有似无地掠过楼阮。

徐旭泽笑了，楼阮认识的那几个人，自己还不知道吗？

谢宴礼雪白衬衫上的口红印完美展露了出来，他盯着徐旭泽的脸，似笑非笑地说："你知道我暗恋楼阮十年吗？"

徐旭泽接下来要说的话完美卡在了喉间，盯着对面的人那张招摇的脸，试图从他脸上找出破绽，却没想到从他眼中看到了几分认真。

楼阮默默放下手上的瓷杯，抽出纸巾擦拭洇在裙子上的茶水，想着自己什么时候能修炼到这种地步啊，说这种话的时候也能面不改色，实在让人佩服。

"你……能暗恋一个人十年？"徐旭泽半晌才挤出来这么一句，"逻辑上说不通。"

谢宴礼这种人会暗恋，还十年？

"怎么不能？"谢宴礼瞥了一眼身旁的人，目光极快地扫过楼阮的动作。

楼阮穿的绸面长裙是开衩的，她擦拭的时候，一截绸面裙子倾泻下去，隐约露出了雪白如玉的肌肤。

他顿了顿，伸手从一旁拿来了一块手帕，动作自然地递给她，薄唇勾起浅浅的弧度，说："从逻辑上确实说不通，但从情感上，很能说得通。"

"我喜欢她，她喜欢别人，所以只能暗恋。"谢宴礼抬着头看向徐旭泽，"现在说得通了吗？"

徐旭泽有点没反应过来。

好像是说得通了。

楼阮从小到大都跟着周越添，大家都知道她有喜欢的人，所以根本没有人追她。

该死的周越添！一想起，徐旭泽就来气！

他想了一下，又开口问道："你喜欢她什么？"

谢宴礼轻轻垂下眼睛，不知道想到了什么，突然露出一个柔和的笑，连同他的声线也像染上了甜意："喜欢就是喜欢啊，什么都喜欢。"

徐旭泽的手微微攥紧。

谢宴礼那个表情、那个语气，太真了，都有点让他起鸡皮疙瘩了。

楼阮捏着那块干净的手帕，停住了动作，歪过头看谢宴礼，叹为观止。

谢宴礼这张脸，这演技，当初就算不搞生物科技，去娱乐圈也一定前途无量。

似乎是察觉到了她的目光，谢宴礼朝她看过来，漆黑碎发下的双眸中带着星星点点的碎光，好像真的在看暗恋了十年的心上人。

楼阮像是又被蛊惑了似的，捏紧手上的帕子，有些挪不开眼睛。

"我说得对吧，"他看着她，薄唇里溢出轻笑，"软软？"

楼阮手指抖了一下，点着头，配合地"嗯"了一声。

楼阮家里有她亲生父母的遗物。

父亲的日记本已经泛黄，但她却能清晰地看到上面被画掉的字。

最开始，她叫楼软，也不知道出于什么原因，父亲画掉了"楼软"两个字，改写为"楼阮"。

二月七日的那天，他在日记本上写着："我的女儿出生了，她叫楼阮，我会好好守护她和妻子。"

在后面的日记里，他还是一直喊她"软软"——"软软今天对我笑了""软软吃东西很乖""软软睡觉很乖"……

后来，楼阮写微博、写日记的时候也时常称自己"软软"。

不知道为什么，她觉得谢宴礼喊"软软"这两个字，似乎比别人喊起来，要更好听。

第二章

♦

X 的小漫画

01

送走徐旭泽后，楼阮才重新坐上了那辆库里南的副驾驶座。

司机不知道什么时候已经走了，开车的人换成了谢宴礼。

做工精致的西装外套被他脱下，随手放在了后座，雪白衬衫的袖口被解开，拂至手肘处。

楼阮的视线落在了他的腕表上。

她认得那块腕表。

早上她没仔细看，现在已经完全认出来了。

这块腕表出自意大利著名工匠之手，全世界只有这一块。

大二那年，她选中了这块腕表，想买下它给周越添做生日礼物。

后来，她到了意大利才知道腕表已经被买走，老先生知道她的来意后，还给了她买主的电话，说对方也是中国人，或许可以割爱。

那张写有买主号码的字条还在家里，但她一直没有拨通那个电话。

没想到它在谢宴礼手上。

"喜欢？"也许是她的目光太过直白，谢宴礼垂眸看向腕表。

楼阮连忙摇头，说道："没有，我在杂志上看到过它。"

"杂志？"谢宴礼随手扣上安全带，"确实上过国内的杂志。"

腕表叫 Coisini，意为怦然心动。

谢宴礼启动车子，看着前方，说道："这块是男士腕表，不过谢太太喜欢的话，我可以送给你。"

"……不用，你戴着很好看。"楼阮还是不太适应那声谢太太。

谢宴礼嘴角一勾，说道："哦，原来你不是喜欢它，是喜欢我戴它。"

楼阮终于忍不住偏头看他。

开着车的人大大方方地伸出右手，向她展示手腕上的表。

"……谢宴礼。"

"嗯？"

"我弟弟已经不在这儿了。"

徐旭泽已经下车了，没必要维持暗恋了她十年的人设了。

她想了想，又夸赞道："你刚刚演得很像，我都快信了。"

"演？"

"对啊。"楼阮看着他说，"真不愧是天才，在表演方面也很有天赋。"

谢宴礼嘴角的笑意逐渐淡了下去。

正巧路过十字路口，前方红灯。

车子停了下来，谢宴礼抬起头，看到了华跃的广告牌，要笑不笑地说："天才是这样的。"

下一秒，楼阮又听到了他温沉磁性的嗓音。

"但我不是。"

他不是什么？

楼阮歪头看过去，视线落在那张无可挑剔的脸上。

她竟从他眼中窥见了几分隐秘的失落。

她顺着他的目光看过去，正好看到了外面那块硕大的华跃生物的广告牌。

他是在因为华跃生物失落吗？

谢宴礼生来就是站在金字塔顶端的，他只会为了华跃生物或者他的专利这种事失落，怎么可能会为了别的事情露出那种神情？

楼阮抬起手拍拍心口，差点就真信了他的暗恋十年之说了，好危险！

十几分钟后，他们抵达了谢宴礼的家。

车子驶进车库，楼阮看着里面一辆又一辆价值不菲的豪车，一点也不意外。

谢宴礼把车停下，和她一起下了车。

"我常住这儿，你要是觉得还行，婚后我们也住这儿。要是不喜欢，我还有别的房产。"他语气随意，"有什么地方需要改，也可以直接告诉我。"

楼阮跟在他身后，心想：婚后，我们要住在一起吗？

谢宴礼回头看她。

"好。"楼阮恍惚地点了点头。

走在前面的人喉间溢出轻笑。

谢宴礼的别墅一共三层，装修格外简约，只有黑白灰三种色调。

楼阮一进门就觉得像是进了样板间。

她有些拘谨地在客厅沙发上坐下，抬头看着周围的陈设，然后看着谢宴礼打开冰箱，拿了两盒草莓牛奶出来。

还是她很喜欢的那个牌子的草莓牛奶！

她高中就开始喝这个的！

"家里只有这个。"谢宴礼把草莓牛奶递给楼阮。

在楼阮伸出手要接过的瞬间，他又收回手，蹙眉，问道："要热一下吗？"

"不用热。"她摇头。

她向来不是一个喜欢麻烦别人的人。

谢宴礼把牛奶递给了她，说："我上楼换衣服，你可以随便转转。"

"好。"楼阮轻轻点头。

她嘴上虽然说了好，但是并没打算到处转，只是低头拆着牛奶盒上的吸管。

谢宴礼看着她的动作，眉梢微动。

他拿着手上另一盒牛奶转身，一边往楼梯口走，一边说："我让人送了女士的衣服来，马上就到，选好了可以到 2 楼的客房换。"

楼阮咬着吸管，白净的脸颊微微鼓起，澄澈的黑眸望着他，回道："好。"

谢宴礼换好衣服后，他们还得带着证件回一趟徐家。

她低头看了一眼自己身上的绸面长裙，裙子虽然不脏，却不太日常，而且经过昨天晚上，也有些皱了。

想到这里，她轻轻咬了一下吸管。

昨晚的零星记忆又一次袭来。

听到了周越添的话后，她就一个人坐在角落多喝了几杯。她酒量不是很好，察觉到自己可能喝多了就想直接走，但是，一走出去她就在走廊看到了一个身形颀长的人。

眼看着她要栽倒，谢宴礼伸出手扶了她，然后她就抓着人家不放了……

楼阮捏着粉色的草莓牛奶盒，满心懊恼。

喝酒误事啊。

还是草莓牛奶好喝！

她喝完最后一口牛奶，手机就振动起来。

楼阮看到了屏幕上的名字。

程磊。

她和程磊高中时因为周越添认识，那时候放学了几个人总一起回家，可自从一起进了周氏工作后，她和程磊就总吵架，关系僵得连普通同事都不如。

楼阮按了拒接。

程磊很少联系她，除非是工作上的事。

可她早上和谢宴礼离开酒店的时候，就已经向公司请了假。

这个电话没必要接，她也不想接。

昨晚周越添说那些话的时候，程磊也在场。

按掉电话后，楼阮拿着空了的牛奶盒走进了厨房，踩下垃圾桶盖子的开关，看到了里面半兜的粉色草莓牛奶盒，看起来还有点可爱。

她站在那儿弯了弯嘴角，回头看了一眼。

谢宴礼不知道什么时候已经站在外面了，看着她，问道："对着垃圾桶笑什么？"

"你什么时候下来的？"楼阮蓦地顿住。

他已经换上了一套高级定制的黑色西装，衬得他越发修长挺拔，气质含蓄矜贵。

男人指尖捏着一个小小的粉色奶盒走过来，淡淡的松木香味弥漫过来，似乎还融合了内敛的石墨香气。

他走到她身边，把手上的空盒子扔进垃圾桶，说："你挂掉电话的时候。"

"怎么不接电话？"他问。

他一靠近，原本宽敞的厨房顿时变得逼仄起来。

楼阮觉得有些呼吸不畅，连忙和他拉开了距离，说："是不认识的号码。"

"哦。"谢宴礼眼尾微挑。

楼阮已经跑到了客厅，听到大门"嘀嘀"响了两声，然后就有人推着一排衣裳走了进来。

谢宴礼朝她走来，说道："衣服来了，挑挑看。"

楼阮直愣愣地看着一整排被推进来的衣服，全都是各个品牌当季的最新款。

而这，还没完。

后面还有最新款的包包、鞋子和丝巾……

楼阮惊呆了。

等到东西都被推进来以后，一位衣着得体的中年男人上前，礼貌地笑着说道："楼小姐好，我是谢家的管家，楼小姐可以叫我唐叔。"他别过身子，又给楼阮介绍身后的人，"这位是李老师，是明丽的造型师，衣裳如果有什么不合适的，他和助理会为您改好。"

明丽传媒，是国内目前发展势头最好的传媒公司，而这家公司的招牌就是他家的首席造型师李鹤，国内很多大牌明星想让他帮忙做造型都请不到。

楼阮觉得真的不是她没见过世面，这种场面她在小说里见到过很多次，但现实生活中还真是头一遭。

内心虽然在颤抖，但她还是朝着两位伸出了手，表现得落落大方，说："唐叔好，李老师好。"

02

周氏大楼。

23 楼，总裁办公室。

周越添站在明亮的落地窗前，俯瞰京北的风景。

程磊站在他身后，低着头看手机，眉头微微皱着，脸色不太好看，小声说："没接。"

站在窗前的人转过身来，冷着一张脸说："再打。"

楼阮从不请假，今天这么重要的会，她竟然请假？

程磊看着周越添在办公桌前坐下，开口问道："总裁办这么多人，离了她还不活了吗？"

周越添蓦地抬起眼睛，他瞳孔颜色很淡，是很浅的棕色。

那双浅棕色的瞳孔扫过来的时候，程磊瞬间说不出话来了，然后舔了舔唇，低下头打开手机，说："行，再打，我继续打。"

程磊再次拨通了楼阮的电话。

周越添脸色阴沉得可怕。

办公桌的桌角摆放着一簇绿植，楼阮每天早上都会过来给它浇水。

"用户正忙。"程磊摊手。

周越添的视线落在了那盆绿植上，手指微微屈起。

"周哥？"程磊看着他，有些疑惑。

周越添终于收回了视线，拿过办公桌上自己的手机，仍然没有新消息。

楼阮以前病了，都会发消息给他，想方设法从他这里得到一句关心。

今天没有，今天什么也没有。

他和楼阮上一次发消息是在昨天。

楼阮：【出门了。】

然后是一个可爱小熊的表情包。

楼阮：【到门口了，你们在哪里啊？[东张西望.jpg]】

再配一个东张西望的表情包。

这两条消息他都没有回复。

周越添又往前翻了两条，大多都是楼阮在说话，他偶尔才会回一两句，还都是"嗯""知道了"这种。

可能真的是不太舒服？

还是昨天晚上听到了什么？但昨晚她看到他们的时候还在笑。

而且，就算听到了也没什么。

对，没什么，她不会在意这个。

楼阮再次坐上了谢宴礼的副驾驶座。

后备厢已经放满了唐叔准备好的见面礼，他们很快就要回徐家了。

楼阮靠在窗边看着外面，她已经记不清上次回家是什么时候了。

养母让她没事不要回家……

谢宴礼已经扣好了安全带，转头看她，问道："紧张？"

楼阮坐在他身边，张了张口，不知道怎么说。

不知道该怎么和他说，还有家里的状态，她在那个家里是怎样的存在。

养母也许不会太在意她是否要结婚，她要和什么样的人结婚。

谢宴礼转动方向盘，说："别紧张，我和他们说。"

楼阮想了一下，问道："见过我的家人后就直接领证吗？不需要先见见你家里人吗？"

谢宴礼像是沉思了几秒才开口："以后再见也行。"

楼阮看着他的侧脸，微微一顿，低低"哦"了声。

也是，他们结婚只是为了华跃顺利上市，以后总是要离的。

她本来就没有多重要。

楼阮已经习惯了。

像是察觉到了她的微妙情绪，谢宴礼又补了一句："我家里人一直以为我不会结婚。"

"啊？"

"以后你就知道了，他们比较……热情。"

还是晚点见比较好。

谢家老宅。

"嗤，不信。"谢老爷子听着身后唐叔的汇报，不屑地笑了一声。

唐叔说："真的，我刚从那边回来。"

"哼！"谢老爷子战术后仰，还是摇头，"不信。"

唐叔默默摸出了手机，正准备给谢老爷子看手机里的照片，就被他一把拉住了手臂。

谢老爷子表情认真地问："老唐，你老实告诉我，我是不是得绝症了？"

唐叔连忙摆手，说道："不是不是，少爷他真有对象了，还长得特别漂亮！他让我买了很多衣服和包过去！还给女方家长准备了见面礼！现在他应该已经在女方家里了吧？这是照片，您自己看吧！"

谢老爷子拿过唐叔的手机，眯着眼，还用双指放大照片，惊讶地说："嚯，谢宴礼让女娃进家门了？"

唐叔答道："是的，不仅让进家门了，还让坐副驾驶了。"

谢老爷子动作飞快地把照片转发到自己的微信里，然后拿过自己的手机把照片发进"相亲相爱一家人"的家族群里，按着语音说道："谢宴礼有对象啦，今天都把人带回家了！快看！"

群里很快就有人回了消息：

【不信。】

【真的假的？没听说啊。】

【爷爷，您别被骗了，现在诈骗犯很多的。他是不是只给您发了照片然后就让您给孙媳妇礼物或者打钱什么的？这是骗子，我明天回去给您下个反诈App。】

……

谢老爷子扬了扬下巴，哼了一声。

他纵横商场这么多年，怎么可能轻易被骗！

他把手机放下站起来，抬脚就往卧室走。

谢宴礼都让老唐准备见面礼了，那肯定很快就会把那个女娃娃带到家里来，他得好好选几件见面穿的衣裳才行……

03

黑色的库里南停在了徐家门前。

楼阮看着爬满爬山虎的小楼，沉默了一会儿才解开安全带下车。

2楼的窗户开着，露出了徐旭泽挂彩的脸。

谢宴礼抬头往上看了一眼，然后和楼阮一起去后备厢取了见面礼，踏进了徐家大门。

小院格外幽静。

院子里有棵核桃树，绿荫蔽日，有斑驳的光影落下来。

两人快要穿过院子的时候，才有徐家的用人阿姨打开门过来，语调不咸不淡地说："回来了。"

谢宴礼站在楼阮身后，眉梢轻轻挑了挑。

似乎是察觉到了谢宴礼的目光，那阿姨终于看了过来，也不怕人，仍然用那个语气说："还带了朋友一起啊，里面请。"

说罢，阿姨就转了身，也没有要上前帮忙拿东西的意思，一边走，一边说道："夫人在午睡，小点声。"

养父养母感情一直不太好，养母性格冷淡，楼阮早就习惯了。

但谢宴礼应该从没受过这种冷待，楼阮抬头看了他一眼。

斑驳的光影掠过那张出众的脸，他悠悠敛了眸。

精致的礼盒统一被收在右手边，他空出来的左手不动声色地拉着楼阮，嘴角漫出浅笑，慢条斯理地说道："好的，我们等等。"

走在前面的阿姨回过头来，视线落在了两人紧扣的手上，表情有些诡异。

楼阮不是一直都喜欢周家那个吗？

客厅里。

现磨咖啡被摆在谢宴礼和楼阮面前，醇香逐渐弥漫开来。

楼阮的养母周冉穿着一件复古的绿色长裙走出来，到肘窝的袖口下是细瘦得过分的手臂。

"要结婚？"她微卷的长发披在脑后，在他们面前坐下，神色淡淡的。

她并没有多看谢宴礼几眼，而是将目光落在楼阮身上。

徐旭泽就坐在周冉身边，明明刚在警局还像个刺猬，此时却安静乖巧得不像话。

周围的空气仿佛都沉了下来，压得人喘不过气来。

"嗯。"楼阮点头。

周冉这才瞥了谢宴礼一眼，没几秒就开了口："人我见过了，结吧。"

一直缩着脑袋没说话的徐旭泽终于忍不住，皱着眉头喊道："妈！"

女人转头看过去，语气平淡："干什么？"

徐旭泽好像又怕了一样，脑袋低了下去，小声道："你至少问问他的情况吧？叫什么，今年多大，什么学校毕业，家住哪里，家里几口人，现在做什么工作，财务状况怎么样，有无负债，身体状况怎么样，他们认识多久，打算什么时候结婚，在哪里结，彩礼嫁妆……"

说着说着，他的声音越来越小了。

周冉低下头，慢条斯理地拿起咖啡杯，垂着眼睛喝了一口，咖啡杯上落下了玫红色的口红印。她说道："不用。"

徐旭泽看着她。结婚这么大的事情，怎么就不用了？

周冉转过头看向等在一旁的阿姨，说道："去我的梳妆台拿一下那只红盒子。"

"是，太太。"

谢宴礼坐在那里，平静地看着这一切。

阿姨很快就把周冉要的盒子拿了过来。

周冉打开有些老旧的丝绒盒子，从里面拿出一张银行卡，将卡推到楼阮面前，说："这是你爸妈留给你的。"

那只盒子也被推了过来，里面放着一套黄宝石首饰，看上去成色很好。

"这个也是你妈的，现在都还给你。"

楼阮看着那套首饰，想说点什么，但还没来得及开口，对面的女人就放下杯子站了起来，说道："婚礼我就不去了，我过几天要去国外，可能得待一段时间。"

徐旭泽再次忍不住了，提高声音说："妈！你这是干什么呀？平时这样也就算了，结婚这么大的事你怎么能……"

"那你去。"女人瞥了一眼徐旭泽，说完就走了，没有再多看楼阮他们一眼。

婚礼都不打算去，自然也不打算留他们吃午饭。

楼阮跟在谢宴礼身后，穿过光影斑驳的小院，走出了徐家的大门。

徐旭泽跟了出来，在后面喊了一声："楼阮。"

楼阮停下来，回头看他。

徐旭泽抿了抿唇，声音有些低："我和她说了你要带人回来。"

楼阮笑了，"嗯"了一声。

徐旭泽不太擅长说安慰人的话，尤其是和楼阮。

他犹豫了一会儿，还是走到她身边，说道："你知道的，妈就那样，她对我也那样。"

"嗯，我知道。"楼阮垂下眼睫。

楼阮沉默着上车，低头扣上安全带，对身旁的人笑了一下，说："……我家，比较特殊，让你见笑了。"

谢宴礼轻轻蹙眉。

过了几秒，他才抬起手，很轻很轻地点了一下她的额头，温沉的嗓音落下来："别笑了。"

楼阮眼睫颤了颤，嘴角的笑意还没完全褪去。

"不想笑就不要笑，这里没有别人。"谢宴礼收回了手，不知道从哪里摸到了一颗奶糖，他剥开糖纸，递给她，表情认真，"这是治不开心奶糖。"

楼阮怀中还抱着那只装着首饰和银行卡的盒子，抬起头看他。

谢宴礼嗓音温柔："吃了它，今天的不开心就到此为止吧。"

04

离开徐家后，他们先去了一家私房菜中餐厅。

谢宴礼点的菜全都很合楼阮的胃口。

吃了那颗糖以后，楼阮的心情也变好了不少，这会儿也感觉到饿了，坐在那儿小口小口吃了起来。

谢宴礼则拿出手机扫了一眼，点开了谢老爷子的对话框。

谢老爷子发了几十条消息过来，全都是问楼阮的。

她是谁，她家住哪儿，家里多少人，她是做什么的，今年多大，他们俩什么时候认识的，怎么认识的，打算什么时候结婚，婚礼的时候都要请谁，婚后住哪里，什么时候带她回家吃饭，给她的见面礼送什么好……

谢宴礼扫完，回了一句：【我问问她。】

谢老爷子秒回：【快问！】

楼阮见谢宴礼一直在看手机，问道："你是有什么事要忙吗？要不先吃了……"

谢宴礼这种大忙人，华跃一定有很多很多事情等着他。

"没有。"谢宴礼放下手机，拿起公筷给她夹菜，"就是……"

他微顿了一下，抬头看她，问道："领完证后，你可以去见见我爷爷吗？"

楼阮点头，说："当然可以。"

本来就该见的。

她想了一下，又说："要不我们先见了爷爷再去领证吧？"

谢宴礼笑道："还是领完证再去见比较好。"

先去见的话，可能会耽误很长时间。

顿了一下，他又说："可能不止我爷爷，应该还会有其他家人。"

他刚刚虽然没看群消息，但不出意外，家族群里应该也在聊他们。

不过好在谢家人都比较忙，能临时抽出时间的应该不多。

他们家人都热情得可怕，还是一个一个来比较好，免得吓到楼阮。

"可以，"楼阮点点头，"反正迟早要见的。"

原来不是因为情况特殊所以不让她见他的家人呀。

不过看他这个意思，是想先斩后奏吗？

她想了想，说道："那我去买点礼物给他们。"

"我让唐叔替你准备好。"

楼阮动作顿了顿，回道："好。"

她也不太清楚他家里人的喜好，让谢宴礼安排也好。

拿到红本本时，楼阮心情格外微妙。

她从来没想过自己结婚的时候会是这样的。

她转头看向一旁刚刚领了证的新婚夫妇。

他们叫了摄影师，正在外面的树下拍照。

新婚夫妇站在树下，两人一起拿着结婚证，脸贴在一起，笑得一脸甜蜜。

黑色的库里南停在了面前，挡住了楼阮的视线。

车窗落下来，露出了男人精致的侧脸，他歪头看过来，眼瞳漆黑如墨。

楼阮走近，打开车门上了车。

谢宴礼转头看向外面那对新婚夫妇，问："你想拍吗？现在叫个摄影师过来还来得及。"

楼阮正在系安全带，她茫然地抬起头，还以为自己幻听了。

她无法想象谢宴礼会愿意和她拍那样的照片。

她连忙摇头，说："不用不用，我不想拍，我们还是快点回家见你爷爷吧。"

而谢宴礼已经迅速打开了手机，拨了个电话，说："我想拍。"

电话接通。

"帮我找个摄影师，来城东民政局。

"给我和我太太拍领证纪念照。

"嗯，我们在停车场等。"

谢宴礼转过头来，目光落在了楼阮身上，说："她没有，带一个过来吧。"

楼阮呆呆地问道："带什么？"

Rose Crown

谢宴礼扭头，再次看向外面正在拍照的新婚夫妇，薄唇轻启："头纱。"

因为要等摄影师过来，所以谢宴礼又把车子重新开回了停车场。

等摄影师的时候，他靠在那儿翻开了还没焐热的小红本，拿出手机拍了张照。

楼阮坐在一旁默默看着，她以为谢宴礼这种人是不会做这种事的。

谢宴礼打开微信，把照片发到了家族群里：【结婚了。】

"相亲相爱一家人"群里的众人震惊了：

【？？？】

【谢宴礼，你是被盗号了吗？】

……

谢宴礼笑着合上手机，歪头看向了楼阮，问道："是不是觉得我不会做这种事？"

楼阮满眼写着"你怎么知道"。

"我不仅会把结婚照拍下来，还会发给好朋友，还会发朋友圈。"

还会发微博。

不过这个他没说出来。

楼阮不知道说什么，抬起手把自己的那本递了上去，问："要拿着一起拍吗？"

毕竟昨天晚上出了那样的状况，也不知道有没有被人拍到，发结婚证到朋友圈先发制人是可以的。

谢宴礼打开了自己手上的那本，直接将它凑了过来，用手机拍下了照片。

拍好以后，谢宴礼看着手上的结婚证弯了弯唇，细致地把它合上放好，才翻开微信，打开了朋友圈，发了人生中第一条所有好友可见的内容。

【结婚。】

楼阮忽然想到了什么似的，低声问道："我们要不要加个微信？"

谢宴礼很配合，打开了二维码，随手把手机递了过来。

楼阮用手机对准他的手机屏幕扫一下，随后"咦"了一声，喃喃道："我们已经是好友了，什么时候加的呀？"

谢宴礼微微抬起眼，说："哦？那你发个消息给我吧。"

"可能是以前在学校的时候有什么活动加的吧……"楼阮没多想，发了一个句号给谢宴礼。

谢宴礼那边很快就收到了消息。

他垂着眼睛，点开了那个带着红点的小猫头像，盯着那个句号看了几秒，然后又去给她添加了备注，"谢太太"。

楼阮低着头，也给谢宴礼打了备注，"谢宴礼"。

她又点进了他的朋友圈，有一条最新的。

【结婚。】

配了一张结婚证的照片。

她想了下，还是给他点了个赞。

除了这一条，谢宴礼的朋友圈什么都没有。

也是，大佬日理万机的，怎么会有时间发朋友圈。

他的头像是纯黑色的，什么也没有，而他的微信昵称就更简单了，只有一个点。

这风格……很谢宴礼。

楼阮发现谢宴礼正在看她，便默默地把手机按灭，对他笑了一下，说道："真没想到我们以前就加好友了，真巧。"

谢宴礼幽幽收回视线，说："同一所高中，同一所大学，不奇怪。"

"……哈哈。"楼阮尴尬地笑。

虽然是同一所高中，同一所大学，但他们明明一直是两个世界的人。

也许是她笑得太奇怪，谢宴礼又看了过来，用那双漆黑潋滟的眸子定定地看着她，竟有些幽怨地问："你不发个朋友圈吗？"

05

他记得，她的朋友圈明明很活跃的。

楼阮有些蒙，她是不打算发的，毕竟这桩婚事在外人看来完全就是她高攀。

但要是他发了她没发，好像是有损他的面子。

想到这里，楼阮点了点头，说："我……"

"算啦，开玩笑的。不发也行，反正也不是什么重要的事情。"

楼阮把那句"我这就发"生生咽回了肚子里，她研究着谢宴礼的表情，想知道他是不是在生气。

自小在养父母家长大，过着寄人篱下的生活，让她总是会第一时间观察别人的情绪。

对方是不是生气了，是不是不高兴了，是不是讨厌她了……

"别发。"谢宴礼又重复了一遍。

楼阮有些不知所措，心想这男人的心思真是难以琢磨。

而此时，谢宴礼开始忙着应付一个接一个打来的电话。

"嗯，结了，刚结的。"

"哦？你想见她？见面礼先准备好。"

……

关心他的人好像很多，楼阮甚至在旁边等得有些无聊了。

她打开了微博，喜欢的博主们都发了新动态，其中有一条最为瞩目。

@X：【和她结婚了。】

楼阮手一抖，差点把手机摔下去。

这个叫"X"的博主是一个简笔画博主，他主要画一些自己和喜欢的女孩子的小故事，在他的画里，他一直站在角落里默默地看着喜欢的女孩子。

这位博主的简笔画已经连载七八年了，楼阮从他只有几百粉丝的时候就关注了。

这些年，粉丝一直鼓励他勇敢追，没想到突然官宣结婚！

真是大喜事啊！

楼阮默默点了个赞，并和大家一样在评论区留下了一句喜气洋洋的"99"，又美滋滋退了出来。

一旁的谢宴礼挂掉了电话，看了过来，问道："有喜事？"

楼阮的心情显然很好，小鸡啄米似的点头，说："嗯，我喜欢的一个博主追到暗恋的女孩了，他们今天结婚了！"

"喜欢的博主？"谢宴礼挑起眉梢。

楼阮拿出手机，点开了"X"的主页，把可爱的暗恋小漫画递到谢宴礼面前，说："对，就是他。

"你看，是不是特别可爱？"

她凑过来的时候，身上淡淡的柑橘香味也跟着一起弥漫了过来，香味干净清爽，沁人心脾。

谢宴礼笑了一下，顺着她的话说道："可爱。"

"确实可爱。我关注他好几年了，画风好可爱。"楼阮又把手机拿了回去，一边刷着"X"的微博，一边说道，"小故事也很动人。"

"要是能出漫画书就好了……"说起喜欢的博主，她的话忽然变得多了起来，"可惜'太太'说他有别的工作，主业不是画画的。"

楼阮是华清大学美术系的，首页关注了一大堆画手"太太"，但要问她最喜欢哪一个，答案一定是"X"。

"X"的画或许没有那么专业，画技也没有那么高超，但楼阮在他的一篇篇小故事里却看到了很多自己的影子。

也许暗恋都是一样的。

所有的暗恋都像颗橘子，每一瓣都是关于对方的零零碎碎，每一瓣的酸和甜都要独自消化。

"也不一定。"谢宴礼在一旁说道，"如果有编辑看到可能会有机会。"

楼阮虽然觉得机会不大，但还是点了点头，露出了瓷白的牙齿轻笑道："那就希望我们宝藏'太太'快点被出版社发现！

"早日出书赚大钱，好好养他暗恋的女孩子！"

谢宴礼的手机还是振个不停，但他没继续管了，而是歪着头看楼阮，嘴角轻轻勾了勾，说："祝你心愿成真。"

楼阮心情很好，语气轻快地说："谢谢你。"

在她转过头看谢宴礼的瞬间，谢宴礼微微往前凑了凑，眼尾微微勾着，喊了一声："楼阮。"

"嗯？"楼阮觉得他们离得好像有些近，于是微微往后退了退。

谢宴礼定定地看着她，说："我说真的，你很快就能心愿成真的。"

楼阮看着他纤长的眼睫，轻轻眨了眨眼，这话听着很像是什么霸总宣言。

楼阮顿了一下，问道："你……不会是想要找出版社的朋友帮忙吧？"

谢宴礼嘴角的笑意更深，那双漆黑的眸子里好像被谁撒下了碎星，嗓音低沉地说："不会。

"我只是相信你的眼光。

"相信优秀的作品一定会被发现，相信他会被看到。"

第三章

◆

第一次去谢家

01

谢宴礼的朋友圈彻底炸了。

他以前从不发朋友圈，十几年了，身边也一直没有关系特别亲近的女孩，这忽然一发就直接官宣结婚，可不得炸。

谢老爷子坐在沉香木椅上，把谢宴礼那条朋友圈看了一遍又一遍，嘴角都快翘上天了。

老宅也忽然来了不少人，乌泱泱地坐了一屋子。

大多数人都是高兴又期待的，只有角落里一个女孩子有些不屑地轻嗤了一声。

谢老爷子的耳朵仿佛在一瞬间变灵了许多，抬起眼睛看了过去，问道："干什么，你堂哥结婚你不高兴啊？"

女孩的脸和谢宴礼一样，继承了谢家优良的基因，是被上天眷顾的人。

她拿起桌上沏好的红茶，悠悠开口："高兴，不过结婚之前完全没听他说过，也不带人来见见我们，现在急急忙忙地就把婚结了，人家女方家里都不知道怎么看咱们。估计戒指都没来得及准备吧……"

谢老爷子动作微顿，一想，觉得也是。

他光顾着高兴了，都忘了这回事了。

于是，谢老爷子站了起来。

满屋子的人都抬起了头。

"爸，你干什么去？"谢妈妈抬头问道。

谢老爷子摆了摆手，踩着楼梯上了2楼，回到了自己的房间。

他从柜子里找到了好几个首饰盒，全都抱了出来。

每个首饰盒都格外精致，充满年代感。

谢老爷子认真看了看，将一个最小的盒子拿起来，打开看了看，里面是一枚雕刻着海棠花的银镯子。

不算值钱。

他又合上盖子，把它单独放回了柜子里，这才歪头对着门外喊道："老唐，老唐！"

"这……"唐叔从外面进来，看着摆在一旁大大小小的盒子，愣了一下。

谢老爷子眯起眼睛笑，说："这些都给孙媳妇。"

唐叔在谢家几十年了，当然知道这些盒子里都装着什么。他知道老爷子既然已经都拿了出来，就肯定是要给，但还是低声问道："全都要给吗？"

这些东西，不在于它们本身的价值，而在于老爷子和老夫人的情义。

谢老爷子背过手去，扬起头点了点，说道："谁让谢宴礼那小子不会办事儿呢，只好由我这个老头子来帮他收场啦。

"都拿下去吧。"

黑色的库里南驶进了院子，在谢宴礼和楼阮进门的那个瞬间，窗边已经不知道多了多少双眼睛。

谢老爷子更是直接站到了门口，戴上老花镜望了过去。

车门被打开，一只纤细的高跟鞋在石子路上落下，身着浅黄色裙子的女孩从车上下来，墨黑的长发柔软地披在脑后，天边淡淡的橘色光芒落在她身上，将她的发丝染成了浅浅的金色。

谢宴礼从另一边下来，走到了她身边，垂着眼睛和她说话。

刚刚不屑的女孩子叫谢星沉，她不知道何时站在了谢老爷子身边，漂亮的脸上露出惊艳的神色，说："谢宴礼能娶到这样的？"

谢老爷子"啧"了声，回头看她，提醒道："你嫂子第一次回家，你别吓到人家了。"

谢星沉的目光落在院子里那道纤细的身影上，若有所思地"嗯"了声，回道："我知道。"

说话的工夫，谢宴礼已经带着人进来了。

虽然谢宴礼已经提前说过谢家人多，但楼阮还是不由自主紧张了起来，她站在谢宴礼身边，拎着东西的手心浸满了薄汗。

谢家家大业大，子孙后代遍布各行各业，个个都是行业翘楚，一下子被这么多人盯着，她实在没法不紧张。

"怎么穿上这个了？"谢宴礼走到门前，看着站在最前面的谢老爷子，表情有些一言难尽。

谢老爷子戴着一副银边老花镜，手上挂着拐杖，穿着一身灰色中山装，金色的怀表链子在胸前微微晃动，一头花白的头发也规整地向后梳了过去，庄重得好似要去参加国宴。

站在老爷子身边的谢星沉微笑着开口："第一次见嫂子，当然要郑重一些，我们家总不能个个都像哥哥一样……"

虽然她话说到这里就顿住了，但谢宴礼知道，她后面要说的三个字是"没规矩"。

随即，谢星沉大方地朝着楼阮伸出了手，说："嫂子好，初次见面，我是谢星沉。"

谢星沉是谢家老二的独女，明丽传媒的 CEO，楼阮早就听过她的名字。

"你好，我叫楼阮。"楼阮伸出手，嗓音清软，悦耳动听。

"家里人多，你别害怕，以后熟起来就好了。"谢星沉精致的脸上带着浅笑，给楼阮介绍身旁的人，"这是爷爷。"

"爷爷好。"楼阮礼貌颔首。

"好好好。"谢老爷子一见楼阮就特别喜欢，眼里已经没有谢宴礼了，"囡囡，爷爷可以这么叫你吧？"

"今天累不累？哎，谢宴礼那小子太浑，他是不是戒指都没给你准备？"谢老爷子脸上带着掩饰不住的笑意，"我老伴儿啊，就是你奶奶，以前有枚祖母绿的戒指，爷爷给你找出来啦，先用它充个数，回头再找设计师给你定制个好的。"

说着，他就直接牵着楼阮将人带了进去。

其他人也一股脑儿围了上去，倒是谢宴礼本人，被堵在了外面。

他手上还拎着东西，目光淡淡地扫了一眼门口的堂妹。

谢星沉凑过来，脸上带着意味不明的笑意，说："谢宴礼，是她吧？高中时候的那个，楼阮。"

02

谢宴礼仍然神色淡淡的，没出声。

谢星沉继续问："用了什么手段啊，这么着急就把婚结了，啧。"

谢宴礼瞥了她一眼，抬脚就要往里面走，却被拦住了。

谢星沉笑吟吟的，说："我知道你很急，但你先别急。"

"你很闲？"谢宴礼狭长的双眸落下来，带着不动声色的压迫感。

谢星沉眨了眨眼睛，问："她知道吗？"

虽然只是堂兄妹，两人的眉眼却如出一辙。

"需要我给你找点事做？"谢宴礼抬起手，指尖漫不经心地拂过她的肩头。

"啧。"谢星沉轻嗤一声，双手抱胸给他让了道。

谢宴礼抬脚进了门。

里面热闹得像过年。

他站在门口顿了一下，目光望向正乖巧坐在最中间的楼阮。

小小一只，脸上带着浅浅的无措，像只鹌鹑。

那只被围观的"小鹌鹑"终于看到了他，抬起眼睛，满眼都是求救。

谢宴礼勾起嘴角，大步走了过去，将手上拎着的东西放在了桌上，对着笑得一脸柔软的老爷子说道："爷爷，这是软软给你们准备的礼物。"

谢老爷子嘴里说着"好"，然后动手打开了一个丝绒质地的戒指盒，一枚硕大精美的祖母绿宝石戒指安静地躺在里面。

他笑呵呵地把戒指盒递到楼阮面前，说："囡囡看，这个就是爷爷跟你说的那个戒指，你试试？"语气像在哄孩子。

谢宴礼眼皮跳了又跳。

蓦地回头，他看到了站在角落里的唐叔。

慑人的目光望过来，唐叔立刻别过了眼睛！

楼阮低头去看那枚戒指，眉心抖了一下，连忙说："爷爷，这太贵重了。"

谢老爷子摆了摆手，说道："不贵重不贵重，你先试试。"

谢妈妈坐在楼阮另一边，直接伸手将那枚戒指拿了出来，拉过了楼阮的手，替她戴上了。

"爷爷给你就是你的，你这孩子，跟家里人客气什么？瞧，真合适。"

楼阮看着手指上那枚复古的祖母绿戒指，觉得手都沉重了起来，她动作格外小心，生怕磕了碰了。

谢老爷子一喜，说："好看，也很合适，就跟量身定做的似的！"

楼阮抬起头看向谢宴礼，满是求救。

谢宴礼懒洋洋地站在那儿，目光落在她柔白的手上。

她手指纤长漂亮，指甲修剪得整齐干净，泛着淡淡的粉色光泽。

这双手戴什么都好看。

"确实合适。"谢宴礼好整以暇地说，"爷爷给你，你就收着吧，反正现在我们也没婚戒。"

谢老爷子和谢妈妈立刻抬起头，两人的脸色出奇的一致，似乎都很想上前打他一顿。

谢老爷子说道："这是我送的，你的那份别忘了！"

坐在一旁穿着小红裙子的堂妹谢京京抬起小脸，她还小，挤在一旁只有小小一团，脑袋上的红色大蝴蝶结歪着，嗓音天真稚气地说："就是！你的那份也别忘了！"

谢宴礼看过去，似乎在说，你懂什么？

小家伙鼓鼓脸，像是不服，她萝卜似的小白腿耷拉在沙发边缘，轻轻晃着红色的小皮鞋，小声嘟囔："玩过家家游戏的时候，新郎都会给新娘送大钻戒的，哥哥你好小气哦……"

她板着小脸重重叹了口气，像是对他很失望似的。

谢宴礼笑了一声，看向楼阮，说："我会准备的。"

"你最好用点心。"谢妈妈扫他一眼。

"行。"谢宴礼随意地在一旁坐下，扬起脸，"准备好以后我带她回来给你们检查，这样行吗？"

楼阮坐在中间一脸茫然。怎么就发展成这样了？

谢妈妈轻哼一声，拉着楼阮的手，说道："阮阮，他从小到大就是这样，没个正形！他以后要是欺负你，你就告诉妈妈，妈妈替你教训他！"

楼阮抿住了唇。

养母性子冷淡，不仅是对她，就是对徐旭泽也很少亲近，这样被人亲昵地拉着说话，还是第一次。

谢家人实在太多了，他们围着楼阮你一句我一句，不一会儿，谢宴礼又被隔绝在外了。

"阮阮，你家住在哪里呀？家里还有什么人？我们都没有提前见见亲家，实在太失礼了。"

楼阮轻轻抓住衣角，有些不知道该怎么说她家里的情况。

谢宴礼靠在那儿，说道："妈，能不能让她先吃点东西？"

"哦。"谢妈妈拉着楼阮的手不放，"阮阮，不知道你喜欢吃什么，简单准备了一些。

"你喜欢吃什么喝什么都告诉妈妈，下次妈妈都给你准备。

"孩子，尝尝这个，玫瑰蛋糕。

"老爷子这儿的都是中式点心，这个是妈妈特意给你带来的。"

谢妈妈年轻的时候是芭蕾舞团的首席，嫁进谢家以后就一直在打理谢家的公司，原本清冷姣好的气质现在变得雷厉风行。

她在外的时候，谁看到都要恭恭敬敬上前喊一声"谈总"。可她歪头朝着楼阮笑的时候，却仿佛褪去了所有的凌厉，变得极具亲和力。

甚至在楼阮僵硬的那几秒，她还靠过来，伸出手臂亲热地搂了搂楼阮，在楼阮耳边轻声说："看到你们感情好，妈妈就放心啦。"

她靠过来的时候，身上干净香甜的味道也跟着一起笼罩了过来。

是像少女一样活跃、充满生机的味道。

楼阮屏住呼吸，小心翼翼地看她。

女人眼角眉梢都是发自内心的笑意。

楼阮在谢家老宅坐了很长时间，谢家人很多很多，她在很努力地记住每一个人。

一直被排挤在外的谢宴礼终于有机会坐在她身边。

他靠近她耳边，声音很轻地说："记不住也没关系。"

楼阮转过头来看他。

"你靠那儿干吗？"谢老爷子看了谢宴礼一眼，"也不知道给你媳妇削个苹果。"

楼阮连忙开口："不用的，爷爷，我……"

谢宴礼直起身子拿过一个苹果，说："行，削一个。"

谢老爷子这才满意。他哼了一声，问道："你们打算住哪儿啊？"

"你那破烂地方肯定不行。"谢妈妈又端了一盘洗好的葡萄过来，放在楼阮面前。葡萄颗颗饱满，散发着诱人的果香。

"破烂地方？"谢宴礼已经开始削苹果了，冷白的手背上青筋微起，他像是气笑了一般。

谢老爷子也跟着点头，说："对，破烂地方，装修不好，结构也不好，阮阮可不能住那儿！"

而且，哪有婚房住旧房子的！肯定要住新房子！

谢宴礼垂着眼睛削苹果，问："那您二位想让她住哪儿啊？"

"枫林公馆。"

"枫和苑。"

谢妈妈和谢老爷子一起开口，说出来的地方却不一样。

枫林公馆距离谢妈妈住的地方近些，而老爷子说的枫和苑则距离老宅近些。

楼阮当然知道这两个地方，两处的房价都高得离谱。

"阮阮，听爷爷说，枫和苑那里有个小院，院子里种了垂丝茉莉和山茶花，花一开可漂亮啦，还有个水池……你妈说的那个也行，但是院子太小。"谢老爷子已经推销了起来。

谢妈妈也开口了："爸，枫和苑好是好，但是装修太中式了，全都是按照您的喜好来的，年轻人不一定喜欢。"

"那可以砸了重新装啊。"

"那多麻烦啊。"

"只要阮阮喜欢就行。"

"阮阮，明天妈妈带你去枫林公馆看看那个房子吧，你要是不喜欢妈再带你去看别的。"

"明天爷爷也和你去看，爷爷的房子比你妈妈的多！"谢老爷子不服了，谁还没几套房子呢。

谢宴礼安静地削完了苹果，放好水果刀，把削好的苹果递给楼阮，抽出纸巾擦手。看着为了房子争论不休的两位，他终于忍不住开口："我们有自己的打算，你们别管了。"

这场争论才暂时消停。

一旁的楼阮轻轻咬了一口苹果，甜脆的味道在口中弥漫。

他们留在谢家老宅吃了晚饭，这顿饭吃得热热闹闹，格外融洽。

饭桌上，谢妈妈几次想开口问问亲家的事，但都被谢宴礼不动声色地堵了回去。

饭后的间隙，谢妈妈终于在外面抓到了谢宴礼。她把人拉到院子里的葡萄藤下，问：“怎么回事儿啊，为什么一直不让我提亲家？”

谢宴礼迟疑地开口：“他们家情况有些复杂。”

“她在那个家里，过得一直不太好。”他大概解释了一下楼阮的家庭情况。

谢妈妈精致的眉眼皱了起来，说：“连婚礼都不参加吗？这也太……”

“嗯，不参加。”谢宴礼说不上来是什么情绪。

谢妈妈低声骂了一句：“既然收养了就该好好对待，漂漂亮亮的小姑娘在他们家这么长大，真是遭罪。”

谢宴礼轻笑一声，说：“是啊，那您以后对她好点？”

“这还用你说？”谢妈妈瞥他一眼。

“行了，进去吧，带她回去早点休息。”谢妈妈已经开始心疼儿媳妇了。

他们出去这一会儿，楼阮又收到了一大堆见面礼。

当然，除了礼物，更让她不适应的是谢家人的热情。

她不知道怎么回应他们的热情，只能一个劲儿地说谢谢，谢谢爷爷，谢谢婶婶，谢谢妹妹……

谢宴礼进来时似乎感受到了楼阮的无措，他走到楼阮面前，目光落在她身旁的小孩身上。

“谢京京。”

小家伙坐在楼阮身边，两只小手抓着楼阮的手，饶有兴趣地玩着楼阮的手指。

“怎么了？”谢京京闻声抬头。

“松开你嫂子的手。”

谢京京虽然有些不舍，但还是松开了，她从沙发上跳下来，乖乖把位置让给谢宴礼。

谢宴礼倒没有过去坐，而是转头看向了楼阮对面笑呵呵的谢老爷子，说道：“爷爷，已经晚了，我就先带她回去了。”

谢老爷子双手搭在拐杖上，虽然很不舍，但也知道时间晚了，于是点点头，说：“行，回去吧。”

说完，他又看着楼阮，笑眯眯地说：“阮阮，以后常来哦。”

楼阮轻轻点了点头，又和屋子里的谢家人一一道了别，这才站到了谢宴礼身边。

谢老爷子止不住地开心，觉得他们很般配！

真是般配！

“爷爷，下次见。”

"好，下次见！"

03

　　楼阮上车之际，谢妈妈走了过来，动作亲昵地摸了摸她的脸和头发，说道："阮阮，你在哪里上班？要不要妈妈明天去接你下班？"

　　谢宴礼回道："不用。我会去接的，您在家歇着吧。"

　　谢妈妈不情不愿地松开手，又对着楼阮笑，说："好，那就让阿宴去吧，以后常给妈妈打电话哦。"

　　楼阮乖巧地点了点头。

　　"好了，回去吧。"谢妈妈再次摸摸她的脸。

　　楼阮这才绕过去，上了车。

　　车子驶出老宅以后，楼阮还在回头看。

　　谢宴礼看着前方，问道："人太多会不会烦？"

　　楼阮已经看不到他们了，摇头，说："不会。"

　　谢家和徐家完全是两个样子。

　　徐家从来没有过这么热闹的时刻，就连过年也是冷冷清清的。

　　养父不常回家，养母不喜欢热闹，逢年过节也没有仪式感和节日气氛，家里更不会有这么多人，也不会有像谢京京那样活泼的孩子跑来跑去。

　　虽然她不太适应这样的热闹，会有些手足无措，也不知道该说什么，但她并不讨厌这种气氛。

　　"很热闹。"楼阮又补了一句，"我挺喜欢。"

　　她微微弯起唇，眼中好像染上了星星点点的光芒。

　　谢宴礼修长漂亮的手指搭在方向盘上，露出漫不经心的笑，觉得她不讨厌就好。

　　楼阮像是想到了什么似的，忽然回头看向后座。那里放着一大堆礼物，包括谢老爷子给的那枚珍贵的祖母绿戒指。

　　她看向谢宴礼，说："那些东西你直接带走吧。"

　　实在太多太贵重了。

　　戒指、胸针、耳环、镯子……

　　"都是他们的心意，你拿着。"谢宴礼眸光微顿。

　　楼阮急了，说："那怎么行？就爷爷送的那几样，好像都是奶奶的东西，那肯定都是留给他们孙媳妇的，我……"

　　她声音一顿，没有继续说下去。

　　也不知道是不是她的错觉，她觉得谢宴礼有些不高兴。

　　楼阮还是小声把话说完："反正我们以后也要离婚……"

　　谢宴礼下颌微绷着，京北的夜格外明亮，路灯和霓虹灯的光影在他脸上交替，那双狭长的眸子毫无波动，语调似乎比平时冷了些："那就等离婚的时

Rose Crown

候再说。"

　　也许是察觉到语气太过僵硬，谢宴礼嘴边又挂上了闲适慵懒的浅笑，用不经意的语调说道："离婚的时候会做财产清算的，我们今天才刚结婚，说这些是不是太早了些？

　　"如果一开始就要算得清清楚楚，那我们以后会过得很累的，谢太太。

　　"以后再说。"

　　楼阮望着他精致得过分的脸上错落的光影，轻轻垂下眼睛。

　　她抿着唇，终于轻轻点了点头，说："好。"

　　车子平稳地抵达了楼阮家。

　　停车后，楼阮正想说点什么，身旁的人就朝着她伸出了手。

　　那只手落在车里柔软的灯光下，好像被镀上了一层浅浅的金边。

　　"……啊？"她有些茫然。

　　"我们还没有婚戒，我需要知道你的指围，谢太太。"身旁的人露出摄人心魄的面容。

　　他叫"谢太太"叫得似乎越发熟练了。

　　楼阮小声"哦"了一声，低头翻了翻包，从包里拿出一张纸巾，然后把纸巾撕成细条，在指尖绕了一圈儿，又把多余的撕掉，放到了谢宴礼的掌心。

　　谢宴礼靠在那儿，垂眸看着掌心那一截轻软的白色卫生纸，合上了手。

　　只有他本人知道，那截小小的纸巾条落在手上的感觉，像是柔软的小猫爪子在掌心轻轻挠了一下，软软痒痒的。

　　因为东西太多，谢宴礼也帮着楼阮一起拿回家。楼阮住的地方距离周氏公司很近，步行只需要十来分钟，所以她有很多同事住在这里。

　　谢宴礼要送她的时候，她是有些忐忑的。

　　如果遇到公司的同事……

　　算了，看见就看见吧，反正她也打算辞职了。

　　她在周氏工作原本就是为了周越添。

　　现在，她没有理由继续留在周氏了。

　　谢宴礼走在她身边，影子被路灯拉得长长的。

　　他低头看着手上的东西，问："怎么还有蛋糕？"

　　"妈妈说这个好吃，让我带回来。"楼阮小声解释道。

　　真不愧是老天眷顾的人，谢宴礼的影子都是好看的。

　　手长腿长，身形修长。

　　他们又往里走了段，楼阮轻声问道："是不是有点太远了？"

　　这个地段寸土寸金，每一块土地都物尽其用，里面这段路太窄，车是开不进来的。

　　"楼阮，"谢宴礼笑了一声，歪头看她，"你丈夫虽然很忙，但也没有疏于锻炼，不至于连一百米都走不了。"

楼阮听到那句"你丈夫"的时候，脸颊迅速烫了起来。她张了张口，最终只"哦"了一声。

"楼阮姐？"身后好像有人喊她，又有些不太确定是她。

楼阮和谢宴礼一起回了头。

那人像是刚夜跑回来，有些惊喜地跑上前，说道："你回来啦，今天没在公司见到你，听人说你病了，怎么样了，还难受吗……"

说话的小姑娘声音忽然一顿，目光落在了谢宴礼身上。

他们小区灯光很好，所以，小姑娘清晰地看到了谢宴礼的脸。

谢宴礼这张脸，实在是很令人难忘。

"谢、谢总！"小姑娘瞪大眼睛。

"你好。"谢宴礼拎着东西的手小幅度挥了挥。他扫了楼阮一眼，没有继续进行自我介绍。

气氛忽然变得有些微妙。

楼阮也看清楚了对方是人事那边的小姑娘。

小姑娘微微凑近低声问道："楼姐，你认识谢总啊？"

"嗯。"楼阮点了点头。

楼阮感觉到谢宴礼的视线正落在她身上，格外灼人，甚至带着令人无法忽视的幽怨。

——我都公开你了，你却不公开我，不给我名分，都不敢告诉别人我是谁，坏女人。

在小姑娘有些好奇的目光下，她鼓起勇气说："他，是我老公。"

"啊？"人事部小姑娘一脸震惊，嘴巴都要合不上了，"老、老公？楼阮姐，你结婚了？"

还是和谢宴礼结婚？

就是那个传说中的，京北最年轻、最帅的钻石王老五，谢宴礼！

而此时，楼阮身边的那个矜贵优雅的、俊美得不像是人类的男人也望了过来，殷红的薄唇弯起完美的弧度，狭长潋滟的黑眸慢悠悠撩起，不疾不徐道："是的，我们刚结婚。"

小姑娘恍惚地看着他们，她的世界好像在一瞬间崩塌了。

楼阮点点头，重复谢宴礼的话："是的，我们刚结婚。"

人事部的小姑娘终于清醒了一些，连忙说道："天哪，楼阮姐，新婚快乐，我之前都不知道。"

楼阮摇摇头，说："没事，公司里现在没人知道。"

"啊？"那姑娘有些诧异，"我是公司第一个知道的吗？"

"嗯。"楼阮轻轻点头。

"……天哪！"

不过仔细一想觉得也正常，毕竟对方是谢宴礼。

他是谢家的长子，华清大学的天才，京北最炙手可热的豪门继承人。

这样的人，不知道有多少双眼睛盯着，想低调点也是正常的。

想到这里，小姑娘便攥起了手，刚想和楼阮保证她不会说出去，一抬眼，他们已经走出了几步。

楼阮先停下来，说道："我到了，我们先回去了。"

谢宴礼安静地跟在她身后，影子被路灯拉得长长的。

他手上拎着一堆东西，目光落在楼阮身上，眼底好似盛满了柔软的月色。

正准备开口保证的小姑娘一顿，连忙说道："好的好的，楼阮姐，拜拜。"

她看向谢宴礼，像是被那抹深情的目光击中了似的，默默收回目光，硬是把已经到嘴边的那句"谢总再见"咽了回去。

呜呜呜，那个目光也太深情了！

他好爱楼阮姐！

真的好想录下来，这是什么绝美爱情啊！

谢宴礼一个眼神就让这个小姑娘垂直入坑了！

04

看着那小姑娘离开以后，谢宴礼才似笑非笑地问道："就这么告诉同事了，不怕被传出去？"

楼阮走上前，在单元门的门口按了密码，门锁"嘀"的一声开了。她语气格外平静："这是事实。"

既然是事实，那也没什么不能说的。

被传出去了又怎么样呢？

虽然她不是会大肆宣扬的人，可是别人如果主动问，她也不会否认。

而且，他不是都已经发了朋友圈吗？

既然他坦坦荡荡，那她也没什么好藏着掖着的。

身后的谢宴礼笑了一声，修长的手按住门框。

"也是，是事实。"他扬起眉，悦耳的嗓音染上了一丝笑，携着显而易见的愉悦。

谢宴礼没有进门，在门外把东西都递给楼阮后就直接离开了。

楼阮换好鞋走到了客厅的落地窗边，用手指掀开窗帘往外看了会儿，终于等到了那道修长的身影。

男人穿着剪裁得当的黑色西装，双腿极长。

他站在路灯下，不知道是不是想到了什么，忽然回头看了过来。

楼阮手指一抖，蓦地松开了窗帘，有些心虚地往后退了退，利用窗帘遮挡住了自己的身形。

楼下的谢宴礼缓缓勾了勾唇，末了，他转过身，背对着楼上摆了摆手，走出了那条窄道。

看着他的身影彻底消失以后，楼阮才微微松了口气，回头看向了门口那堆东西。

她正准备过去整理，手上的手机就轻轻振了一下。

她低下头一看，是谢宴礼发来的微信：【蛋糕放冰箱。】

楼阮迅速回了一个"好"字，连忙过去，小心翼翼地找到了那只小蛋糕，把它放进了冰箱。

接着，她又把那些价值不菲的首饰都收了起来，放在了一个箱子里。

收拾得差不多后，她忽然想起自己昨天参加晚宴的裙子和包还在谢宴礼那里，拿起手机，目光闪了闪。

算了。

太晚了。

反正以后还要见。

她抿起唇，却没有放下手机。

她点开微信，谢宴礼的头像是浓郁的黑。

那条"结婚"的朋友圈还安安静静地躺在那里。

她仔细看着那张谢宴礼随手拍下来的照片，内心仍觉得不可思议。

她就这样结婚了？

和一个自己根本不太熟的人……

她滑了下手机屏幕，看到了点赞的人。

除了今天在谢家加的谢家人，她和谢宴礼的共同好友少得可怜，只有一两个人，还都是华清的校友。

【这不是我们美术系的小师妹吗？怎么和你结婚了？】

【你俩怎么结婚了？突破次元壁了！】

评论的两位都是华清学生会的师兄。

楼阮记得谢宴礼大学的时候是没有进学生会的，也不知他是怎么认识的这两人。

她看到谢宴礼在下面回复那位说突破次元壁的师兄：

【我们高中就是校友。】

她眼睫闪了闪。

是的，他们高中就是校友。

她好像只凭这几个字，就脑补出了谢宴礼的语气。

应该是那种懒洋洋的、漫不经心的。

她蓦地起身，转身走进了洗手间，打开水龙头，把水扑到脸上。

总算清醒了一些。

那张脸总算不会一直出现在眼前了。

谢宴礼走出楼阮家的小区，坐在驾驶座上给她发了微信以后，随手拨通了一个电话。

　　电话那头的人像要爹毛了似的。

　　"谢宴礼！你还知道回电话！我不就是喝多了酒多睡了会儿，怎么一觉醒来你就结婚了！太夸张也太离谱了！你给我一个合理的解释！

　　"什么时候谈的恋爱，给我从实招来！"

　　谢宴礼笑着说："见面喝一杯，跟你好好说。"

第四章

◆

念念不忘

01

京北的夜晚格外热闹，虽然此时已经是晚上 11 点半，但路上的车子仍然不少。

黑色的库里南和卡宴擦身而过，坐在车里的人沉着脸看手机屏幕，半晌没有动静。

坐在前面的程磊看着外面那辆疾驰而去的车子，先开了口："又是谢宴礼，今天第二次见他了。"

后座的人没有什么动静。

周越添定定地看着手机屏幕上的对话框，楼阮依旧没有回复。

程磊也没指望周越添开口，自己在前面小声嘀咕："他家不在这边，公司也不在这边，往常都没在这边见过他的，真奇怪……"

周越添垂着眼睛，一言不发。

黑色的车窗上映出了他凌厉的侧脸，清冷而阴沉。

程磊回头看了一眼，目光扫过周越添的手机，又看向周越添的脸，问道："楼阮还没回你吗？"

周越添的脸色好像更阴沉了。

程磊抿了抿唇，小声道："她不会是因为徐旭泽那小子跟你生气吧？不可能啊，以前你俩起过多少次冲突啊，她哪次不是站在你这边呢？"

周越添垂着眼睛，像是没听到程磊的话似的，依然面无表情。

程磊又说道："算了，周哥，你也不是不知道她。

"她不理你你也别搭理她，就晾着她，过几天她准自己跑回来跟你说话。"

周越添眼睫闪了闪，抬起眼皮，说："公司不养闲人。她明天再不来——"

他一顿，没有继续说下去。

倒是程磊，嬉皮笑脸地把话接了下去："嘿嘿，周哥放心，她明天要是还不来，我一定告诉她，再不来就等着滚蛋吧。"

坐在驾驶座上开车的司机张叔转头看了他一眼，又不动声色地收回目光，抬起眼睛看向了汽车后视镜。

周越添抬着眼睛，在后视镜中和张叔对视。

张叔倒是一点不怕，甚至还笑了一下，语气平常道："少爷，楼小姐一直很敬业，忽然请假应该是真的发生了什么事。"

他给周家开了几十年车了，周越添上幼儿园起，就由他接送了。

周越添上高中的时候自然也是由他接送的，那时候他还会经常捎上楼阮和程磊他们。

这几个孩子，都可以说是他看着长大的，他们之间的事儿，他看得清清楚楚。

"没回微信可能是没看到，人要是真生病了根本顾不上。少爷要是真担心，大可以好好问问，不然是会把人越推越远的。"

听了张叔的话，坐在后座的周越添身体一顿。

要真是病了……

徐家是不会有人去照顾她的。

那她以前生病的时候都是怎么办的？

周越添不知道自己为什么忽然想到这个，但下一秒，他就发现自己好像从没有见过楼阮生病。

周越添握着手机的手指微微收紧，掌心突然传来了振动声。

有新消息进来了。

前面的程磊突然回头，问道："是她吧？她是不是回消息了？"

周越添的脸色越来越难看了。

他低头盯着手机屏幕，他和楼阮的对话框里，仍然是空空荡荡的，没有一条新消息。

那刚刚振了一下的是……

周越添平时的手机一直是静音，因为世上没有他必须要及时回复的消息。

可是今天，他却鬼使神差地打开了手机振动。

开车的张叔目光扫过后视镜。

周越添点开了那条新消息，冷峻的脸上蕴含着怒意。

程磊问："消息不是楼阮的？"

周越添垂着眼睛，越发觉得自己可笑。

"不是。"他冷着脸，声音低沉。

“那是谁？”程磊下意识地问。

“林悦欣。”

说完，周越添给手机开启了免打扰模式。

“林悦欣……”程磊一愣，显然没想到会听到这个名字。

林悦欣，京北林家的大小姐，周越添的相亲对象。

他们几个月前见过一次，不过双方好像都不是很满意，之后就没有再联系。

林悦欣怎么会突然发消息过来？

周越添压住心底那抹不明情绪，说道：“明天她要来公司。

“我们和林氏有合作。”

程磊终于想起了这回事。

的确，他们和林家确实有笔大生意，不过之前他们对接的人一直是林家的长子，也就是林悦欣的哥哥林俊逸。

他记得林悦欣一直是不参与林氏集团的事情的，她怎么……

周越添在手机上搜索林俊逸的名字。

二十四小时以内的新闻争先恐后地出现在了眼前。

周越添看着一条又一条丑闻，还有林氏股价下跌的信息，耳边嗡嗡作响。

“林氏的负责人林俊逸并不是值得信赖的合作伙伴，周总，你还是重新考虑一下。”

这是之前楼阮提醒他的话，可是他没听。

他没有听她的。

程磊也很快地翻出手机，打开了微博。

林俊逸的名字明晃晃地挂在热搜头条上，后面跟着一个鲜红的“爆”。

【# 林俊逸杨甜夜会 #】

林俊逸可是结婚了啊，妻子也是名门千金，两家门当户对，当初结婚的时候网友都说他们是神仙眷侣，般配至极。

可现在他这是……出轨？

程磊回想了一下他们和林氏的合作，眼中只剩茫然。

那是价值两个亿的项目。

“怎么办……”过了好一会儿，程磊才回头问，“周哥，我们怎么办？”

周越添抬起手，按下了手边的按钮。

车窗缓缓下降，夜风从窗外涌进来，吹乱了他的头发，城市的喧闹声也一起涌了进来。

过了好几秒后，周越添才开了口，声音冷冰冰的：“张叔，掉头。”

夜已深，但周氏大楼还灯火通明。

周越添和程磊回到公司的时候，整个公司到处是电话响起的声音，也到处都乱七八糟的。

周氏的人看到周越添出现在门口，才稍稍心定。

下一秒，他们就不得不继续慌忙地接起一个又一个电话，说着模棱两可的话回答合作方的问题。

周越添定定地站在那里，修长的身躯上还带着属于夜晚的寒意，整个人看起来也极度疲惫。

他神色阴沉地看了一眼乱糟糟的公司，拨通了林悦欣的电话，说："不要明天了，就现在，来周氏。"

半个小时后，林悦欣抵达了周氏。

总裁办公室，周越添站在落地窗边，面无表情地看着外面璀璨的夜景。

楼阮的电话依然打不通，总裁办的那些人乱得像一锅粥，他们好像连话都不会说，接个电话也没办法安抚对方的情绪。

楼阮在的时候，总裁办从来没有这样过。

林悦欣身后跟着好几个人，像刚度假回来似的，她穿着一身宝蓝色小香风的衣裳，拎着限量款的包包，站在办公室门前摘下了眼镜，露出那张由著名医生打造的精致脸庞。

"周总。"

站在窗边的周越添这才回了头。

林悦欣本人倒是格外淡定。

她把手上的墨镜递给身后的黑西装男人，缓缓走了进来，随意打量着周越添的办公室，最后在沙发边坐下了。她随意一个动作，好像都是精心设计过的。

"给我来杯热牛奶，要四十五度的。"

周越添的目光扫过她化着精致妆容的脸，在她对面坐下，说："林小姐倒是一点也不急。"

"急什么？"林悦欣微笑着，抬起手欣赏自己刚做的美甲，"这个时候，急也没用啊。"

"你们打算怎么办？"周越添定定地看着她，冷声问道。

林悦欣收回笑容，说："周总有一个好秘书，为什么不问问她呢？"

"她今天没来。"周越添脸色更差了。

"没来？"林悦欣挑起眉梢，又若有所思地点了点头，"哦，我还以为她辞职了呢。"

也是，毕竟新婚，谁还来工作呢？

周越添的眼神格外冷，说道："她不会辞职。"

林悦欣似笑非笑地看了他一眼，问："为什么不会？"

"林小姐，"周越添嗓音中带着寒意，"你知道你是来干什么的吗？"

"当然。"林大小姐抬起下巴。

周越添一字一顿："解决方案。"

林悦欣勾了勾唇，说道："明天起，林俊逸将不再是林氏的 CEO。"

"他会在明天卸任，"她含笑道，"林氏由我接手。"

"你？"周越添看向林悦欣。

林俊逸的人品是差了一些，但他从大学毕业起就接管了林氏，而林悦欣初中毕业就出了国，林家根本不管她，她一天到晚除了追星就是玩，要么就是在她那张脸上下功夫。周越添不觉得这样一个人可以管理好林氏。

"周总不信我？"林悦欣像是已经料到了，"不信也没办法，现在哥哥闹出了这样的事，只能我来了。"

她语调轻松，完全没有要向周越添自证能力的意思。

"我的热牛奶怎么还没来？"林悦欣回头看了一眼，像是有几分不满似的，轻轻蹙起了眉。

周越添太阳穴突突地跳，问道："那我们的损失呢？"

"你们的损失，合同里写了的，就按照合同来。"林悦欣见周越添的脸一点一点沉下去，笑容更加灿烂了，"至于合同里没写的……

"那我们也无能为力，毕竟，当初可没人拿刀架在你脖子上逼着你和我们合作。"

说到这里，她像是有些困了似的，轻轻打了个哈欠，拎着自己名贵的手包站了起来，语气无辜地说道："热牛奶我就不喝了，我困了。周总，下次可要擦亮眼睛，谨慎选择合作对象了。"

说完，她就拎着手包优雅离开了。

林悦欣离开后很久，空气中还弥漫着她留下的香水味。

周越添心烦气躁，打开了窗户，任由冷风呼呼往里面吹。

她还是和几个月前相亲时一样让人讨厌。

林悦欣下了电梯，细长的黑色高跟鞋踩在周氏的停车场地板上，轻嗤一声，说："楼阮看上他什么？"

跟在她身后的保镖沉默不语。

"还她不会辞职……嘁，真以为人家会死心塌地一辈子效忠周氏给他当牛做马呢？他怎么那么自恋啊？"

保镖依旧没有说话。

他们很快就走到了一辆粉色跑车跟前。

保镖帮忙拉开车门，并低声问道："小姐，咱们现在去哪儿？回家吗？"

"回什么家？去见春，喝一杯！"林悦欣语调兴奋，"林俊逸栽这么大跟头，不喝一杯庆祝怎么行？"

"……是。"保镖轻轻扯了扯嘴角。

02

京北，见春酒吧。

酒吧的门被推开，谢宴礼穿过人群，直接上2楼。

见春的2楼外围用隔音玻璃围了起来，另一面工业风的墙上贴满了来客的心愿帖。

【和喜欢的人长长久久。】

【新的一年发大财！】

【希望家人们都能身体健康、万事如意！】

……

比起热闹的1楼，2楼安静得更像是另外一个世界。

谢宴礼踩着台阶上楼，西装外套已经被他脱下来挂在了臂弯上，衬衫的领口微微打开了几分，精致的锁骨隐约可见。

他径直走到角落里那桌坐了下来，问道："怎么坐这儿了？"

对面的人正有些迷恋地看着下面舞池中摇曳的男男女女，说道："美女，有个大美女！"

谢宴礼放下西装外套，点了单。

对面的季嘉佑终于转过头，把脸凑到谢宴礼跟前，上上下下仔细打量他。

"等等，你抬一下脖子……"

"怎么？"谢宴礼半靠着，眼尾微微挑了挑，轻抬下巴，露出了喉结上靡丽的胭脂色。

季嘉佑盯着他喉结上那抹绯色，仔细看看，又飞速瞥了一眼他的脸，问道："……蚊子叮的吧？"

这要是别人身上的，那一定是某种暧昧痕迹。

但在谢宴礼身上，那就是虫子咬的！

谢宴礼定定地看了季嘉佑两秒，微微收回下巴，那双潋滟的眼睛小幅度地弯了弯，缓缓道："你嫂子咬的，见笑了。"

季嘉佑顿了一下，立刻开口："我不信。"

"你结婚只是迫于家里的压力，对不对？"季嘉佑声音压得低低的，"你不是有白月光的吗？高中时候那个白月光，你之前不是还想着她的吗？

"你今天跟这个女人结婚一定只是为了家族，然后你不会和她有任何亲密举动，你要为了白月光妹妹守身如玉！对不对？"

谢宴礼抬起手，拿起了刚刚随手放在手边的西装外套。

季嘉佑简直太熟悉谢宴礼这个动作了，他迅速往后闪，蜷缩在桌子对面，尽量拉远自己和谢宴礼的距离，抱住了自己的双臂，说："只是说两句而已，别动手！"

"对你嫂子尊重点，别女的女的叫。"谢宴礼慢条斯理地放下西装。

季嘉佑有些难以接受眼前的谢宴礼。

此时，侍者把谢宴礼要的橘子伏特加端了上来。

橙色的液体里，冰块轻轻地碰撞，杯子外围沁出了细小的水珠。

一瓣橘子卡在杯口。

一只修长的手伸过来，从杯口拿下了它。

谢宴礼随意地将它丢在了口中，微微凸起的喉结轻轻滚动，那里的绯色也更加暧昧起来。

季嘉佑看着他的动作，像是对他很失望似的，说道："你变心了。"

谢宴礼口中的那瓣橘子有些酸涩，没有一点甜味。

恰如他的暗恋，从头至尾都是酸涩的，从头至尾都是他站在角落里看着她，看着她的目光始终追随着另一个人。

"你怎么能这个样子？默默喜欢了这么多年，说放下就放下，你太让我失望了。"季嘉佑甚至想闹了。

谢宴礼拿起杯子，浅浅饮了一口，说道："就是她。"

"就是她？！"季嘉佑一顿，猛地抬起头。

他像是忽然酒醒了似的，着急忙慌地去找手机。

虽然那是谢宴礼第一次发朋友圈，还是官宣结婚，他已经看了好多遍了，但此时此刻，却还是忍不住拿出来再看一遍。

看看到底是个什么样的人，才能让谢宴礼多年如一日地等待，多年如一日地念念不忘。

季嘉佑的脸快贴到手机屏幕上了，他把照片放大了很多，像扫描仪一样认真研究着照片上女孩的脸，不放过一丝一毫的细节。

谢宴礼看着他的动作："差不多就行了。"

季嘉佑的目光依旧没有从照片上挪开，说道："好看，确实很好看，包装一下能去做明星了，果然是初恋脸！"

"真好啊，阿宴，你这是守得云开见月明啊。"

他不由得想起大二那年的一天，谢宴礼不知道为什么突然连夜从海城赶回了京北。

谢宴礼去海城大学参加辩论赛，本来是第二天下午才会随着辩论队回京北，可那天也不知道出了什么事，大半夜就回来了。

那天晚上京北正在下雨，寝室门被打开的时候，季嘉佑就看到了一个湿漉漉的谢宴礼。

他浑身上下都在滴水，像刚从海里捞上来似的。

谢宴礼不管什么时候都是意气风发的，季嘉佑从没见过他那么狼狈，吓个半死，连忙把人拉进来问出了什么事。

但那时候谢宴礼一言不发，一个字也没说。

直到天快亮的时候，季嘉佑才听到谢宴礼模模糊糊说了句："你说，他为什么会不喜欢她呢？"

回忆结束，季嘉佑抬起眼睛看向坐在对面的人。

谢宴礼嘴角挂着浅笑，轻声说："还早。"

"嗯？"季嘉佑有些不解。什么还早？

谢宴礼沉思了几秒，才开始简短地说了一下他现在的处境。

最后，他认真地询问道："我该怎么办？"

季嘉佑真是恨铁不成钢！

这么完美的一张脸，这么好的身材，这样的家世背景，这么聪明的脑子，要是给他的话，他不知道能拿下多少漂亮妹妹！

季嘉佑思考了几秒，然后微微往前凑了凑，小声说："我觉得……你可以，勾引。"

谢宴礼一愣。

"勾引啊！"季嘉佑说道，"你们现在都结婚了，以后还要在同一屋檐下生活的，你长这么好看一张脸，这么好的身材，那个腹肌啊，人鱼线啊什么的，稍微露一点出来……"

谢宴礼合了合眼，抬起手，一口气喝完了那杯橘子伏特加，拎起衣服起身就要走。

"哎，哎，阿宴！"季嘉佑瞪着眼睛喊道，"你别走啊，你要听军师的，真有用，真的！"

谢宴礼头也没回，直接下了2楼。

季嘉佑默默端起面前的酒，百无聊赖地喝了一口，回头看向了下面的舞池，刚刚一直看着的美女不知道什么时候已经不见了。

他放下杯子，长长叹了口气。

要是可以，他都恨不得换上谢宴礼的脸替谢宴礼勾引。

真是暴殄天物！

03

天光冲破云层，金色的日光越来越盛。

楼阮醒了。

她拿起手机看了一眼时间，清晨6点30分。

闹钟还没响，不过未接来电倒是不少。

她一眼望下来，全都是总裁办同事的电话。

出什么事了？

楼阮打开企业微信，果然得到了想要的答案。

林氏的大公子出事了。

她又打开了微博。

林俊逸的新闻还高高挂在热搜头条上。

一晚上了，热搜还没撤下去。

看来林家放弃公关了。

他们应该也放弃这位长子了。

除了长子，林家还有一位千金。

楼阮回想了一下，那位林小姐……她是见过的。

当初周家安排周越添和林小姐相亲，他们一起吃饭的餐厅都是她挑选的，林小姐那边也是她联系的。

林小姐年纪很小的时候就出了国，外界对林小姐的了解少之又少，她不知道林小姐的饮食习惯，所以只能亲自去联系林小姐身边的人，好做安排。

可最后他们那顿饭吃得还是不太愉快。

楼阮打开微信的一瞬间，整个人的动作跟着一顿。

周越添竟然发消息给她了。

这可真稀奇，以前周越添从不会主动发消息给她的。

想来是林俊逸的事情闹得太大，总裁办乱套了。

她没有点开周越添那条消息，也看得到只有两个字：【病了？】

如果是以前，这样一条消息就能让她高兴好久。

但现在，她一看到周越添的名字就只会想到那句不屑的"养女而已"。

楼阮扣上手机，掀开被子起床。

她不紧不慢地洗漱、换衣，在二十分钟后出了门。

一辆银顶的劳斯莱斯停在小区门口，在楼阮出现的时候降下了车窗。

是谢星沉的脸。

"嗨！"她朝着楼阮扬了扬下巴。

楼阮没想到她会出现在这儿，有些迟疑地走上前打招呼："早，星沉。"末了，为了显得不那么尴尬，又补上了一句，"你怎么在这儿？"

谢星沉直接打开车门下了车，笑眯眯地牵住了楼阮的手，带着她走到了副驾驶那边，打开了车门，说道："我来送你上班。"

"啊？"楼阮一惊。

谢星沉靠在车边，笑眯眯地说道："我一想就知道谢宴礼没空来，所以就替他来了。快上车吧。"

楼阮不是那种很快能和人熟络起来的性格。

她默默弯下腰，坐了进去，声音很轻地说："谢谢。"

"谢什么！"

谢星沉关上车门，绕回去坐到了驾驶座上。

谢星沉坐好以后并没有直接启动车子，而是伸出手，捞了一只保温袋过来，递给了楼阮，说："这是早餐，我从家里带的，特意让阿姨做了你喜欢吃的哦。"

楼阮有些恍惚地接过保温袋。

特意让阿姨做了她喜欢吃的？

以前，从没有人这样对待过她。

没有人给她带过早餐，都是她给别人带，也从没有人会特意为她准备什么。

"希望你能吃得习惯。"谢星沉扣上安全带，"你不介意我叫你阮阮吧？叫嫂子我总觉得……"

楼阮的长相很显小，白白软软的，很容易让人产生保护欲，对着这样一张脸叫嫂子，谢星沉总觉得有些别扭。

楼阮抱着保温袋，还有些蒙，闻言立刻点头，说道："嗯，可以，你叫我什么都可以。"

谢星沉笑了一下，说："快打开吃吧，你公司离这儿不远，很快就到了。"

楼阮点点头，伸手拉开了保温袋的拉链，香气扑鼻。

食盒还没拆开，谢星沉又提醒："哦，旁边还有个保温杯，里面有温水，可以先喝点温水再吃东西。"

她又补了一句："是新杯子。"

楼阮心情复杂地拿起了那只粉色的保温杯，保温杯上有个可爱的小猪图案，看起来圆滚滚的，格外可爱。

她拧开保温杯，垂下眼睫小口小口地吹气，慢吞吞地喝了一口，水温正好。

谢星沉开车很平稳，没有任何颠簸，所以楼阮这顿饭吃得也格外舒适。

保温袋里只有一人份的早餐，楼阮吃得干干净净，一口没剩。

最后，她才有些不好意思地看着谢星沉，说道："不好意思，我有点饿……早餐很好吃。"

谢星沉已经把车停在了周氏门口，劳斯莱斯的车窗落了下来，露出了她绝美的脸，周围正在打量着这辆车的人也都看到了驾驶座上的人。

"没事儿，你喜欢就好。"她手搭在方向盘上，歪头看着楼阮，"到了。"

"嗯。"楼阮其实和人单独相处的时候都会觉得浑身不自在，但和谢星沉在一起的时间却很舒服，没有尴尬的感觉。

谢星沉坐在车上朝着楼阮挥了挥手，看着楼阮走进周氏大楼后，从旁边摸出手机，对着她的背影拍了一张照片，又笑眯眯地找到了谢宴礼的微信，把照片给他发了过去。

谢宴礼：【？】

从来不会秒回的人瞬间打了一个问号发了过去。

谢星沉又拍了一张副驾驶座上的保温袋：【来给甜妹送早餐，顺便送她上班。】

谢宴礼：【？】

谢星沉：【她好像很喜欢我家阿姨做的早餐呢。】

谢宴礼：【？】

谢星沉不理他了，直接打开了朋友圈，发了刚刚拍下来的保温袋和厨师早上在厨房奋战的照片，配文：【无所谓，我会早起让阿姨做早餐给嫂子吃，卷死我哥。】

谢宴礼第一个评论：【？】

这是在朋友圈，那么多人能看到，谢星沉还是选择给了他几分薄面，回复道：【哥哥，嫂子说我家阿姨做的早餐超好吃的哦！】

谢星沉靠在车上，差点笑出声来，心说：谢宴礼，我给你机会了，你可别不争气。

然后，她看了一眼周氏大楼，开车扬长而去。

04

楼阮正和同事一起走进了电梯，手机突然振动了一下。她拿起一看，是谢宴礼发了消息过来。

是一张图片，正在加载中……

电梯上的数字一直在变化，同事们进进出出，最后电梯里只剩下楼阮一个人。

电梯里信号不好，她低头看着那张仍然显示"正在加载中"的图片，蹙起眉想：发的会是什么图片？我们在民政局门口拍的那几张照片吗？难道摄影师那边已经修好了？

电梯"叮"了一声，电梯门缓缓打开，楼阮走出了电梯。

她的手机也终于有了信号。

而那张一直在加载中的图片也终于显露了出来，是一张朋友圈截图。

楼阮低头看着，嘴角弯了一下。

没想到谢星沉还发了朋友圈。

她正要去给谢星沉点个赞，就看到了谢宴礼的新消息。

谢宴礼：【我家阿姨做饭比她家强，明天吃我家的。】

楼阮步子一顿，盯着手机屏幕上的那两行字，心跳漏了一拍。

总裁办的人见她来了，像看见了救星似的，连忙迎了上来。

"楼阮姐，你身体怎么样了啊？"

"楼阮姐，你不知道，你昨天不在，公司出了好大的事……"

楼阮连忙收起手机，问道："林氏的事情吗？我今天早上看新闻了。"

"对，就是林氏的事情。"他们围在楼阮身边，声音很低，"昨天晚上林家大小姐就来了，她走了以后，周总发了好大的脾气，我们都不敢进去……"

以前有楼阮在的时候，不管周越添发多大的脾气他们都不怕，因为楼阮会去应付。

可昨天楼阮不在。

"林小姐昨天就来了？"楼阮轻声问道。

"对，听说原本她是想今天来的，昨天晚上周总亲自打了电话。"有人在楼阮耳边低声说道，"今天少不了又得大吵一架。"

不过今天有楼阮在，他们就没那么害怕了。

不管周总发多大的火，都有楼阮顶着。

楼阮若有所思地点了点头，说："知道了，都去忙吧。"

她走到工位坐下，想了想，还是拿出手机，先回了谢宴礼的微信。

楼阮：【好的，我要上班了，下班说。】

礼貌地回复完以后，她就把手机放在了一边，打开了电脑。

好在手头上的工作都已经到了收尾阶段，楼阮看着电脑屏幕，手指很快动了起来。

还没工作几分钟，面前就忽然一暗，被一道影子笼住了。

楼阮抬起头，看到了一张明艳的脸。

"楼阮，"贾苏苏站在她面前看着她，有些幸灾乐祸，"你听说了吧？"

"听说什么？"楼阮面无表情。

"当然是林家大公子的事情呀。林俊逸出事了，马上就会卸任，以后林氏就是林悦欣的了。"

"我知道，这些东西新闻上有写。"楼阮没明白贾苏苏到底想说什么。

"听说咱们周总以前和林小姐相过亲呢。"贾苏苏定定地看着楼阮的脸，似乎不打算放过她脸上一丝一毫的波动，"以前林小姐筹码不够，现在嘛……林家要真是她的了，你可就半点机会都没有了。"

楼阮安静地坐在工位上，仍然面无表情。

贾苏苏是周越添的校友，大学四年，她几乎是眼睁睁看着楼阮怎么追着周越添跑的。

她从前就喜欢做一些戳楼阮肺管子的事，周越添和他们学校哪个系的系花吃饭，哪个美女又坐了他的副驾驶座……她通通告诉楼阮。

楼阮从前每听一次都觉得万箭穿心，每次都会难过萎靡好几天，但不知道为什么，她现在听到这种话，内心已经毫无波澜。

贾苏苏见楼阮不说话，笑了一声，又继续说道："哎，你也别多想，万一周总选夫人不看什么门当户对，而是看感情呢？怎么说你也跟在他身后这么多年了，万一他……"

楼阮指尖有些发凉，她看着电脑屏幕，很认真地想，自己跟在周越添后面很多年了吗？

好像是。

从她有记忆起，她就知道她是个特殊的存在。

养父养母不是她的亲生父母，没有人喜欢她。

读书以后，她知道了她的处境叫"寄人篱下"。

上学的时候，她常常会听到有人窃窃私语："看，那就是徐旭泽他姐，但不是亲姐，她都不姓徐的。"

从小到大，她的每一次家长会都是没人参加的。

每一次生日，也都没有人记得。

直到 12 岁那年，周越添一家搬到附近。

一天，回家的路上，她被几个孩子追着跑，他们说她是没人要的孩子。

是周越添忽然出现，凶巴巴地朝着他们喊："叫什么？谁没人要？"

楼阮抬起手，揉了揉干涩的眼睛，那句话她记了很久。

那一天的周越添，她也记了很久。

楼阮抬起头，贾苏苏还站在她面前说着什么。

旁边有人看不过眼，皱眉说道："苏姐，这还在上班呢，赶紧回去吧，等会儿让周总看到了。"

贾苏苏的目光落在楼阮身上，脸上的笑容微微凝滞，她显然是没想到楼阮会这么平静。

突然，有人喊了一声："周总。"

贾苏苏身体一僵，蓦地回头看了过去，周越添不知道什么时候站在了她们身后。

而她们刚刚说的林悦欣林大小姐，就站在周越添身边。

周越添站在那儿，视线稳稳地落在楼阮身上，眸光微沉。

楼阮站在自己的工位前，安静地垂着眼睛，没有看他。

周围安静得可怕。

"周总，贵司的员工都是这样的吗？"林悦欣似笑非笑地打破平静。

周越添没说话，面无表情地走过来，在楼阮身旁停下。

楼阮仍然安安静静地低头站在那里，没有看他。

周越添心尖有些莫名地闷。

不过很快，他就收回了视线，缓缓转过头，对贾苏苏说道："去人事办手续。"

心尖那点微不足道的闷，被他理所当然地当成了愤怒和丢脸。

贾苏苏肉眼可见地慌了，甚至伸出手想去拉周越添，说："周总，周总你不能这样对我，我们是校友啊！"

周越添动作很快地躲开她的手，露出了一丝厌恶的神色。

贾苏苏猛地一顿，眼中带着不可置信。

林悦欣轻笑一声，说道："周总的确果断。"

周越添语气淡淡地道："林总里面请。"

林悦欣勾了勾唇，目光从楼阮身上掠过，踩着高跟鞋走进了总裁办公室。

外面的人也都回到了各自的位子上。

贾苏苏像演出结束后无人关心的小丑道具，站在寂寥的舞台上无人问津。

楼阮也重新坐了下来，她手上的动作更快了。

她必须要尽快收尾才行。

等结束所有事情后，她就可以安心离职了。

华跃生物科技办公大楼。

身着黑色西装的男人坐在会议大厅正中央，不经意地把玩着一支钢笔。

坐在下面汇报工作的员工战战兢兢，他们总觉得老板今天有点心不在焉，难道是他们做的方案太垃圾，老板实在听不下去了吗？

所有人都汇报结束后，终于轮到了谢宴礼开口。

他瞥了一眼放在一旁的手机，终于放下了手上的钢笔。

"你们自己讨论五分钟。"

刚刚汇报完工作的员工心里更惶恐了。要他们自己讨论吗？老板这是连骂都懒得骂了吗？

几个方案小组立刻争分夺秒地讨论了起来，每个人心里都在想，这个方案要怎么在五分钟内能优化到让老板看顺眼。

谢宴礼则拿起手机，认认真真不知道在看什么。

五分钟后，有人犹疑着开口："老板，五分钟到了……"

谢宴礼看着手机屏幕，说："嗯，再讨论五分钟。"

下属们再次陷入了激烈地讨论。

谢宴礼看着手机里楼阮的那句"下班说"，思索一番后，终于开始回复：【行。】

然后，谢宴礼微微往后一靠，长指叩了叩桌面，姿态闲散地问道："讨论得怎么样了？"

"差、差不多了。"众人抬头。

谢宴礼颔首，指腹落在电脑触摸板上，点开了文件，说："开始吧。"

第五章

✦

小叮当游乐园

01

因为林俊逸的事，周氏和林家就赔偿条款还有重新修订合同等事宜讨论了一整天。

送走林悦欣后，周越添才发觉有什么不对。

总裁办少了个人。

楼阮不在。

原本接待林悦欣、安排他们午饭的事情都应该是她来做的，但今天她始终没有出现。

周越添一看楼阮的工位上没人，瞬间生起气来。他走到楼阮的位子旁边，看着和她座位相邻的实习生，冷声问道："她人呢，无故旷工？"

两个实习生连忙站了起来，解释道："不是的周总，楼阮姐去财务部要资料了。"

周越添蹙着眉，问道："要资料怎么不是你们去？今天林氏来人，她为什么不接待？"

"算了，"实习生能知道什么，周越添扔下一句，"她回来让她来趟我办公室。"

今天一天，楼阮跑上跑下，几乎把整个公司各部门都跑了个遍。

等她拿到资料后再看时间，已经下午 6 点整了。

正是下班的时间。

楼阮皱了皱眉，辞职申请还没递，看来明天得先递离职申请了。

她一边想，一边按下电梯，和下班的同事们逆行。

电梯升至最顶层，锃光瓦亮的大门缓缓打开，楼阮看到总裁办的同事们还都没走。

见她来了，有个实习生连忙跑上前，神色担忧地看着她，说道："楼阮姐，周总让你去一趟他办公室。"

"好，我知道了。"楼阮神色平静地点头。

她把从财务部拿回来的资料放在桌上，转身走向周越添的办公室。

楼阮抬起手，叩了叩面前的灰调木门。

里面很快传来周越添微凉的嗓音："进。"

楼阮推开门，走了进去。

周越添正坐在桌前看合同，他甚至没抬一下眼睛。

"周总，您找我。"楼阮走到他办公桌前。

周越添捏着文件夹的手一顿，抬起头看她一眼，又低下头继续看手上的文件，问道："你昨天请了病假？"

"我是按正常流程请的假。"楼阮点头。

"什么病？"

楼阮站在他桌边，身后的冷气吹得她有些不适，她蹙起眉，顿了一下才说："没病，有点私事。"

私事？

她能有什么私事？

和徐家不亲近，也没有什么要好的朋友，她除了他还认识谁？

"什么私事？"周越添定定地看着楼阮，"有什么私事需要你电话不接微信不回请一天假？"

楼阮目光闪了闪。

也许是察觉到了自己的失态，周越添缓和了一下语气："昨天程磊找你有事，说打了很多电话给你，你一个都没接。"

楼阮垂着眼睛看他。

周越添西装革履，神色和往常一样清冷疏离，俨然一副上位者的模样。

她很少像现在这样直视他。

以往，她总是在他身后偷偷地看他。

这个人的背影她看过无数次，但这张脸，她却很少认真注视过。

她追着他跑的时候，他身边的朋友都不喜欢她。

她也知道他们不喜欢她，嫌弃她是个养女，但她以为周越添不会。

她以为他和他们不一样。

但晚宴上他那句"养女而已"，清晰而真切。

原来他和他们是一样的，并没有什么不同。

"楼阮？"像是意识到她在走神，周越添冷声喊她，"我在跟你说话。"

楼阮卷翘的眼睫闪了闪，她刚想开口，周越添的手机突兀地响了起来，尖锐刺耳。

周越添蹙起眉，接了电话："喂。"

听着对面的人说话，他声音低了下去，眉宇之间写满了不悦。

"知道了，现在过来。"

楼阮安静地站在原地，等着他打完电话。

挂了电话后，周越添重新抬头看向了她，说："继续，什么私事？"

楼阮合了合眼，吐出了两个字："结婚。"

周越添静了两秒，觉得自己是不是幻听了。

"你说什么？"

什么结婚？

和谁结婚？

随即，他又觉得可笑，她这摆明了就是今天和那个什么苏苏吵了架胡说八道的，他竟然还真认真想了这种可能。

真可笑。

她从小到大都一直黏着他，别说她认识的人了，他连她认识的狗都知道得一清二楚。

"结婚。"楼阮重复道，"我去结婚了。"

周越添抬起棱角分明的下颌，语带嘲讽："楼阮，你知道的吧，你本来该和……"

"贾苏苏。"楼阮见他顿住，替他补充道。

"对，贾苏苏。"周越添好像更生气了，额角青筋突突地跳了几下，"你本该和贾苏苏一样，直接离职的，可……"

"我会和她一样，离职。"楼阮站得笔直，脸上只有认真，"处理完手头上的事情后，我就会去人事部办离职。周总放心，不会太久，三天内会全都做完的。"

周越添定定地看了她好几秒，还没来得及说话，有人敲响了门。

只敲了一下，总裁办公室的门便被打开。程磊冒出头来，还没来得及说话，周越添就伸手掀了手边的东西。

"出去！"

程磊一怔，连忙退了出去，关上了门。

文件夹自桌面翻落，白色的纸张散了一地。

楼阮其实很少见到周越添这样发脾气，她下意识地往后退了退，低头看着地上的纸张，像被吓到了似的。

周越添站了起来，看着楼阮，漆黑的眼睫上似是染上了凛冽霜雪，大声说道："楼阮，闹也要有个限度。

"你想好了，出了周氏的门，你就别想再回来。"

楼阮轻轻后退，微微弯下腰，把地上的文件纸都捡了起来。这是她一直在跟的项目，她很熟悉，所以很快就整理好了。

她把整理好的文件夹推至周越添面前，声音很轻地说："我想好了。"

周越添气极反笑，说道："好，想走就直接走，今天就走，也不用做完什么手上的事了，你那些事情，随便谁都能做。"

说话的时候，他一直看着楼阮，好像十分笃定她一听到这样的话就会立刻慌张认错。

他料定了楼阮不会走，不会离开周氏，不会离开他。

周越添站在那里，等着楼阮向他认错道歉。

但站在面前的人却没有像他想象中那样，而是轻轻蹙了蹙眉，随后很轻很轻地点了头，说："好。"

周越添陡然沉了脸，喊道："楼阮！"

以往每次他生气的时候，都会像现在这样加重声音喊她的名字。

她知道他生气后就会立刻道歉。

但今天，楼阮显然没有要道歉的意思。她抬起头，看着他的目光格外平静，说："人事已经下班了，麻烦周总打声招呼。"

"楼阮！"周越添的脸色越来越差。

"我现在就去收拾东西。"到现在，楼阮的语气还是轻飘飘的。她本来是很爱哭的人，但到这个地步了，她的眼圈甚至都没有红一下。

她微微低了低头，像告别似的，末了，转身就走。

"楼阮！"身后的周越添暴怒，"站住！"

楼阮步子没停，她心口怦怦直跳，从周越添的办公桌到门口的这段路好像格外漫长。

她手指刚刚碰到门把，身后的人就追了上来。

办公室的门被一把按住。

楼阮转头看他。

周越添高大的黑色身影笼罩着她，一开口就是讥讽的语气："你昨天不是去结婚了吗，不需要我给你个份子钱？毕竟我们也认识这么多年了。"

楼阮手指落在门把上，金属质地的门把有些冰凉。她抬头，看着他，说："行，周总看着给吧。"

"给了份子钱总得邀请我参加婚宴吧？"周越添眉眼含讥带讽，偏头看着她，"你总不能没有婚宴吧？"

婚宴这个问题楼阮还没有和谢宴礼聊过。

她想了几秒，回道："是没有。那就算了，不劳周总破费了。"说完，她就按下了门把，推开了门。

程磊就等在门外。

也许是刚刚周越添的喊声实在太过吓人，总裁办外面没一个人敢走。

程磊表情有些错愕，目光追随着楼阮。她一步一步走到她的工位上，平静地整理桌面上的东西。

坐在楼阮周围的几个实习生连大气都不敢喘一下。

周越添站在门口，一动不动地看着她，神色阴鸷。

程磊还是头一次见到这两人这样，太反常了。

楼阮东西很多，她的工位是属于那种"看了就知道不会辞职的工位"，桌上放着很多装饰品，键盘鼠标也换成了可爱风格的，和别的同事千篇一律的黑不同。

她椅背上放着小抱枕，抽屉里还有毯子、药品、暖宝宝和各种生活常用物品。

楼阮打开抽屉，把里面一盒一盒的东西拿了出来，放在了旁边实习生的桌子上，说道："这些拿去分了吧，给你们用。"

她身旁的小姑娘吓坏了，小心翼翼地看了一眼那边的周越添，只敢小声喊了句："楼阮姐……"

程磊实在有些忍不住了，小声问道："周哥，她怎么回事啊？"

周越添神色冷冰冰的，声音清晰而明亮："离职。"

总裁办的同事都猛地一顿，每个人的脸上都带着不同程度的错愕。

离职，这怎么可能呢？

程磊恍惚了一下，也以为是自己幻听了，重新问道："什么？"

周越添看着楼阮的动作，重复道："离职，她要离职。"他声音冷硬，没有波动。

程磊眼皮跳了跳，下意识地开口："怎么可能？"

楼阮怎么可能会离开周氏？怎么可能会离开周越添？

这不符合常理。

周越添的目光扫过楼阮的桌面，她东西确实多，一时半会儿收拾不完。

他转过身进了办公室。

程磊连忙跟了上去，犹豫了一下，不知道该不该关门。

周越添回到办公桌前坐下，语气冰冷道："关门。"

程磊这才赶紧关上了门。

隔绝了外面的人，程磊便放肆了许多，他几乎是小跑上前，追问周越添："怎么回事？你要赶她走啊？"

"我赶她走？"周越添抬起眼睛，目光冰冷。

"对啊，难不成还是她自己想走？怎么可能，她这辈子都不会离开你的。"

周越添坐在那里顿了几秒才轻嗤一声，问道："你知道她昨天干什么去了吗？"

程磊静静等着他的答案。

"结婚。"周越添像是咬着牙说出的这两个字。

"……开什么玩笑?"程磊有些没反应过来,"她结婚?和谁结婚?这怎么可能!"

"你也觉得不可能吧?"周越添垂下眼睛,声音低了下去。

"她为什么这么说啊?总不能是因为你和徐旭泽那小子打架吧……"程磊蹙起眉,忽然想到了一个可能——楼阮会不会是听到了他们的话,听到了周越添那句"养女而已"?

"不是,"周越添坐在那里想了一下,手指在桌面上轻轻敲着,"是赌气。"

"赌什么气?"

"她今天和公司一个……忘了叫什么,吵了一架。"周越添抬起手按了按眉心,"那个人跟她说,林悦欣接管林氏后,她就没有半点机会了。

"大概是因为这个。"

"……啊?"程磊抿了抿唇,欲言又止。

直觉告诉他不是因为这件事。

程磊思考了半天,实在不知道该不该说。

但周越添好像已经想清楚了似的,忽然抬起头,说道:"没事,过几天她想清楚了就会自己回来。"

程磊张了张口,一看周越添笃定的表情,又生生把话咽了回去。

02

外面,楼阮已经把囤在抽屉里的东西都分完了。

她打开最后一层抽屉,里面放着个精致的首饰盒。

那是她入职的时候,周越添随手塞给她的,就是条普普通通的银项链,挂坠是只小兔子。

它一直被她珍藏在抽屉的最后一层。

每次工作遇到困难的时候,她都会拿出来看看。

楼阮垂着眼睛,定定地盯着它看了几秒,最后伸手将它拿了出来,放到了整理好的东西的最上方。

她在同事们的注视下,沉默着将桌上的文件分门别类整理好,然后抱着东西转身,说:"这段时间多谢大家的照顾,我们有缘再见。"

怀中杂七杂八的东西实在太多,但她还是很费力地单手抱着,对着身后的人挥了挥手。

电梯来得很快,没有给她多停留的时间。

楼阮抱着东西走进电梯,电梯里的镜子中映出她眼眶有些发红,不过尚且在可控制范围内。

身后，显示屏上的数字在逐渐递减，楼阮的目光逐渐下移，落在了物品最上方那个黑丝绒首饰盒上。

直到身后的电梯"叮"的一声，电梯门缓缓打开。

楼阮走出了电梯。

她一步一步踩在周氏一楼大厅光洁明亮的大理石地板上，终于在经过垃圾桶时停住了步子。

金色的镜面垃圾桶上映出她的动作——女人抬起葱白纤细的手，拿起了最上方那个精致的黑丝绒首饰盒，将它丢进了垃圾桶。

"咚"的一声，楼阮的心跟着定了定。

她双手抱着怀中的东西，站在原地呼了口气，然后坚定地抬脚走向了前方的旋转门。

银色的宾利停在周氏大楼附近的路边，谢宴礼靠在驾驶座上，微信"叮叮叮"响个不停。

季嘉佑的消息一条一条闪出来。

【怎么样怎么样？等到了吗？】

【等到人了吗？】

【谢宴礼，我都跟你说了，你那妹妹不靠谱，你别听她的，听我的，你直接色诱！】

【色诱真的有用，你这张脸色诱真的没人扛得住。你信我，兄弟，我难道还会害你吗？】

……

谢宴礼向外瞥了一眼，仍然没有看到楼阮的身影。

什么下班再联系，周氏下班的人他都看到好几拨了……

骗子。

季嘉佑还在没完没了地发消息，谢宴礼一个字也不想回，他放下手机正准备把车再往前面开一点，一抬眼就看到了一道纤细的身影。

楼阮怀中抱着一大堆东西，似乎在准备打车。

谢宴礼长眸微敛，手指勾动汽车变速杆，启动车子上前。

车子停在楼阮面前的时候，她微微一怔，还以为自己挡路了，正准备抱着东西后退，那辆车的车窗就缓缓落了下来，露出了谢宴礼精致的侧脸。

她呼吸凝滞了一瞬。

谢宴礼看向了她怀中的物品。

楼阮沉默了两秒，正准备开口说话，就听到车里的人先发制人："下班回复？"

楼阮呆滞了好几秒才明白他在说什么。

是在说她没有履行诺言，没有下班马上回复他的微信吗？

她站在原地，试图开口解释，却看到那人抬手解开安全带，打开车门走到了她面前。

"我今天有点忙，午休的时候在处理事情，下班……临时出了点状况。"楼阮低声解释道。

谢宴礼今天穿着一件不那么正式的白色衬衫，领口随意地敞开。她这个视角，正好能看到对方雪白精致的锁骨。

谢宴礼动作自然地伸出手接过了她手上的物品箱，随意瞥了一眼箱子里的东西，问道："你这是，离职了？"

楼阮有些呆呆地点头，说："嗯……算是吧。"

谢宴礼缓缓地挑了挑眉梢。

楼阮察觉到了他的视线，正准备挪开视线，对方就忽然俯身下来，与她平视。

"周氏的离职手续办得挺快啊，一天时间就能走了？"

他凑得很近，鼻尖几乎要贴上她的鼻尖。

楼阮下意识地屏住呼吸，近距离看这张脸的时候，她心跳得更快了。

而且他一弯腰，领口的缝隙更大，她眼睛一垂，白衬衫下的风景就一览无余地展现在眼前。

别说腹肌了，两条若隐若现的人鱼线也被她看到了。

楼阮快速后退，和他拉开了一定的距离，说："对，挺快。"

谢宴礼把车开到了他家车库，下车后他带着楼阮走向了车库另一端。

车库另一端，蓝色的灯带下，十多辆机车整齐摆放在那里，安静等待着它的主人。

谢宴礼回头看身后的人，问道："喜欢哪一辆？"

楼阮完全不懂机车，她以前也从没坐过机车，偶尔见到有人骑机车也是在京北的深夜。

谢宴礼见她不说话，问道："选不出来？"

"嗯。"楼阮点点头。

谢宴礼歪了歪头，像是随手一指，说道："那就这辆。"

楼阮顺着他的目光看过去，看到了一辆白色的机车，上面有些黑色的小涂鸦，还有一些简单的英文字母。

谢宴礼走过去，不知道按了什么开关，蓝色灯带下，黄色灯光骤然亮了起来。

楼阮定睛看过去，是一格又一格的透明柜子，每格里面装着一个摩托车头盔，颜色不一。

谢宴礼似乎是认真挑选了一下，最后打开了一个格子，从里面拿出了一个白色的女士头盔，上面还带着两只同样色系的小耳朵。

像猫耳。

"这个怎么样？"他拎着这个头盔回头问。

蓝调的灯光映在谢宴礼脸上，显得那张脸更加完美精致，无可挑剔。

看着楼阮满脸疑惑，谢宴礼低笑了几声，开始介绍身旁的柜子："这些都是我让唐叔特意给你准备的。"

"让唐叔特意准备的？"楼阮脑子嗡了一下。

她看过去，摆放头盔的柜子的确有新有旧，左边的明显比右边的旧一些。

"你……"

她以为他们只会是那种相敬如宾的结合，等到不需要的时候就会离婚，好聚好散。

可他竟然还让唐叔做了这些……

楼阮一时间竟有些不知道该说什么，心中腾起一股难以言喻的情绪，是过往二十多年里都从未有过的。

她站在光线幽暗的停车场里，无比清晰地听到了自己怦怦直跳的心跳声。

谢宴礼拎着那个小猫耳朵头盔走上前来，把头盔扣在她脑袋上，垂着眼睛给她戴好，嘴角扬起，说："不过呢，你也别太感动。我有条件。"

戴上头盔以后，楼阮觉得整个脑袋都沉甸甸的，她被裹在里面，可以清晰地听到自己的呼吸声。

但因为有了头盔的掩饰，她似乎也可以更加肆无忌惮地看他了。

"条件？"楼阮隔着头盔看他。

谢宴礼勾起手，拨弄了一下她头顶的雪白猫耳，点头道："对。爷爷他们都很喜欢你，所以我们需要表现得甜蜜一些。"

原来是为了这个。

这样就正常多了。

楼阮刚刚骤然加快的心跳缓缓平复，感觉脑袋上这个头盔瞬间戴得理所当然起来。

她认真地点头，说："可以，我会配合。"

谢宴礼勾了勾唇，说道："行。"

03

机车行驶在宽阔的马路上，路灯明亮，楼阮坐在谢宴礼的机车后座上，可以清晰地听到耳边呼啸而过的风声。

月亮高悬，机车一下子蹿了出去，楼阮下意识地伸出手，环住了谢宴礼的腰。

她把脑袋贴近谢宴礼，转过头看向江对面一闪而过的繁华夜景。

灯光璀璨的渡轮在江上慢慢行驶，楼阮看着一闪而过的风景，忽然在这个瞬间放下所有。

明明耳边还有风在呼啸，她却觉得时间好像骤停了似的。

这条路仿佛没了尽头，而世界上仿佛只剩下了她和谢宴礼。

前面的谢宴礼微微回头，嘴角缓缓勾出愉悦的弧度。

这个季节的京北晚上温度正好，不冷不热。

楼阮下了机车，默默摘下了头盔。头发被头盔压得有些乱，她拎着头盔，伸手整理了一下发丝，看起来仍然有些蒙。

她也不知道谢宴礼把她载到了哪里，不过这附近……好像有音乐声。

楼阮转头寻找声音来源，还没看清楚，手上就一轻，头盔被人拿走了。

她回过头，是谢宴礼。

他的头发也乱了，但京北的风好像都偏爱他，随便吹一吹，就能让这个顶着一头乱发的男人散发出非凡的气质。

他拎起她的猫耳朵头盔，说："在这儿等等。"

楼阮点点头，看起来又呆又茫然。

她的表情逗笑了谢宴礼，他嘴角勾出一个灼眼的笑，问道："被风吹蒙了？我很快回来。"

楼阮站在他面前，安静地点了头。夜风袭来，吹乱她的发丝，他那抹灼眼的笑容转瞬即逝。

谢宴礼回来得很快。

路灯下，两个头盔并排放在机车上，一黑一白，白的顶上还有着两只软萌的猫耳，放在一起时，看着好像……

"走吧。"谢宴礼说道。

"我们去哪儿？"楼阮问。

"前面是小叮当游乐园，你没来过？"

小叮当游乐园。

楼阮听都没听过。

这里算是京北的最西边了，他们一路过来路上都没什么车，有点偏僻。

不过京北市区的游乐园，楼阮也只是听过而已，从没去过。

小时候没人带她去，长大以后也没想过要去。

谢宴礼顿了一下，说："没来过没事，今天不就来了？"

昏黄的路灯将两人的影子拉得长长的，楼阮先是微微一怔，又抿唇笑了一下。

她以前也不是没有交过朋友的，除了周越添。当然，也有别的朋友出现在她的世界里，只不过她的运气似乎不那么好，每一次遇到的都不是同频朋友。

读大学的时候，她全寝室决定一起去酒吧。

她说自己没去过时，其他人的表情都变得有些古怪，甚至还有人直白地开了口："楼阮，你没事吧，酒吧都没去过？"

一次是这样，两次是这样，次次都是这样。

她没做过的事，没去过的地方似乎很多很多。

她和她们，好像是两个世界的人。

这还是头一次有人对她说，没来过没事，今天不就来了。

以前，就算是周越添，也不会说这样的话。

其实仔细想想，周越添和那些人的区别，大概就是他们会毫无顾忌地说出来，而周越添则隐藏了自己。

所以那时候她总觉得周越添是不同的……

谢宴礼见楼阮不说话，低下头看着他们的影子，认真地补充道："这地方是有些偏，没来过也正常。"

楼阮抬起头，有些错愕地看着他。

还真是头一次听到他用这么认真的语气说话。

怪不习惯的。

回忆中不愉快的记忆仿佛在一瞬间被横扫而空，她眼睛眯起来，开口问道："原来你还会来游乐园的？"

"怎么不会？"谢宴礼歪头看她，"这游乐场我来了几百次，你今天就给我蒙上眼睛，我都能从这儿走出去。"

"几百次？"

"你不信？"谢宴礼垂下眼睛看她。

"……没不信。"楼阮避开他的视线。

她其实很不擅长说谎，很容易被发现。

果然，没瞒过谢宴礼。

昏暗的路灯下，谢宴礼低笑了声，说："楼阮，骗人可不是好习惯。"

谢宴礼干净的声线伴着晚风灌入楼阮的耳中。

她讷讷地不知道该说什么好。

"你是我太太，在我面前你不需要说谎。"

楼阮轻轻抿起唇，这个称呼他还真是越叫越熟练。

反正她是喊不出口的。

不远处的霓虹光影映了过来，楼阮抬头看到了"小叮当游乐园"几个字，有些惊奇。

这么偏僻的地方，都这么晚了，竟然还有游乐园开门。

谢宴礼顺着她的目光看了过去，微微抬了抬下巴，示意她往前走。

楼阮微微加快步子，朝着那扇小小的铁门走了过去，这里不需要门票，可以直接进去。

谢宴礼在一旁讲解："这个游乐场虽然小，但该有的都有，过山车、跳楼机、旋转木马、摩天轮……都有。"

"你第一次来，如果你不怕，我们就全部玩一遍。"

"怕什么？"楼阮回头看他。

"过山车。"

楼阮没坐过山车，也不知道自己怕不怕，于是说："试试吧。"

"在这里等会儿，我去买游戏币。"

谢宴礼正准备向前走，楼阮跟上了他的步子，说："我跟你一起去。"

谢宴礼笑着默许，他走上前，买了两百块钱的游戏币。

游乐场的工作人员给了他们一只袋子，游戏币全都被装了进去，拎起来沉甸甸的。

谢宴礼抬起手，把那只沉甸甸的袋子递给了楼阮，说："你来管钱。"

楼阮接过那只袋子，问道："这些就够了？"

京北物价很高，她以前虽然没去过游乐场，但是也知道有些游乐场的门票都不止两百。

"在这里，够。"谢宴礼朝着前方抬了抬下巴，"走吧，谢太太，你的离职庆祝开始了。"

楼阮拎着沉甸甸的"钱袋子"，顺着他的目光看过去，一片彩光。

不远处的旋转木马上还放着音乐，音乐声隐隐约约传来，她忽然就变得恍惚起来。

这些东西对她来说，好像是另外一个世界的。

"楼阮？"身旁的人喊了她一声。

楼阮定了定神，拎着"钱袋子"走向前方。谢宴礼就跟在她身后，长长的影子包裹着她。

第一个项目，旋转木马。

这个时间点人不是很多，这游乐场看起来好像是翻新过的，设备并不老旧，反而格外梦幻。

楼阮坐上去后，发现有点不对劲。木马一大一小，坐在她旁边的都是爸爸带着孩子或者妈妈带着孩子的亲子组合，只有她一个人坐在上面，身旁那个属于"孩子"的独角兽小木马空荡荡的。

楼阮抓着木马前面的把杆，转头看向旋转木马下方。

谢宴礼身形修长挺拔，他雪白衬衫的领口微微敞开，原本套在外面的牛仔外套被他脱了下来，搭在臂弯。

他慢悠悠地拿出手机，把镜头对准了她。

楼阮握着把杆，动作一下子变得僵硬起来。

他在给她拍照吗？

还是在录视频？

她朝着谢宴礼摆了摆手，示意他不用给她拍照，但他好像没看懂似的，依旧举着手机，认真地看着屏幕。

梦幻的钢琴曲响起，座下的木马轻轻摇晃起来，楼阮看着下面的谢宴礼，动作更僵硬了。

一首曲子结束，旋转木马终于停了下来。

楼阮默默下来，轻轻呼出一口气。

她刚刚人是坐在上面，但所有注意力都在谢宴礼和他的手机上，根本没有心思去体验坐旋转木马的快乐。

谢宴礼见她走出来，才不疾不徐地放下手机，朝着她绽开一个笑，问道："感觉怎么样，谢太太？"

楼阮慢吞吞走到他身边，看向他的手机，手机屏幕已经被主人按灭了。

她只能抬起头看他，鼓起勇气问："你刚刚是在给我拍照吗？"

"嗯，拍了。"

理直气壮，没有半点不好意思。

"这些照片要给爷爷看的。"

是的，楼阮想起来了，她答应过要配合他的。

"你不喜欢拍照？那……"

"没有。"楼阮一想到在谢家老宅对着她笑眯眯的谢老爷子，连忙打断谢宴礼，"我没有不喜欢拍照。"

倒没有不喜欢，只是以前很少拍，也没人给她拍。

所以有些不习惯。

楼阮又回去坐了一次旋转木马，谢宴礼的手机屏幕一直对着她，她还是有些不自在，但已经比第一次去坐的时候自然多了。

谢宴礼站在最佳角度，不停地帮她拍照。

楼阮走到他身边的时候，他正垂着眼睛翻看刚刚拍的照片。

不得不说，谢宴礼拍照技术很好，刚刚一闪而过的那两张，她觉得简直可以算得上是她这二十几年来最好看的照片。

"你看看。"谢宴礼看到她过来，把刚刚拍好的照片拿给她看。

楼阮接过谢宴礼的手机，也不敢左右乱翻，软声发出中肯的评价："拍得很好！"

谢宴礼出声："再往前翻翻啊，我拍了很多，有不喜欢的可以顺手删掉。"

听到谢宴礼的话，楼阮动作微微一顿，轻轻点头，说："好。"

楼阮一路翻看到最后一张照片，看得越来越入神，到最后也没觉得有哪张不喜欢。

这难道就是天才吗？

她把手机递给谢宴礼。

"一张没删。"谢宴礼接过手机，低下头随意划了划，狭长的眼底漫过笑意，"看来谢太太很认可我的拍照技术。"

这人真是……

"走，"谢宴礼语调微微拖长，"我们去下一个项目。"

04

谢宴礼对这里十分熟悉，楼阮只管拎着钱袋子跟他走就好。

他们玩了很多项目，谢宴礼给她买了气球，又给她拍了很多照片。

楼阮手腕上绑着气球，低头翻看谢宴礼给她拍的照片。

他镜头里的她都很好看。

"都很好。"楼阮由衷地赞美，"你拍的很好看。"

谢宴礼嘴角含笑，说："多谢太太夸奖。"

他语调温柔缱绻，格外自然，好像他们已经结婚多年，并且感情一直很好。

楼阮有些恍惚。

谢宴礼滑动着手机屏幕，开口道："都发给你了。"

她伸手摸出手机，点开微信，果然看到了一连串好看的照片。

就在她准备退出微信的时候，发现微信里的"发现"那里有个小红点。

楼阮点进去。

刷出来的第一条就是谢宴礼的黑色头像。

他发了条朋友圈，还配了九张图！

楼阮看着那条满满是她照片的朋友圈，再一看他配好的文字，手指顿了下。

【陪太太来游乐园。】

楼阮看得心惊肉跳，这个朋友圈的风格很不谢宴礼。

夜风拂过滚烫的脸颊，她抬起头，目光落在谢宴礼脸上，问道："你这个朋友圈，分组了吧？"

"分组？"谢宴礼睨过来。

楼阮愣了愣。

想来也是，他应该不知道分组这种东西。

谢宴礼无所谓地说道："结婚的朋友圈都发了，就没必要分组了。"

楼阮迅速抬起头，原来他知道分组。

谢宴礼瞥了她一眼，说："谢太太不用担心，我并不打算隐婚，所以不会分组，也有的是时间陪你。"

楼阮担心的哪里是这个啊。

她只是觉得，谢宴礼这样的人忽然发这样的朋友圈，可能会吓到他的好友。

不过他看起来好像一点也不担心这个，他直视着她，说道："走吧，回家。"

回家……

楼阮站在昏黄的路灯下，头顶的树叶被夜风吹得沙沙作响。

她捏着手机，抬起头看向站在面前的人。

他那张脸在昏暗的光线下，透着不羁的绮色。

楼阮清晰地听到了自己的心跳声。

到家已经是午夜 12 点了。

楼阮站在窗边看着谢宴礼离开以后，才重新摸出了手机。

她一条一条往下翻看，然后就刷到了程磊的朋友圈。

暗调的照片里，各色美酒摆在桌上，对面有只戴着银戒指的手格外晃眼。

楼阮没有点开那张照片，但依旧看到了那只手旁边的女士裙摆。

要是以前，看到这样的照片，她一定会打电话给程磊，旁敲侧击、小心翼翼地问他们在干什么，和谁吃饭，弄清楚周越添身边的人是谁。

但这一次，她一点欲望都没有。

曾经一粒小石子仿佛也能激起千层浪，可现在……

原来巨石落下来的时候，她心里也可以只泛起一圈涟漪啊。

楼阮点开程磊的头像，在朋友权限那一栏选择了"仅聊天"。

程磊的朋友圈，她以后不会看了。

以后跟周越添相关的，她再也不想看到了。

再往下翻，谢宴礼的朋友圈很快就出现在了眼前。

他们的共同好友依旧很少，所以楼阮只能看到零星几个点赞和评论，几乎都是谢家和华清大学的。

华清大学的那几位她其实也不太熟，不过他们看起来和谢宴礼倒挺熟。

朋友1：【你这种人竟然也会陪女孩子去游乐场，震惊我全家。】

谢宴礼在底下回复：【带老婆去游乐场怎么了？你不会没带老婆去过游乐场吧？】

楼阮看着他的回复，忍不住笑出声。

她完全能脑补到谢宴礼的语气。

楼阮又返回聊天列表，保存了谢宴礼发给她的照片，选出九张发朋友圈。

她不知道发什么文案，所以就只发了两个开心的小表情。

第六章

◆

听说你结婚了

01

京北，酒吧。

昏暗的包厢中，有人打开了灯。

整个包厢一下子亮了起来，周越添难看的脸色瞬间变得清晰。

他坐在那里，低头看手机屏幕，面若冰霜。

坐在他身旁的女明星噤若寒蝉。

还是程磊觉得不对，摆了摆手，说道："你们先出去。"

包厢里其他人连忙站了起来，客套了两句就离开了。

"白小姐，您也移步吧，合作的事情我们改天再谈。"

听到程磊的话，女明星看了看一言不发的周越添，点了点头，站起来离开了包厢。

人全都走后，程磊才上前问道："怎么了？"

"你不是说这招有用吗？"周越添把自己的手机递给了他，脸上全是冷意。

程磊接过手机，一眼就看到了楼阮的朋友圈。

"她这是……"程磊心一惊。

"查清楚。"周越添忽然沉下眼睛，几乎是咬着牙挤出的这几个字。

程磊有些发怔。

周越添以前从不会问楼阮的事情。

她去哪里玩、和谁玩，他以前是从不会关注这些的。

这些事只有楼阮才会做，现在怎么完全反过来了？

程磊觉得这很不对劲，他心里有个猜想，但又觉得不可能。

他安静了半晌，才默默挪到周越添身边，小心翼翼地开口："周哥……"

周越添戴着银戒指的手微微一抬，从程磊手上抽走了自己的手机。

手机屏幕的光影映着他的双眸，那双眸子和往常一样，带着清冷的碎光。

但和平时不太一样的是，他正在定定盯着一个人的朋友圈。

周越添以前从不会发朋友圈，也从不会看朋友圈的。

程磊终于忍不住小声道："周哥……"

周越添忽然说道："女的拍的。"

"……什么？"程磊把要说的话生生咽了回去。

"这照片是女生拍的。"周越添语调淡漠，好像在理性分析。

但程磊知道，周越添现在肯定没有理性这种东西。

理性的周越添是不会看楼阮的朋友圈的，也不会打开她的照片仔细看，更不会分析拍照片的人是男是女。

"……有可能是公司同事吧？"程磊迟疑道，"她住的那个小区不是很多咱们公司同事嘛，都是女孩子。"

他嘴上虽然这样说，但心里不是这样想的。

楼阮以前有了新朋友，不管是男是女，都会和周越添说的。

这一次，她没有说。

程磊脑子飞快地过了一遍最近的事情，不管怎么思考，都觉得该是那晚那句"养女而已"。

那夜之前，楼阮明明还是好好的。

从那夜开始就变了。

以前晚宴，不管发生什么，楼阮都会在会场坚持到最后，把周越添送上车，甚至送回家。

虽然别人的秘书也会在宴会结束以后送老板回家，但楼阮是不一样的。

他们都认识这么多年了，楼阮是公事公办还是有私心，他最清楚。

对送周越添回家这样的事，她一向认真。

可那天晚上，他们转个身楼阮就不见了。

刚开始他以为是周越添和徐旭泽打架闹到局子里去，楼阮没找到他们。

但现在想，不对。

如果真的只是没找到，那不该一个电话都没有。

程磊还没完全想清楚，周越添就忽然把手机随意地丢在茶几上，冷声说："我太纵容她了。"

程磊愣了一下。

周越添继续说道："明天和白楚那边联系一下，就是她了。"

程磊脸上的表情几乎转为了错愕，在周越添起身的一瞬间，他猛地伸出手，一把拉住了周越添，低声说道："周哥，慎重。"

白楚就是刚刚坐在周越添身旁的那个女明星。

她刚凭着一部青春校园剧爆红，一跃成为今年最火的小花旦。

按道理说，他们周氏的确需要这样的代言人，他们需要白楚，白楚也需要他们。

但这位白楚小姐，和周越添是有些渊源的。

她没爆红之前，曾参加过一场酒会。

年轻貌美，没有后台，身处鱼龙混杂的圈子里，自然容易被一些"豺狼虎豹"盯上。

白楚被人逼酒的时候，是周越添轻飘飘的一句"为难人家小姑娘干什么"替她解了围。

后来不知道怎的，两人就传出了绯闻。有人说白楚身后有金主，那个金主就是周越添。

"你和白楚是有绯闻的，你忘了？"程磊说道，"要是真签了白楚，楼阮……"他犹豫了一下，低声继续说，"可能就真的不会回来了。你想清楚。"

"不会回来了？"周越添目光平静地盯着他。

程磊点了点头，回道："楼阮之前问过我白楚的事。"

周越添神色清冷，语气笃定："她不会。"

程磊动作凝滞了一下，有些难以置信地看着周越添。这就是当局者迷吗？

程磊见周越添要走，连忙拦住，道："周哥，你先别走，我们再好好说说，代言的事不急。"

说着，他还伸手摸出了自己的手机，急急忙忙点进了朋友圈，往下翻了翻，没有看到楼阮的朋友圈。

他蹙起眉，以为是自己朋友圈人太多，于是又搜索了楼阮的名字，点进了她的朋友圈，却只看到了一条直线。

"不会吧，她是把我删了吗？"他不可置信地一直划着屏幕，"不可能吧！她删了我还怎么知道你的消……"

话已出口，程磊才意识到自己说了什么。

他看着周越添的脸以肉眼可见的速度沉了下去，陡然间寒意料峭。

02

周越添所有的朋友中，只有程磊喜欢发朋友圈，还总带上周越添。

程磊总是像个人形雷达一样，走到哪里发哪里。

凡是加了程磊的人，一刷朋友圈就知道他们今天去干了什么、和谁一起、大概在什么地方。

这些对别人来说或许不算什么，但对楼阮来说，这是条很重要的了解周越添的途径。

周越添脸色难看地拿过了程磊的手机。

他站在灯下，脸部线条变得更加凌厉清晰。

周越添低着头，反反复复地用程磊的手机点开楼阮的朋友圈，不管多少次，看到的都是一条直线。

没有游乐园的笑容。

也没有那两个开心刺眼的小表情。

程磊看着周越添的脸色，犹豫了一下才低声说："你那个话，是不是被她听到了？

"就那天那个……养女……"

而已。

剩下两个字他没敢说出来，因为周越添的脸色已经难看到极致了。

周越添这一系列不正常的反应，正好验证了程磊心中的想法。

周氏家大业大，以前当然也请过不少当红女明星做代言人，但和代言人在这种地方喝酒谈合作还是第一次。

而且他刚赶过来，屁股还没坐热，周越添就一直盯着他，半晌才冷不丁冒出一句："这么热闹你不发条朋友圈？"

谁会关注他的朋友圈？

只有楼阮。

而且他拍了好几张照片，周越添硬是选出了一张看起来和白楚挨得近的。

程磊要真是再看不出点什么，就真是傻了。

周越添这样，实在太过反常了。

当然，楼阮也反常。

这两个人这两天都很反常。

周越添冷着脸把手机递给程磊，没好气地说："听到又怎么样？"

程磊这次没有和往常一样把剩下的话咽回去，而是低声说完："你要是在意她，就好好和她说。

"她心软，也喜欢你，你只要和她好好说说就行。"

要是以往，程磊肯定不会和周越添说这些。

毕竟以前周越添什么也不需要做，楼阮就会无条件站在周越添身边，不管发生什么。

但这次，程磊隐隐约约觉得情况不对。

这次和过往的每一次，都不一样。

周越添好似有些恼怒，不过那抹情绪一闪而过，并不明显。

"我在意她？嗤！"周越添语气嘲弄，"她有什么特殊的吗？还得我亲自去求着她回周氏？

"她对周氏来说很重要吗？"

程磊看他的目光越发复杂了。

包厢中静了几秒，周越添才沉了口气，说："明天和白楚那边签约。以后，楼阮的事情不要再提，她想走就让她走。"

也不等程磊再说什么，他直接就转身出了门。

程磊长长地叹了口气，觉得自己刚刚真的该找一面镜子给周越添，让他看看他是什么脸色。

虽说已经过了午夜，但是京北市区依旧热闹非凡。

周越添在车里看着外面被灯饰映照的江景，忽然轻嗤一声。

他，在意楼阮？

最近怎么回事，怎么人人都这样说？

也许是晚上多喝了两杯，周越添竟靠在后面睡着了。

车子停了下来，司机张叔回头看他，提醒道："少爷，到家了。"

周越添有些迷迷糊糊地睁开眼睛，点了点头，抬手打开了车门，说："嗯，送她回去。"

黑色的车门被打开，后半夜的夜风灌了进来，周越添瞬间清醒了不少。

没有她。

她今天没有陪着他一起回家。

坐在前座的张叔张了张口，正犹豫要不要说些什么，但还没来得及发出声音，后座的车门就猛地被关上了。

张叔转头看了过去，寂寥的夜风中，周越添步伐有些沉重地往家门口的方向走去。

03

一大早，楼阮准时睁开了眼睛，她还没有适应不用上班的生活，所以现在的时间是……

早上6点半。

楼阮放下手机，翻了个身，又闭上了眼睛，却始终睡不着。

楼阮无奈地坐起来，她怎么连个懒觉都睡不了，这难道就是传说中的天选打工人吗？

她把刚刚丢在一边的手机摸回来，手机屏幕上推送不少。

看着看着，她眼睛忽然一亮，喜欢的博主更新了！

@X：【大家早上好，告诉大家一个喜讯，我微博中的小漫画已签约绿果文化。其实之前有很多出版方联系过我，但我从没有想过出版，不过我太太似乎很希望拙作出版……感谢大家让出版方看到我，得以出版能博她开心。感谢@绿果文化】

楼阮睁大眼睛。

"太太"的小漫画签约出版了？

他果然被看到了!

她激动地点进评论区。

虽然还是大早上，但评论区已经很热闹了。

@绿果文化：【呜呜呜，大大的太太高兴就好，含泪吃下狗粮。】

【什么，要出版了？！啊啊啊，好开心！！！】

【天啦，这狗粮！】

【在地铁口一脚踹翻这碗狗粮。"太太"你变了，你以前明明是酸甜系"太太"，现在怎么变成纯甜"太太"了？呜呜呜，天天都是狗粮。】

【呜呜呜，十年暗恋成真，暗恋故事被印成书出版，你小子是会哄老婆开心的。】

……

楼阮翻完评论区后，也高高兴兴回复了两个字：【恭喜！】

她又点进了绿果文化的官方微博，顺手关注了。

蹲一手漫画书进度，等到时候出了她就直接秒！

楼阮高高兴兴刷完微博，正准备放下手机起身洗漱，手机就轻轻振了振，是谢宴礼的消息。

谢宴礼：【醒了？】

这人怎么回事？她才刚坐起来刷了几条微博而已，是在她房间里装监控了吗？

楼阮：【监控速拆。】

谢宴礼：【？】

楼阮正准备打字解释，对方的消息就再次过来了。

谢宴礼：【我只是随口问问，还真醒了？昨晚回去那么晚，醒来这么早，谢太太真是我辈楷模。】

楼阮抿了抿唇，默默打字。

楼阮：【我现在不过是个无业游民，怎么比得上谢总日理万机。】

发过去后，她又觉得自己好像有些阴阳怪气，于是又连忙补充。

楼阮：【我要早起找新工作的，不比您，衣食无忧。】

楼阮拿着手机翻身下床，穿上拖鞋出了卧室，开始洗漱。

谢宴礼这次没有秒回。

直到楼阮洗完脸以后，他才回复一句：【不过是给谢太太打工罢了。】

楼阮低头看了一眼，险些吓到。

她手指颤抖着点开谢宴礼发来的那张图片。

是一份合同。

股份转让合同。

楼阮拿着牙刷，站在镜子前一脸茫然。

下一秒，谢宴礼的电话就打了过来。

Rose Crown

楼阮看着手机屏幕上的来电显示，接听。

谢宴礼的声音从手机另一头传来，带着浅浅的低笑："谢太太，下楼签合同吧。"

楼阮洗漱完以后，换了件衣服就急匆匆下了楼。

谢宴礼就在她家楼下，他身旁还跟着一个人。

那人西装革履，手上拎着个黑色公文包，一脸正派。

而靠在一旁的谢宴礼就显得随意多了，他上身随意套了件蓝色卫衣，内衬的白边微微露了出来，下身是条黑色工装裤，显得双腿修长笔直。

见楼阮过来，他才慢悠悠直起了身子，嘴角轻轻勾了一下。

"这是……"楼阮风中凌乱地跑下来。

西装革履的黑衣男人上前一步，微微弯腰，递上一张名片，说道："夫人好，我是谢氏的律师，这是我的名片。今天我过来是受老爷子和大夫人的委托，和您签订一份股份转让合同。"

楼阮接过了他手上那张名片。

谢氏的企业商标清晰地印在上面。

金色名片的下方印着这人的名字，黄昊。

黄昊，谢氏的金牌律师，法律圈响当当的人物。

楼阮手指有些颤抖，谢宴礼刚刚已经给她发过合同了，她当然知道他们是来干什么的，却还是不自觉地将目光挪向谢宴礼身上。

黄律师一脸正直，语气平缓道："您不必看他，这件事是老爷子和大夫人的意思，小谢总是没有话语权的。"

谢宴礼拎着个正方形的保温袋，站在那儿，嘴角勾着随意的笑，说："你听到了吧，我只是个打工的。"

楼阮刚刚在图片上已经看到了要转让的股份份额，份额实在太大。

她声音有些颤抖："先上去吧，我们上去聊。"

谢氏这样的大集团，就算百分之一的股份，都是一笔惊天巨款了，更别说这么多……

他们跟着楼阮一起进了门，电梯来得很快。

电梯门打开的那个瞬间，里面的人惊呼："楼阮姐！"

对方穿着职业装，大约是周氏的人。

谢宴礼站在楼阮身旁，抬起眼睛看了过去。

"这是……"那人似乎是没想到会在这里看到这么帅的男人，步子有些凝滞。

04

楼阮站在谢宴礼身边，对着从电梯里出来的人点了点头，说道："这是我先生。"

语调波澜不惊，仿佛这种话她已经说了很多次。

从电梯里走出去的前同事睁大眼睛。先生？！

对方瞳孔地震，她昨天才吃到瓜，说楼阮和贾苏苏因为周总吵了一架，两人都离职了，还有人匿名爆料说楼阮是和他们周总一起长大的，一直喜欢周总，倒贴周总，但是周总瞧不上。

天哪！

那些人到底在胡说八道什么！

眼前这男人虽然穿得随性，但全身上下可没一件廉价东西。

还有这脸、这气质……

谢宴礼拎着保温袋，嘴角勾出一个晃眼的笑容，本着不能给夫人丢人的态度，拿出了最好的状态。

走出电梯的姑娘恍恍惚惚，随即她又看到了一张熟悉的脸。

黄昊！

她是周氏法务部的，都是混律师圈的，她怎么可能不认识黄昊？

黄昊可是法律界神一样的人物。

不过黄昊不是谢氏的律师吗？怎么会和楼阮在一起？

见她看过来，一身西装的黄律师对着她礼貌地点了点头，随后伸手挡住电梯门，又微微低下了头。

楼阮也对着她点了点头，走进了电梯。

直到电梯门关上，站在原地的人才如梦初醒般睁大了眼睛。

黄昊虽然全程一句话没说，但是那动作、那姿态，还用得着说什么吗？

刚刚那个男人，楼阮说的先生……

她忽然想到了那张矜贵的脸。

刚刚只是觉得他和华跃科技那位有点像，现在……

她立马摸出了手机，在搜索引擎里输入了"华跃生物谢宴礼"几个字。

楼阮把他们带进门，又给他们泡了茶，这才在两人面前坐了下来。

黄律师已经把需要的文件都从文件包中拿了出来，他把几份合同递交到了楼阮面前，说："这是大夫人和老爷子的意思，这几份文件分别是谢氏股份转让合同，还有房产、珠宝和字画转让合同。

"两位都已经在合同上签了字，夫人先看看。"

他顿了一下又说："夫人可以请一个信任的律师来和我交接。"

谢宴礼只拍了股份转让合同的照片，楼阮完全没想到还有房产赠予这些。

她甚至都不用去翻看那几份合同，也知道谢老爷子和谢夫人出手必定阔绰。

谢宴礼在一旁听着黄律师说话，也没什么特别的反应。

他慢条斯理地打开了面前的保温袋，又从保温袋中拿出了一个又一个食盒。

香味伴着热气冒了出来。

楼阮忍不住看了过去。

几个食盒安安静静地躺在那里，三菜一汤，还有煎得金黄金黄的煎饺和包子。

黄律师微微转头，看向谢宴礼。

谢宴礼掀起眼皮，把面前的食盒推到楼阮面前，语调慵懒随意，像在说一件很不经意的事："签了吧，都是爷爷和妈的心意。"

楼阮轻轻蹙眉。

谢宴礼好似是知道楼阮在担心什么一般，语调平静地说道："以后离婚了你可以再还给我。"

黄律师坐在谢宴礼身边，表情逐渐变得古怪。

他是不是听到了什么不该听的？

谁知，谢宴礼说完就又自己笑了，开玩笑似的说道："你放心，我身边的这位黄律师很厉害，他绝不会让谢家吃亏，到时候离婚协议可以由他来拟，今天你收多少，离婚的时候一定一分不少全部还回来。"

黄律师一愣：我还有这本事？

楼阮原本还有些犹豫，但一听到谢宴礼这么说，就忽然放下心来。

"行，我先看看。"她拿起那几份合同。

楼阮认真翻看了一下，她大学学的是美术，进了周氏以后虽然学了不少东西，但专业的知识肯定是要由专业的人来看。

于是，楼阮就在手机好友列表中找到了一位法律系的校友。

她尝试着联系了一下，对方的消息回得很快。

简单询问了一下价格后，楼阮把那几份合同的照片一页一页拍了下来，发给了校友，请对方帮忙看看。

楼阮虽然知道谢宴礼这样的身家地位没必要算计她一个不值钱的徐家养女，但自小到大的经历告诉她，合同不能乱签，这些冷冰冰的白纸黑字比人可靠，也比人可怕。

谢宴礼坐在黄律师身旁，神色没什么变化。

黄律师看着楼阮的动作，眼中带着些欣赏，但下一秒，就又有些担心地转头看向了身旁的谢宴礼。

谨慎对待每一份合同，这是对的，但他们是夫妻，楼阮当着谢总的面让人查看合同，谢总会不会有情绪？

谢宴礼靠在那里，看起来极有耐心。

楼阮把图片全都发过去以后才抬起了头。

"发完了？"谢宴礼也微微放松动作，把手边的餐具递给楼阮，"吃饭吧。"

楼阮接过谢宴礼递来的餐具，抬眼看他的表情。

她这样做，确实是有些防着他和他的家人的意思在，正常人应该都会不太高兴吧?

谢宴礼看着她的表情,嘴角微弯,问道:"谢太太,你现在才担心我生气,会不会太晚了些?"

楼阮有些拿不准他到底生没生气。

"……那你生气了吗?"她轻轻问道。

谢宴礼又把餐盒往她面前推了推,说:"吃吧。"

楼阮看着他,还是没有动。

谢宴礼黑眸轻轻眨了眨,说道:"怎么还不吃?要我喂你吗?不好吧,黄律师在这里呢。"

黄律师正直的脸绷起,严肃道:"我可以回避的。"

夫人看起来还是挺在意谢总的,可能是因为他这个外人在这里,所以他们之间的气氛显得没那么熟。

楼阮马上拿起了筷子,说:"不用了!我自己可以吃!"

她低下头,往嘴里塞了一个煎饺,那张白软的脸立刻轻轻鼓了起来。

谢宴礼不疾不徐地向后靠了回去,目光落在楼阮身上,薄唇微勾。

黄律师默默看着,心想:我好像又看错了,他们没有不熟,还是挺浓情蜜意的。

他还是头一次见谢总这样看女人。

谢宴礼的声线散漫悦耳:"慢点吃,你的律师看合同还需要时间。"

楼阮细嚼慢咽的时候,看起来格外安静乖巧。

楼阮吃着吃着,忽然抬起了头,看向坐在自己对面的黄律师和谢宴礼,问道:"你们早上吃了吗?要不要一起吃点?好像很多。"

"我吃过了,您不用管我。"黄律师能成为谢氏的金牌律师,可不是只凭专业。

谢宴礼微微伸了伸修长的双腿,看向桌子上的食物,回道:"行,陪你吃。"

楼阮没想到他还真要吃,连忙说:"我去给你拿双筷子。"

"辛苦夫人。"谢宴礼坐在那里,已经摆好了准备吃饭的姿态。

黄律师肩膀抖了抖,眼看着楼阮转了身,才转头对谢宴礼说:"谢总,我想出去透口气。"

谢宴礼漫不经心地点头:"嗯。"

楼阮拿着餐具回来后,见黄律师的座位空了,问道:"黄律师呢?"

"透气去了。"谢宴礼言简意赅。

他握着筷子,动作自然地夹了个煎饺,说道:"我刚发了份合同给你,也顺便让你的律师看看。"

楼阮坐下来,拿起了桌上的手机点开看了一眼,谢宴礼的确发了一个文件给她。

她点开看了一眼,倒抽了一口凉气。

"这是……华跃不是你的吗？你这是干什么？"

"不这样的话，爷爷和妈那边都过不了关。"谢宴礼抬起头，漆黑的双眸中带着深深浅浅的碎光，微微笑着，"你忘了戒指的事了吗？"

"没关系。"谢宴礼一顿，又重新低下了头，"和爷爷还有妈给的那些一样，离婚的话，你再还回来。"

楼阮没出声。

谢宴礼又继续说道："我是生意人，不会让自己吃亏。"

楼阮最终还是把谢宴礼发的那份合同也转给了她的律师校友。

05

两个小时后，楼阮的律师校友终于发来了消息。

【可以签，每一份都可以签。】

【这些合同都很有利于你，尤其是那几份赠予协议，股份稍微复杂一些，牵扯比较多，但也是有利于你的，可以放心签。】

【……之前听过关于你的一些流言，恭喜你，拨云见日了。谢家和谢宴礼都是真心对你的，恭喜你。】

楼阮低头看着那连续两个"恭喜你"，有些恍惚。不过很快她就回过神来，抿唇笑了一下，说："谢宴礼。"

"嗯？"

"让黄律师进来吧，我要签合同了。"

周氏公司门口被记者围得水泄不通，因为白楚和经纪人亲自出现在了周氏。

白楚戴着墨镜去护着下车的高糊照片很快就被发到了网上，引爆话题。

仅仅一个上午，周氏的传言满天飞，几乎每一个部门都有人在讨论白楚和周越添的事，楼阮的名字也被反复提及。

在很多人眼里，白楚已经从一个普通女明星变成了很多人口中的"未来老板娘"，而楼阮则是倒贴周越添不成，和同事吵架被狼狈辞退的失败者了。

在他们看来，这个代言和白楚今天的到来，都是为了宣示主权。

昔日里不少巴结楼阮、常常楼阮姐长楼阮姐短的人，翻脸比翻书还快，将她看成笑话。

法务部的人还是比较谨慎的，他们是在匿名群里说的。

群里讨论得热火朝天。

【看了觉得真可怜，这么多年跟着贴着，最后还是被挤走了。】

【她一个学美术的，非要去总裁办给周总当秘书，倒贴到这份儿上了，谁会喜欢？】

【倒贴什么呀，人家已经结婚了，长得好看又是华清毕业的，难道还能找不到对象吗？她老公比周总帅多了。】

【？？？】

【结婚？你开什么玩笑？！】

……

群里的消息弹个不停，但坐在门口的那个人却不敢动了。

程磊不知道什么时候已经站在了他身后，正面无表情地看着他的电脑屏幕。

那人有心想提醒一句都不敢伸手。

不过他倒也不担心程磊会骂他，毕竟程磊和楼阮虽然自小一起长大，但是他们两个关系不合在公司早就尽人皆知了。

见程磊看得入神，坐在电脑跟前的法务部职员终于忍不住小声开口："程、程总。"

"聊得挺热闹啊。"程磊脸色微沉。

法务部其他人终于反应过来，原本不停闪着群消息的匿名群瞬间安静下来。

见群里安静了，程磊才直起身子，说道："群先别关，我看看是谁知道这么多。"

他话音刚落，就开始绕着他们走了起来。

他最后在角落里的一张办公桌前停下，看着电脑屏幕上的匿名头像，很轻地笑了一下，说道："倒贴十几年，你知道得不少啊？"

坐在角落里的胖子还没来得及说话，程磊就按住了他的肩膀，说不上是什么语气："我没记错的话，就是你天天往总裁办跑，楼阮姐楼阮姐地叫个不停吧？"

那胖子脸色一白，还没来得及说什么，程磊就松开了手。

看着一片死寂的法务部，他随口叫出了几个名字，语气平静地说道："去人事部报到。"

被喊到名字的几个人脸色一变。

有人连忙站起来，说："程总，我可什么也没说啊……"

"要我过去翻你的聊天记录？"程磊转头看过去。

那人双眼微微发红，像是不服气似的，说道："是，我是说了她几句，但你就没说过吗？整个周氏都知道你和楼阮不合，你可没少说她的不是！"

程磊身体一顿，回头看向正在说话的人，一张脸彻底沉下来，冷声说："我是我，你是什么东西？"他像是有些烦了，喊了另一个人的名字，"张晓。"

"程总。"被叫到名字的女职员有些恍惚，连忙站了起来。

张晓心里有些忐忑，但她刚刚在群里好像还帮楼阮说话了来着……

程磊转了身，说："你跟我出来。"

周氏11楼，法务部门外。

程磊有些恍惚地呢喃："你说她亲口说的，是她先生？"

张晓神色忐忑，心想：完了，程总好像还不知道这事儿，自己是不是说错话了？

"是，我出门的时候遇到的，楼阮姐亲口说的。"张晓硬着头皮回答。

楼阮结婚了！

这事儿对程磊来说简直就是一个魔幻事件。楼阮怎么会和别的男人结婚？

张晓站在原地，有些犹豫，该不该告诉程磊楼阮口中的先生是谁？

可她早上搜了，现在还没有华跃科技 CEO 结婚的消息，也不知道该不该说。

认真思量几秒，她也不知道出于什么心态，轻声补充道："楼阮姐和她先生看起来挺甜蜜的。"

程磊眼皮跳了一下。

张晓继续说道："那位……手上还拎着东西，是保温袋，应该是早餐之类的吧，进电梯的时候他也是挡着旁边让楼阮姐先走的。"

程磊完全想象不出。

他再怎么想都觉得不可能。

什么先生？他们怎么一点都不知道？一夜之间就结婚了，假的吧？新郎凭空冒出来的吗？

张晓小心翼翼地抬起头，虽然有些害怕，但还是问道："程总，传言都是假的对不对？楼阮姐是因为结婚才离职，对吗？"

她这完全是合理推测。

毕竟黄昊都出现在那儿了，应该是做一些婚前财产公证或者婚前协议之类的吧？

毕竟豪门世家结婚都是这样的。

等结婚的事情办好以后，楼阮就是谢夫人了，还上什么班打什么工？谁家豪门夫人出来给人当秘书，想一想都觉得不可能。

所以她觉得传言中的吵架离职很可能就只是巧合，刚好撞上了。

程磊乘电梯上了周氏顶层。

总裁办的人告诉他周越添正在和人谈事情，让他先在外面等等。

等待的时候，程磊又点进楼阮的朋友圈，里面还是空荡荡的，除了一条直线，什么也没有。

他几乎是抱着会看到红色感叹号的心态发了条消息给楼阮。

程磊：【听说你结婚了？】

咦，发出去了！

程磊有些惊奇地看着那条发出去了的消息，看来只是屏蔽，没删。

不过楼阮还没回复。

程磊耐心地坐在那里等，等周越添办公室的人出来，也等楼阮回复消息。

楼阮和谢宴礼跑了好几处地方，看了好几套房子，眼睛都快看花了。

每一套都有每一套的优点，都是好房子，根本选不出来。

最后还是谢宴礼拍板，选择了临江的一套别墅。

前面是江，后面是鹅山公园，位置稍微偏远一些，但胜在环境优美。

而且楼阮以后打算在家画画，那套房子很适合创作。

定好房子后，谢宴礼就找来了设计师。

楼阮坐在设计师面前，轻声细语地说着需求和想要的风格。

谢宴礼在一旁听了一会儿，出去打了个电话。

等他回来的时候，两个人一起问他的意思。

楼阮白净的脸微微抬起，看着他的目光清澈而干净，像只漂亮乖巧的猫。

有那么一瞬间，谢宴礼想伸手捏捏她的脸。

坐在楼阮对面的设计师也放下了茶杯，看向了谢宴礼，说："谢先生，这是我们目前的议案，您看看。"

说着，他把电脑里面的设计图转到谢宴礼面前。

谢宴礼在楼阮身边坐下来，看都没看一眼屏幕，勾起嘴角微微一笑，说道："不用看了，全听我太太的。"

"两位感情真好。"设计师脸上带着显而易见的羡慕。

谢宴礼笑了一下，歪头看向楼阮，问道："看你好像很喜欢垂丝茉莉和山茶花，我让人种些在后院，好不好？"

他们刚刚看的一套中式宅院里种着垂丝茉莉和山茶花，她多看了几眼，应该是喜欢。

楼阮很努力地忽视了设计师惊叹的目光，转头看向了谢宴礼。

和他对视的那个瞬间，她的心跳短暂地停滞了一瞬。

确实，她很喜欢刚刚那套宅子里的垂丝茉莉和红山茶。

从小到大，很少有人会在意她喜欢什么，不喜欢什么，更别提只是多看了一眼就记下来，并且立刻询问她。

安静了好几秒后，楼阮才看着那双眼睛，很轻很轻地点了点头："好。"

坐落于京江边的九号公馆的别墅还需要装修，工期三个月，装修好以后还需要散味，所以楼阮决定先搬到谢宴礼现在住的家里。

他们总不能一直这样分开住，谢家人会怀疑的。

楼阮小心地问谢宴礼："你会介意吗？"

虽然谢宴礼之前有过让她住过去的想法，但毕竟他们没有那么熟，让陌生人进入自己的领地，想想是有些让人难以接受的。

谢宴礼挑眉看过来，问道："介意什么？"

楼阮张了张口，正想说些什么，谢宴礼就站了起来，说道："今天就搬吧。"

今天？

楼阮有些诧异地抬头。

谢宴礼那双漆黑的眼睛望过来，仿佛在问怎么了，今天不行吗。

"那就今天搬。"楼阮下意识地点头。

反正也是迟早的事。

而且谢宴礼的人品，她还是放心的。

她点头以后，谢宴礼就打电话找了收纳公司的人。

有谢宴礼在，楼阮几乎是不用操什么心的。

楼阮把一些私人物品整理好后，就看到收纳师们开始井井有条地收纳整理着她的东西。

他们把物品保护得很好，分门别类地放进了贴着标签的箱子里，易碎物品全都用防震珍珠棉裹好了，完全不用担心。

楼阮走了过去，站在那几个纸箱子前垂眼看着，忽然伸出手，把里面已经放好的东西重新拿了出来。

是个陶土小人，已经被收纳师包上了厚厚的珍珠棉。

楼阮拿着它，仍然能透过厚厚的珍珠棉隐约看到里面的小人。

这是她刚入职那年，她和周越添他们一起去西安出差的时候，周越添随手买给她的。

楼阮身旁的收纳师抬起头，以为这是很重要的东西，于是轻声问道："这个要再仔细包一层，给您单独装箱吗？"

楼阮垂着眼睛，指腹轻轻摩挲着那层珍珠棉，半晌才轻声道："不用。

"给我个大点的箱子吧，装垃圾用的那种。"

第七章

◆

楼阮，不要他了

01

程磊在外面等得实在有些不耐烦了，周越添办公室里的人迟迟没有出来，楼阮也一直没有回复消息。

他站起来在外面踱步，走了不知道多少圈，眼睛不住地看着那扇门，面色越来越沉。

也不知道是不是他希望里面的人离开的心愿太过强烈，那扇门终于被打开了。

和周越添谈事情的是白楚的经纪人。

那人走出来，脸色不太好。

程磊扫了一眼，直接朝着周越添办公室走去，和白楚的经纪人擦肩而过，停在办公室门前敲了门。

"进。"

程磊推门进去，随手带上门，还没走到周越添跟前就开了口："楼阮结婚了。"

穿着黑色衬衫的人正坐在办公桌前看着面前的文件，手上握着一支钢笔。

这支钢笔是楼阮以前买给他的，笔杆是玉石质地，摸起来格外温润舒适，金色的笔尖颜色贵气，出水流畅。

周越添用了它很多年，一直没有换过。

因为早就习惯了它，也因为它好用，所以懒得再换。

程磊的声音落下来，金色的笔尖落在文件末尾，微顿了一瞬。

短暂地凝滞后，周越添才握着那支笔，在文件末尾写完了自己的名字。

只是"周"字最边上那一撇的末尾，多了个突兀的墨点。

他抬起头看程磊，觉得荒谬，问："你说什么？"

程磊走到他面前，声音很低地说："我听法务部的人说的，说是在小区遇到了，楼阮亲口说她身边的人……是她先生。"

周越添手上还握着笔，他保持着那个动作，抬头盯着程磊，问道："你自己觉得这可能吗？"

"法务部的人就是这样说的。"程磊当然觉得不可能，但是法务部的人没必要骗他。

周越添定定地看了程磊几秒，浅色的双眸中笼上了一层暗色，声音微凉："谁？把人叫来。"

程磊正准备说话，手上的手机就振了一下，是条微信消息。

他低头扫了一眼，原本是打算开勿扰模式好好和周越添说说这事儿的，但眼睛望下去的瞬间，却呆在了那里。

楼阮：【对，结婚了。】

"程磊，"周越添见他在走神，声音染上了几分冷意，"立刻把人叫来！这些人一天到晚正经事不干，都在……"

程磊缓缓抬起手，把手机解锁，点开了和楼阮的对话框，放到了周越添面前。

"啪——"

周越添手上那支玉石质地的钢笔陡然砸了下去，黑色的墨水自金色的笔尖溅出来，在洁白的地板上落下了几滴色调浓郁的墨花。

玉石质地的笔杆也摔出了细小的裂痕，染上了黑色的墨汁。

他盯着面前的手机屏幕，顿了一瞬以后，又立刻冷静了下来，沉声道："不可能。"

"嗡嗡——"

桌面的手机再次振动了一下。

是一张结婚证的照片。

结婚证上，楼阮脸上挂着浅笑，她身边的男人……

她身旁的男人，被另一张结婚证挡住了。

他的名字也被打了马赛克。

周越添定定地看着屏幕上的图片，第一反应依旧觉得是假的。

这是假的。

楼阮的社交圈窄得可怜，根本不可能认识什么男人，怎么可能结婚？

程磊就站在办公桌前，他的视角，正好能看到楼阮发来的新消息。

结婚证上的人可不就是他们认识的楼阮。

但他也觉得很不真实。

追着周越添跑了这么多年的人，就这样放弃了？

这么突然地、毫无征兆地放弃了？

"假的。"周越添看着那张照片，重复了一句。

程磊在周越添近乎有些可怕的眼神下，伸手拿起了手机，点开那张照片，仔细看了看。

"周哥，那天晚宴你说的话，她可能真听到了。"

程磊觉得以前自己看轻楼阮了，总觉得她无论如何都不会放弃，不管别人怎么说她，怎么看她，她都会一直守着周越添。

是他看错她了。

以前她不走，是因为周越添本人没说什么。

现在她听到了，就毫不犹豫地走了。

走得干净利落，完全没给人反应的机会。

"是这样？"周越添抬起头，"是因为听到了，所以又是离职，又是告诉我要结婚，又整出一张结婚证……"

他甚至还笑了一下。

"她可真是长本事了。"

说着，他就拿出手机，甚至没翻通讯录，直接用数字键输入楼阮的电话号码。

电话响了几声，传来忙音：

"您好，您拨打的用户正忙，请您稍后再拨。"

程磊像是早就预料到了似的，拿着手机走到一边坐下。

他想，他和周越添似乎都没那么了解楼阮。

她还真是放弃得决绝又干净。

周越添挂断电话接着打，还是和刚才一样，忙音。

他坐在那里打到第五通以后才动手给楼阮发消息。

周越添：【厉害。】

两个字不够，他还打算继续发，随即就看到对话框弹出一行突兀的字。

【ruan 开启了好友验证，你还不是他（她）朋友。请先发送朋友验证请求，对方验证通过后才能聊天。】

周越添看着手机屏幕上的红色感叹号和那行字，忽然觉得浑身汗毛都在一瞬间竖起来了。

胸口已经不是简单的闷胀了。

他气血翻涌，分不清是愤怒还是别的情绪。

"拿你的来！"周越添喊道。

程磊连忙把自己的手机递了上去。

周越添用程磊的手机拨了楼阮的电话，还是和刚才一样，忙音。

周越添彻底没了耐心，猛地站起来冲出门。

"周哥，你去哪儿？"程磊立马跟上了他。

"你别管！"周越添走得很快，声音也很不对劲。

"你去找楼阮吗？我跟你一起去……"

程磊话音刚落，就看到周越添毫无征兆地转了头，看到他那清冷的浅色双眸变得有些猩红。

程磊有些被吓到了，往后退了退，还没来得及说什么，就听到周越添开口："行啊，你也一起去。"声音微哑。

不知道为什么，程磊觉得周越添看起来平静，但其实已经在发疯边缘了，就像是暴风雨来临前的宁静。

他也许也怕自己发疯。

很奇怪，过往十几年，就连少年时代，周越添也是冷静沉稳的，"疯"这个字和他几乎没有任何关系。

但现在，这个字却很贴近他。

他看起来好像随时随地都会疯。

周越添没有叫司机张叔，车子是他自己开的。

程磊坐在副驾驶座上，眼睁睁地看着他一路狂飙到楼阮住的小区。

黑色的卡宴被随意停在了小区里。

周越添下了车，他抬眼看着陌生的小区，觉得心里闷堵。

他没来过这里，他不知道楼阮住在哪一栋。

程磊也跟着下了车，走到了周越添身边，有些担忧地看着他，说道："周哥，咱们……"

直接上楼吗？

"她住哪一栋？"周越添被太阳刺得眼睛有些发酸，转过头看他，"你不是和张叔一起来送过吗？"

程磊赶紧说道："12栋1101。"

"哪边走？"周越添现在看起来还算平静。

"……这边。"程磊走在前面带路。

里面有条道车开不进去，张叔不放心，之前让他送过几次楼阮。

程磊带着周越添走到12栋，又找到了楼阮所在的单元。

两人站在单元门口，看着门口的密码锁凝滞了几秒。

程磊正想打电话给法务部的张晓问一下，面前的单元门就"嘀"一声开了，一张有些熟悉的脸迎面而来，也是他们公司的。

"周总，程总，你们怎么在这儿？"

这人是营销部的，名字程磊忘了，只是觉得面熟。

他飞速瞄了一眼身旁的周越添，开口道："哦，我和周总来看看楼阮，正想给她打电话呢，正好，门也开了，不用打了。"

"楼阮姐？"面前的姑娘有些诧异，"啊"了一声，"你们是来帮楼阮姐搬家的吧？她没跟你们说吗？她刚出去，你们是不是刚好岔开了……"

02

程磊一听到对方说搬家，眼皮跳了一下，立刻转头看向了身旁的周越添。

周越添果然变了脸，他看着面前的人重复道："搬家？"

那姑娘见周越添脸色不对，才意识到自己说错了话，但也只能硬着头皮点头，说："对，搬家……"

周越添看向她身后的电梯，眼神有些可怕。

程磊干笑了一声："嘻，她也真是，搬家都不说一声，我们来帮帮忙多好。"

站在他们面前的姑娘不知道该不该走，有些愣愣的。

周越添完全没有看他们两个，他上前一步，伸手按了电梯。

他这是想上去看看。

程磊对着面前的女同事笑道："那行，你先去忙吧，我们上去看看。"

女同事立刻点了点头，逃也似的跑了。

电梯门缓缓打开，周越添走了进去。

程磊只能沉默着跟了进去。

他不知道他们上去有什么用，楼阮已经走了，他们也进不去她家门。

这要是以前，这些话他早就说了，但现在和以前不一样。

周越添现在很不对劲。

锃光瓦亮的电梯门映出两人的脸，周越添毫无生气地站在那里，那张平日里清冷沉着的脸上带着难得一见的倦色。

显示屏上的数字变为"11"的时候，程磊明显觉到身旁的人周身的气压变了。

周越添抬起头，泛红的眼睛一眨不眨地望着那扇缓缓打开的门，好像格外希望它快一点，升得再快一点。

等那扇门终于打开，周越添踏了出去。

他看向距离自己最近的门牌号，随后转过头，想找"1101"，但他发现根本不用找，有一家门前放着废弃物品和纸箱，摆得整整齐齐，等着保洁过来收掉——这一看就是刚在搬家的。

周越添定定地站在那里，双眼猩红地看着那些东西，没动。

程磊也看到了，他迟疑了一下，走了过去。

过了几秒，周越添听到了程磊微颤的声音："……周哥。"

程磊看着摆在地上的箱子，里面的东西有几件他都认识。

那些都是周越添送给楼阮的东西。

周越添定定地站在那里，双腿像灌了铅似的。

他目光落在角落里的纸箱上，那里面满满一箱，全都是他送给她的东西，值钱的、不值钱的，全都在。

周越添站在那里，脊背变得僵直无比。

扔了……

全都扔了。

楼阮，不要他了。

耳边嗡嗡作响，程磊在旁边说什么他已经听不清楚了。

一向沉稳的人忽然控制不住地捂住胸口，喘着气蹲了下去。

这一次，它不再闷胀，而是绞痛。

"周哥……周哥，你怎么样？要不要去医院……"

周围天旋地转，程磊的声音就好像是从另一个世界传来的。

周越添抬起头，那双清冷的眸子中带着几分无措和茫然，说："她把我的东西都扔了……"

程磊说什么他依旧听不清楚，只觉得好像有人突然往他身上浇了一盆冰水，让他猝不及防，寒意浩浩荡荡地往身体里灌，他完全没有抵挡之力。

蓦地，周越添抬起手，修长的手指颤抖着，大声说："这是假的，是不是？她是故意的。

"因为听到了，所以就故意这样，想报复。"

"周哥……"

周越添猛地站起来，尽管心里有个声音一直在告诉他，楼阮听到了，她伤心了，她不要他了，但他还是强硬地道："故意的，是她故意的……"

他说到最后，已经变成了低低的呢喃。

这些话也不知道是说给他自己听的，还是说给程磊听的。

程磊哪里见过周越添这个样子，连忙安抚道："你先冷静冷静，咱们先回去，想办法联系到人，你再好好跟她问清楚……"

说着，他便试图把周越添从这个地方带走。

但没想到，周越添刚被他拉着转过来，就又回了头。

周越添看着角落里那些楼阮不要的东西，觉得格外刺眼。

他慢慢走到它们面前，弯腰，缓缓将角落里的纸箱抱了起来。

他抱起它们，想起她收到礼物时的样子。

这些场景从心底最秘密的角落里冒出来，原来是那么清晰，清晰到连每一个细节他都记得。

楼阮惊喜地接过礼物的每个瞬间，都在不断撕扯他的神经。

"周哥，我帮你拿吧……"程磊站在他身边，小心翼翼地说道。

周越添喉咙窒闷，嗓音干涩："我自己来。"

他好像恢复得很快，一下子就又变回了平日里沉稳冷静的模样。

但程磊走在周越添身边，可以清晰地看到周越添混乱的步子。

程磊觉得周越添的精神状态其实是不太适合回公司的，但周越添坚持要回去，他没办法，只能陪着一起。

回去的时候是程磊开车。

周越添坐在副驾驶上，怀中抱着那个箱子，一直看着窗外，看不清他眼中的情绪。

程磊也不敢出声，安安静静地把车开到了公司地下停车场。

车子停下来后，周越添才抬起了头，他好像已经调整好了情绪似的，那张脸除了有些憔悴，看不出别的什么。

刚刚在楼阮家门口时，他脸上浮现的无措和痛苦，仿佛都是程磊的错觉。

两人下了车，走向电梯的时候，周越添的步子忽然一顿，朝着另一边墙上看了过去。

墙上贴着东西。

程磊有些近视，还没看清是什么东西就见周越添走了过去。

走近一看，他才发现是张寻物主启事，有人捡到了东西。

他低头看向下面印出来的彩图，是一只精致的黑丝绒首饰盒，里面有条项链，银色的，挂坠是只小兔子。

这东西怎么看起来这么眼熟？

他正想说话，就见身旁的人沉了脸，一只手抱着怀中的箱子，另一只手抬起来，一把撕掉了那张纸，然后加快步伐走到电梯跟前。

程磊终于想起来了，那是楼阮入职那天，周越添让实习秘书去买的，送给楼阮当入职礼物。

当时周越添只是随便买的，楼阮也没戴过几次。

怎么会在这儿？

电梯门打开，周越添没有按去往顶层的按钮，而是按了一楼的按钮。

到一楼后，周越添直直走向前台，他把有些皱了的纸张按在前台，问道："东西在哪儿？"

前台小姐姐没想到周越添会来，连忙站起来看向他手上的东西，虽然有些惊讶，但还是说道："周总稍等。"

她低下头，从抽屉里取出了那只精致的黑丝绒首饰盒，推到了周越添面前。

真没想到，这项链竟然是周总的。

前台小姐姐心里暗暗惊讶。

"哪里来的？怎么会在这儿？"周越添脸色不太好看。

前台小姐姐短暂地愣了一下才回答道："是保洁阿姨捡到的，说是可能有人丢了。"

"在哪儿捡到的？"周越添纵使已经知道了答案，却还是坚持问道。

前台小姐姐有些迟疑地说："垃……垃圾桶。"

轰——

心里好像有什么东西轰然倒塌。

周越添整个人也仿佛在一瞬间坠入冰窟。

原来她早就放弃他了……

周越添像是忽然想到了什么似的，快速拿走了那只首饰盒，把它好好放在怀中的箱子里，转身就走。

程磊连忙对前台小姐姐说了声"谢谢"，转身小跑着跟了上去。

"周哥，你……"

周越添步子很快，他一边走向电梯，一边冷静地说道："她不是不要我了，她是生气。

"她只是生气。"周越添继续说道，"只要我和她好好说就行，只要我和她好好……认错就行。"

"认错"这两个字从周越添口中说出来，让程磊觉得有一种很强烈的割裂感。

程磊张了张口，最后还是什么都没说，只能安静陪着周越添上楼，看着他把箱子里的东西一件一件拿出来，拆掉珍珠棉，一一放好，最后捡起摔在办公桌下的钢笔，仔细把它擦干净，盖上盖子。

做完这些后，周越添给人事部打了电话，让他们驳回楼阮的离职报告。

程磊在一旁看着，看到最后实在有些受不了，连忙摸出手机，低头给他们一个在国外的共同好友发了信息，让对方赶快回来。

这个情况他一个人实在应付不了……

谢宴礼家的收纳师们将楼阮的物品整整齐齐地摆放进了空房间里。

楼阮一直都坐在楼下看手机，将手机里关于周越添的消息删个干干净净。

告诉程磊她结婚的那个瞬间，她其实是有些报复心理在的——你看，我也不是非他不可的。

但她发完又觉得好笑。

报复什么呢？程磊不会在意，周越添更不会在乎。

他们不会因为她放弃得干净利落就高看她一眼，只会觉得那个烦人精终于消失了。

周越添打电话过来的瞬间，她差点以为自己真的感动了他。她想象自己是虐文女主深爱男主八百年，男主对她爱搭不理，她心如死灰放弃男主，男主悔不当初，痛哭流涕，哭着求她回头。

她差点以为她做到了。

但她一下子就醒了。怎么可能？那个人是周越添。

别说哭着回头了，皱一下眉头都不得了。

直觉告诉她，接了周越添的电话以后她必定高兴不起来，所以她立刻挂断并拉黑了。

反正他也不会在意。

京北说大不大，说小不小，要是不想遇到其实还是挺容易的。

以后还是不要见了。

想到这里，楼阮低头看着手机，思考要不要换个号码，反正她也没什么朋友。

"嘀嘀。"

门口的电子锁响了两声，刚刚出去的谢宴礼抱着一捧红玫瑰进了门。

"我回来了。"

楼阮睁大眼睛看过去，问道："怎么还带花回来了？"

谢宴礼单手抱着花，看上去心情很好，说道："婚戒送来了，没点花配不合适。"

03

楼阮心里暗暗记下，谢少是个有仪式感的人。

她上前伸手接过那捧玫瑰，馥郁的香味一下子弥漫了过来。

花束中还嵌着卡片，上面是墨黑色的钢笔字迹：

【新婚快乐，谢太太。】

字体恣意潇洒。

文字的最后，还画了一枝玫瑰。

那枝小小的红色玫瑰显得含蓄温柔，枝茎线条柔美细削，看得出每一笔都是认真勾勒的。

楼阮抱着那束玫瑰，目光落在卡片上，有什么东西在脑中一闪而过。

这个画风有点眼熟……

谢宴礼看她盯着卡片，微顿了一下，说："我顺手写的。"

楼阮依旧盯着那枝小小的玫瑰，问道："这枝小玫瑰也是你画的？"

"嗯，随手画的。"

楼阮好像很喜欢，发自内心地夸赞道："好看，你很有绘画天赋。"

谢宴礼毫不谦虚地说："多谢太太认可。"

楼阮抬起头，就见面前的人不疾不徐地拿出了个戒指盒。

谢宴礼神色平静地打开它，一枚硕大的钻石戒指躺在首饰盒中……

戒圈由镶嵌着碎钻的玫瑰花枝绕成王冠形状，静静托举着一颗约五克拉的梨形主石，它躺在戒指盒里，折射着璀璨华丽的光芒。

楼阮惊呼："这是不是太大了？"

谢宴礼把它拿出来，朝着楼阮伸出手。

楼阮视线猝不及防地和他撞上，就像被蛊惑了似的，默默伸出了手。

那枚戒指被戴在了她手上。

谢宴礼薄唇轻启："主石可以拆下来。"

说着，他手指轻轻擦过那枚戒指，拆下了璀璨华丽的主石。

夺目的主石被拆下来后，戒指就只剩下了皇冠形状的戒圈，看起来朴素日常，却不失精致。

但此时，楼阮的注意力已经全然不在戒指上了。

她手指微妙地滚烫了起来。

此时，谢宴礼身上的独特香味也变得致命起来。

楼阮一呼一吸间，全都是他身上的味道。

她已经不知道该看戒指还是该看他了。

偏偏罪魁祸首还是那副慵懒随意的样子，他搓磨着手中那枚切割得极好的梨形主石，问道："给你重新装回去？"

楼阮说："……不用了，就这么戴着吧，这样比较方便。"

她顿了一下，又很快补充道："以后有什么重要场合，我再戴上主石。"

她合了合眼，仍然能回忆起对方手指的触感。

楼阮不禁有些怀疑自己，是因为这么多年她的生活里只有周越添，所以忽然被别的男人触碰，才会这么敏感吧？

心跳加速，手指滚烫，应该是正常现象。

她认真想道。

谢宴礼把主石放进盒子里，又拿出了一枚设计简约大方的银戒。

楼阮有些茫然地问："嗯？这个也是给我的？"

"这是我的，"谢宴礼嘴角绽开，"礼尚往来，你也该给我戴上。"

楼阮这才反应过来。

她郑重地点头，说："好。"

她低着头，忍不住小声嘀咕："没见过仪式感这么强的人。"

谢宴礼把她的话听得清清楚楚，低笑一声，说："是啊，我是仪式感很强的人，以后逢年过节的，可别忘了给我准备花准备礼物。"

他那只冷白修长的手微微抬着，手形优越。

楼阮从他掌心捏起那枚银戒，然后小心地将它套在他漂亮修长的指骨上，认真点了头："好，以后过年过节，我都给你准备礼物。"

谢宴礼盯着手上的银戒，嘴角轻勾，说道："那可不光是过年过节，还有过生日、结婚纪念日……"

楼阮抬起头，这人还真是……

"行，所有重要的日子，都给你准备礼物。"

谢宴礼像是终于满意了似的，点了点头，提醒："我生日是5月25日，就快到了。"

楼阮无奈地看他，问道："那你想要什么生日礼物？"

"这个当然是随谢太太心意了。谢太太送什么，我就想要什么。"

行，谢少是懂语言艺术的。

谢宴礼接了一个公司的电话后就先离开了。

他给楼阮留下了几个电话号码。

一个是唐叔的号码，一个是他助手的号码，还有一个是这个小区的管家的号码。

走的时候，他说这个屋子她可以随意居住。

楼阮踩着柔软的拖鞋上了楼。

她的东西被搬进了2楼第二间。

而她的房间则在2楼左手边第三间，谢宴礼的房间就在对面。

楼阮打开了自己的房门。

屋子被打扫得格外干净。

她打开衣柜，收纳师们按照颜色和衣服类型都整整齐齐挂好了，她实在没什么需要收拾的。

她默默关上了衣柜，站在房间里不知道干什么。

她很少有这样的时候。

大多数时候，她都是很忙的。

坐了一会儿后，楼阮又重新站了起来，找到电脑，在网上购买了一些生活用品，然后打开了一个很久没用的微博。

那是她在华清读书的时候用的微博，主要发一些平时的画画习作什么的，因为画风可爱温馨，当时也吸引了很多粉丝。

楼阮看着私信和消息栏，决定用这个账号继续更新。

她要继续画画了。

第八章

✦

谁能不喜欢谢宴礼

01

邵峥坐最近一班飞机回了京北，程磊已经派人在机场等着了。

邵大少爷眼底挂着浓重的乌青，上车后有些疲倦地系上安全带，问道："什么事儿啊，非得把我叫回来？我也很忙的好吧。"

程磊没有亲自来，他派来的司机只隐约知道一点，斟酌着说道："好像是周少和楼小姐的事。"

邵峥歪着身子，眼皮耷拉着，打了个哈欠，问："他们俩什么事儿啊？"

他们俩不是十年如一日的稳定吗？周越添该干什么干什么，楼阮整天围着周越添转。

难道楼阮终于拿下周越添，让他回来吃席？

这个可能性不大。

知道从司机口里问不出什么，邵峥摸出手机，找到了周越添的电话，给他拨了过去。

对面几乎是一秒接通的。

周越添有些急切的声音从手机另一头传来："软软！你终于肯接电话了。"

邵峥靠在车上，困意顿时消失得一干二净。

他挪开手机，表情惊诧地看了一眼手机屏幕上的名字，确定自己没有拨错电话。

"周越添，是我，我是邵峥，不是楼阮。"

另一头安静了一瞬，然后电话直接被挂断了。

邵峥握着手机，半晌才反应过来。

什么鬼？周越添把电话挂了？

邵峥努力回忆刚刚那声"软软"。

想着想着，他就不自觉地抖了一下，起了一身鸡皮疙瘩。

周越添什么时候这么叫过楼阮啊？

邵峥又打开了微信，他已经有一阵子没用过微信了，原本是想问程磊怎么回事儿的，但他刚一点进去，就看到了几条明晃晃的消息，手上的动作瞬间顿住了。

【邵峥，谢宴礼朋友圈发的那是楼阮吧？你不是跟楼阮挺熟吗，那个是她吧？】

【看到没？谢宴礼竟然结婚了，有生之年！他发的那个是楼阮吗？看着好像啊！】

邵峥靠在车上，看着"谢宴礼"三个字陷入了沉思。

这几个人说的"谢宴礼"，是他知道的那个谢宴礼吗？

还有，结婚？结什么婚，谢宴礼和楼阮结婚？

在开什么玩笑？

他们虽然同一个高中、同一个大学，但楼阮一直喜欢周越添，他俩可是一点交集都没有的。

邵峥一边想，一边点开了其中一个人发的图片，然后就看到了上面的结婚证照片。

他动作一顿，将那张照片放大了看。

名字没露出来，但照片上的人分明就是楼阮和谢宴礼！

邵峥半晌没反应过来。

楼阮和谢宴礼，结婚了。

周越添后悔了。

现在好像是这么个情况。

邵峥整个人都不好了，他甚至想让司机直接掉头回机场。

叫他回来有什么用啊？

他才不想掺和！

因为家族有合作，他好像也加过谢宴礼的微信。

他搜索到谢宴礼的名字，点进了谢宴礼的朋友圈。

"嚯……"他看着谢宴礼朋友圈里满屏的楼阮照片，忍不住惊叹出声。

好家伙，陪太太来游乐园，好家伙，后面还有个小心心……

"我的妈！"邵峥一边翻看，一边嘟囔，"别太荒谬。"

他加谢宴礼的微信好几年了，从没见过谢宴礼发朋友圈。

谢宴礼现在又是官宣结婚，又是陪太太逛游乐场的，简直恨不得把"我结婚了""我有老婆"写在脑门上。

真是奇了。

他也是真的好奇，楼阮是怎么跟谢宴礼在一起的。

毫不夸张地说，从小到大，追谢宴礼的人犹如过江之鲫，千金名媛、明星模特，谢宴礼好像从来都不感兴趣，怎么就突然被楼阮拿下了，还发这种朋友圈？

真怀疑谢宴礼是不是中蛊了。

司机转头看了邵峥好几眼，默默加快了速度，程总说了，一定要赶紧把人带到周总跟前。

车子停在了周氏地下停车场。

邵峥跟着司机从车上下来，手指一滑，发现谢宴礼又发了两条朋友圈。

他们已经走到了电梯跟前，手机信号不好，图片半天加载不出来，所以邵峥只能看到文字。

【一朵小花。】

电梯门缓缓打开，邵峥抬脚走进电梯。他低头看着那两条还没加载出图片的朋友圈，喃喃道："真是中蛊了啊，中蛊了……"

电梯里，司机一直看着上方的显示屏，没有接话。

电梯抵达顶层的时候，司机才微微松了口气，抬起手做了个请的姿势，说："您里面请。"

邵峥"嗯"了声，走出电梯，已经有人等着了。

"邵先生里面请，程总和周总都在里面。"说着，顶层的实习秘书微微弯腰。

出了电梯后，那几张没有加载出来的图片瞬间清晰了。

邵峥点开一看，是一捧玫瑰和两枚戒指，一枚钻石璀璨，一枚简约大气，下面还摆放着一张小卡片，卡片上是谢宴礼的字。

【新婚快乐，谢太太。】

邵峥感觉自己牙都酸了。

这谢宴礼，十几年的朋友圈都在这几天发完了吧？

华跃不忙吗？他哪儿来的时间整这么多花样，又是游乐场又是玫瑰的？

原来谢宴礼谈恋爱也和普通人一样啊！

面前的门被打开，耳边传来了秘书的声音："邵先生，里面请。"

邵峥这才抬起了头，朝里面看了过去。

程磊和周越添就坐在里面的茶几边上，周越添背对着他，没有回头。程磊像是看到了救星似的，连忙迎上来，说："你可算回来了！"

邵峥身旁的秘书关上门退了出去。

周越添依旧安安静静地坐在那里看着落地窗外，没有回头。

程磊过来拽了拽邵峥的衣裳，低声道："劝劝。"

邵峥看到茶几上摆放着不少东西，有陶土玩偶、钥匙扣、首饰盒，还有些说不出名字的小东西。

他走到周越添跟前，伸手勾住周越添的脖子，叹了口气，说："唉，你也别太难过。

"反正你也没那么喜欢她，她现在……"

定定地看着落地窗外的人终于缓缓抬起了眼睛，那双清冷的浅色双眸中挂着鲜红的血丝，看起来格外吓人，嗓音也格外干涩："不是。"

邵峥看到周越添的样子顿了一下，拍拍他的肩膀，说："唉，不管是不是，看淡点吧，她都已经和谢宴礼结婚了。楼阮喜欢你这么多年，人家都能放下，你肯定也能……"

邵峥说得沉浸，完全没发现周越添正死死盯着他。

"她和谁，结婚？"

周越添的声音干涩压抑。

每说一个字都咬牙切齿地。

一旁的程磊也睁大了眼睛。

邵峥愣了一下，这才意识到他们好像还不知道，语气忽然就变得小心谨慎起来："和……谢宴礼，你们不知道吗？"

周越添用那双血红的眼睛看着邵峥，问道："你是怎么知道的？"

他甚至已经不需要去问是哪个谢宴礼了。

还能有哪个谢宴礼？

他想到那天晚宴忽然出现的谢宴礼，那辆在警局附近遇到的库里南，还有从来不来这边却忽然出现在附近的车……

不是巧合。

一切都是有迹可循的。

周越添委顿地坐在真皮沙发上，他已经分不清那扑面而来的感觉是愤怒还是疼痛。

邵峥看着周越添的表情，开始有些慌了。

谢宴礼都已经发朋友圈了，明晃晃地秀恩爱，他们竟然不知道！

他真的不该回来的，他刚就该直接跳车回机场的！

什么都好奇只会害了他啊！

"你到底怎么知道的？"

周越添又是一声冰冷的质问。

"……哦，就，谢宴礼发了朋友圈。"邵峥坐姿乖巧，斟酌了一下措辞，试图让自己的语气没那么容易激怒人。

程磊站在一旁，神色有些恍惚。

楼阮和……谢宴礼？

他完全没法把这两个人联系在一起。

他们都和谢宴礼不熟，共同好友也没几个，当然不会知道。

"发了什么？"周越添问。

邵峥捂着自己的手机，犹豫着要不要给周越添看。

见邵峥不说话，周越添伸出手，说："手机。"

僵持了几秒，邵峥才慢慢拿出手机，说道："兄弟，别激动哈，谈恋爱都是这样腻腻乎乎的，天才也是人嘛……"

手机刚一解锁，刷新，又冒出了两条朋友圈。

邵峥瞟了一眼，攥紧了手：谢宴礼，你小子别太离谱，一个大男人一天发八百条朋友圈全是关于老婆的，你别太爱了！

谢宴礼最新更新的两条朋友圈是：

【下班了，准备给太太带个甜品，草莓蛋糕和巧克力蛋糕也不知道她会喜欢哪个。】

【太太喜欢的垂丝茉莉、山茶和新家。】

每条朋友圈都配有图片。

周越添接过手机，冷眼看着谢宴礼这两条朋友圈，没有什么实感。

他又继续往下看。

看到婚戒和玫瑰花这里，周越添陡然变了脸。

后面那条还没什么，就只是玫瑰和戒指还有卡片的图。

但另一条的配图，是楼阮和谢宴礼站在民政局门口的照片。

照片里，楼阮戴着洁白的头纱，手上拿着一本结婚证，站在谢宴礼身边，嘴角挂着浅浅的笑。

而她身旁的人，拿着同样一本结婚证，他摄人的双眸弯着，嘴角挂着缱绻柔和的笑，温柔地看着身旁的人。

周越添紧紧拢着手指，指节泛白。

程磊站在周越添身旁，他也看到了那张照片，终于把楼阮和谢宴礼这两个名字联系在了一起。

原来他们站在一起的时候，居然这么和谐。

周越添很快又刷到了"陪太太逛游乐园"和结婚的那条朋友圈。

看到最后，他像是脱力了似的，一句话也不想说。

程磊给他递了杯水，小声问："周哥，你还好吧？"

邵峥犹豫了下，还是劝道："兄弟，看开点，这世上没什么事是放不下的……"

他话还没说完，就看到周越添用他的手机点开了谢宴礼的对话框，给对方拨了语音通话。

邵峥瞳孔地震，手忙脚乱地去够自己的手机，问："不是，周越添，你干什么啊？"

周越添则冷着脸抓着手机不放。

邵峥见够不到，抬起头看程磊，皱着眉，说道："你愣着干什么？赶紧帮忙啊，真要他打电话吗？回头怎么收场啊？"

人家新婚，难道真要周越添在人家面前发疯吗？

周越添完全无视他们，喃喃道："她不是真心的，她喜欢我。

"她喜欢我。"

他又重复了一遍，像是肯定一般。

程磊正在犹豫要不要帮忙的时候，似乎已经来不及了。

那通微信电话被接通了。

电话另一头传来了一道磁性悦耳的笑声，然后接电话的男人徐徐说道："邵峥？"

02

邵峥微微睁大了眼睛。

他和谢宴礼加了好友以后一句话没说过，真没想到对方竟然能这么快接他的电话。

被他按着的周越添动作明显顿了一下。

关键时刻，邵峥一把夺过了自己的手机。

程磊也立刻过来拉住周越添，伸手捂住了他的嘴。

邵峥拿着手机低声道："啊，是我，谢……总，你好。"

他和谢宴礼完全不熟，都不知道怎么称呼对方。

电话另一头静了一瞬，传来了"嘀嘀"的响声，好像是在开门。

"你有事？"谢宴礼的声音和一些窸窸窣窣的声音一起传来，下面一句话不是对邵峥说的，"太太呢？"

有人回道："星沉小姐和大夫人来了，太太和她们在音影室。"

邵峥听着那一头的声音，呼吸凝滞了一瞬。他下意识地竖起耳朵听着那边的动静，直到电话另一头的谢宴礼再次开口。

对方声音中携着疑惑："邵峥？"

邵峥这才如梦初醒般回头看了周越添一眼，捂着手机低声说道："听说你结婚了，恭喜啊……"

"多谢。"谢宴礼喉间溢出了低笑。

谢宴礼像是已经上楼了，他打开了音影室的门，里面传来笑闹声。

楼阮的声音夹杂在里面，有些惊奇："这张照片里也有我，好巧。"

邵峥捂着手机，察觉到周越添要冲过来，连忙说："嗯，也没什么别的事，那我先挂了哈，份子钱我回头给你发过去！"说完，他也不等谢宴礼再说什么，赶紧挂断。

程磊已经拦不住周越添了。

电话刚被挂断的那个瞬间，周越添彻底挣脱，猛地站起来，抓住了邵峥的衣领，提高声音："邵峥！"

要不是不能高空抛物，邵峥一定会直接掀窗把手机扔出去。

他紧紧捏着自己的手机，抬头看向面前双目通红的人，语气尽量克制："他们已经结婚了，你又能干什么？

"周越添，你清醒一点。"

"结婚了还能离婚。"周越添抓着邵峥的衣领，双眼红得像是要滴血，"她不喜欢他，她根本不喜欢他，她只是为了气我……"

"周越添！"邵峥声音微重了些，"你不是没有过机会。你有过那么多机会，你甚至不是没抓住机会，"他定定地看着那双眼睛，一字一句地，"而是你根本没抓。"

程磊眼皮跳了一下，立刻过来拉住邵峥，大声说："说什么呢，我让你回来是劝人的……"

邵峥根本不听程磊的，他像是要骂醒周越添，站在那儿继续戳周越添的肺管子："你现在这样都是你自己活该。活该，你知不知道！"

周越添长得帅，家世好，成绩好，读书的时候没人不喜欢。当时邵峥根本就没注意到这个人，心思全都在游戏上，直到有一天周越添替他打了一把很久过不去的关卡，他才融入了他们。

那时候他每天放学都想快点回家和周越添打游戏，基本都是一放学就走。

也是从那个时候开始，周越添变得磨蹭起来，然后，他们每次回家都会碰到楼阮。

三人行变四人行，他们每天要看着楼阮安全回家后才能开始打游戏。

后来，他才意识到周越添不是磨蹭，而是在等，等楼阮一起回家。

出国之前，邵峥还问过一次，但周越添那时候的意思很明白，他要接管周氏，要联姻。

每个人都有自己的选择，那是他们的事，邵峥不好多说什么。

那时候邵峥还觉得周越添想得很清楚，知道自己想要什么。.

现在看，他什么都不知道！

邵峥回想往事，忍不住又骂了一句："活该，你活该！"

他被紧急叫回来，头昏脑涨的，就是为了受这种罪！

"……你少说两句。"程磊脑子嗡嗡的，他本来以为把邵峥叫回来能多个人出主意，没想到叫回来一个炸药桶，本来只用劝一个，现在要劝两个。

程磊话音刚落，邵峥就生生挨了周越添一拳。

"你打我，你还打我？我说错什么了？"邵峥熬了夜，本就头昏脑涨，挨了一拳后他甚至觉得有点眼冒金星了，但身体似乎比脑子反应要快，下意识就还了回去。

程磊连忙上去拦，但怎么也拦不住。

谢宴礼挂了电话后就站在音影室门前看着她们，忽然想到了高中时的事。

邵家和他们家是有些生意上的往来，他和邵峥也见过几次，不过一直不熟。

后来，不知道什么时候开始，他总看见邵峥和楼阮一起回家，才在一次宴会上在对方问要不要加个好友的时候拿出了手机。

上学的时候，邵峥朋友圈更新得很勤。

他也经常能从邵峥的动态里找到楼阮。

吃饭照片里纤细雪白的手臂、回家路上照片里的影子、视频里偶然出现的轻声细语……

音影室里，楼阮翻看着谢宴礼高中时候的照片，越看越觉得惊奇，忍不住问："好多照片里面都有我，我们学校这么小吗？"

谢星沉笑得前仰后合，她看向站在音影室门口的人，眨了下眼睛，说："啧，要不怎么说天赐良缘呢？你俩高中时都不认识，却这么多同框的照片，也太有缘了。"

谢妈妈也有些惊讶，她看着相册最上面的一张照片，问道："这张好像也有。阮阮，这个是不是你？"

楼阮顺着谢妈妈指着的人看了过去，轻轻睁大眼睛，回道："是我。"

这张是谢宴礼拿了奖，站在楼下拍照，她一个人趴在他身后的楼上的窗口。

因为主要是拍谢宴礼的，她离得有些远，脸上的表情有些看不清。

不过这张照片看起来，竟莫名有些像她趴在楼上看他一样。

楼阮看着那张照片，抿唇轻笑了一下，说："真的是我，后面这个是我们班教室。"

"啧啧啧，又一张，真是好巧啊。"谢星沉往嘴里扔了两根薯条，咬得咔咔响，"有没有大学时候的相册啊？也拿出来看看呗，说不定也有'梦幻联动'。"

楼阮认真想了一下，回道："大学应该没有吧，我们学院和他们学院好像挺远的，我也没怎么参加过什么社团活动……"

"万一呢。"谢妈妈已经开始盘算了，"他大学的照片是自己收着的，也不知道放在哪里……"

"在卧室吗？"谢星沉看向楼阮。

"啊？"楼阮茫然地抬起眼睛，卷翘的双睫上像笼着一层水雾似的。

"卧室啊，"谢星沉说道，"你在卧室没见到的话，是不是在书房啊？"

楼阮眼睫闪了闪，她还没进过谢宴礼的卧室，当然不知他卧室有没有相册……

"大学时候的照片没印出来，"站在门口的人终于抬脚走了进去，他手上还拎着两个粉色的盒子，里面是蛋糕，"要看的话我让唐叔打印出来整理好。"

谢星沉怀里抱着零食，身子微微往楼阮那边靠了靠，说："哦，那你大学的怎么不印出来啊？天天存在手机上看啊？"

谢宴礼把手上的蛋糕递到楼阮面前，面不改色地说道："对啊。"

"啧啧啧，"谢星沉的语气意味深长，"天天看自己的照片，哥哥，你好自恋哦。"

谢宴礼淡淡扫了她一眼，还有她怀中的零食。

谢星沉可一点不怕，她往楼阮跟前凑了凑，脸都快和她贴到一起了，对着谢宴礼挤眉弄眼道："这么一看，哥哥你真的好爱拍照，我还没见过哪个男生拍这么多照片。"

楼阮看着面前的蛋糕盒，伸手接过它们，小声说道："其实也没有啦，他好像是获奖的照片比较多。"

谢星沉缓缓看向谢星沉，挑了下眉，好像有点得意。

谢星沉抿唇，靠在楼阮身边盯着谢宴礼，说道："获奖……其实也可以不拍照的。"

为了赶紧结束这个话题，楼阮赶紧看着蛋糕，说："我们先吃蛋糕吧。"

谢星沉在她身边蹭了蹭，回道："哼哼，你就帮着你老公吧！"

你老公？

虽然已经习惯了谢宴礼"夫人""太太"地叫，但听谢星沉说到这三个字，楼阮还是会脸红。

"我太太当然帮着我了，不然帮你？"谢宴礼瞥了谢星沉一眼。

谢星沉把怀中的零食放到一边，起身，说："你们夫妻俩可真是……喊，我回去了！"

谢妈妈也站了起来，说道："那我也回去了。"

"啊？"楼阮跟着站起来，"蛋糕还没吃呢！"

谢妈妈扫了一眼谢宴礼，说："不了，你和阿宴吃吧，妈回去陪你爸吃饭。"

"四个人他买了两块蛋糕，我还留下来吃什么啊？"谢星沉笑了声。

"谁知道你要来。"

"我以后天天来，你现在知道了！"

"……"

"阮阮，我走了哦，明天把京京抱来给你玩。"谢星沉转过头，好似跟楼阮已经是多年好姐妹似的，依依不舍地，"走了哦。"

03

他们离开后，楼阮拎着蛋糕往桌边走，说道："我以为你会很晚回来的。"

她把蛋糕袋子放在桌上，拿出了里面的盒子。

纤长嫩白的手落在蛋糕盒外面的粉色丝带上，耐心地拆着打好的结。

"我可不是那种婚后不着家的人。"谢宴礼靠在那儿看着她的动作。

楼阮解开丝带，拿出草莓蛋糕，香甜的奶油味弥漫开来。她笑道："华跃应该有很多事情要处理吧？"

谢宴礼把头微微后仰，懒洋洋地说道："以前下班确实会晚些。

"不过以后不会了，已婚人士得早早回家，不能让太太等。"

楼阮已经拿起了蛋糕盒里的叉子，心说：这个人，又来了。

她把一支叉子递给谢宴礼，认真想了一下，说道："妈和星沉她们以后可能会常来。"

谢宴礼嘴角扯了扯，他大学毕业后搬来这里，他妈来的次数完全可以用十根手指数过来。

谢星沉就更不用说了。

他接过楼阮递上来的叉子，指尖轻触。

他眼睫闪了闪，不动声色地收回手，"嗯"了一声。

"那……是不是不能让她们发现我们分房睡？"楼阮想了一下，问道。

刚刚星沉问她卧室相册的时候，她差点露馅。

谢宴礼点了点头，说："确实，我会被嘲笑。"

楼阮低着头，没说话。

"夫人还是知道维护我的面子的。"谢宴礼拿着叉子，看着蛋糕顶上那颗草莓，等着楼阮先动手。

楼阮忽然变得理直气壮起来，说："……我得去你的卧室看看，不然她们问起来的话，很容易露馅。"

谢宴礼定定地看了她几秒，笑了声，说道："我不是说了吗，这个家你想怎么样都行。"

顿了一下，他又说："我呢，没什么是不能给夫人看的。"

楼阮看着谢宴礼，一时半会儿说不出话来，完全不知道该怎么接。

他究竟是怎么做到的，能把这样的话说得这么自然？

楼阮口中漫着淡淡的奶油香甜。

"那……"她想了想，声线清软，神色认真，"我也一样。"

她说话的时候腮帮微微鼓着，那双漂亮水眸一动不动地望着他，好像眼里全是他。

谢宴礼指腹轻轻蹭着手上的塑料叉子，长睫轻轻闪了闪，又悄然勾起了嘴角，露出愉悦的表情。

原本他的下一句只是——"不说声谢谢？"

没想到还有意外惊喜。

楼阮低下头继续吃蛋糕，尽量让自己的动作自然舒展，显得不那么僵硬尴尬，问："你笑什么？"

谢宴礼含笑看着她，说："夫人这么信得过我，我很欣慰。

"原本只是想让夫人说句谢谢的，没想到夫人这么信得过我。

"开心，我很开心。"

楼阮头埋得更低了。

她发现自己好像落入圈套了。

塑料材质的粉色小叉子插进蛋糕里，卷走了一大块蛋糕。她张开唇瓣，全都卷了进去。

雪白的小脸顿时鼓了起来，像仓鼠进食。

一直看着她的谢宴礼放下手上的淡蓝色叉子，微微直起身子，身体前倾。

他缓缓伸出手，用修长漂亮的手捧住自己的脸，微微凑近了些，问道："好吃吗？"

楼阮一抬头，猝不及防地就撞上一张盛世美颜。

他离得太近，近到她几乎能看到他脸上的细小绒毛。

草莓和奶油的味道弥漫在鼻尖，楼阮口中的甜味还没有消散，她看着那张脸，下意识地屏住呼吸，清软的嗓音有些凝滞："好、吃。"

谢宴礼的这张脸，真是完美得无可挑剔。

楼阮忽然想起了一句话，一句从高中听到大学的话。

"谁能不喜欢谢宴礼呢？"

没有人！

所以她短暂地失神也是正常的、合情合理的！

她是学美术的，欣赏美好的事物，没有问题！

谢宴礼轻轻撑着脸，黑眸盯着她，若有所思地点头，说道："你再尝尝巧克力的，看看哪个更好吃。"

楼阮正在理直气壮地把他的脸当成艺术品欣赏，但"艺术品"却忽然开口说话了，她如梦初醒。

"嗯？"

"嗯？"谢宴礼挑起眉梢，也跟着她学。

楼阮微微挪开视线，看向一旁的另一只蛋糕盒，问："这块也是给我的？"

"不然呢？"谢宴礼有些好笑地看着她，"我朋友圈你没看。"

"什么……"楼阮蹙起眉，另一只手已经开始摸手机了。

谢宴礼把身体靠了回去，说道："下班路上想着给你带点什么，看到甜品店，又不知道你喜欢吃什么口味，就两块都买回来了。"

而楼阮也已经打开了微信，刷到了他的朋友圈。

她一条一条地看，看得很认真。

看着看着，她轻轻吸了吸鼻子。

很少有人这样对她。

以前在家的时候，养母不太管事，她和徐旭泽的生活起居都是由家里的阿姨负责。

衣服鞋子书包，吃的东西，都是买什么用什么，给什么吃什么，从不会问她喜欢什么不喜欢什么。

和周越添他们在一起的时候也是，买果汁买零食，她从来不会去主动说要吃什么，也没人问她。

谢宴礼又开口说："另一块你也尝尝，选出你更喜欢的，我明天下班再给你带。

"吃太多甜点不好，但今天情况特殊，就吃两块吧。

"或者你喜欢什么别的口味，也可以告诉我。

"我每天6点半下班，你在6点半之前告诉我要什么，我都给你带回来。"

楼阮终于忍不住抬起眼睛看向谢宴礼，问道："为什么？"

不觉得很麻烦吗？

他们结婚只是为了渡过难关。

是可以为了爷爷装得甜蜜些，但他那么忙，其实是不用做到这种地步的。

那双如墨的眸子看过来，眼瞳中倒映着她的影子，很小很小。

她看着他眼瞳中的自己，直到那双眼瞳忽然弯了弯，瞳眸中的自己也跟着变了形。

"什么为什么？"谢宴礼语气平常，"别人家做老公的不都是这样的吗？"

他顿了一下，举例："老爷子是这样，我爸也是这样。"

"可我们……"楼阮声音很低。

和他们不一样啊。

"我们也一样。"谢宴礼认真地说道，"楼阮，我不知道你们家什么样，但我们家，就是这样。"

也许是觉得自己语气太过严肃，他弯了弯唇，语气又柔和下来："你就浅浅地，入乡随俗一下嘛。

"你也知道，我从小到大做什么都是第一。"他半开玩笑似的说道，"做人家老公也是，不说做最好的，总不能让我做得太差劲吧？"

楼阮心想：原来这就是成功人士，不管做什么都有很强的好胜心，就连做人家老公也是。

难怪签合同的时候，他都能拿着保温袋给她送饭，也是好胜心吧？

楼阮默默叹了口气。

她跟谢宴礼身后上楼去参观他的卧室，正想得认真，完全没发现前面的人已经停下了。

"咚——"

楼阮和门撞了个正着。

她低低"嗷"了声，抬起手想去捂额头，但没想到谢宴礼已经先一步按住了她的额头。

"到了，你在想什么呢？"

落在额间的手指微凉，他的声音从上方落下来。

楼阮下意识地抬起手，轻触到他的手，又触电一般收了回去，说："……在想事情，没注意。"

谢宴礼见她想自己按着，便收回了手，打开旁边的门，说道："进来，我这儿有冰块。"

楼阮捂着额头，默默跟了进去。

谢宴礼的房间和她那间是差不多的格局，色调依旧是简单的灰黑白。

灯具都是简约的银色。

床和里面的办公区被隔开，有一侧做了通天书架，角落里摆放着一个小小的爬梯。

楼阮抬头看了一眼，书架上的书大多都是外文书，有英文的，有俄文的，还有一些她看不懂的。

谢宴礼走到里面的小冰箱跟前，打开小冰箱的门，说："你随便坐。"

楼阮默默看了一眼，他这个屋子，除了办公桌前那把椅子，就没有别的椅子了。

她只能捂着脑袋往里面走，随口道："好多书。"

"嗯，你可以随便看。"谢宴礼拿了点冰块出来。

楼阮已经走到了他的办公桌跟前，办公桌也是干干净净整整齐齐的，没有一张纸是随意摆放在外面的。

她实在有些惭愧，她每次画画的时候，桌子都会被弄得乱七八糟。

她绕过去，在他办公桌边的椅子上坐下来，目光落在了桌子一角。

那里整整齐齐摆放着几本书，全是关于美术的。

"你还看美术书？"她有些惊奇地看着，没有伸手去拿。

谢宴礼走了过来，手上托着一个小小的冰袋，顺着她的目光看了一眼，说："你抬头。"

"其实没那么严重，不用冰敷也行，等会儿就好了。"楼阮伸手就要去接他手上的冰袋。

谢宴礼没听她的，站在她面前，看着她额间被撞红的地方，垂着眼睛把手上的冰袋按了下去。

"嘶……"楼阮忍不住出声。

谢宴礼把动作放轻，冒出一句："嗯，看。"

楼阮被冰得神清气爽，已经忘记自己刚刚的问题了，她有些迷茫地仰头看他，问道："看什么？"

谢宴礼托着冰袋，垂眼睨着她，回道："美术书。"

楼阮"哦"了声，像是有些高兴地说："你涉猎挺广。"

谢宴礼点头，回道："还行。"

像是想到了什么似的，他又说道："那几本是我大学选修的内容，就是在你们学院上的。"

说到这里，他微微松开了手。

有水珠顺着楼阮的额头往下滚。

有只修长的手伸出，从桌角的黑色餐巾纸盒中抽出了两张纸，将它们贴在了她额头的水珠上。

水珠洇湿了纸张，也稍微挡了一下她的视线。

楼阮"咦"了声，问道："大学选修？"

她伸手掀开盖在额头上的纸巾，对上了谢宴礼睨过来的眼神，她又转过视线看向了那几本书，但还是没有伸手去碰。

在没得到别人允许的情况下，她一般不太会去碰别人的东西。

楼阮重新看了一下那几本书，《西方美术史》《中国传统壁画》《中国非遗传统美术与技艺》《世界美术名作二十讲》《素描教程》……

楼阮盘算了一下，他们大学的选修学分总分是八分，一门两分，四门选修课刚好修满选修学分。

倒是可以多选，但是一般人不会多选。

这几本加起来可不止四门选修课了。

她有些难以置信，看着谢宴礼，问道："这么多，你是大学选修全都选了美术吗？"

因为她的专业就是美术，所以除了必要的，她选修都没有一科美术相关，全都选的别的。

而且她大一下学期就搬了出去，除了上课基本不去学校，所以并不知道谢宴礼还去他们学院上过课。

谢宴礼垂眸看她。

楼阮抬着头，额间的纸巾被拿了下来，原本被盖住的地方泛着淡淡的绯红。

那双清澈的眼湿漉漉的，像森林里无害的小型动物，好像稍有风吹草动，那双瞳眸里就会露出惊惶的情绪。

谢宴礼看着那双眼睛，失神了两秒。

楼阮又问道："全选修的美术类吗？"

谢宴礼从纸巾盒中抽出纸巾，将指尖冰凉的水珠擦拭干净，语调有些漫不经心："嗯，都选的美术。"

"你学院……"他像是想到了什么似的，"挺漂亮。"

楼阮看着他那些书，还是有些惊讶。

"你对艺术很感兴趣吗？"

不太像啊，这种理工男应该更喜欢机械、运动那种类型的。

谢宴礼把已经开始淌水的冰袋放在一边，碎冰碰撞，发出细微的声响。

他垂眼看她，慢条斯理地擦着修长的指节，语气云淡风轻："谁知道呢？也许是预感到我未来的太太是美院的，所以想去提前认识一下。"

楼阮听后不由得眯起眼睛，双眸弯成两弧月牙，低低笑了起来。

不得不说，谢少是有点幽默细胞的。

她也半开玩笑似的说："那我应该是少了点预知未来的天赋，错过了和你提前认识的机会，怪我。"

也是她人际关系太差，谢宴礼这种风云人物去他们学院上课都没人和她分享。

不等谢宴礼说话，她又问："我们学院的选修课好玩吗？"

谢宴礼点了点头，说："还行。"

"你当时选修的什么？"谢宴礼反问她。

把被折成豆腐块的纸巾放在手边，他那张招摇又摄人心魄的脸上好似多了几分不一样的惑人感，就连发出来的声音也异常好听，像海妖在诱哄岸上的人类。

"嗯？我当时的选修……"楼阮身子微微往后靠了靠，"是很常规的，行政管理、口才与沟通、公共关系啊什么的……"

"唉，早知道就选一点生物相关了。"楼阮突然觉得自己很机灵。

谢宴礼动作一顿，转头看了过来。

楼阮眼睛亮亮的，问道："你们学院的选修课应该挺有意思吧？"

谢宴礼挑眉，说："确实比你选的那几个有意思。"

"后悔了吧？"

楼阮忍不住笑了一声，顺着他的意思小鸡啄米似的点头，说道："后悔了后悔了，我肠子都悔青了。"

谢宴礼勾起唇，说："既然夫人这么后悔，不如考个研吧，就考华清生物学院，怎么样？"

楼阮惊呆了。

跨考，还考生物，而且还是考华清的生物？

他还挺看得起她。

04

在谢宴礼的讲解下，楼阮把他卧室的每个角落都看了个清清楚楚。

最后，谢宴礼还从她那里要走了几张她的照片，说要印出来放在卧室里，以免露馅。

除了照片，楼阮的一些小东西也放到了他的卧室。

那个灰黑白色调的卧室里，因为楼阮的小饰品和护肤品的加入，多了几分色彩。

当然，楼阮也从谢宴礼那里顺走了好几本书。

她把那几本书放在了床头，她习惯晚上睡不着的时候靠在床头看书。

楼阮在网上下单了漂亮的花瓶，同城闪送很快就送到了家。

她正在拆盒子，已经换上家居服的谢宴礼慢悠悠下了楼。

"买了花瓶？"

谢宴礼走了下来，黑色的绸面睡衣松松垮垮挂在他身上，领口微微开着，精致雪白的锁骨一览无余。

"……啊，对。"楼阮点点头。

谢宴礼把手上的杯子随手放在桌上，走到她身边，弯腰之际拿走了她手上的剪刀，在她身边坐了下来，一股清爽干净的木质香味弥漫开来。

楼阮这才注意到他头发有些湿，应该是刚洗完澡。

他垂着眼睛，拿着剪刀剪开包装盒，把里面的花瓶取了出来，说："我来吧。玫瑰花有刺，这么危险的事怎么能让夫人做。"

短短几天时间，楼阮像已经习惯了似的，熟练地松开了手。

她退到一边，看了一眼谢宴礼蹲在那儿剪包装盒，又转头去看那束花。

它们被包裹得漂漂亮亮的，安安静静地盛开着。

她走过去，手还没碰到，那边正在剪盒子的人就出了声："把里面的卡片拿出来就行，剩下的我来处理。"

楼阮站在那一大捧花跟前，微微叹了口气，伸手把卡片拿了出来。

谢宴礼背对着她问道："晚饭想吃什么？等会儿阿姨就要上门了。"

楼阮在吃食上没有那么讲究。

上班的时候就吃工作餐，偶尔出去吃个火锅，炸鸡、麻辣烫、螺蛳粉她也很喜欢。

楼阮问谢宴礼："你平时吃什么？"

"我？"谢宴礼手上动作没停，他把地上的包装盒叠在一起，快速回忆了一下她微博里的碎碎念，"中餐，还有什么炸鸡、烤串炸串、螺蛳粉、麻辣烫、火锅……都会吃。"

楼阮有些惊讶地睁大眼睛，他也喜欢吃那些吗？

惊了！

他竟然这么接地气？

楼阮开心道："你吃什么我就吃什么，我和你吃一样的！"

谢宴礼嘴角漫着浅笑，说："我们也可以吃不一样的，你想吃什么就跟阿姨说。"

"嗯，好！"楼阮眼睛发亮，重重地点头。

内心已经在疯狂窃喜了！

谢宴礼这个家只有灰黑白，一尘不染，干净得就像样板间，她以为这人肯定特别洁癖，家里不能有一点点奇怪的味道，在这个家里吃火锅什么的肯定无望了。

没想到他竟然都吃！

螺蛳粉也可以!

这是什么绝世饭搭子!

谢宴礼有些好笑地看了她一眼,说:"我把盒子放出去。"

楼阮乖巧地点头,说:"好的。"她语气都变得轻快了起来,"那我把花瓶洗一下。"

她跑到花瓶跟前,一手抱起一个,进了洗手间。

谢宴礼把纸盒子放出去后,又走到那几只充满艺术感的花瓶跟前,拎起两只,去找楼阮。

一楼洗手间里水哗啦啦响着,楼阮站在洗手台前洗着手上的花瓶,听到身后的声音后抬起头,正对上镜子里自己的笑眼。

她微微愣了一下,她原来也可以笑得这么开心。

明明也不是多大的事,就只是能随意地吃点重口味的东西,但就是很开心。

谢宴礼的身影出现在镜子里,楼阮迅速低下头,往旁边站了站,给他挪出点位置。

他走到她身边,独特的淡香再次笼罩了过来。

洗手间的顶灯照在那张精致英俊的脸上,冷白的肤色,精致的眉眼,性感的唇形,完美结合。

好绝的一张脸……

楼阮没敢继续往下看,好像在窥探似的。

她连忙低下头,看着谢宴礼洗花瓶,水流淌过他漂亮的指节。

手指都这么好看……

楼阮转过身,抽出了两张纸,把注意力放在了花瓶上。

"我买的花瓶和家里的色调不太搭。"谢宴礼认真洗着手上的花瓶,"我没什么艺术天赋,所以就只选了灰黑白。

"夫人对色彩比较敏感,以后装饰家里的事,就交给夫人了。"

楼阮低下头,轻轻呼了口气。

走出洗手间后,楼阮才觉得呼吸通畅了不少。

谢宴礼也带着洗干净的花瓶走了出来,准备要和她说什么,但她直接加快步子,噔噔噔又跑进洗手间。

谢宴礼蹙了蹙眉。

她好像有点躲着他。

谢宴礼把花瓶放好,这才去处理那捧玫瑰。

楼阮很快就把其他几个洗好的花瓶拿出来。

谢宴礼正坐在那里处理玫瑰花,他握着黑柄剪刀,废弃的花枝一根根落下。

"你……还会这个?"

太安静了,楼阮纯属没话找话。

"不太会,正在学。"

"看起来很专业。"

楼阮倒不是硬夸，看他坐在这儿咔咔修剪花枝的样子，真以为是熟手。

"多谢夫人夸奖。"

楼阮坐在他身边，能清晰地嗅到他身上的淡香，夹杂着馥郁的玫瑰味，如同藤蔓，朝着她蜿蜒而来。

她伸出雪白的手，也想去帮忙，但手指还没落下去，就察觉到了身旁人的目光。

楼阮突然想起了他之前说过的话——

"玫瑰花有刺，这么危险的事怎么能让夫人做。"

他这道目光，属实有些此时无声胜有声了。

楼阮只能讪讪地收回手，坐旁边看着。

虽然不是很习惯。

不太习惯别人忙的时候她在一旁闲着，但她现在完全插不上手，直接上楼也不好，只能坐这儿陪着。

主打的就是一个陪伴。

门铃声打破了宁静。

是做饭的阿姨来了。

阿姨姓李，以前是老宅那边的，楼阮去的那次她不在。

这还是她第一次见楼阮。

李阿姨格外热情，进厨房做饭的时候，还特意关上了门，一副不想打扰他们的样子。

楼阮有些尴尬地重新坐了下来。

谢宴礼已经修剪完了所有玫瑰花，那些玫瑰几乎占满了茶几。

在楼阮的目光下，他把它们一一插进花瓶，说："你可以上楼等。"

"没事，我就在这儿。"楼阮连忙摆了摆手。

他又把一个插好了玫瑰的花瓶递给楼阮，问道："夫人看看放在什么地方合适？"

楼阮想了想，起身把它放在了电视机旁边。

谢宴礼把其他几只花瓶也都插满玫瑰。

"剩下的也都劳烦夫人了？"

楼阮点了点头，又给剩下的几只花瓶找了"家"，谢宴礼则在整理那些不要的残枝败叶。

李阿姨做饭确实好吃，楼阮美美地吃了两大碗。

要不是谢宴礼在，她有点不好意思，她还能再吃一碗。

吃完饭后，楼阮和谢宴礼一起上了楼。

因为李阿姨还在家里，为了不被发现分房睡，所以他们只能悄声细语地说话。

他们站在门口分别的时候，竟然多了几分诡异的偷情感。

谢宴礼手指落在门把手上，轻轻勾唇，说："那我进去了？"

楼阮站在房门前点头，"嗯"了一声。

谢宴礼又漫出惑人的笑容来，嗓音柔软："夫人晚安。"

楼阮眼皮跳了跳，说："……晚安。"

她看着那人转身进了门后，才微微松了口气，也转身进了房间，拿起之前被她随手丢在床上的手机。

屏幕上出现了一个令她意外的名字。

邵峥。

楼阮点了进去。

邵峥：【那个……】

对话框里就只有那两个字和一串省略号，也不知道他想说什么。

这个名字她其实挺长时间没看到了。

邵峥出国后，好像就不怎么用微信了。

楼阮想了下还是准备回复。

"什么事"这三个字还没发出去，手机就振了一下，屏幕上多了条转账信息。

邵峥转账 50000 元过来。

楼阮蒙了。

她发现转账信息下还备注了一行小字：【听说你结婚了，新婚快乐哈。】

她动作彻底顿住。他怎么知道？

楼阮等了会儿，对方没有再发其他的消息过来。

于是，她也发送了一条信息。

楼阮：【谢谢。】

没想到对方直接秒回。

邵峥：【红包收了。】

楼阮：【……】

邵峥：【收了以后换个微信。】

楼阮：【啊？】

邵峥：【我觉得你还是换个微信号比较好。】

楼阮垂眼盯着，对方没有再发消息过来。

她认真想了想，邵峥不是多话的人，他说这个，应该和周越添有关系。

应该是在提醒她什么。

楼阮：【好的，我正有这个打算。】

邵峥没有再回复了。

她退了出来，看到联系人那里多了个小红点。

　　有人加她。

　　她动作顿了顿，心里好像有了什么预感似的，直接点到"我的"，退出了那个微信。

　　退出的那个瞬间，心魔好像彻底消失了似的，整个人都轻松了。

　　她飞快起身，在工具盒里找到了手机拔卡针，低头把那张旧的手机卡拔了出来，扔进了垃圾桶，然后在购物网站上下单了新的电话卡。

第九章

◆

春信不至，夜莺不来

01

京北，第一人民医院。

邵峥脸上带着伤，但手上的动作没停，操纵着游戏里的人物突突突乱杀。

程磊坐在他身旁叹气，问道："你说你被打成这样高兴了吗？"

邵峥点了点头，说："高兴了，太爽了。"

程磊看了他一眼。

邵峥头也不抬，认真看着手机屏幕，说道："你没事就滚，我忙着呢。"

程磊定定看了他几秒才说："……我真后悔把你叫回来。"

邵峥操控的游戏人物直接被一枪爆头，死在了原地。

他顿时沉了脸，抬起头看程磊，问："你指望我回来能干啥？难道要我替他把楼阮抢回来？破坏别人婚姻的事我可干不来。"

他就算能干，他哥要是知道他敢跟谢家对着干，明天能直接把他扔到一个没信号的深山老林去喂猪。

"那你也不能说他……"程磊低声道。

不能说他活该啊。

"我也没说错啊。"邵峥翻了个白眼，"'冠冕'知道吗？就去年在美国被拍卖的那枚古董戒指，国内有个富豪拍到了，当时还上过新闻，我们都在猜是谁。"

程磊不知道他为什么说这个，蹙了蹙眉，问："记得，那又怎么了？"

"拍到的是国内最年轻的收藏家霍庄，"邵峥抬着那张带伤的脸，举着手机，"最新消息，谢宴礼花大价钱从霍庄手上把它买走了。你猜他花那么多钱买个古董戒指干什么？"

"送给楼阮？不可能吧？"程磊第一反应就是蒙。

谢宴礼那种人会结婚已经够让人意外了，还送那么贵重的戒指给楼阮，这真让人不可思议。

他们这样的家世，婚姻对他们来说基本都是交易，对结婚的重视程度也就那样，按照基本套路来就可以。谢宴礼这是……

邵峥面无表情地点开手机，翻出谢宴礼的朋友圈给程磊看，说："你仔细看看这枚戒指，再去搜搜冠冕的新闻图。"

白天的时候，程磊的关注点全都在楼阮真的结婚而且还是和谢宴礼结婚上，完全没注意什么戒指。

现在单看图，就能看出这枚戒指价值不菲。

邵峥继续说道："谢家给楼阮的优待可不只是枚古董戒指，谢家的股权、房产变更的新闻已经出来了，你随便看看吧。"

程磊脑子嗡嗡嗡的，他摸出手机，还没来得及搜索新闻，身后的病房门就被人打开了。

靠在床上的邵峥和他一起看了过去，出现在门口的是周越添阴沉的脸。

邵峥轻嗤了一声，看着周越添，伸出手一捞，把自己的手机捞回去，埋在怀里躺下了，幽幽道："天价的古董戒指，他好爱她哦！"

周越添走了进来，他身形修长，阴影落了下来，笼住了程磊。

程磊眉心跳了一下，当下就站了起来，担心他们又打起来。

周越添直直站在床前，脸色苍白得可怕。

他能清晰地感受到，胸腔里正翻腾着一股无法抑制的胀涩感。

这种感觉对他来说并不陌生。

最近，他经常有这种感觉。

周越添喉结艰难地咽动，声音干涩地说："给我看看。"

程磊呆愣地看着他。

过去十年，他从没见过这样的周越添。

从前的周越添，永远冷静沉稳，游刃有余。

可是这几天，他看到了苍白的、卑微的，甚至徘徊在崩溃边缘的周越添。

邵峥短暂沉默了下才开了口："看什么？"

"戒指。"

奇怪的是，周越添这一次没有愤怒，没有生气，语气也听不出任何情绪变化。

"哦，戒指。"邵峥扯了一下嘴角，"叫'冠冕'，网上新闻图一大堆，你自己搜吧。"

Rose Crown

周越添直直站在那里，安静了一会儿才低着头轻声说道："只是一枚戒指，我也可以……"

"哈哈，"邵峥笑了一下，扯动了嘴角的伤口，痛得龇牙咧嘴起来，"我之前还想买个宇宙飞船送你呢，但我没有。

"那是一枚戒指吗？那是谢宴礼的爱啊。"

邵峥这几句话句句刺人，程磊连忙看向周越添，担心他再次发疯，随时准备拦住他。

"爱什么？他们之前根本不认识！"周越添目光定定地看着邵峥，每一个字都像是咬着牙说的。

"那也不耽误人家现在结婚啊。你跟她倒是认识时间挺长，有用吗？"邵峥才不客气，"周越添，何必呢？你心里既然已经选过了，就该想到会有这么一天。

"你总不能两头都想占……天底下哪有那么好的事儿啊？

"你听我的，找个地方歇两天，然后回来好好料理周氏，好好走你选好的路，别发癫，不然你两头都要丢。"

周越添垂着眼睛，双目通红，觉得心脏在被一只大手肆意揉捏。

医院病房的顶灯白得晃眼，他一抬头就觉得眼睛发酸，只能低下头来。他唇齿相撞，轻声开口："……可是我后悔了。"

邵峥没注意，但程磊听到了。

程磊心情有些复杂地伸出手，悬在空中半晌没有动作，最后又收了回去。

邵峥又说："我能说的就这么多了，听不听随你。"

"人的心，怎么能变得那么快？"周越添嗓音干涩。

程磊沉默着，没有说话，他忽然想到高二那年的冬天。

那年京北下了大雪，巨冷。

他们约好在图书馆写寒假作业，说是写寒假作业，其实都是楼阮一个人在写。

他们三个到了，周越添迟迟没来。

于是楼阮写作业，他玩手机，邵峥戴着耳机打游戏。

楼阮不知道看了多少次手机，但一直都没等到周越添的消息。

最后，她写完了三个人的作业也没等到周越添来。

直到图书馆关门时，外面雪还在下，他们正准备回家，周越添忽然发消息说他要来了。

他和邵峥都说改天再见，先回家吧。

楼阮让他们先回去，她自己等。

天那么晚，又在下雪，哪能让她一个人等，他们只能跟着一块儿等。

那天实在太冷了，冷得他们直哆嗦，邵峥冷得手机都玩不下去，一直在抱怨。

周越添几点到的他忘了，他只记得那天楼阮裹着一条很薄的红格子围巾，眼睫上沾着水雾，鼻尖都是红的。

但是她看到周越添的时候还是在笑。

程磊抬起手按了按眉心。

那天是他记忆中的京北下得最大的一场雪。

又一年冬天，京北下起了小雪。

楼阮大四了，来周氏实习。

周家开始替周越添安排相亲。

周越添和那些名媛淑女的饭局都由楼阮安排。

那天，程磊看到楼阮站在落地窗边笑着给林氏的人打电话，询问林悦欣的忌口和喜好。

那天的雪明明挺小，但感觉很冷，尤其是楼阮一个人站在窗边看着它们簌簌落下的时候。

他那时候想，人怎么能这么没有自尊。

"也不是吧，"程磊忽然开口，"也不是忽然就变心的。"

一次又一次的等待，一次又一次亲自安排他和别的女人见面相亲，一次又一次的失望。

蓦地，周越添抬起头看他。

程磊别过脸，顿了一下，低声说道："你和白楚的新闻还挂在热搜上。"

02

半夜，热搜上的词条＃白楚 周越添＃忽然被撤了下去。

一个粉丝八百万的营销号发了条微博：【某小花和豪门贵公子那个别嗑了，据说那位真正喜欢的是他的青梅竹马，昨天热搜一出，他们公司辞退了一大拨说闲话的人……】

周氏公司官博也连夜发出声明，表明自家老板和白楚小姐仅为合作关系。

白天还嗑生嗑死的网友们瞬间爆炸。

【什么？不是真的？】

【周总有喜欢的人？还是青梅竹马？】

后半夜，据知情人士透露，周总那位青梅竹马是华清美院毕业的，毕业以后就进了周氏。

天还没亮，谢宴礼放在床头的手机振个不停。

"喂。"他修长冷白的手指按下接听键，惺忪的嗓音中带着困倦。

电话里传来谢星沉冷冰冰的声音："还睡着呢？你情敌出击了。"

谢宴礼猛地睁开眼睛。

十几分钟后，他到了见春2楼。

谢大小姐已经坐在那儿等着了，等谢宴礼在她面前坐下，谢星沉把手机推到他面前，说："昨晚可热闹了……周总真正喜欢的人、青梅竹马、华清美院，就差把大名说出来了。"

谢宴礼拿起她的手机低头翻阅着，过了一会儿又把手机给她推了回去，说道："就这？"

"不然呢？人家青梅竹马，你算什么？"

"我？法定配偶关系。"

"我呸！"谢星沉白了他一眼，"人家热搜都安排上了。怎么样，要不要我让人也给你安排几个？咱不能被比下去！"

谢宴礼语调平静："会吓到她。"

谢星沉愣住了。

他们明丽传媒公关部都已经全员就绪，全都准备好了，绝美爱情的文案她都让人写了好几版了！

谢！宴！礼！

谢星沉简直快被气死了。

她拿起面前的饮料，"咕噜咕噜"喝了一大半下去。

放下杯子后，她沉思了几秒，认真询问道："那个热搜，要帮你下了吗？"

既然不能对打，那就让它消失！

谢宴礼嗓音沉稳："不用。"

"不用，为什么不用？"谢星沉睁大眼睛，盯着坐在对面的谢宴礼，"我不理解。"

谢星沉拿起手边的手机看了一眼，说："现在马上6点了，现在不撤，阮阮等会儿起来就会看到。"

她都打听过了，那个姓周的和阮阮以前每天一起上学放学，感情好得不得了。

谢宴礼在人家的青春里完完全全就是背景板啊。

他打不打得过别人的十年感情，他自己心里没数吗？

谢宴礼摸了摸婚戒，说道："看到也没关系。"

谢星沉定定地看着他，问："知道你不屑，但是真的什么也不做吗？"

谢宴礼抬起了头，身上卫衣肩头的夜莺刺绣随着他的动作微动。

谢星沉看着他肩头的夜莺，想到了之前在他书里发现的那张素描纸。

那也是她第一次看到楼阮的样子。

谢宴礼在素描纸上画了楼阮的侧脸，角落里还用钢笔写了一首小诗。

在多少个清晨

我独自冒着冷
去薄霜铺地的林子里
为鸟听语
为盼朝阳
为寻泥土里渐次苏醒的花草
但春信不至
春信不至
……

我倚暖了石栏上的青苔
青苔凉透了我的心坎
但夜莺不来
夜莺不来

——《我是如此单独而完整》

春信不至，夜莺不来。

她看到的时候是震惊的。

谢宴礼居然还会偷偷画女孩子的画像，还会抄写这种诗。

这竟然是她哥哥谢宴礼能做出来的事。

谢宴礼会在寂静的深夜里想着对方的样子，在她的画像角落里写春信不至，夜莺不来。

谢星沉终究没有说出过于苛责的话来。

"不是不屑，"谢宴礼像是觉得有些好笑似的，弯了弯唇，"是没必要。"

谢星沉脱口而出："怎么就没有必要了啊？"

她觉得有必要，很有必要。

别以为她看不出来，他们现在虽然结婚了，但只是虚假的，有名无实！

结婚只能算是前进了小小一步！

这个时候必须要乘胜追击，把一切不可控都扼杀在摇篮里！

"她不是会回头的人。"昏暗的光影下，谢宴礼瞳眸中盛着通透清润的碎光，"她已经做出决定了，不管发生什么，她都不会回头的。"

她一直都是一个坚定的人。

因为电话卡已经被拔出来，微信也没有登录，闹钟也被楼阮提前关了，所以她这一晚睡得格外安稳。

虽然醒得还是很早，不过睡眠质量不错，一觉起来神清气爽。

她拉开窗帘，又走进洗手间洗漱完毕。

对面谢宴礼的房门紧闭着，站在门口听不到半点声音，也不知道他起了没有。

楼阮站在门口顿了一下，也不知道谢大少爷一般几点起床，睡眠质量怎么样，会不会很容易被吵醒。

她把步子放得很轻很慢，直到踩在台阶上才微微舒了口气，放松地走了下去。

刚一下楼，楼阮就看着坐在餐桌边享用早餐的人，不由得睁大了眼睛。

"你醒这么早？"她心想，不愧是谢宴礼，真是太自律了。

"嗯。"谢宴礼伸手把手边的早餐推到她面前，"一中的早餐。"

楼阮在谢宴礼对面坐了下来，伸手打开了袋子，熟悉又浓郁的食物香味扑面而来。

"黄记早点……"

黄记早点是京北一中附近最火的早餐店，凡是上过京北一中的，几乎都吃过它家。

楼阮拿出里面的现磨豆浆，看了一眼谢宴礼，问道："一中离得那么远，你特意去的吗？"

实在不怪她多想，他们现在住的这个家和京北一中相隔很远，一个东边一个西边，跨半个京北肯定是有的。

而且早高峰人也很多……

"没有，"谢宴礼慢条斯理地吃着东西，"凌晨的时候有事出去了一趟，不是特意去的。"

"凌晨？"楼阮把吸管扎进豆浆里，低头吸了口，熟悉醇厚的味道在口中弥漫开来。

是她以前最常喝，也最喜欢喝的黑芝麻核桃仁豆浆！

还是加了糖的！

她双眸弯了一下，又咬着吸管嘬了两口，白软的脸颊轻轻鼓了起来。

"嗯，5点多吧，6点多点出发去的一中。

"坐地铁去买的。"

早上人实在太多，开车去不知道什么时候才能回来。

楼阮忽然觉得手上这杯现磨豆浆变得沉重了不少。

谢宴礼大早上挤地铁去买的豆浆，世上有几个人能喝到啊！

03

谢宴礼见她小心翼翼地把手上的豆浆捧了起来，挑起眉梢，说："一杯豆浆而已，夫人倒也不用这么感动。"

楼阮摇了摇头，回道："不不不，你不懂。这是可以发到表白墙的程度。"

谢宴礼问道："表白墙？"

楼阮点点头，说："表白墙你知道吗，就是学校的……"

"知道，你倒不用连这个都跟我解释。"

"你以前经常出现在表白墙。"楼阮认认真真地给谢宴礼科普，她觉得谢宴礼肯定不会去看表白墙那种东西的，"京北一中的、华清的，你都经常出现。"

谢宴礼肩头精致的夜莺刺绣栩栩如生，它栖在玫瑰枝头，好像随时都会吟出美妙的歌声。

楼阮看着他的肩头，恍惚地想，谢宴礼好像很喜欢夜莺与玫瑰的元素。

她拿回去的书里，就有一本王尔德的《夜莺与玫瑰》，书封也像他肩头的刺绣这样，精致绝美。

谢宴礼形状漂亮的薄唇弯起惑人的弧度，徐徐问道："哦？夫人以前这么关注我？"

他声线极轻，像在诱哄。

楼阮的视线从他肩头的刺绣上挪开，挪到那张勾魂摄魄的脸上，张了张口，欲言又止。

她其实完全是被动关注。

实在是当时这人存在感太强，随便一刷就是他，走到哪里都能听到他的名字，不关注不行。

楼阮平静地陈述事实："毕竟谢先生人见人爱，走到哪里都能听到你的名字，且每天都被人表白。"

谢宴礼鸦羽般的眼睫闪了闪，微微换了个更舒适的姿势，嘴角溢出轻笑，说："……谢太太醋劲儿很大。"

楼阮一愣。

"那这样，我以后出门帽子、墨镜、口罩都戴上，把自己捂严实点，不让其他人看到，怎么样？"

楼阮盯着谢宴礼似笑非笑的脸，抬起头狠狠吸了一大口豆浆，说道："我看行。"

谢宴礼颔首道："我等会儿就把墨镜、帽子和口罩找出来。"

楼阮实在接不下去了，默默地拿起最喜欢的奶黄包和虾仁饼吃起来。

"你吃吧，我上楼找帽子、墨镜和口罩。"坐在对面的人站了起来，轻飘飘地留下了一句话，走了。

楼阮心想：不会吧，他不会真要戴着帽子、墨镜、口罩出门吧？

过了一会儿，楼梯那边响起了脚步声。

楼阮转头看了过去。

谢宴礼没换衣服，但头上多了一顶鸭舌帽，眼前多了一副墨镜，整张脸被遮得严严实实。

楼阮站了起来，问道："你真要这样出门吗？今天这天气用不着这样，真的。"

"这是我答应夫人的，和天气有什么关系？

"夫人放心，不用担心我的安全，我已经让唐叔派司机接我了。"

楼阮盯着被捂得严严实实的谢宴礼，问："你认真的吗？"

"当然了，"谢宴礼声音中透着几分散漫和不羁，"答应夫人的事情我是一定要做到的。"

他抬起手，亮出黑色的手机，说："已经发朋友圈立誓了。"

楼阮更蒙了。

怎么还发了朋友圈啊？

他怎么那么喜欢发朋友圈？

她手机不在手边，但又很想知道谢宴礼发了什么，于是朝着他走了过去。

谢宴礼把手机递给她，说道："密码是夫人的生日。"

楼阮愣了一下。她生日？

她生日没几个人记得的。

至少徐家是没人记得的，只有周越添他们偶尔会随手塞给她一些小礼物。

楼阮缓缓在数字键上输入"0207"，屏幕解锁。

"你怎么知道我生日？"她抬起头看谢宴礼。

谢宴礼举起戴着婚戒的右手，语气仍然散漫不羁："夫人忘了吗，我暗恋了夫人十年。"

楼阮瞬间无言。

这人又开始了。

她都忘了，他们结婚了，结婚证上是有身份证号的。

才不听他胡扯……

不等楼阮多想，谢宴礼的微信好友列表就已经出现在了眼前。

她不经意扫过，目光落在了那个被置顶的"谢太太"上。

他给她的这个备注……

还把她置顶了？

楼阮握着他的手机，像握着一个烫手山芋，眼珠子都不敢乱转，但再怎么不乱看，也会不可避免地看到列表里的一些好友信息。

除了家人，基本就是工作上的事。

楼阮一扫而过，目光掠过了一个叫季嘉佑的人。

他的名字下面显示着和谢宴礼的最后一条聊天记录，倒不是工作相关。

季嘉佑：【怎么样？怎么样，阿宴？】

什么怎么样？

楼阮只瞥了一眼，就直接点了谢宴礼的头像，看到了最新一条朋友圈。

他甚至还发了张照片……

【太太醋劲很大，今天开始遮脸出门，衣服也要捂严实。】

楼阮点开那张照片——

谢宴礼被包裹得严严实实的，站在他房间的书架前拍照，他身旁就是她昨天发他的照片，也不知道什么时候印出来摆在那里的。

这效率也太高了。

她默默看了一眼朋友圈下方的小爱心，点赞已经八十多了。

这才发出去多久？

她眼睛一扫，又看到了一条她没见过的朋友圈。

是早上发的。

同样配了图。

是黄记早点的店面图，配文是：【来给太太买早餐。】

楼阮眼皮跳了一下，要不是她不是自作多情的人，她真要以为谢宴礼确实实暗恋她十年了。

她垂着眼睛，按了按手机旁边的键位，亮着光的手机熄了屏。

楼阮轻轻抬起手，把手机还他。

谢宴礼从她掌心拿起自己的手机，金属质地的手机外壳被染上余温，他像是随口说："你也不给我点赞。"

楼阮想了一下，轻声道："我得换个微信，等我手机卡到了注册一个新的微信号再给你点赞。"

她顿了一下，又解释道："我不是因为你换号……"

"嗯，"谢宴礼点头，黑漆漆的墨镜上映着她的影子，"手机卡什么时候到？"

楼阮一愣，说道："应该今天，或者明天。"

"太慢了，我等会儿让唐叔送一个过来。"谢宴礼随即转身，"我去上班了。"

楼阮"啊"了声，看着谢宴礼换好鞋子出了门。

可她已经买了电话卡了啊……

她回到餐桌前，坐在了那堆她明明很喜欢，但现在却有些食之无味的早餐前。

每吃一口，她就会想起谢宴礼刚才那条朋友圈。

【来给太太买早餐。】

以前工作的时候，早餐都是吃得火急火燎的，现在难得不用那么赶，所以楼阮吃得比较慢。

她吃完后刚刚扔掉垃圾，还没来得及上楼，门口的显示器就亮了。

楼阮走过去，看着外面穿着黑色西装的陌生人按了接听。

外面的黑西装小哥客客气气道："夫人，我是来送手机卡的。"

楼阮一愣。

这么快？

她立刻开了门。

门口的人甚至还戴着双白色手套，恭恭敬敬地把手上的手提袋递了上来。

手提袋拎起来沉甸甸的，除了手机卡应该还有别的东西。

关上门后，楼阮打开了那个袋子。

里面除了有一张新的手机卡，还有一部没有拆封的手机和几个配套的手机壳。

楼阮把那几个手机壳全都拿了出来，眼睛一亮。

这几个手机壳虽然风格不一，却都是她喜欢的类型。

不得不说，谢家雇用的工作人员业务能力都很强。

做饭阿姨手艺好到她一顿能干三碗，随便一个送手机卡的小哥也能在这么短的时间内挑选出这么好看的手机壳，审美真的很不错。

因为注册手机卡需要用到身份证，楼阮又带着东西上楼了。

她看了一眼摆放在床头的旧手机，那是她刚进周氏的时候买的，现在用起来还很流畅，没有任何问题，而且她常用的软件和一些文件、照片全都在那里面。

换手机其实是有些麻烦的。

但是……

楼阮转过头，还是把手机卡插进了新手机里。

软件可以重新下载。

不上班了也不需要什么文件了。

至于照片……

她并不是喜欢拍照的人，那些珍藏在手机里的为数不多的照片，就随它们去吧。

楼阮把新手机开机，激活手机卡，又打开软件商店下载常用软件。

她刚注册好微信号点进去，就收到了新信息。

一串陌生号码发来消息：【注册好了吗？】

楼阮点开看了一眼，迟疑了一下：【谢宴礼？】

陌生号码秒回：【嗯，加你了，别忘了点赞。】

楼阮点了通过，又抬起头来环视四周，怎么回事，他是在家里装监控了吗？

手上的手机又微振了一下，是谢宴礼发来的微信消息。

谢宴礼：【开会的时候也好好捂着脸了，夫人请检查。】

他发来的图，正是华跃开会时的照片。

能容纳几十人的会议室里，谢宴礼穿着卫衣、帽子、墨镜、口罩一样没少，在一众西装革履的精英中显得格外违和。

楼阮表示很无语，正要发消息给他，刚刚下载好的微博推送就出现在了屏幕顶部：

【周氏官博澄清CEO与白楚绯闻，称只是合作关系，知情人士爆料周氏总裁的真爱是一起长大的青梅竹马……】

04

楼阮滑掉那行推送，面无表情地戳进微博，登录个人账号。

她对周越添的相亲对象究竟是明星还是青梅竹马完全不感兴趣，她点开设置，添加上了微博屏蔽词"周氏"。

"叮！"

微信唯一联系人谢宴礼发来消息。

是一个探头的表情包。

楼阮连忙点开对话框，对了，要点赞。

差点忘了！

谢宴礼的提醒来得很及时。

她飞快地回复：【刚刚出了点小意外，马上给你点。】

她点进谢宴礼的朋友圈，从上到下，一条一条地点到了最后一条。

她还从没有一口气给谁点赞过这么多条朋友圈。

楼阮又找到谢宴礼的第一条朋友圈，是他在民政局发的那条，只有简简单单两个字——"结婚"。

她抿了抿唇，在评论回复：【新婚快乐，谢先生。】

发送！

就当是没有及时点赞的补偿礼包。

完成这一切后，楼阮像是完成了一件大事似的，极有成就感。她把身体陷进柔软的床上，清澈的双眸轻轻眯了起来，嘴角溢出浅浅的笑。

华跃生物。

谢宴礼靠在办公室宽大的椅子上，肩头精致的夜莺与玫瑰刺绣清丽优雅，他的帽子、墨镜和口罩一样没摘，安静听着下属汇报工作。

站在一旁的下属神情恍惚，虽说谢总的朋友圈刚发出来就已经被传到了公司大大小小的群里，早就不是什么秘密了，但汇报工作的时候面对这样的他还是会忍不住怀疑人生。

虽然谢总装扮成这样，但气场还在，那双墨黑狭长的眸子被墨镜遮挡得严严实实，让人看不出情绪。

下属越发恍惚了，说到最后，全凭肌肉记忆。

好在他说着说着，谢总手机响了一声。只见谢总拿起手机，漂亮的手指滑过屏幕。虽然谢总戴着口罩，但下属还是察觉到了对方身上莫名的愉悦情绪。

下属卡壳了两秒，随后又有些惊慌失措起来。

完了，虽说谢总并不是特别严格的老板，但他头一次出现这种错误，还是有些不自觉地忐忑了起来。

下属沉了口气，正准备调整状态重新说，哪知坐在那里看着手机屏幕的人忽然抬起了头。

男人嗓音悦耳含笑，让人如沐春风，说："不好意思，是我太太的消息，影响到你了，继续。"

下属更恍惚了。起初看到那张被广为流传的朋友圈截图的时候，他还只是觉得惊奇、恍惚、震惊、不可置信。

现在就是……嗑到了！

真的嗑到了！

"太太"这两个字从他家老板嘴里说出来的时候，真的万分缠绵动听，满腔温柔爱意争先恐后地溢出来，旁观者也会忍不住为之动容。

他十分努力地调整好心态，终于汇报完了工作。

一汇报完，下属的注意力又回到了谢宴礼身上。

谁懂啊，谁懂啊！

真的好想把刚刚那句"我太太"录下来放给全公司听啊！

坐在那儿的谢宴礼点了点头，好像又变回了平时的模样。

他并没有立刻让下属出去，而是抬起头问："我们公司有没有大群？"

"啊？"下属愣住了。

谢宴礼解释道："就是那种全公司人都在里面的千人大群。"

下属小心翼翼地回答："……有。"

谢宴礼点了点头，拿起自己的手机，说："拉我。"

下属脸上闪过一丝微妙的惊恐，可他这会儿也来不及在群里提前通知同事们了，只能硬着头皮道："……好的。"

几分钟后，谢宴礼出现在了华跃生物的千人大群里。

谢宴礼：【和太太玩了个小游戏，影响到大家上班了，不好意思。】

谢宴礼开始发红包。

……

不知道发了多少个红包后，谢宴礼才退了群，留下群里一阵哀号。

【不影响！不影响！谢总你回来！别走——】

【啊啊啊！！！谢总，把你太太也拉进来！！！让我看着你们谈恋爱，让我看着！】

【啊啊！！！还有什么小游戏尽管玩起来！】

【啊啊啊，我抢了三千二。信女愿日夜夜诵经祈福，求佛祖保佑两位长长久久，甜甜蜜蜜！！！】

……

华跃生物地处京北最繁华的商务中心，周围写字楼林立，企业不少。

中午吃个饭的工夫，华跃总裁和夫人之间的"小游戏"就被传得沸沸扬扬。

而距离他们公司最近的邵氏，自然是躲不过的。

第十章

◆

她不是会回头的人

01

邵深走进病房的时候，邵峥正靠在病床上打游戏。

见他进来，邵峥抬起头扫了一眼，问道："你怎么来了？今天不忙吗？"

邵峥的大哥邵深，自小到大就是被当作继承人培养的，从读书到生活，一切都精准把控，绝不会浪费一分一秒。

博士毕业继承邵家家业后，邵深就一直在忙，日理万机。

很长一段时间，邵峥几乎只能在财经新闻上看到大哥。

大哥能过来看他，邵峥还挺意外的。

邵深的助理放下东西，悄悄退出去关上了房门。

邵深坐在床边，说："早上刚去了华跃，见了谢宴礼。"

邵峥顿了一下，他们家和谢家一直有生意上的往来，去见谢宴礼也没什么特别的，但是大哥怎么还特意提起？

总不能是那天他一通电话真的把谢宴礼得罪了吧？

谢宴礼应该没那么小气吧？

邵峥忐忑地抬起头，问："然后呢？怎么了？"

邵深意味深长地说："谢宴礼结婚了，你知道吧？"

"……哦，听说了。"邵峥玩游戏的动作变得缓慢。

邵深像是思索了一下，又问道："你知道他今天是怎么去上的班吗？"

邵峥不解。

他哥这是什么情况？

是在八卦吗？

邵深说道："我记得你有他微信好友，你看一眼他的朋友圈。"

"……我打游戏呢。"

"别打了，赶紧看！"

邵峥不能反驳，不然邵深一气之下停了他的卡怎么办？

他在心里骂骂咧咧地退出来，点开了微信，搜索谢宴礼的名字，点进了谢宴礼的朋友圈。

谢宴礼新发的两条朋友圈明晃晃地挂在那里，邵峥坐在病床上，揉了揉眼，又重新看了一下。

邵深在一旁说道："他们公司的人说，谢宴礼还进他们大群，说和太太玩了个小游戏，影响大家上班了，在群里发了不少红包做补偿。"

邵峥看着那两条朋友圈。

第一条是谢宴礼的自拍，他裹得严严实实，身子微微倾斜，旁边空出来的书架上摆着楼阮的照片。

第二条，黄记早点，他们读书的时候经常吃的。

邵峥不知道要摆出一副什么表情看着这两条朋友圈。

那个以前只活在大家口中的天之骄子，只能远远看上一眼的金字塔顶峰的人，竟然也会做出这种事。

大早上跑去给老婆买早餐。

从不自拍的人暗戳戳和老婆的照片合影。

邵深在一旁说道："他和他太太不是联姻。"

"……我知道。"

邵深看着邵峥，意有所指道："他太太是你同学吧？"

"啊？你怎么知道？"邵峥抬起头来。

他哥从不管他交朋友的事，他的朋友，除了周越添，他哥没一个能叫得上名字。

"我早上去华跃的时候，谢宴礼自己说的。"邵深表情古怪地看了邵峥一眼，"还说以前经常看到你们一起回家，说婚礼的时候请我们一定到场。"

邵峥表情猛地一变，问道："他还说什么了？"

以前经常看到他们一起回家？

谢宴礼知道他和楼阮高中的时候经常在一块儿不奇怪，但谢宴礼说的是"经常看到"。

经常看到……

高中的时候，谢宴礼对他们来说完全就是传说中的人物，高高在上，谁都不会放在眼里，一中所有人在谢宴礼眼里不过都是普通同学，没有谁是值得被记住的。

他以为当初谢宴礼加他为好友，只是因为他是"合作方的儿子"。

现在看来不是的。

邵峥心脏怦怦直跳，被忽略的细节重见天日，好像有什么秘密即将一目了然。

邵深想了想，说："剩下的就是些客套话，感谢你对他太太的照顾，陪她晚上去图书馆、给她过生日什么的。"

邵峥猛地抬起头，图书馆、过生日……

晕，这些他也知道？

还是他自己看到的，并不是楼阮说的。

"想不到你和他太太那么熟，"邵深坐在邵峥身边继续说道，"难怪高中他会加你好友，我都是接管了邵家以后才加的他。他不会当时就喜欢他太太吧？"

邵峥努力回想了一下加谢宴礼好友的那个宴会。

那天宾客很多，上流云集，谢宴礼哪怕当时年纪不大，但还是被前簇后拥着说话，众星捧月。

也不知道过了多久，他感觉谢宴礼一直看着他。

他被看得不好意思，所以才上前搭话，过程也很尴尬，完全是没话找话。

"嗨。"

"你好。"

"……你好，你也是一中的吧？我在学校见过你。"

"嗯。"

"你打游戏吗？要不要加个好友？"

……

邵深也不等邵峥说什么，自言自语："挺浪漫的。"

"不，不是的。"邵峥忽然抬起头，低声说道，"他们俩高中不认识，完全没说过话。"

也许是他语气太过奇怪，邵深回头看了他一眼，说："哦，难道是暗恋？"

邵峥虽然也隐隐觉得邵深说得对，但还是下意识地回道："……谢宴礼怎么可能会暗恋？多看了两眼也不一定就是暗恋，你知道的，他们天才的记忆力一向好……"

邵深缓缓抬起手推了推鼻梁上的银边眼镜，那张儒雅斯文的面孔上没有任何多余的表情，说："行，邵家那么多人，谢宴礼当初只加了你好友，纯粹是因为觉得你认真打游戏的样子很有魄力，将来一定能接管邵家。"

邵峥翻了个白眼。

烦死了！

"大哥，你别这样。"邵峥往后靠了靠，低声说道，"你到底想说什么啊？"

他大哥并不喜欢八卦，也没有八卦的时间。

"你和谢太太关系怎么样？"邵深瞥了他一眼，语气认真了几分，"按谢宴礼的说法，应该还不错吧？你还会给女孩子过生日？"

邵峥扯了扯嘴角，回道："也没多熟啦，现在一年也说不上几句话。"

邵深忽然问："你之前说有喜欢的人了，是谢太太吗？"

邵峥顿时瞳孔地震，反驳："不是！不是她！哥，你能不能别乱说！挺吓人的。"

"哦。"邵深语气平静，"我是替老太太问。"

"奶奶怎么一天到晚瞎操心？"邵峥小声抱怨。

"我结婚了，你二哥也结婚了，现在就连那个最不可能结婚的谢宴礼都结婚了，老太太当然着急。"邵深说，"你那个喜欢的人，能不能有结果？"

"老太太要的是你能带回家结婚的，不是什么你喜欢的人。"

邵峥差点从床上跳起来，说道："我今年才26岁，催我干什么？怎么不催你俩快点生孩子啊？有孩子抱着玩不好吗？"

"人家要是看不上你，你就趁早放弃。"邵深看了他一眼，"老太太有个朋友的孙女，知书达理，很有教养。

"她见了一面，觉得很喜欢，和你也般配，虽然觉得人家可能看不上你，不过还是让我转告你，抽时间去见一面。"

邵深站起身来，像是要走了。

邵峥连忙翻身拉住大哥，眼巴巴地问："是要我联姻吗？咱家还需要联姻吗？不会吧？咱们家资产状况是出问题了吗？还是你们想冲击世界五百强让我去和亲啊？"

邵深瞥他一眼，说："不是联姻，只是觉得你们合适。"

邵峥又翻身躺了回去，轻哼道："那我不见，我没空。"

邵深轻拍袖口，语调温雅："随便你，反正五一你还是要回家的。"

邵峥哑口无言。

邵家有家规，法定节假日家里所有人都得回家吃团圆饭。

就连大哥这种日理万机的大忙人都得抽时间回去，更别说他这种闲人了。

可是……可是他才几岁啊！26岁不是还挺年轻的吗！怎么就被催婚了呢？

邵深离开后没多久，程磊就来了。

邵峥一边换衣服，一边问他："你怎么来了？周越添怎么样？情绪稳定了吧？"

程磊脸上带着显而易见的疲惫，他抬起手按了按额心，说："没有，他正在到处找珠宝。"

邵峥把病号服换下来，说道："嗤，找不了几天的。"

周家人可不会看着他发疯。

周越添前面还有三个哥哥一个姐姐，多少双眼睛在后面盯着他，由得了他发疯？

"我感觉他这次……应该是认真的。"程磊坐在那儿蹙着眉。

短短几天时间，事情已经完全脱轨了。

邵峥动作麻利地换好了衣裳，摸出了手机，低头开始看机票。

他快速滑动手指，忽然停下来，看向程磊，问道："你觉得，谢宴礼有没有可能从高中开始就暗恋楼阮？"

02

程磊蓦地抬起头，满眼都是"你在说什么胡话"。

邵峥点了点头，看，这才是正常人的反应。

鉴于程磊的表现极度让他满意，所以他决定抽出一些宝贵时间，给程磊好好讲一讲他的大发现。

邵峥打开朋友圈，开始逐条分析。

他从谢宴礼那一条条任谁看了都会说一句"别秀了，知道你有老婆了"的朋友圈开始，逐渐翻到自己的朋友圈，在自己的朋友圈里找到了几年前他们给楼阮过生日时候的视频，一口咬定道："他肯定是看过我朋友圈，不然怎么知道我给楼阮过生日，还特意和我大哥说？"

他拍视频的技术实在不行，楼阮的脸在里面一闪而过，人都是糊的，只有吹完蜡烛后说话的声音是清晰的。

这都能被谢宴礼看到，并且发现是楼阮，还记了这么久！

邵峥忽然觉得这个事越扒越有意思了啊！

程磊也很蒙，问："他特意跟你大哥提这个？"

邵峥继续看自己的朋友圈，说："对啊，而且他当时谁都没加，只加了我。我现在想想，觉得哪都不对劲，他当时一直盯着我看，看得我头皮发麻，然后我才上去和他说话的。"

程磊问："然后就加了微信？"

高中的时候，学校表白墙里每天有人问谢宴礼的微信号，但没一个人知道，连谢宴礼的同班同学也说没有他微信。

邵峥那会儿还得意了好一阵子，说什么他是京北一中唯一一个有谢宴礼微信的。

邵峥点点头，说道："我当时就是随口一问，都没抱希望，哪知道他手机立马就拿出来了，给我整得都有点受宠若惊。"

他攥着手机，忽然开口道："我要不问问谢宴礼吧？"

这该死的好奇心。

程磊抬起头，有些不解。

邵峥打开谢宴礼的对话框，啪啪打字：【那个……谢总，我有一个问题……你和楼阮高中时候认识吗？】

程磊扯了扯嘴角，看着他，说："发啊。"

邵峥闭上眼睛，点了发送。

两个人一起盯住了手机屏幕。

一分钟，两分钟……十分钟。

谢宴礼一直没有回复。

邵峥伸手拍了拍手机，说道："不能吧？我觉得谢宴礼最近分享欲很强啊，怎么还没回？"

程磊扶着发酸的脖子，说："你别打游戏了，去你家公司上两天班体验体验生活吧，你以为谁都和你一样闲？"

突然，邵峥的手机振了一下，谢宴礼的消息来了！

谢宴礼：【我认识她，她认识我，相互不认识。】

谢宴礼：【怎么问这个了？】

邵峥的好奇心在这一刻达到了巅峰，他又噼里啪啦地打字：【那你是高中就注意到她了吗？】

他记得很清楚，那年宴会，谢宴礼加了他以后，很清冷地问了一句："你叫什么？邵什么？"

谢宴礼：【嗯，怎么了？】

邵峥盯着谢宴礼的回复，咬了咬牙，打字：【是那会儿就对她有好感吗？】

他都不敢打"暗恋"这两个字。

谢宴礼这个人，从小到大尽追捧和喜爱，应该和这两个字没有一点关系的。

手机另一头的谢宴礼竟然挺有耐心，消息很快回过来：【刚去一中的时候就喜欢她了。】

邵峥盯着谢宴礼发过来的那行字，已经顾不上看身旁程磊的表情了，马上追问。

邵峥：【这么多年一直都喜欢吗？】

邵峥：【当时加我微信也是因为她？】

谢宴礼几乎是秒回：【对，有十年了。】

谢宴礼：【加你微信也是看你们经常一起回家。抱歉。】

邵峥的手机差点从手掌上滑了下去。

京北一中是全京北最好的高中之一，除了名流、明星二代，还有一部分可怕的群体，他们从全国各地而来，成绩万里挑一，是天才中的天才。

他们中不乏十五六岁跳级考上华清和各大名校的。

以谢宴礼当时的情况，高二时就可以直接跳级高考或者申请海外名校了，但是他一直读完了高三，正常参加了高考，最后去了楼阮所在的华清……

邵峥满心疑惑，又问：【那你当时怎么不行动？】

没有人会不喜欢谢宴礼。

谢宴礼要是那个时候下手，还有周越添什么事啊？

虽然那会儿楼阮整天追着周越添跑，但他们都觉得，谢宴礼要真追，肯定可以。

03

谢宴礼坐在办公椅上，抬眼看向窗外。

钢铁森林，高楼林立。

天气很好，和他初见楼阮那天一样好。

京北一中的梧桐树枝叶浓密，缝隙间露出斑驳的光影投在玲珑小巧的少女身上。

很不巧，第一次见她，就遇到了她被表白。

京北一中宽大的白色短袖校服衬得她白皙乖巧，她抱着画本，面对的是怀揣恶意的表白。

"反正周越添也不会选择你，不如和我试试？"

任何人听到这样的话都会生气。

但她没有。

她抱着画本的手臂纤瘦修长，斑驳的光影映着她的瞳眸，她定定地看着面前的人，软甜的嗓音平稳从容：

"我没有在等着被他选择。

"我不认识你，不会和你试试，再见。"

谢宴礼当时还只是觉得有趣。

她不是被选择者，她是选择者。

虽然在别人口中是她在追着谁跑，但她很清楚，自己才是主导者，主导者可以选择追着跑，也可以选择随时抽身离去。

那个时候，她越过那人，抱着画本离开，不知道为什么忽然回了头。

繁郁的绿枝下，谢宴礼看清了她的脸。

斑驳的光影像金色的蝴蝶，在她脸上游弋。

明明只是简单随意的一瞥，他却觉得强烈的宿命感接踵而来。

她是浓绿绿意里玲珑小巧的白，只站在那里，就是一首春天的诗。

春风拂过她的发丝，那一刻，他心底的金色蝴蝶迷失于春日的玲珑诗篇。

第二次见她，还是在同样的地方。

露天体育场的台阶上，周围到处是三三两两坐着的人。

她提着画本在树荫下坐下，拿着画笔的手指白皙漂亮。

也不知道画了多久，有三个穿着一中校服的男孩出现，她收起画本，起身和他们一起走了。

谢宴礼静静地看着他们，那是他第一次见到周越添。

她和周越添并肩走着，那张白软乖巧的脸上挂着浅浅的笑。

但谢宴礼知道，她外表乖巧娇小像只小猫，内心却十分强大。

那一刻，谢宴礼是有些窃喜的，好像他们之间有了秘密。

也是在那一天，从不和人比较的他，站在台阶上看着他们一起离开的背影，认真地比较着他和周越添。

当然只是外貌上的。

至于其他，他自信不会输。

再后来，他在一中大大小小的角落，见到过她很多次，也听到过很多次她的名字。

听得最多的就是——

"别，追不上，她喜欢周越添，他们俩以前就认识……"

但还是有人尝试。

谢宴礼坐在教室里，安静地听着他们的笑闹声。

"都说了她喜欢周越添，他还不听，非要去听人家亲口说一句有喜欢的人吗？"

手上的书页哗啦啦滑过掌心，谢宴礼看着窗外逐渐枯黄的树叶，心底不断重复那句话。

——非要去听人家亲口说一句有喜欢的人吗？

面对怀揣恶意的告白，她会说"我不认识你，不会和你试试，再见"。

面对真心的告白，她会说"对不起，我有喜欢的人了，谢谢你"。

前车之鉴，皆在眼前。

是谢宴礼又怎么样？

谢宴礼也会害怕，害怕也会和其他人一样，得到一句"对不起，我有喜欢的人了"。

而且，他自认自己比其他人更了解她。

她是选择者。

他决定等，等一个最佳时机，等她抽身离开，等她选择他。

他想了很多办法，试图让她看到他。

她似乎也看到他了，她也知道了他的名字，可她仍然坚定地选周越添。

曾经有人把她的原话转述给他：

"这个谢宴礼很出名啊，几乎全校女生都喜欢他。楼阮，你不会也要抛弃我们周哥喜欢他了吧？"

"怎么可能？我只喜欢周越添。"

他们调笑着说，原来也不是全校女生都喜欢谢宴礼啊。

他们以为他并不在意。

其实他在意极了。

他不要全校女生的喜欢，只想要楼阮的喜欢。

她什么时候才能看向他呢？

他不知道。

但他认为，一定会有那么一天的，他要等，要耐心地等。

谢宴礼修长的手指落在手机屏幕上，他看着窗外奇形怪状的云，漫不经心地拿起手机拍了下来，然后把照片发给楼阮。

楼阮坐在窗边画画，她有段时间没提笔了，刚开始有些生涩，不过画着画着就找回了些感觉。

手机轻轻振了一下。

谢宴礼：【漂亮的云，分享给夫人。】

楼阮点开那张图，云团像只飞跃的小兔子。

她眯起眼睛笑，抬头看向窗外，果然看到了一样的蓝天白云，只是没有图中那只小兔子。

她还没回复，谢宴礼的消息又来了。

谢宴礼：【下班倒计时了。想吃什么？我带回去。】

谢宴礼：【一块草莓蛋糕？】

这种感觉对楼阮来说微妙又新鲜。

楼阮：【好。】

楼阮放下手机，低下头准备继续画画，刚拿起笔，她就顿住动作。

然后，她重新把手机拿起来，拍了她平板屏幕上的线稿，发给了谢宴礼。

楼阮：【今天画的。】

图片里的线稿是只夜莺。

楼阮想了想，又补充了一句话。

楼阮：【你好像喜欢夜莺，分享给你。】

谢宴礼已经走到了电梯口，戴了一天的口罩帽子，着实有些闷。他抬起手轻轻拉了拉口罩，口罩里的唇微勾。

谢宴礼：【夫人画技高超，观察细致。】

他夸得真心，没有半点恭维的意思。

面前的电梯门徐徐打开，里面的人见他要走，抱着文件诧异地说道："谢总，这个文件需要您签字……"

谢宴礼一边进电梯，一边说道："放总裁办吧，我明天签。"然后按下了关门键。

几个员工面面相觑：谢总现在下班这么准时的吗？

谢宴礼乘电梯下到地下停车场，司机已经在车里等了。

"先去花店。"

"是。"司机忍不住看向坐在后座的男人，轻声说道，"买花的事情，您其实可以交给我们。"

坐在后面的人轻轻拉了拉口罩，说："我想自己去。"

"……是。"

车子平稳地驶过京北最繁华的地带，停在了一家花店门前。

后座的车门打开，谢宴礼弯腰下车。

几分钟后，他抱着一捧洋桔梗出来。

他重新回到车上，发消息给楼阮。

谢宴礼：【一直戴口罩有点闷，申请摘下两分钟，望批准。】

谢太太：【你怎么还戴着啊？】

谢太太：【还有你的帽子和墨镜，也赶紧摘了。】

谢宴礼低笑了声。

谢宴礼：【好。】

谢宴礼：【快到家了。】

谢太太：【嗯。】

楼阮最后发了个探头的表情包。

这是他发给过她的表情包。

知道谢宴礼快到了，楼阮索性抱着平板电脑从楼上挪到了楼下。

她在沙发边坐下，百无聊赖地翻看微博。

@白夜：【《海岛玫瑰》已售出。】

还附有一张图片。

楼阮微微直起身子。

这位叫白夜的博主是最近半年才在国内崭露头角的青年画家，每一幅作品都鲜亮透明，色彩感很强，楼阮很喜欢。

《海岛玫瑰》是她最喜欢的一幅，昨天晚上睡觉之前她还看了一眼，点过赞的。

今天就卖出去了吗？

果然，不能犹豫。

这时，门口传来了门铃声。

楼阮抬头看了过去。

谢宴礼吗？

应该不是，谢宴礼知道密码。

那是星沉？

星沉也知道密码啊。

她放下平板，起身过去。

门口的电子显示屏上，穿着黑色西装的小哥恭恭敬敬地说："夫人，谢总买的东西到了。"

这人楼阮认识，就是送手机和电话卡的那个。

她开了门，问："他买了什么？"

话音刚落，她就看到了西装小哥身后的东西。

"画？"楼阮有些诧异。

"是，"西装小哥微微偏过身子，解释道，"是谢总早上让人去海城买的，说觉得您应该会喜欢。"

楼阮给搬东西的人让出空间。

工人戴着白色手套，轻手轻脚，格外小心。

一共三幅画，全都搬进来后，他们才开始小心地拆包装。

随着不同材质的包装纸一层层褪下，楼阮看到了第一幅画作的真面目。

色彩鲜明的玫瑰花海撞入眼中，乱而不杂。

海水与天空交融，开阔无边。

正是她刚刚惋惜与之没有缘分的《海岛玫瑰》。

楼阮惊讶地睁大了眼睛。

西装小哥在一旁解释道："这幅画名叫《海岛玫瑰》，创作者名叫白夜，创作于 2009 年，之前藏于海城美术馆。"

楼阮定定地看着那幅画，手指微微收紧，心跳加速。

门口"嘀"了声，那扇门被打开，一个颀长的身影出现在眼前。

谢宴礼抱着一捧洋桔梗，手上还拎着个小蛋糕。

他看向搬东西的那几个人，问道："画送回来了？"

西装小哥点头，说："是。"

谢宴礼走进来，步履从容地抱着花在楼阮身边站定，和她一起看着那幅画，墨眉微扬，说："挺快。"

楼阮缓缓抬起头看他。

察觉到她的目光后，谢宴礼转过头来，把怀中的洋桔梗递给她，问道："夫人是学画画的，家里总不能少了画，我简单挑了挑，眼光还行吗？"

"你在家装了微型摄像头吗？"楼阮接过花。

"摄像头？"谢宴礼挑起眉梢。

楼阮白皙的手指轻轻拂过花瓣，说："开玩笑的。"

"我昨天晚上刚看过这幅画。"

"看来是买对了。"谢宴礼勾唇，"我和夫人心有灵犀。"

楼阮默默看向屋子里其他人，他们安静地干着该干的活儿。

另外两幅画也都被拆开了，都是白夜的作品。

这两幅楼阮也知道，一幅是《葡萄藤下的少女》，另外一幅是《暗恋她》。

《葡萄藤下的少女》颜色柔和朦胧，呈浅紫色调，画中穿着轻纱质地的紫色长裙的少女午后坐在葡萄藤下看书。

《暗恋她》画的是葱郁绿枝下，穿着校服的男生站在微风中看着台阶下坐着的少女。绿意铺满整张画纸，画里的少男少女是唯一的一点白，清新朦胧。

楼阮看着那幅满是绿意的画，疑惑道："这幅画不是说是定制作品吗？你怎么给买来了？"

《海岛玫瑰》和《葡萄藤下的少女》都藏于海城美术馆，而那幅《暗恋她》一直是私人收藏，由白夜自己保存。

白夜还在微博里说了，《暗恋她》是给朋友的定制作品，仅展示，不出售。

那谢宴礼是怎么买到的？

谢宴礼的目光从那幅绿意葱郁的油画上挪开，垂眸看楼阮，问道："喜欢吗？"

楼阮点点头，说："喜欢是喜欢，可是这不是定制的画吗？"

谢宴礼语调平静："这个白夜，和你同级。"

楼阮一愣。

什么意思，是校友？

他继续道："他和我选修课时认识的。

"所以，我和他稍微有点交情……"

楼阮睁大眼睛，问："你们认识？"

谢宴礼坦诚道："挺熟。"

"哦。"楼阮恍然大悟一般。

所以定制不出售的画也可以给他。

油画专业和她同级的女孩子……

楼阮完全没印象，她连自己水彩专业的同学都没认全。

"要我介绍你认识吗？"谢宴礼忽然问，"你好像挺喜欢他的画。"

楼阮其实并没有认识的创作者，作品是作品，作者是作者。

以往，她都会分得很清。

但她看着谢宴礼期待的眼神，竟鬼使神差地点了头，说："好啊。"

"我来安排。"谢宴礼抿起唇。

说着，他就拿出手机拨打电话，对方没接。

"应该在睡觉，他作息很乱。"

"好。"

04

几个搬东西的人悄悄收拾好垃圾，出去了。

谢宴礼站在那儿仔细看了看那三幅画，目光落在了最后一幅绿意浓郁的画作上。

"挂在哪儿好？"

"……客厅？"楼阮把蛋糕盒放在桌上，轻声提议，"沙发这边。"

家里实在简约得过分，什么装饰品都没有，沙发后面全是白墙。

"好，听夫人的。"

楼阮走过去，说："我帮你。"

"不用，你去吃蛋糕吧。"谢宴礼笑了，"挂画我还是在行的。"

不一会儿，谢宴礼自己就把画挂好了。

三幅大小不一的画被错落有致地挂在墙上，色调不同，但看起来却有别样的美。

楼阮看着画心里感叹。

和她同级，2009 年就能画出这样的作品，真是厉害。

难怪可以和谢宴礼做朋友。

那年她才十几岁，还在读初中，虽然也已经开始画画了，但也就是兴趣班的水平……

此时此刻，海城某画廊。

身着白色衬衣的青年画家白烨抬起手，悄无声息地打了个哈欠。

坐在他对面的负责人继续问道："我们看到您的作品大多是暗恋题材，请问这些都是您的真实经历吗？"

肤色苍白略显病态的画家白烨抬起头，琥珀色的瞳眸因为困倦凝滞，短暂地失去了聚焦。过了几秒，他才像回过神了似的，说道："哦，不是，是我朋友的故事。"

"我们是在大学选修课上认识的，他是学生物的，但我们学院每一门选修课上我都能看到他。"说到这里，顶着一头金色鬈发的白烨终于笑了笑，"他暗恋的女孩子在我们美术学院。"

"哇，为了喜欢的女孩子去你们学院上课吗？"

"对。"白烨抬起手，支住因为缺乏阳光照射而苍白的脸，"那幅《暗恋她》就是画的他们。"

"哇！是您之前在微博上发过的那幅吧？您说是定制作品，是您的朋友让您画的吗？"

"不是，是我看到他收藏的照片，才想起要画的。"他笑道，"在那张照片里，树下其实坐了很多人，但他眼里只有她。"

女负责人眼睛亮了一下，说："很浪漫，期待这次展出可以看到那幅画。"

"恐怕要让大家失望了，《暗恋她》不能展出了，它在今天早上被送去了京北。"白烨嘴角弯起淡淡的弧度，"这会儿应该已经到了吧。"

"啊？"负责人低头翻看了一下手上的表格，"您之前说……"

"之前是打算展出的，临时出了些意外。"白烨收回手，直起身子，"我会和你们乔总说的。"

"……能冒昧问一下，出了什么意外吗？"

"画里的两位主人公结婚了。"白烨露出一个笑容，"我把画卖给了男主人公，作为他们的新婚礼物。"

坐在他面前的负责人像是有些难以接受地说："您看起来不像是会把画卖给朋友的人。"

其实，她想说的是，您看起来不像是缺钱的人。

明明画的是人家的故事，怎么还卖给人家了？

"没事，他不差钱的。"

白烨说得理所当然，又理直气壮。

他在最需要灵感的时候认识了谢宴礼，总觉得谢宴礼身上的故事感很强。

于是，他画了很多谢宴礼，全都取名《想念她》《等待她》《想见她》……

他用尽了他毕生所学，情感和技巧通通都有，每一张都极具故事感。

他原本是想发到微博的，结果谢宴礼一张也不让发。

有什么办法，他只恨自己画得太好，让人一看就知道是谢宴礼。

所以一大堆作品没发。

现在卖给谢宴礼赚的这笔钱，是他该得的！

艺术家的朋友可不是那么好当的！呵！

本来准备休息的楼阮忽然想到，她换了微信后还没加谢家的人，于是她走到谢宴礼的房门口，轻轻叩了叩门，喊道："谢宴礼？"

房门没关严，小小的缝隙里透着一丝光亮。

楼阮没有直接推门，而是安静地在门外等着。

里面传来窸窸窣窣的声音，像是在穿衣服。

没几秒，房门被打开，湿着头发的谢宴礼出现在门口，身上还带着沐浴液的淡淡香味。

楼阮下意识往后退了一步。

他身上的衣裳像是刚套上去的，领口有些歪，还有水珠从锁骨往下滚……

楼阮艰难地将目光从他性感的锁骨上挪开，说："星沉说今天要带京京来玩，但是没来。"

谢宴礼想了一下，回道："大概还在睡。"

"没事。"他又说，"她经常这样。"

楼阮迟疑道："……她应该给我发过消息了，但是我换了微信。"

"明白了。"谢宴礼颔首。

他转身进了门，拿着手机出来，操作了几下，说："好了。"

楼阮低头一看，她被拉进了一个群。

相亲相爱一家人。

谢宴礼还在群里说了句：【她换号了。】

第一个回复的是谢妈妈。

谈女士：【换号啦，那妈妈重新加你。】

其他人也逐渐回复，说要重新加她。

楼阮双眸弯了弯，说道："那我回去了！"

谢宴礼低笑着"嗯"了一声。

身后的门被关上，谢宴礼的低笑也被阻隔到了身后。

楼阮轻轻关上门，拿着手机把谢家人全都加好以后才坐在了桌子跟前。

她拿出一张新的画纸，开始勾勒，画着画着，又拿出了手机，翻开了谢宴礼的朋友圈，找到了他的照片。

是他们那天在民政局门口拍的那张——

谢宴礼站在她身旁，身形颀长，比例完美。

她把手机放在一旁，认认真真地画了起来。

不知名的鸟类掠过树梢，月色薄纱般地落下来，她坐在窗前一笔一笔勾勒他招摇夺目的脸庞。

第十一章

◆

是你自己把她弄丢了

01

天空泛白，云团中金色的光芒越来越盛。

楼阮放下笔，轻轻揉了揉眼睛。

7点50分了，她熬了个通宵。

画着画着，时间就过去了。

不过好在画出了比较满意的东西。

楼阮低头看向放在桌上的平板电脑。

屏幕上的画作色韵华丽。

楼阮眼睫轻闪。

谢宴礼在她这里已经有了新的身份。

艺术家们称他为缪斯。

洗漱完后，楼阮走出房间。

谢宴礼已经走了。

楼梯口贴着字条，字条上是谢宴礼行云流水的字。

> 洋桔梗已经醒花插瓶，夫人验收。
> 早餐在冰箱，可以拿出来热了吃。
> ——谢宴礼

他名字的旁边用黑色圆珠笔画了朵花，不知道是玫瑰还是洋桔梗。

楼阮捏着字条一顿，这个眼熟的画风……

她拿着字条噔噔噔跑上楼，拿起床头充电的手机，在关注列表中搜索"X"，翻出了他的小漫画。

"X"很少画花，所以找起来有些费劲。

好不容易找到一张。

楼阮拿着手上的字条和屏幕里的花仔细对比。

因为花种不一样，所以对比了半晌也看不出什么。

有点像，又不太一样。

"X"这几天都没有更新微博。

她点开了他最后一条微博的评论，大家果然都在哀号。

【速速更新，夜不能寐！】

【甜甜的新婚生活你小子是一点不更新啊！】

【更新呢？更新呢？甜甜的婚后生活呢？】

【"太太"是不是去忙出版的事了？忙完了一定要回来更新婚后小漫画哦！姐妹们看不看不要紧，主要是嫂子喜欢，你肯定会画给嫂子的，对吧？】

……

楼阮一路刷下来，轻轻笑了笑，觉得自己好像想多了。

谢宴礼怎么可能在微博画什么暗恋小漫画。

暗恋这种事和他沾不上边。

自己一定是这两天被谢宴礼洗脑了。

手机上方有消息提示，是谢星沉和谢宴礼的消息。

谢星沉是昨天晚上发给楼阮的，当时她画得太专注了，都没看到。

谢星沉：【怎么换号了？难怪没回我。】

谢星沉：【我昨天晚上没控制住，玩了一晚上，早上回去给你发了个消息就躺下了。】

谢宴礼：【今日穿搭。】

还有一张图片。

谢宴礼：【还没醒？】

楼阮点开谢宴礼发来的那张图看了一眼，他今天穿得倒是正式了一些，但好像又有些过于华丽了——

熨帖的黑色手工西装，大片的白色玫瑰刺绣蜿蜒在左胸前，暗黑浪漫。

谢宴礼站在楼下的镜子前，戴着银色婚戒的修长手指托着纯黑色手机，袖口处的古董级钻石袖扣闪耀奢华。

全身上下，都是精心挑选出来的。

他盛装打扮，隆重得好像要去参加什么吸血鬼家族的百年晚宴。

当然，这一切都要忽略他脸上的口罩和墨镜……

楼阮轻轻搓了搓手，等一下，她要画一个吸血鬼家族晚宴图，盛装打扮的吸血鬼王子第一次在家族晚宴中亮相。

这是她以前从没画过的类型。

但她已经有些迫不及待想尝试了。

想到这里，她飞快地按下语音键，开口道："没睡。你别戴墨镜和帽子了。"

昨天谢宴礼回家的时候虽然已经摘了墨镜和帽子，但鼻梁上还是有淡淡的压痕，他一定很难受。

谢宴礼正准备拿手机看消息，就听到有人敲门。

"谢总，周氏的人到了。"

谢宴礼抬起头，眉梢轻挑，说："请进来吧。"

他是早上准备出门的时候接到的电话，说今天有周氏的人要过来。

现在还没到预约的时间，来得倒是早。

秘书把人请了进来。

谢宴礼靠在座椅上，垂眸点开了那条语音。

软甜的嗓音从手机听筒里传来，带着几分微不可闻的暗哑。

谢宴礼：【没睡？】

他刚发完这条消息，秘书就带着人进来了。

谢宴礼抬起头，眼角上挑。

"周总，久仰。"他把手机屏幕熄灭，放到了一旁，薄唇轻启，然后慢条斯理地摘下了戴在脸上的口罩和墨镜，悠悠道，"我太太和我闹着玩，见笑。"

周越添僵直地站在谢宴礼的办公桌前，看着他那张脸，气血翻腾。

他是故意的。

谢宴礼摘下墨镜和口罩时，左手无名指上的婚戒格外刺眼。

"谢宴礼。"周越添终于在他面前坐了下来，眼睛中还带着鲜红的血丝，一字一句地说，"她不喜欢你。

"她不爱你。

"结婚了也没用。"

周越添眼睛一眨不眨地盯着对面的人，不愿放过对方任何细微的表情变化。

可他却没有看到他想看到的。

谢宴礼仍旧是那副矜贵优雅的模样，周越添说的每一个字都没有刺激到他。

只见谢宴礼放下手中的杯子，一派怡然自得地说："那又有什么关系？她已经是我的妻子。"

她的爱，她的喜欢，以前他是想过。

"她不是！"周越添手指拢得更紧，情绪隐隐克制不住。

谢宴礼只是笑，然后慢悠悠地说道："周总，我建议你接受现实，总活在梦里不好。"

"活在梦里的是你，"周越添咬牙说，"你不用借程磊他们的嘴告诉我什么。她十年前不爱你，十年后一样不会爱你，你不管使什么手段都没用！"

那年一中的表白墙有人发过一张照片，是他们运动会时有人随手拍的——体育场旁边的座位上，满满当当都是人，右上方的谢宴礼偏头看着左下方的方向。

那个位置是楼阮。

有人在评论里问谢宴礼是不是在看左下方的女生。

周越添那时候虽然感觉怪异，但以为只是巧合。

现在想起来……

"你不要以为送点珠宝，转点股权和房产，买点花买点小蛋糕就能让她爱上你，她不会。

"你们迟早会离婚，迟早。"

像是用尽全身力气说出来的一般，周越添干涩的唇甚至浸出了血红。

谢宴礼抬起头，眼神锐利，但仍然保持着礼貌，说："以后陪着她的人可能不是我，但也绝不会是你。

"她不要你了。

"周越添，是你自己把她弄丢了。"

02
周越添最后是被安保请出去的。

他穿过华跃的大楼时，不断听到有人窃窃私语。

"谢总又遮着脸来上班了。"

"又是和夫人的小游戏吗？"

"好甜好甜……"

这些声音在耳边盘旋，尖锐又刺耳。

周越添抬起头看向华跃大楼，被太阳刺得头晕目眩。

每每想起谢宴礼那句"我太太"，他都会觉得气血翻涌。

周越添还不准备离开，他要找到楼阮，要找到她……

手机振动起来，来电人是他同父异母的大姐，周清梨。

周越添直接挂断。

不一会儿，周清梨再次打来。

周越添沉了口气，终于滑动了接听键，"喂"了一声。

电话另一头的周清梨心情似乎不错，语气轻松："你在哪里啊？我和爸爸来公司了呢，你怎么不在？"

周越添在听到"爸爸"两个字的时候，动作顿了一下，生硬地说："我在外面谈生意。"

"其实也没别的，就是爸爸关心你，想知道你和那个女明星的绯闻是怎么回事儿，热搜上说的那个青梅竹马又是谁。"周清梨顿了一下，"哦，对了，新闻还说你这两天派人去参加了好几场拍卖会，买了好几件古董珠宝，买这些做什么用？

"是要送给姐姐和妈妈吗？"

周越添站在阳光下，脸色瞬间阴沉了下来，挂了电话。

周家并不是什么小门小户，他只是买了几件珠宝而已，这就找上门了？

他沉着脸拨通了司机的电话，说："华跃门口，来接我。"

另一边，楼阮坐在餐桌边上，看着手机里的消息。

谢宴礼：【没睡？】

楼阮：【……对，昨天在画画，你要看看吗？】

她回完这句后，谢宴礼一直没回消息。

要不要直接把画发给他？

也不知道他会不会介意，毕竟画他是未经允许的。

应该不会吧，谢宴礼好像不是那么小气的人。

身后厨房里，微波炉"叮"了声，是刚刚放进去的食物热好了。

楼阮决定不管那么多，在相册中找到了刚刚拍下来的图，给谢宴礼发了过去。

谢宴礼黑着脸坐在办公桌前，定定地看着那扇紧闭的门。

周越添刚从那里被请出去。

他缓缓松开不知道什么时候拢紧的手指，露出鲜红的指痕。

周越添说的每一句话，都犹如魔咒。

——"她不喜欢你。她不爱你。结婚了也没用。"

——"她十年前不爱你，十年后一样不会爱你。"

——"你们迟早会离婚，迟早。"

每一句话，都是一记重锤。

秘书小高敲了门，站在门口说道："谢总，会议马上开始了，您现在可以过去了。"

谢宴礼这才缓缓起身，脸色阴沉地走出了办公室。

小高跟在他身边，小心翼翼地看着他的脸色。

谢总心情好像很差……

是因为周氏的那个人吧？

也不知道发生了什么，竟然叫了保安。

谢宴礼突然停下脚步，说道："以后再有周氏的人来，直接拒了。"

"是。"小高点头。

谢总果然生了好大的气!

心疼等会儿要做汇报的同事……

就在他胡思乱想的时候,身旁的人动作一顿,拿着手机站在原地不动了。

小高抬起头,眼睁睁看着刚刚还冷冰冰的人,一身疏冷的气息在一瞬间退了个干干净净。

他那双狭长漆黑的眸子弯起来,顿时从厌世大魔头变回矜贵优雅风度翩翩的贵公子,还是开心版、热爱世界版。

真是奇了。

老板今天这火气来得莫名其妙,走得也莫名其妙。

谢宴礼轻轻勾着唇,快速回复消息。

谢宴礼:【夫人想画我,可以随便画。】

他连脚步也变得轻快了。

谢宴礼:【所以昨晚没睡,是在画我?】

楼阮没有回复。

谢宴礼打开了那张她发过来的图,仔仔细细地欣赏起来,笑得愉悦。

小高愣了愣。

谢总这心情变化,是不是有点太快了?

程磊已经在周越添办公室赔笑好久了。

周越添迟迟没有回来,办公室里的人已经极度不耐烦了。

周清梨依旧阴阳怪气地说:"看来弟弟忙得很啊?"

周父坐在沙发上,微微合着眼睛养神。

程磊只能站在一旁说道:"周总已经在路上了,两位再等等。

"大小姐,您先喝杯咖啡。"

周清梨瞥了他一眼,说:"喝了,不怎么样。"

"爸爸面前那杯茶也不怎么样。"她看着自己涂得鲜红的指甲,"总裁办换人了?"

程磊没有回答她的问题。

"新秘书不行,连茶和咖啡都不如楼阮泡的。"周清梨似乎也没想要他回答。

她话音刚落,周越添就出现在门口,正好听到"楼阮"这两个字。

他神色暗了暗,走了进去,看着正在闭目养神的男人,低声道:"爸,我回来了。"

周清梨也没和他计较他眼里只有爹没有姐姐,开口说道:"好久不见,弟弟憔悴了不少啊。"

周父终于缓缓睁开了眼睛,略微混浊的目光扫过周越添。

周清梨手指支着下巴,说道:"看来公司很忙啊,我说呢,今天这咖啡都不行,没有楼阮泡得好,我都喝不下去。

"楼阮呢？她去忙什么了？我也好久没见她了，还怪想她的。"

程磊站在一旁，周清梨说的每一句话他都听得心惊肉跳，忍不住去看周越添。

周越添神色倒还算正常，没有什么明显的变化。

周父的目光也落在周越添身上，带着审视。

周越添语调平静："她有事，请假了。"

"哦？请假了？也是，我听人说她结婚了。"周清梨似笑非笑，"你给了她几天婚假啊？怎么也得十天半个月吧？好歹认识这么多年。"

程磊马上看向了周越添。

周清梨是知道了什么特意过来找事的，她的每一句话都是故意说的。

周父却像是什么也不知道，缓缓皱了皱眉，疑惑地问："结婚？"

周清梨笑得开心，说："是呀，爸爸，楼阮嫁得挺好的，我听说她老公是华跃生物的谢……"

周越添定定地看着周清梨，仿佛已经到了忍耐极限。

偏偏周清梨一点也不怕他，还特意笑着看了他一眼，尾音拉长："是华跃生物的谢宴礼哦——

"真是郎才女貌，天造地设的一对啊。"

不愧是当初和周越添掰过手腕抢过继承权的周家长女，真是句句戳心，每一句都戳在肺管子上。

周越添当初之所以能更胜一筹拿到继承权，主要还是因为周清梨是女儿，不然以当初周氏一半的高层都偏向周清梨的情况，周氏现在是谁的还不一定呢！

周父微微蹙眉，扫了周越添一眼，再看了看坐在对面似笑非笑的女儿，还有什么不明白的。

"清梨，你先出去，我和你弟弟说说话。"

周清梨马上站了起来，反正她想说的都说完了。

能看到周越添脸色差成这样，她也满意了。

周大小姐走到周越添身边，伸出手拂了拂周越添的肩，一副很担心他的模样，说道："小添，你可要多注意身体啊，看见你这样，姐姐担心啊。"

周清梨继续笑道："工作之余也该想想人生大事。你们一起长大的，人家楼阮都结婚了，你也尽快吧，别人家到时候孩子都有了，你还单身。"

周越添太阳穴跳了跳。

周清梨适时地收回手，看向程磊，说："小程，你也是，别总把心思放在工作上。"

好像真的很关心他们似的。

周清梨又回头对周父说道："那爸爸快一点哦，人家已经饿了。"

周父点了点头。

程磊对着周父低了低头，也一起出去了。

周围彻底安静后，周父的脸色瞬间冷了下来，没好气地说："没用的东西，你去照照镜子，心里想的什么全写在脸上了！你姐姐才说了几句你就经不住了，生怕别人不知道吗？"

"我没有……"周越添下意识反驳，但一抬头就对上了周父那双眼睛。

对面的人戴着眼镜，镜片下的眸子虽然混浊，但好像能完完全全看透他似的，让他躲无可躲。

他藏在心底最深处的东西也在一瞬之间彻底现形，完完整整地暴露在对方面前。

"爸，我……"周越添张开干涩的唇，试图解释什么。

眼前这个人是自己的父亲，在商场纵横几十年，什么事都瞒不过他。

周越添顿在那里，好像全身脱了力，无力感迅速袭来。

他身体逐渐软了下去，忽然想到了邵峥说的话。

他好像真的两头都没抓住，两头都要失去了……

周父脸色难看，实在没忍住，抄起手边的文件砸了过去，说："从现在起，你在公司的一切职务，暂停。"

周父扔过来的文件砸在周越添的额头上，顺着他的脸落了下去。

周父起身就要走，语气冰冷，没有一丝感情："既然你累了，状态不好，就先让你姐姐替你。"

"爸……"周越添马上站了起来，追上前拉住了周父，"爸，是我错了，再给我一次机会。没有以后了，以后真的不会……"

周父还是停了下来，转头看着自己双目血红的儿子。他这个儿子，自小到大都是临危不乱，不管什么时候，都是以最好的状态出现在所有人眼前的，很少有这样狼狈的时候。

他抬起手，一点一点掰开周越添的手，说："不会什么？小添，我教过你，人要知道自己到底想要什么，但你似乎还没搞明白。

"那个丫头是学美术的，她来公司给你做秘书，我没说过什么，这种小事上，我从不干涉你。"周父声音平静，"我不管你有多少女朋友、女伴、女秘书，但你是一个集团的管理人，不能因为女人把自己搞成这样。"

"你姐姐会替你管理好集团。"他看着周越添，面容冷肃，"等会儿我就会让人出具人事公告，你先休息一阵。"

03

周越添走出办公室，正对上了周清梨的目光。

周清梨看着周父离开，并没有跟着一起走，而是上前来朝着周越添伸出了手，很亲热地在他肩上拍了拍，说："唉，情场职场两失意，姐姐真是替

Rose Crown

你伤心。"

"少在这儿猫哭耗子。"周越添下颌绷着。

"周越添,"周清梨盯着他的脸笑出了声,"她结婚了,你要是能大大方方让人走,给人随点份子,我还能高看你一眼。

"现在闹成这样,何必呢?"

"还轮不到你来教我。"周越添抬脚就要走。

"教你?"周清梨抬起手拦住他,似笑非笑,"我这可不是在教你。"

她抬着下巴,看着那张和她眉眼相似的脸,一字一句地说道:"我是在落井下石。"

周越添转头,周清梨脸上的笑容更加灿烂,盯着他的眼睛又补了一句:"痛打落水狗。真可怜啊。"

一个中午饭的工夫,周越添办公室的东西都被清理干净,全都换上了周清梨的。

周清梨上任后第一件事,就是当着程磊的面,批了被人事压着的楼阮的离职报告。

她一边在离职报告上签字,一边问道:"小程,你知道我为什么留下你吧?"

程磊腹诽:我怎么知道?

周清梨嘴角挂着浅笑,说:"我做了什么,你可要全都好好地和他说,一字不落地告诉他。"

程磊愣了愣。

周清梨忽然叹了口气,继续说:"我真担心他的精神状态,要不要把他送去疗养院呢?"

程磊站在那里,寒意从脚底升起。

得到谢宴礼的允许后,楼阮立刻把昨天晚上通宵画出来的作品发到了微博。

发完以后,她就躺倒睡觉了。

她下午两点钟醒来一看,收获了一大波评论和转发。

转发已经接近一万,比她以前发的作品还要出圈。

楼阮迷迷糊糊躺在床上,眯着眼睛看手机屏幕,忽然从床上弹了起来,一下子清醒了。

评论区里,有两个 ID 格外醒目:

@ 白夜:【请问酸橘老师是如何构思的呢?是有模特参考吗?】

@X:【好漂亮!】

楼阮颤抖着手指点了进去,白夜和 X 都已经关注了她!

而且,白夜还转发了她那幅画!

难怪忽然这么火。

她甚至没有继续看下面的评论，就坐在床上给谢宴礼发消息。

楼阮：【是你让白夜关注了我吗？】

要不是谢宴礼在上班，担心打扰到他，她一定已经打电话过去了。

手上的手机振了一下，是谢宴礼的消息。

谢宴礼：【没有。】

哦，也对。睡糊涂了，谢宴礼不知道她微博的。

她想了想，低头回复消息。

楼阮：【白夜看到我画你的那幅画了，还转发评论关注我了，我还以为是你让她转的。】

发完这条消息后，她又迅速跑去微博截了图，再回到微信发给了谢宴礼。

谢宴礼：【她？我没跟他说。】

楼阮有些混乱：【啊？他？白夜不是女生吗？】

谢宴礼：【……稍等，我去要一下他的身份证照片发给你。】

楼阮：【微博都说白夜是女生啊。】

谢宴礼：【2015华清美院油画二班，白烨，你在学校官网应该可以找到。】

谢宴礼微博没关注白夜，不知道他在互联网上到底是什么人设。

不过他们美术生是有公示名录的，这个在他们学校官网可以查到。

美术联考的相关信息，如分数、性别、排名，都可以查到。

楼阮坐在电脑跟前，一点一点滑动着电脑屏幕上的页面。

【20××级，油画专业，1，白烨，男，京北西城区。】

她的名字在另一张表格里，和白烨并列。

【20××级，水彩专业，1，楼阮，女，京北西城区。】

这张公示名单她当年不知道点进来看过多少次，却一直都没有注意过旁边的名字。

白夜，原来是叫白烨啊，是位男生呀……

楼阮坐在电脑跟前，双眸轻轻弯了弯。

下一秒，她就正对上电脑屏幕上自己的笑眼。

楼阮看着电脑屏幕上映出的自己，微微一怔。

蓦地，她站了起来，起身去洗了把脸。

微凉的水珠顺着脸颊滚落，她抬起头看向镜子里的自己，回顾了一下这两天的情绪变化。

内心告诉自己，这很正常不是吗？

谢宴礼这种集美貌和才华于一身的人天天在面前晃荡，又送花又买早餐，还"夫人""太太"地叫，哪个女人能不心动？

她不过是和普通人一样。

不是大问题。

楼阮冷静地回到电脑跟前，看了下手机，谢宴礼又发了几条消息过来。

谢宴礼：【夫人，找到了吗？】

谢宴礼发过来一张图片。

谢宴礼：【我问过白烨了，他今天刚到意大利，说要在那边办一个画展，可能需要一阵子，等他回来再一起吃饭。】

谢宴礼：【夫人？】

谢宴礼：【行吧，这是他的微信。】

紧接着是一个微信名片。

楼阮滑动手机屏幕，一一看过他的消息。

楼阮：【找到了。】

顿了两秒，她又翻上去，回复那条说白烨去意大利的消息。

楼阮：【好。】

谢宴礼好像一直在手机跟前等着她的回复似的，秒回。

谢宴礼：【好哦。】

楼阮又打开微博翻到了白夜的评论。

@白夜：【请问酸橘老师是如何构思的呢？是有模特参考吗？】

@酸橘回复@白夜：【是的，模特是我先生。】

楼阮准备退出来，然后就看到了醒目的私信提示。

@白夜：【酸橘老师！酸橘老师！！】

楼阮赶紧点进去回复：【白夜老师好。】

@白夜：【谢宴礼和你说了吗？我现在在国外，有个展要在这边办！要不要来看？】

@白夜：【下下周！下下周就办！很多都是没有在微博发过的作品！】

@白夜：【来看，别逼我跪下来求你。】

楼阮有点蒙。

白烨在微博上是那种不怎么营业的，原来是这种性格的吗？

@白夜：【都是美院校友，还是你老公好朋友，就不能来支持一下吗？】

楼阮看着白烨发来的最新消息，轻轻抿起唇。

@酸橘：【好，一定到场支持。】

她一直很喜欢白烨的作品，也很长时间没看展了。

她现在辞职了正好有时间，去支持一下也没什么。

楼阮最后还是加了白烨的微信，和他确定了时间，订好了往返机票。

和白烨确认完一切以后，楼阮忍不住给谢宴礼发消息。

楼阮：【白烨还挺热情的。】

很难想象谢宴礼和他是怎么玩到一起的。

发完消息后，楼阮又轻车熟路地爬上某论坛，在论坛的感情研究小组发了个帖子。

她的倾诉欲来得突然，又没几个能说的，只好发帖和陌生人聊聊了：【放

弃追了十几年的男生后，我喜欢上了闪婚老公。】

也许是标题取得吸睛，帖子刚发出去就有好几个人评论。

1F:【好家伙，放弃追了十几年的男人转头闪婚，然后结婚没两天爱上现在的老公。姐妹，你这要素太齐全了啊！】

2F:【钓鱼帖吗？】

3F:【这是什么爽文故事吗？能不能着重讲一下渣男痛哭流涕追妻火葬场？】

4F:【楼主，我觉得你之前没追上的问题，是不是你太纯爱了？建议赶紧先睡了你老公。】

5F:【不是，这么纯爱的吗？你们结婚以后分房睡？】

6F:【支持先睡。】

……

楼阮又等了会儿，终于等到了一个不太一样的回复。

26F:【楼主，看这个帖子，这个是全方位攻略帖。】

楼阮点进这个叫"如何拿下男神"的帖子……

讲得倒是很详细，但她觉得实际操作性不大。

什么给男神带早餐啊，男神打球的时候给送水啦，这些她得和谢宴礼一起穿越回高中才能做到。

她低着头滑动手机屏幕，又看到了几条稍微可以操作一下的。

【除了吸引、多相处、多制造机会，还要投其所好，送礼物，送有心意的礼物。】

楼阮想了想，切到了购物软件，开始挑东西。

买完东西后，她又想到自己要画画，于是又开始下单买画纸买颜料，乱七八糟买了一大堆。

那个帖子最后有人说：【送他一束花吧，男生收到花也会很高兴。】

于是，楼阮站起来去换了衣服，出门买花了。

04

下午 4 点钟，提前下班的谢宴礼走进电梯。

白烨的电话适时打了进来。

"谢宴礼，你老婆加我微信了。"

谢宴礼已经到了家门前，垂眸按密码开门，说："我知道。"

微信还是他推过去的。

学校官网的那张公告表谢宴礼看过很多次。

不认识白烨的时候就经常看到他的名字，看着他的名字挂在另一边，和楼阮并列。

谢宴礼站在门前自嘲了一下，自己是不是忌妒心太重了？

电话另一头，白烨得意扬扬地说："哼哼，她还说要来意大利看我画展。"

"哪天？"谢宴礼开门的动作顿住。

"啊？"那边的白烨的声音一顿，又有些幸灾乐祸起来，"下下周周末啊，你不知道吗？她没跟你说啊？

"也是，我们美院人都是自由的灵魂，必不可能被家庭束缚。

"阿宴，别恼羞成怒哦，男人脾气太大会被嫌弃的。"

谢宴礼拎着曲奇袋子站在门口，精致的透明袋子里还有一小簇铃兰花，他波澜不惊地说道："不会。"

顿了几秒，远在意大利的白烨又听到他说："下下周，我也一起去。"

楼阮并不在家。

谢宴礼放了买来的曲奇饼干和铃兰，在沙发上坐了下来。

家里静悄悄的，好像又回到了她没搬进来的时候。

他打开手机，微信里，她发的最后一条消息是"白烨还挺热情的"。

谢宴礼就着沙发缓缓靠了下去。

屋外金色的光影照进来，落在他黑长的睫毛上，黑睫被染上浅浅碎光，在眼底落下暗影。

他抬起手腕，盖住了眼睛。

家里的沙发并不是很软的质地，但他好像整个人都陷进去了似的，靠在那里一动不动，黑色的西装似乎要和沙发融为一体。

也不知道过了多久，他才轻轻放下盖住眼睛的手。

他提前回家了，她不在家。

发个消息问一下，应该不会显得很黏人吧？

应该，不会被讨厌吧？

楼阮并不是第一次来花店。

高中毕业典礼的时候，学校很多同学的家长都给孩子买了花。

徐家当然不会有人给她买。

但她可以给自己买。

那是她第一次走进花店。

人生中第一束花，是自己送给自己的。

"小姐，您的花包好了。"

楼阮伸手接过包好的花，说："谢谢。"

她选的是茉莉和白玫瑰，它们放在一起很配，有别样的清雅，鲜花芬芳扑鼻。

她第一次送给自己的花，就是茉莉和白玫瑰。

虽然是一样的花，但心情却有些不太一样。

楼阮抱着怀中的花，带着和高中毕业时不一样的心情走出了花店。

花买好了，还差什么呢？

她站在路边，抬头看着天上棉花糖一样的白色云层，认真回想出门前看到的帖子。

投其所好……

可是她并不了解谢宴礼的喜好。

花店的门上挂着一串风铃，微风一起，轻轻摆动起来，发出了清脆的响声。

楼阮拿出手机，看到了谢宴礼的消息。

谢宴礼：【去哪儿了？】

楼阮直接拨了电话过去，谢宴礼秒接。

"喂？"他干净悦耳的嗓音传来，他周围静悄悄的，听不出在什么地方。

楼阮身后的风铃轻轻响着，她嗓音清甜："我在外面买东西。你回家了吗？"

谢宴礼问："怎么不让唐叔找人去买？"

"总不能一直待在家里。"楼阮抱着花往前走，"我马上要回去了，你要带什么东西吗？"

她说得有些迟疑，只因不擅长做这样的事。

"蛋糕要不要？"她问，"我也给你带个小蛋糕回去？要什么口味的？"

电话另一头的人忽然没了声。

"谢宴礼？"楼阮迟迟没等到回应，蹙眉。

"你说什么？我没听清。"谢宴礼有些迟疑。

"……我说我快要回家了，要给你带个蛋糕吗？谢先生。"

谢宴礼忽然发出一声低笑。

"笑什么？"

"带一个吧。"那人好像终于回过神了。

"要什么口味？"

谢宴礼像是认真想了一下才说："草莓的。"

"行。"

挂断电话后，楼阮沿着路往前走，她记得出门的时候有看到蛋糕店和书店。

不知道那个书店里有没有她想要的书。

不知道有没有能送给谢宴礼的……

第十二章

◆

夜莺与玫瑰

01

谢宴礼靠在沙发上，反复回看刚刚的通话记录，直到门口传来了"嘀"声。

楼阮打开了门。

她穿着一件棉麻质地的白裙子，柔顺的长发披在脑后，怀中抱着一捧鲜花，另一只手上拎着一个纸袋和蛋糕袋，站在门口看他一眼，说："你今天回来得好早。"

谢宴礼有些恍惚地看着她在门口换好了鞋子，走到他面前，抬手把手里的花递上来，又朝着他抬了抬下巴，示意他接住。

他终于回了神，有些迟钝地伸出手，把那捧弥漫着香味的花接了过来。

把清雅的花束抱在怀中，他才有了几分实感。他看着她犹豫地开口："……送我的？"

"对呀。"楼阮眯起眼睛笑，点头的时候，额间的碎发也跟着一起抖动，像小精灵在跳舞。

她又抬起手上的蛋糕袋子，浅樱色的唇瓣弯起来，笑得更灿烂，说："你的草莓蛋糕。"

她好像心情很好，语调格外轻快。

明明昨天晚上熬了个大夜，此时应该不会有这么好的精神。

谢宴礼又接过了她递上来的草莓蛋糕。

她的手指在他指尖蹭了一下，带着柔软的热意。

"怎么想起来送我花？"

楼阮歪头思考了下，说："入乡随俗？礼尚往来？

"你们家不都是这样的吗？"

谢宴礼抱着花的手指轻轻收紧，茉莉花叶子和还未盛开的小小花苞簇拥着娇艳的白玫瑰，被一层又一层漂亮的纸张裹着，上面还有张小卡片。

谢宴礼抬起手指，轻轻打开了藏在花间的卡片——

【To：谢先生】

下面是一幅夜莺与玫瑰的简笔画，看得出来是临时画上去的，但反而有种简约别致的美。

楼阮已经在他身旁坐下了，她看着桌上的铃兰和曲奇饼干，问道："这是给我的吗？你怎么知道我今天想吃曲奇？"

"我和夫人……心有灵犀。"谢宴礼回道。

楼阮笑了笑，说："那我拆开了。"

谢宴礼轻轻点头，目光又重新落在了自己怀中的花束上。

几年前高中毕业典礼的时候，他有看到她送周越添花。

是和这束一样的，茉莉配白玫瑰。

周越添他们都没给她准备，她却送了他。

谢宴礼眼睫闪了闪，微微俯身，用鼻尖蹭了蹭娇艳的花瓣。

她送得还真是熟练。

可他还是好喜欢……

楼阮把曲奇盒子放在了他们中间，说道："对了，我刚出去买了新书，你要不要看？"

谢宴礼正准备去找个瓶子把花插好，听到她的话又转头看她。

"你书架上好像没有这本，也不知道你会不会看这种。"说着，她把纸袋里面的书拿了出来。

谢宴礼垂眼去看。

是王小波的《爱你就像爱生命》。

封面上，"爱你就像爱生命"几个字用烫金工艺印在绢面白底上，闪闪发光。

谢宴礼缓缓抬起头，目光落在楼阮脸上。

她伸着手，澄澈的双眸微微弯着，干净又漂亮。

"谢宴礼？"见他不接，她想把书收回去，"你不喜欢看这种啊？"

"看。"在她即将收手之际，谢宴礼赶紧捏住了书本另一角，声线带着点沙哑。

楼阮突然变得很高兴，说："那先给你看！"

她松开手，沉甸甸的精装书落在了谢宴礼掌心。

他掌心一沉，又轻声问道："就买了这一本？"

"不是，还买了别的。"

"其他几本是什么？"

他其实想问，为什么只给他看这本，但又怕得到让自己失望的答案。

楼阮回道："呃……美术相关。"

"美术相关的夫人就不打算给我看了吗？"谢宴礼一双黑眸宛若深潭，"担心我看不懂？

"我还是有些艺术品鉴能力的。"

楼阮抿了抿唇，那几本都是她在店里随手买的而已。

她从袋子里面取出了另外几本，放在谢宴礼面前，问："要看哪本？"

谢宴礼还真的仔细挑选了一会儿，说道："这两本吧。"

楼阮目光扫过谢宴礼手上那本《爱你就像爱生命》，张了张口，又顿住了。

攻略帖里说了，追人，尤其是追男生，要慢慢来，循序渐进，不可以一上来就表白。

表白是胜利的凯旋歌，不是发起战斗的号角。

她把手上的其他书装进纸袋，又拿了一块曲奇吃起来。

她白软的脸颊瞬间鼓了起来，像小动物在吃东西。

"这个曲奇好吃吗？"

楼阮点头，说道："好吃，你买的都好吃。"

语气自然，熟练得像是已经说过千百次这样的话。

可明明是她第一次和他说。

"……那明天还要吃这个吗？"

"明天吃巧克力味的吧。"楼阮提要求也越发熟练。

"行。"

谢宴礼打开了她带回来的草莓蛋糕，香甜的奶油味瞬间弥漫开来。

"介意我拍个照吗？"

楼阮咀嚼的动作顿了两秒。

"给老爷子看看。"谢宴礼解释。

"哦，拍吧。"

所以谢少最近勤发朋友圈，是因为爷爷吧？

唉……

楼阮轻轻托住下巴，有点任重道远哪。

谢宴礼已经在整理桌面了。

蛋糕、书，还有那束茉莉白玫瑰被他摆在了一起，然后打开手机，拍了照片，就开始编辑朋友圈了。

楼阮抽出纸巾擦了擦手，拿出了手机。

那个帖子有很多回帖提示，足足三百多条。

很多姐妹都给出了建设性意见。

【楼主，这题我会！一起养宠物，一起做饭，一起旅游，一起打游戏！都可以增进感情！】

【……那个，可以一起喝酒哈！楼主酒量如何？】

【姐妹，色诱，成年人就不要整纯爱。你看我收藏夹，都是宝藏帖！保你一定撩到，让他对你欲罢不能！】

色诱……

这个词和她不搭边。

谢宴礼从小到大不知道被多少人追，多少比她漂亮的、身材比她好的女生，她一点优势都没有。

她正要退出，身后的人就凑了上来，嗓音懒倦："朋友圈发好了，夫人可以给我点赞了。"

楼阮手一抖，差点把手机扔出去。

她一把扣上了手机，猛地转过身，正对上谢宴礼的眼睛，说："好！"

谢宴礼狭长漆黑的眸子格外幽深，他轻轻勾起唇，目光下移，落在了她反扣在腿上的手机上，"嗯"了一声。

末了，他又说："夫人不用紧张，我没有窥探别人隐私的爱好。"

楼阮心虚地把手机拿起来，飞快退出页面，瞥了一眼谢宴礼。

她又把手机往前推了推，一副坦坦荡荡的样子，说："给你看，随便看。"

谢宴礼慵懒地眯起眸子，将目光缓缓挪到了她手里的手机上，回道："不了。我得做个懂事的男人，给足夫人私人空间才行。"

他不敢赌，要是真从她手机里看到点什么，可能这个月的好心情就没了。

不等她再说什么，谢宴礼就站了起来，还顺手捞走了花和书，说道："我先上去了，夫人别忘了给我点赞。"

等看不到他的身影，楼阮才终于舒了口气。

她刚刚是反应太大了吗？

他到底有没有生气？

天啊，好难猜，男人心，海底针。

楼阮打开微信，刷到了谢宴礼的朋友圈。

谢宴礼：【她画的我，她送的花，她送的蛋糕，她送的书。】

配图就是楼阮的那幅画和他刚刚拍的照片。

已经有了好几条评论了。

有谢家人的，还有白夜的。

谢妈妈竖了两个大拇指。

谢爷爷也竖了两个大拇指。

谢星沉：【真的吗？我不信。不会是你自己买的故意说是老婆送的吧？】

白夜：【啧啧啧，我们美院怎么会有你这么活跃的女婿？】

……

看了一圈评论后，楼阮默默点了个赞，然后再回复谢星沉。

楼阮：【真的是我送的。】

谢星沉就像是蹲守在朋友圈里似的，直接秒回。

谢星沉：【那他尾巴要翘到天上去了！别太惯着他！】

谢宴礼也在看评论，他回了谢星沉一个问号。

楼阮看着忽然冒出来的评论，歪头往楼梯口那边看了一眼。

她回复谢星沉：【一本书而已啦。】

谢星沉：【男人不可以惯着！他会上天。】

楼阮低笑了声，回复：【想看。】

虽然她觉得谢宴礼那样的人不可能会像谢星沉说的那样，嘚瑟得想上天。

她回复完就合上手机，低头收拾了一下茶几上的东西，把书和谢宴礼带回来的那一小捧铃兰花都拿上，剩下的半盒曲奇也没落下，带着一起上了楼。

家里已经没有多余的花瓶了，那束铃兰花没有地方插，楼阮想到那束茉莉白玫瑰，谢宴礼把它带去自己的房间了，它也没地方插。

要不要问问谢宴礼，让他买个漂亮花瓶？

她想了想，站起身，走出了门。

谢宴礼的门是虚掩着的，里面没有声音。

楼阮轻轻敲了敲门。

里面的人没有和往常一样走出来开门，而是在里面轻声道："进。"

楼阮缓缓推开了门，看到谢宴礼正站在梯子上，在最上面一层书架上翻找着什么。

"你在找什么？"

谢宴礼正好抽出一本证件类的东西，扬着说："我的直升机驾驶证。"

直升机驾驶证？

楼阮抬着头看他，惊讶地问："你还会这个？"

"嗯，"谢宴礼从梯子上下来，扬了扬唇，"要去坐直升机吗？"

楼阮原本是想拒绝的，毕竟她连儿童过山车都怕。

可话都到嘴边了，她却忽然说道："好，什么时候？"

要和他多接触。

她点头答应后，又立刻问道："你……可以吗？"

"质疑我啊？"谢宴礼盯着她，眼尾上挑，"我这是考的，不是买的。"

楼阮最后是晕头转向出的门，恍恍惚惚上的床。

她拉起被子闭上眼睛的时候，才想到自己过去找谢宴礼是想让他挑花瓶的！

结果她把花瓶的事忘了个干干净净，全程都在听他说着明天要去哪里坐什么直升机了。

楼阮翻了个身，侧身躺在床上看着外面的星星。

等等，他们为什么忽然就要去坐直升机了？

而且他说明天早上就去，他不用上班吗？

谢总确实是不打算上班的。

京北时间晚上 10 点，秘书小高收到了自家老板的信息。

【明早的会，推迟。】

刚洗完澡躺下的小高垂死病中惊坐起，他看着那几个字，完全不相信这会是他英明又敬业的谢总发来的消息。

大多数秘书总是会在下班后被老板叫起来做这个做那个，但谢宴礼从来不会这样。

在华跃科技，上班就好好上班，下班就好好休息。

作为老板，谢宴礼也从不迟到早退。

小高反反复复地看着那条短信，甚至以为谢总是不是手机丢了被人捡走了。

谁知，过了几分钟，谢宴礼又发了第二条信息来：【明早要陪夫人去看个日出。】

小高呆住了。

他看着手机屏幕上的"夫人"两个字，嘴角轻轻扯了扯，认命地坐起来给专题会相关人员发了通知。

确认了，没丢手机，没被盗号。

02

第二天清晨。

楼阮昨天晚上 9 点多钟就睡了，但她一直想着去坐直升机的事，睡得也不怎么安稳，半夜起来看了好几次时间。

凌晨 2 点，凌晨 3 点，凌晨 4 点……

直到现在。

外面白蒙蒙的，有些薄雾。

太阳还没出来。

她轻轻打了个哈欠，掀开被子起来了。

她和谢宴礼约定的时间是早上 6 点半。

虽然她穿衣洗漱可以很快，但既然已经醒了，还是早点准备吧。

楼阮洗漱完毕换好衣服后就轻轻推开了门，准备出去买个早餐。

谢宴礼以前工作忙，早餐午餐都不在家吃，晚上回来得也晚，所以阿姨以前早上和中午都是不过来的。

楼阮搬过来后，阿姨调整了时间，早上和中午也会过来。

但现在太早了，还没到阿姨过来的时间。

楼阮轻手轻脚下了楼，结果发现谢宴礼已经坐在那儿了。

他上身穿着一件黑色冲锋衣，下身是宽松的灰色运动裤，正翻看着报纸。而他面前的茶几上，摆着一只精致的白瓷花瓶，她昨天送的那束茉莉白玫瑰被好好插在里面。

谢宴礼也看到了她，问道："怎么起这么早？"

楼阮还想着去买早餐呢！

结果人家早就醒了，新闻可能都看了两页了！

自律的人真难追！

她走了下去，说："睡不着了。"

"那吃早餐吧。"谢宴礼把手上的晨报折了起来，起身就往厨房走。

楼阮跟在他身后，问道："你几点醒的？

"醒很久了吗？"

"这花瓶是哪里来的？还挺漂亮。"

"嗯？"谢宴礼已经踏进了厨房，好像很熟练似的，随手拿起了放在一旁的黑色围裙，随便绑在腰上，回头看了她一眼，"刚醒。"

顿了一下，他又说："花瓶是唐叔安排人送来的，你喜欢？

"还有几个我放在楼上了，等会儿给你拿下来。"

楼阮看着他系围裙的动作，有些傻眼，问："你要现做早餐吗？"

他转身打开冰箱，冰箱里的光映在他精致绝伦的脸上，让人挪不开眼。

他看着冰箱里的食材笑了声，说道："不算现做吧，半成品。"

"吃点小馄饨和煎包怎么样？是李阿姨包好让唐叔送来的。"谢宴礼询问楼阮的意见。

"不想吃小馄饨和煎包的话，我再想想办法。"

楼阮忍不住问："想什么办法？"

谢宴礼想了想，笑道："坐直升机，去吃你想吃的？"

楼阮惊呆了。

"做饭我不太会，夫人要实在想吃，我以后会学，今天就先将就一下？"

楼阮被那双眼睛盯得有些想后退，她赶紧摇了摇头，说道："不用了，吃阿姨做的就好了。"

"今天就吃小馄饨和煎包吧。"她又迅速说道，"要不我来做吧？"

她怎么能让天才给她做饭？

而且现在是她想追人家！

"我来。"谢宴礼看了楼阮一眼，伸手从冰箱里取出东西，转身就忙起来了，完全没有要给楼阮让出地方的意思。

楼阮只能站在那里，看着谢宴礼挽起袖子，摘下婚戒，把它放好，洗手，开火，倒油，然后……单手打蛋？

她看着他一连贯的动作，微微睁大了眼睛。

他竟然还会单手打蛋！

单手打蛋也这么帅！

楼阮默默往后面挪了挪，心想：还好谢宴礼没有让我做早餐，光是单手打蛋我就输了，感谢谢先生没有给我出丑的机会。

完美的煎蛋被谢宴礼盛盘，他又把馄饨丢进水开了的锅里。

另一边，小包子也被放进了煎锅。

他转过身，找出了一只干净的碗，开始熟练地调味。

"做得不好，夫人多担待。"

楼阮问道："你真没学过做饭？"

谢宴礼轻笑了声，有条不紊地调好底味后，又往煎锅里倒了水淀粉，盖上了盖子。

"我看起来像学过的样子？"他这才转过头来看她，那双黑眸流光溢彩。

楼阮趴在门边点头，回道："像专业的。"

谢宴礼喉间溢出愉悦的笑，说道："就当是夫人在夸我了。"

过了会儿，水煎包好了。

谢宴礼往里面撒了葱花和黑芝麻。

金黄的煎包被盛盘，上面挂着葱花和黑芝麻，看着就格外有食欲。

小馄饨和煎蛋也被摆好放在了一边。

楼阮默默感叹，这卖相、这摆盘……绝了！

怎么不让人动心呢？

谢宴礼把早餐全部端到餐桌。

他进出一趟厨房，身上好像完全没有被沾染上油烟味……

谢宴礼重新拿起报纸，提示楼阮："再不吃就凉了。"

此时楼阮正好拿出了手机，她站起来找了个完美的角度，拍了两三张，然后问谢宴礼："你介不介意我发条朋友圈？"

翻看报纸的人动作一顿，目光落在她脸上，嘴角缓缓上翘，说："当然不介意。"

Rose Crown

于是，楼阮坐下来，打开微信，发了新手机号的第一条朋友圈：【谢先生做的早餐！】

发完后，她把手机放在了一旁，拿起勺子开始吃。

她张开嘴，一颗小馄饨和汤汁一起滚进嘴里。

楼阮眼睛一亮，谢宴礼这汤底调得真不错。

谢宴礼折起报纸放在一边，拿起了手机，问道："以前你不是不怎么发朋友圈的吗？"

"嗯？"楼阮吃着小馄饨，"以前没什么可发的。"

谢宴礼挑了挑眉，手指下拉，刷到了楼阮最新的朋友圈。

有个人已经比他先一步评论了。

白烨：【哟哟哟，我家十指不沾阳春水的阿宴还会做饭呢？】

谢宴礼嘴角轻轻绽开，然后把那条朋友圈截了个图，又抬起眼睛看她。

楼阮好像很喜欢他的半成品早餐，她动作就没怎么停下来过，甚至没有再说一句话，也没有再抬头看他一眼。

她就坐在那里，很专注地吃着。

碗里的小馄饨已经吃完了，楼阮放下勺子，还端起碗喝了一大口汤。

谢宴礼很轻地笑了一下，不枉他早上起来搜了一小时教程，又按照教程自己认真练习了几遍，承包了今早来送花瓶的工作人员的早餐。

他手指微动，先给楼阮的朋友圈点了个赞，然后又回复白烨：【做饭而已，你也可以给你太太做。】

白烨秒回：【哟哟哟！你也可以给你太太做……我早起是要画画的好吧！】

谢宴礼：【哦？你有早上了？去画吧，我要和我太太出门了。】

白烨：【大哥，我还没睡呢？】

谢宴礼：【调整一下作息吧，男人太懒会没人要。】

白烨：【你老婆呢？让你老婆来和我说话！我们搞艺术的熬个通宵怎么了？你不懂我，让你老婆来！】

谢宴礼"喊"了一声，把手机熄了屏。

坐在对面的楼阮已经吃完了，没剩下一点。

楼阮眼睛亮亮的，毫不吝啬地夸奖："谢宴礼，你做饭真好吃！"

谢宴礼笑道："是李阿姨的半成品做得好。"

楼阮重重摇头，说："不是，我做肯定就没你做得好，小馄饨的汤底很鲜很好喝，煎包也煎得正正好！

"反正就是哪里都好。

"谢宴礼，你太厉害了。"

她说得格外真诚，那双眼睛里好像只有他。

谢宴礼呼吸短暂地凝滞了几秒，说："夫人喜欢就好。"

这样的时刻少有，他分外珍惜。

楼阮也正看着他，眼底漾着熠熠光辉，浅樱色的唇弯着，像含了蜜糖。

多看一眼都能让人沉溺其中。

谢宴礼闭上眼睛，薄唇轻轻抿了起来。

结婚，同居，似乎更考验人……

03

楼阮坐在盘旋的直升机上，俯瞰整个京江。

天边有淡橘色的光辉从云层里透出，一轮红日从城市另一端缓缓升起，光芒破土而出。

整个京江尽收眼底。

她是第一次从这个视角看京江。

直升机声音很吵，楼阮戴上了耳机。在她愣愣看着外面的时候，耳机里传来谢宴礼的声音："太阳出来了。"

耳机里传来的声音有些不真切。

他们刚刚上来的时候，太阳还没出来，江上还有薄雾，坐在上空看着太阳一点点上升，天空一点点变亮的感觉，真的很奇妙。

楼阮转过头去看身边的人，他坐在驾驶座上，头戴式耳机微微遮住了一边脸颊。

他身后是大片大片的云层和城市。

阳光穿过薄雾落在他线条流畅的脸上时，他挑眉看过来，问道："我们去转一圈？"

楼阮看着他的脸，轻轻地点头。

天边的圆日越来越红，越来越亮。

京江上空，黑色的直升机越过初晨的薄雾，也越过了整条京江。

从直升机上下来的时候，谢宴礼站在下面朝着楼阮伸出了手。

楼阮把手搭了上去，被牵着下来了。

她动作自然，没有丝毫扭捏。

见她平稳地站好后，谢宴礼才收回手，问道："好玩吗？"

楼阮刚想说"好玩"，就听到对方又补了一句："看我上天，好玩吗？"

楼阮愣愣地抬起头。

谢宴礼嘴角微扬，黑眸中带着不明的意味。

楼阮心想：因为我开玩笑回复谢星沉说想看他上天，所以他就真的带我来坐直升机吗？

她心情瞬间变得微妙起来。

"坐直升机好玩，看你上天，也挺好玩。"

她小脸微微绷着，表情有些严肃。

"喜欢的话，我们以后可以经常坐直升机。下次可以去别的地方。"谢宴礼提议道。

"好。"楼阮重重点了点头。

头好痒，好像要长脑子了……

她需要回去和她的军师们好好商议一下。

他们停在了京江另一头的停机坪。

唐叔安排的车已经抵达。

银色迈巴赫停在门口，谢宴礼微微抬手，挡住了车门上方的位置，回头看向了楼阮。

楼阮脑子晕晕地爬上车，坐在了里面。

谢宴礼随后上来，坐在了她身边。

他身上干净的松木淡香袭来，楼阮身子微微让了让，转过头看他，欲言又止。

谢宴礼有些好笑地看着她，问："怎么了？要说什么？"

楼阮抬着小脸，问道："你今天不上班吗？"

"哦，今天没什么事，可以不用去那么早。

"先送你回家再去公司也来得及。"

楼阮狐疑地看了他一眼，但并没有把质疑说出口。

她坐在车窗边轻轻点了点头，然后小心翼翼地拿出了手机。

那个帖子里危险的东西实在太多，她怕谢宴礼看到，于是拿着手机先刷起了早间新闻。

刷着刷着，她微微一顿。

周氏，换人了？

谢宴礼像察觉到了什么似的，转头看了她一眼。

在他还没来得及收回目光的时候，楼阮突然开口："周氏换人了欸。"

"嗯。"

"清梨姐很有能力。"楼阮往下翻了翻，新闻里还附了周清梨的照片，"她应该可以管理好周氏。"

周清梨是英国名校毕业的，金融和商业管理双学位，在周氏实习的时候就得到了集团上下的肯定和好评，美貌只是她微不足道的优点之一。

"你和她很熟？"谢宴礼问。

"不太熟，"楼阮认真思索了一下，"以前见过一两次。"

"嗯。"谢宴礼看着她，过了好几秒才点头。

楼阮沉默了，有点不知道说什么。

但她可以察觉到，此时谢宴礼落在她身上的目光，和早上的目光有点不太一样。

她握着手机的手指微微收紧，缓缓抬头看他。

谢宴礼没有收回目光，见她看过来，对她露出一个浅笑，说："已经辞职了，就不要关心前东家了。"

"华跃也有很多事值得关注，作为老板娘，夫人都不看看华跃的新闻吗？"

他的语调看似随意，但听着怎么有点酸？

楼阮马上拿起手机，说："我现在就看！"

04

楼阮回家后的第一件事，就是写了八百字小作文和帖子里的军师们讲了这两天发生的事情。

事无巨细，没有错过一点细节，连她在车上讲起周氏的事情都写了。

当然，没有真的说"周氏"，只写了她在车上刷到了以前喜欢的人的公司的新闻。

回复来得很快：

【朋友圈截图发出来，姐妹们品鉴品鉴。】

【你一说前任他就情绪不对了？这还不是喜欢你？】

【哇，直升机看日出？你说想看他上天，他就带你坐直升机看日出，还说公司没什么事？这也太爱了吧！】

……

楼阮找来了朋友圈截图，关键信息打了马赛克。

她截图刚发出去，还没来得及给军师们讲解细节，军师们就一窝蜂地拥了上来。

【他这个语气，是为了糊弄家里长辈？我咋不信。】

【嗑死我了，嗑死我了！！】

【糊弄家里长辈？他骗你可以，可别想骗姐妹们！】

……

楼阮一路刷下来，全都在让她快把握住。

楼阮有点蒙。

她默默发出一条评论：【怎么把握？直接表白？】

会不会太不好？

她刚从周氏离职，十天都没有。

她和周越添的事情传得沸沸扬扬的，就算谢宴礼不是个八卦的人，他以前不知道，以后万一有人告诉他呢？

那个时候，他会不会多想？

会不会因此觉得她不好、不认真?

楼阮想着想着又笑了,觉得自己是不是想太多了。

没准谢宴礼根本没想那么多,他只是因为教养好,所以会好好对待娶进门的妻子,在车上提起周氏时的那点微妙的氛围,也只是她自己敏感了。

胡思乱想了一阵,她又看了一圈评论。

【表白! 这不表白还等什么啊?】

【别,女孩子不要先表白,你先暗示一下,让他明白你的意思就好。】

【别表白 +1,可以先试探。】

……

评论区让她不表白的还是占了多数。

但"试探"这个词……好大胆,也挺考验演技。

【喝点小酒,穿个性感睡衣,和林小娘一样在他怀里躺倒。】

楼阮突然想起上次,她好像就是喝了酒,扑了人,然后一夜过去,无事发生。

哦,好像也不是无事发生。

她咬了人,也亲了人,最后结了婚。

想到这里,楼阮又重新在主楼编辑了一下内容,讲了一下他们结婚的过程。

这一下,不管是试探组还是表白组,都有些沉默。

【一夜过去无事发生,怎会如此?】

【我有一句话不知该讲不该讲。】

【都不说是吧? 那我来说! 他是不是不行?】

……

楼阮沉了口气,努力回想。

唉,她上次喝太多了,实在回想不起来。

楼阮起身打开了窗户,站在窗边吹了吹风,继续翻评论。

【也不一定是不行,可能人家就是正人君子。】

【再试一次,那次不是婚前吗? 那次不是不熟吗? 再试一次!】

【楼主,再探再报!】

【买酒! 买性感睡衣! 再探再报!】

【这次别喝太多,微醺就行! 注意观察! 快去!】

……

楼阮默默关上了帖子,双手捂住脸,歪着身子躺倒了。

重新爬起来后,她拿起手机,缓缓打开了橙色软件,搜索了以前从没搜过的物品: 性感睡衣。

商品展示在她面前的时候,她扔了手机,几秒后又红着脸把手机捡了回来。

楼阮垂着眼睛,挑挑拣拣,最后选了十来件睡衣。

大多是比较正常的,看起来没有那么辣眼睛。

啊啊啊！

她在干什么？

怎么还真买了？

内心在天人交战。

有个楼阮说："这样不好，给多点时间，循序渐进。"

但又有一个楼阮在说："穿个性感睡衣，在家喝点小酒，完全合理。"

完全合理！

楼阮扔下手机，挪到了桌边。

外面天气很好，有点小风，但楼阮的心情一点也不平静。

她现在看天边的云都像谢宴礼。

她用脑袋在桌上缓缓砸了几下。

"咚咚咚"的声音在耳边响起，她听着自己额头撞击桌子的声音，又突然站了起来，跑回去把手机拿了过来，面无表情地打开橙色软件，搜索了她最喜欢的酒品的名字，然后点击了购买。

也就买了个十来瓶吧。

她确实喜欢喝酒啊。

谢宴礼带着花回家时，看到楼阮像是受了惊吓似的，问道："……怎么了？"

他走到她面前，忍不住抬起手，用手背碰了碰她的额头，又问："脸怎么这么红？生病了吗？"

谢宴礼就站在她面前，呼吸都清晰可闻。

他微凉的手指落在她额间，探过以后就收回了手，说："体温正常。"

楼阮抬着头，眼睫莫名有些湿漉漉的。

谢宴礼的目光落在她脸颊清浅的水红上，心底忽然有些发痒。

他几乎立刻转了头，状似不经意地问："刚在看什么？"

楼阮伸手接过他怀中的粉色玫瑰，说道："看酒。"

蓦地，谢宴礼看向她。

她上一次喝了酒时的样子还历历在目。

"谢宴礼，我可以在家里喝酒吗？我刚买了一点点。"楼阮抱着花抬头看他，眸里映着微光，那张仰着的小脸和怀中的花一样娇艳。

她满眼期待，还用一小节粉白的手指比画了一下，说："一点点。"

谢宴礼的视线落在她脸上，喉结不动声色地滚动了一下，回道："可以。"

顿了两秒，他又轻声说："别喝太多。"

"好哇！"楼阮像得到了允许的小孩，快快乐乐转身。

谢宴礼其实很想问问她酒量怎么样，具体能喝多少。

算了，她应该心里有数。

那天只是听到了不太好听的话，伤心，所以才多喝了点。

他不动声色，眼睫半敛，声线平静道："想喝什么可以找唐叔，他会替你找来。"

楼阮低嗅怀中的花，回道："好。"

第十三章

◆

我会自己掉落，不用你摘

01

楼阮自己已经买了不少酒，就没再找唐叔，但第二天唐叔还是派人送了不少过来。

一起送来的还有一个巨大的酒柜和两棵山茶花。

两棵红色山茶花树都是二十年树龄，从春城远道而来，一路被花匠细心呵护，每棵茶花树的茎都和杯口一样粗，红色的花球挂满了枝头。

楼阮看着正在院子里忙活的花匠，问道："山茶怎么运到这里来了？不是说要种在京江别墅那边吗？"

她身旁的小洪低头解释："那边也有，已经送过去了，但先生说那边暂时不能住进去，就让这边也种上。"

他们现在住的这个地方院子其实不大，她搬进来之前，院子和里面也是一样的风格，都很简约。

院子中间有一条小石子路，两侧是简单的青草地和夜灯，现在因为要种山茶，两侧的简约现代风夜灯都被拆了。

两棵二十年树龄的茶花树被种在两侧，瞬间仿佛盛满了整个院子。

此时，屋里面的酒柜也已经装好了。

戴着白色手套的工作人员正在将木箱中的酒拿出来，一一摆进酒柜。

楼阮看了一眼，不由得顿住了步子。

1945年的法国黑皮诺、1992年的赤霞珠……

最便宜的大约是刚刚被放下的雷司令。

葡萄酒放完了还有米酒、伏特加、威士忌、白兰地、白酒和啤酒。

楼阮眼睛都快看花了。

她面前来来回回的人终于有停下来的趋势。

戴着白色手套的人回过头微微笑道："也不知道夫人喜欢什么种类的酒，就各样都准备了一些，希望夫人喜欢。"

楼阮看着他们身后被摆得满满当当的酒柜，说："……太费心了，辛苦你们了。"

"这是我们应该做的。"

楼阮以为这就完了，没想到还有。

他们又搬来了箱子，将大小不一、风格不同的酒杯摆在了酒柜上。

"酒杯也按照谢总的意思准备了一些，希望夫人喜欢。"

他们离开以后，家里彻底安静了下来。

楼阮一会儿看着那个被摆得满满当当的酒柜，一会儿又跑去窗边看看外面的山茶花树。

尽管花匠已经非常小心，但到底是长途跋涉运过来的，绿色的草地上还是落下了几朵红色的山茶。

楼阮站在窗边看了会儿，又跑上楼拿了新到的颜料和画板，搬了椅子坐在外面画起来。

她画画的时候，有几朵花咕噜噜滚了下来，落在了绿色的草地上。

画着画着，纸上的山茶枝叶间就多了个人。

他轮廓流畅修长，被山茶花枝叶包围……

几天后，京北下起了大雨。

雨水噼里啪啦地砸在玻璃窗上，隐隐有越下越大的趋势。

楼阮换了件珍珠白的真丝睡衣，坐在客厅开了瓶葡萄酒。

虽然现在才下午4点多，但因为下雨，外面的天空阴沉沉的。

沙发边上的简约落地灯被打开，楼阮调成了暖黄色的光。

她打开电视，随便找了一部国外的电影。

电影片头曲响起，楼阮举起手上的高脚杯，看着屏幕轻饮。

谢宴礼急匆匆走出会议室，抬手看了一眼腕表。

京北时间下午5点50分。

他又看了一眼手机。

他给楼阮的最后一条消息是会议前发的，问她今天想吃什么。

四十分钟的小会开完了，她还是没有回复。

谢宴礼轻轻蹙了眉。

每天这个时候，他都会问她想吃点什么小零食，她都会回复的。

会不会是她怕打雷？

好像有的女孩子是会怕打雷。

小高跟在谢宴礼身后，还在低头汇报着工作："您明天上午要见合作方，之后有个小会议，中午要……"

谢宴礼耐心听小高说完后，突然出声："今天下雨。"

"……嗯？是的。"小高抱着行程表抬起头，往外看了一眼，又补充了一句，"打雷闪电，好久没下这么大雨了。"

谢宴礼站在走廊上，领带不知道什么时候被他拉松了些，他淡淡开口："天气不好，提前下班吧。"

虽然急着回家，但谢宴礼还是在公司附近的花店前停了车。

他骨节分明的手指撑着雨伞，漫天大雨落在地上，他精致的眉眼仿佛都染上了雨水的湿意。

这个天气，除了他，没人来买花。

因为下雨，今天的京北格外堵。

谢宴礼透过刮雨器看着前面几乎一动不动的车流，皱着眉，逐渐有些不耐烦起来。

他很少有这样不淡定的时候。

坐在车上等了几分钟，前面还是一动不动，谢宴礼终于忍不住拿起手机拨了电话。

楼阮还是没接。

四十分钟后，谢宴礼回到了家。

院子里的草地上落了一地的红色山茶花。

雨实在太大，谢宴礼身上湿了一大半。

他拾级而上，挂着水珠的手指落在密码锁上，密码还没按完，那扇门便被打开了。

一道白色的身影朝着他栽了下来。

谢宴礼提着黑色的雨伞，伞尖上的水珠不断往下滚落。

他原本正在按密码的手下意识抬起来，揽住了朝着他栽下来的人，没让湿漉漉的雨伞碰到她。

他臂弯很宽，轻而易举就揽住了纤瘦的人。

谢宴礼垂下眼睛，这才看清了楼阮。

她穿着一件珍珠白的真丝吊带裙，朝着他栽下来的时候，绸缎似的发丝齐齐下落，露出了背后雪白的肌肤。

她双手抱着他的胳膊，形状好看的蝴蝶骨微微凸起。

身后哗啦啦的雨声和心跳声重叠，谢宴礼有些僵硬地揽着她，大脑运转都变得迟钝了起来。

怀里的人抬起手，雪白的手臂勾住他的脖子，声音断断续续的："谢宴礼……冷……"

她嗓音绵软，带着隐隐的醉意，搅得人心神荡漾。

这语调谢宴礼再熟悉不过。

那天她就是这样的语调……

一向从容不迫的人忽然变得手忙脚乱起来，他像有些不敢碰她似的，迟疑了几秒才小心翼翼揽住她的腰，把人抱进屋子。

楼阮在屋子里站定后，谢宴礼关上身后的门，大雨和冷风被关在了身后。

滴着水的雨伞和怀中娇艳的花被一起放在了手边的白色鞋柜上。

在谢宴礼放东西期间，楼阮另一只手也攀了上来，整个人软软地靠在了他怀里。

他身上湿了一大半，那条薄薄的真丝睡衣很快被洇湿。

酒香味将他萦绕。

"……你喝酒了？"

他试图把怀中的人拉开。

但那两条雪白的手臂触感细腻柔滑，每一次触碰，都是对他的极致挑战。

楼阮圈着他的脖子，微微抬起了头，双眼雾蒙蒙的，好像在看他，又好像不是在看他。

她盯着他看了几秒，眼中带着激滟的碎光，嬉笑着朝他绽开嘴角凑近，像是有什么秘密要告诉他似的。

"喝了……一点点哦……"

温软的气息和葡萄酒的香味交叠在一起，落在了他下巴上。

神经末梢开始被不知名的热意灼烧。

谢宴礼合上眼睛，喉结轻滚。

过了几秒，他才重新睁开眼睛，嗓音低下来，柔和得像是要化掉："软软，先松开好不好？我身上都被雨淋湿了，你不冷吗？"

楼阮抬起头，眼睫眨了眨，那双雪白的手臂缓缓往下移，慢慢地、紧紧地环住了他的腰，脑袋也贴在了他怀中，甚至还在他怀中蹭了蹭，喃喃道："……不要。"

因为她的动作，露出了大片雪白的肌肤。

谢宴礼猛地抬了头，不再试图和醉鬼讲道理，也不管自己身上是不是湿的，直接把人抱了起来，想带她上楼。

但楼阮没给他这个机会。

她仰头看他，小声喊道："谢宴礼。"

"嗯。"谢宴礼并不低头看她，抱着人就准备往上走，随口应付。

楼阮紧紧环着他的腰，像小动物似的抬着亮晶晶的眼睛看他，声音被酒气染得更娇，甜软得诱人："你低头。"

谢宴礼没有低头。

她好像有些不高兴似的，脑袋往他怀中顶了顶，像无理取闹地说："你低头，你低头嘛！"

谢宴礼已经踩上了第一级台阶，他沉了口气，心想：上去就好了，只要抱着她上去，把人裹进被子，关起来就好了。

可计划终究只是计划。

"……你为什么……不低头啊……"怀中的人忽然委屈起来，好像要哭了，"不低头就不喜欢你了。"

踩在台阶上的人动作一顿，终于垂下眼睛，低头看向她。

他尽量克制自己不去看不该看的，可只看那张脸，也会觉得自己的自制力要不堪一击。

她抱着他，眼角泛起了红意，似乎下一秒眼泪就要掉下来。

谢宴礼哑声问道："低头干什么？"

楼阮抬着眼睛，目光落在他凸起的喉结上。

那里正在轻轻地滚动。

她仰头咬上他的喉结，手指抓住了他的领带，轻咬一口后还安抚似的亲了亲。

她的手指也摸了上去，指腹轻轻蹭过饱满的喉结，有些迷恋似的抬着头，说："好喜欢它。"

谢宴礼保持着那个姿势，胸腔起起伏伏。

"罪魁祸首"还没有停下，继续说道："你不低头，我亲不到它。"

谢宴礼僵了一下，比起喉结处的异样，她说的话顷刻间就瓦解了他的理智。

因为喝了酒，她脸上染上了薄红。

那张脸微微仰着，目光仍然落在他轻滚的喉结上。

谢宴礼合上眼，感觉比上次还要受折磨。

她还在他怀中。

异样感拉扯着理智。

她喝多了。

不能这样。

谢宴礼重新睁开眼睛，语气冷静克制，但声音却有些沙哑："你喝多了，我带你上去。"

怀中的人突然伸出双手，捧住了他的脸，轻吮了一下他的下唇。

谢宴礼额角的青筋跳了一下。

他想：如果她没醉，一定能听到我震耳欲聋的心跳声。

怀里的人似乎并不满足，她捧着他的脸，顺着他的唇，把浓郁的酒香味分享给了他。

客厅里的电视还没关。

电影已经到了谢幕的时候，片尾曲中，西班牙少女的歌声响起，和细微水声交叠。

谢宴礼抱着她站在台阶上，觉得自己快疯了。

片尾曲结束，楼阮终于松开了他。

她像是累了似的，脑袋微微低了下去，在他怀中找了个舒服的姿势，卷翘纤长的眼睫垂着，好像就要睡过去。

谢宴礼沉了口气，伸手抬起她的下巴，低头吻了下去。

他手掌都是烫的。

滚烫的虎口卡着她的下巴，吞噬她口中的酒香，直到她发出小声的呜咽，呼吸全部被掠夺。

谢宴礼终于放开她，把人抱了上去。

不能再继续下去了，不然妄念会越来越重。

02

楼阮醒来的时候已经是第二天早上 9 点钟。

她有点头疼。

昨天没控制住，喝多了点。

不过她还是有一丝清醒的。

她拉了拉被子，把脸埋了进去。

床头的手机被她摸了过来，因为晚上没充电，电量仅剩百分之七了。

她插上充电线，这才不紧不慢地打开了帖子。

昨天喝酒之前，她和军师们报备了的。

军师们果然在等消息。

【楼主呢，楼主呢！一夜过去了，人呢？】

【战况如何？】

……

楼阮一路翻下来，把最新评论看完后才开始默默回复。

她刚回了个点，还没来得及说什么，就有人秒回：【睡了吗？】

楼阮脸颊越来越红：【没有。】

军师们：

【要不还是离婚吧？】

【不行的话……长得再帅也不能要！】

楼阮连忙回复道：【不是不是……】

军师们：

【不是什么？你展开讲讲？】

【展开讲讲！我有个朋友想听！！】

【好的，现在可以看看我的收藏夹了，预备着吧。】

……

楼阮和大家聊了会儿天后，觉得头没那么疼了。

就是有点饿。

她掀开被子，发现身上的真丝睡衣洇上了水痕。

她打开衣柜，换了条同样材质的水绿色裙子，洗漱、开门、下楼。

原本是想元气满满吃个早餐的，但她眼睛一扫就看到了坐在沙发上的人。

楼阮瞬间僵住。

都这个点了，他怎么还在家里？不去上班的吗？

谢宴礼正抬头看着电视屏幕，听到声音缓缓转头看向她，语气和平常没什么不同："醒了。"

楼阮"嗯"了一声。

他这个态度，就好像昨天什么都没发生似的。

谢宴礼又重新转了头，看向了电视屏幕。

楼阮慢吞吞走过去，水绿色的真丝裙摆在雪白的小腿间轻晃。

她看着谢宴礼的侧脸，试探性地问："你今天……不去上班吗？"

"今天周六。"谢宴礼那双黑漆漆的眸子似笑非笑的。

楼阮点点头，"哦"了一声。

"夫人。"谢宴礼把身体缓缓往后靠，露出了凸起的喉结。

楼阮正准备去厨房，听到声音回头看他，目光掠过他的喉结。

还好，没留下什么痕迹。

她昨晚虽然喝多了点，被酒精驱使着做了一些不该做的事，但还是有些理智在的。

"怎么了？"

谢宴礼定定地看着她，等到她有些不自然地挪开目光，才莞尔道："以后少喝酒。"

楼阮低下头，小声说："……只喝了一点而已。"

谢宴礼的目光落在了电视机前的空酒瓶上，说道："酒瓶就在茶几上，我看得到。

"还有一瓶喝了一半，我给你收起来了。"

楼阮依旧很小声地说道："也就两瓶半。"

谢宴礼突然站了起来，说："李姨给你煮了醒酒汤，你还想吃点什么？"

他越过她，身上带着淡淡的沐浴露香味。

楼阮乖乖后退，没有要和他争夺厨房的意思，嘴巴比脑子快："我真没喝多……"

那人走进厨房，低笑了一声，回过头来看她，问道："所以你是故意占我便宜？"

楼阮的耳尖瞬间红了。

谢宴礼和她只隔着几步，他抬起手指着自己的喉结，问："很喜欢这里？"

楼阮心跳加快，有些莫名的心虚，不敢抬头看厨房里的人。

"昨天晚上，你都记得？"谢宴礼盯着她。

楼阮想了想，诚实道："也不是全都记得。"

"哦？"谢宴礼转过身，背对着她弯起唇，"那夫人说说，都记得什么？"

楼阮看着谢宴礼的背影睁大眼睛。

他想听什么啊？

她对他投怀送抱，献上亲吻？

谢宴礼站在厨房，替她加热醒酒汤，从头至尾都没有回头。

半晌，他才听到身后的人小声说："就，和上次一样？"

谢宴礼看着面前跳跳的火苗，黑眸深不见底。

他终于回头看她，声音微哑："比上次过分。"

楼阮呆若木鸡。

比上次还过分吗？

喝了酒以后容易冲动，会比平时更大胆，但是，他的喉结……今天看着也没有留下痕迹呀。

"……那、那我请你吃饭，给你赔罪。"楼阮想也没想就说道。

"领带也被你扯坏了。"

不会吧？

她失控成那样了吗？

喝酒误事啊！

"赔，我赔你一条！"

她还是有点积蓄的。

"一条？"

"十条！"

谢宴礼果然是生意人，不做亏本的买卖。

没关系，她明白！

谢宴礼像满意了似的，微微颔首，转身，说："去坐着吧，醒酒汤马上就好。"

京北京江购物中心。

楼阮是实打实的网购狂魔，她几乎不逛商场。

她走在谢宴礼身边，左看看右看看，莫名有些兴奋。

原来逛街是这种感觉。

原来逛街有人陪着是这种感觉。

她看到一家西装店，想也不想就伸出手，拉住了身旁人的手腕，说道："这家。"

谢宴礼垂下眼睛，看着被她拉着的手腕，迟迟没有收回目光。

楼阮拉着他走了进去，导购很热情地迎上来。

谢宴礼在一旁坐了下来，看着楼阮和对方沟通。

她嘴角挂着浅浅的笑，嗓音甜软。

"啊，色系，我也不知道我先生喜欢什么色系……"她好像被问住了，转过头来看他，"谢宴礼，你喜欢什么色系的？我看你之前的好像都是黑色的，要不要试试别的颜色？"

谢宴礼坐在那里，黑眸中闪过一丝恍惚。

"我先生"这几个字像是有生命似的，他的心也跟着这三个字一起鼓动。

"谢宴礼？"见他不回答，楼阮又喊了声。

"好。"谢宴礼站了起来，在店内导购小姐的目光中走向她，在她身旁站定。

他从不逛商场，因为唐叔都会派人把服饰送到家里。

导购小姐已经在几分钟之内看明白了这个家谁做主，她动作熟练地走到楼阮身侧，为她介绍本季新品。

楼阮好像兴致很高，一直和对方讨论着。

谢宴礼默默跟在她身旁，看到她从一排领带中选中了一条格纹领带。

她回头看向他，眼睛明亮干净，问道："这条喜不喜欢？"

谢宴礼垂眸看向她手上那条领带，说道："试试看。"

楼阮伸手把领带递给他。

谢宴礼没接。

楼阮不解。

不是说要试试吗？

怎么不动？

终于，谢宴礼用平静无波的目光看着她，问："这就是夫人的赔罪方式？"

楼阮一愣。

不然呢？

一旁的导购小姐忍不住笑了一下，连忙说道："女士，您帮您先生系一下吧！"

楼阮点点头，说："……行。"

原来是要她给他系。

也不问问她会不会。

还好她以前看视频学过。

她走到谢宴礼面前，谢宴礼轻轻低头弯腰。

复古的格纹领带被套上去后，那人又直起了身子。

楼阮手指有些发烫，她忽然发现，这个视角看喉结非常清楚……

微微凸起的喉结就在眼前，正在随着谢宴礼的动作细微地滚动。

楼阮正胡思乱想，突然，上方传来悦耳的声音："好看吗？"

楼阮抬起头，猝不及防地对上他的眸子。

他那双惑人的眼睛在看她，形状漂亮的薄唇就在眼前，泛着淡淡的水光。

她双手捏着领带，轻轻吸了口气，收回目光，垂着眼睛替他打好了领带，然后像欣赏自己的作品一样，毫不吝啬地夸奖道："好看。"

谢宴礼轻轻勾起嘴角，转身看向了身后的镜子。

为了选领带，出门的时候，他特意按照楼阮的要求换了身西装。

这套西装由著名工匠为他特别定制，做工精致，剪裁合体，胸前是雅致的竹子刺绣，低调的华丽。

谢宴礼脱下西装外套，认真看着镜子里的自己，目光落在那条领带上。

系得很漂亮。

是很标准的系法。

应该是系过很多次。

他忍不住想，她也给那个男人系过领带吗？系过多少次？

给那个男人系领带的时候，是不是也离得很近，是不是也会夸那个男人的喉结好看？

谢宴礼有些没办法控制思绪发散，只能由着它们如同失控的藤蔓肆意生长。

身后的人走到他身边，看着镜子里的他，问道："这条怎么样，你喜欢吗？"

"不喜欢。"他难得有不好说话的时候。

"嗯？"楼阮愣了一下，"那再多试几条。"

她示意他低下头来，要给他解下领带。

"这条太花了吗？"

谢宴礼垂着眼睛，回道："不是。"

楼阮低低"哦"了声，那就是单纯不喜欢这条。

领带被摘下来后，楼阮身后传来声音。

"楼阮？"

楼阮回过头去，正对上了周清梨的眼睛。

周清梨一身黑色套装，细高跟，大波浪长鬈发披在脑后，身后还跟着拎了一大堆购物袋的程磊。

程磊默默站在周清梨身后，看他们的目光有些复杂。

楼阮手上还拿着条领带，喊道："清梨姐。"

程磊目光有些躲闪，周清梨倒是大大方方地打招呼："好久不见，和你老公一起逛街？"

"你老公"三个字钻进耳朵，让楼阮变得迟钝起来，她点点头，"嗯"了一声。

周清梨笑了一下，对着她身后的谢宴礼点了点头，又说："谢总，刚在外面看着像你，没想到真是。

"那你们接着逛吧，我就过来打个招呼。"

楼阮点点头，看着周清梨带程磊一起离开。

周清梨心情看起来似乎不错，倒是程磊，跟在她身后频频回头。

他每一次回头，都能看到站在镜子前的男人也在看他，漆黑的瞳仁中带着说不清的情绪。

程磊心情有些复杂。

刚开始听说他们结婚，他只觉得不可置信，觉得他们的婚姻一定是什么交易。

再后来，听邵峥说起那枚古董戒指冠冕，再知道谢宴礼的暗恋史，他也以为只是谢宴礼单方面喜欢楼阮，但是刚刚……

楼阮在给谢宴礼系领带。

两人看起来那样亲昵。

走在前面的周清梨像想到了什么似的，回头看程磊，问道："小程，我弟弟这几天干什么呢？"

程磊："……"

"你拎着这么多东西辛苦了，把东西放下来歇会儿吧。"周清梨又笑了，"刚刚他们看起来感情真好。

"楼阮……以前给我弟弟系过领带吗？"

没有。

从没一起逛过商场，系领带当然也是没有的。

程磊只能回答："没有。"

"哦。"周清梨找到了周越添的微信号，给他发语音，"弟弟呀，你这两天怎么样？姐姐好担心你。

"要不要出来和姐姐吃个饭呀？

"我刚刚还看到楼阮和谢宴礼了呢，他们也在这边逛街。"

说完，她就把手机丢进了自己的限量款包包里，继续往前走。

"小程。"

"……周总。"

周清梨语气冷淡："什么该和他说，什么不该和他说，你知道吧？"

程磊当然明白。

能气死周越添的要说，而且还要夸大其词、添油加醋地说。

周清梨又看向程磊，说道："别说得太过分，不然到时候真把疯狗招来了，我想安安静静逛个街。"

"是。"程磊只能点头。

周大小姐拿捏人的本事很强。

周越添离开周氏的当天晚上，周清梨就和程磊爷爷说程磊在周氏表现很好，在老人家面前把程磊夸了一通。

老爷子难得夸程磊，还让他跟着周大小姐好好学。

现在的程磊根本走不得，只能留下。

他留下也是备受折磨，每天当牛做马，既当秘书又当副总，又要给她当司机，时不时还要配合她折磨周越添。

偏偏周越添也不让他走，要他留下来好好看着周清梨。

他现在完全就是一个人格分裂的状态。

程磊看着周清梨走进一家店，开始大手大脚地购物，这才把东西放下，认命地拿出了自己的手机。

周越添果然打来了电话，他生无可恋地接了起来："喂……"

周越添张口就问："你和周清梨是不是在一起？你们在哪个商场？她真的遇到楼阮了？"

程磊斟酌了一下措辞，回道："是的，但那不是昨天的事吗？你现在才看到？"

周越添语气也有些阴鸷："她刚刚才和我说！"

程磊说："……可能是怕你找过去得罪谢宴礼吧？"

"昨天在哪个商场遇到的？"

程磊以前从不逛商场，但自从换了老板以后几乎天天来商场，他面不改色地说谎："星河购物中心。昨天晚上碰见的，他们在买领带，楼阮还给谢宴礼打领带，看起来挺恩爱的，她已经放下你了……"

程磊话还没说完，通话直接被中断。

他抬起手按了按额心，回头看了一眼仍在快乐购物的大小姐，默默找到了邵峥的电话，拨了过去，准备诉苦。

03

放下那条复古条纹领带以后，楼阮接下来选的比较保守了，几乎都是纯色领带。

暗红色、墨绿色、黑色、灰色……

谢宴礼试了一条又一条。

他戴着那条灰色的领带站在镜子前，偏头看向一旁的楼阮。

楼阮弯起双眸，问道："喜欢这条吗？"

眼中带着浅浅的期待。

谢宴礼看着她的眼睛，终于轻轻颔首，说："喜欢。"

欢喜在她眼中炸开。

"那再试试……"楼阮手上还有几条领带，她低下头，又开始了艰难的选择，像是有些选不出来。

谢宴礼走到她身旁，修长的手指掠过她指尖，把她手上那几条领带全都拿走，说："不用试了，全都要。"

"全都要？"楼阮惊讶地抬起头。

除了第一条，别的他都说喜欢，是觉得试领带太累了吗？

"好。"她点点头。

在楼阮准备小手一挥，大气付钱的时候，谢宴礼把那几条领带一起递给了导购，又自己摘下了脖子上那条，礼貌地说道："还有最开始的那条格纹领带也一起，谢谢。"

楼阮疑惑地问："那条格纹，你不是说不喜欢吗？"

谢宴礼垂下眼睛看她，说："但它是夫人认真选的。"

刚开始的时候，她选得很认真，在几排领带里精心挑选出来的，怎么能不买？

楼阮睁大眼睛看他。

然后，她眼睁睁地看着谢宴礼走到收银台，刷了自己的卡，签上了自己的名字，买下了那十几条领带。

楼阮眼睛睁得更大，说："不是说我赔给你吗？"

他怎么就自己付钱了？

谢宴礼接过工作人员递上来的购物袋，不紧不慢道："夫人不是已经替我选了吗？"

他转身就往外走。

楼阮恍恍惚惚地跟着。

帮忙选了，就是赔了？

赔人东西是这么赔的？

楼阮回想了一下攻略帖的内容，里面有一条是标了星号的，很重要。

那就是送礼物。

她当机立断，拦住了谢宴礼，说道："这不行。"

"这有什么不行的？"谢宴礼殷红的薄唇缓缓勾起炫目的笑容，"还是说，夫人就是想为我花点钱？"

他本以为楼阮会否认，但没想到楼阮很确定地点了点头，说："对，就是想给你花点钱，不行吗？"

谢宴礼一愣，低笑一声，说道："本来呢，我作为新时代独立男性，是不该花夫人钱的。

"但夫人这么想为我花钱，那我就勉为其难接受了吧。

"所以，夫人给我买点别的吧。"

楼阮抬头看着那张挂着懒倦笑意的脸，晕晕乎乎地被谢宴礼转过来，跟着他一起走出了那家门店。

京江购物中心是集奢侈品和大众品牌都有的商场，一共七层，最上面两层是给有钱人消费的，而下面几层则接地气得多，不仅设有电影院、购物中心，还有中型儿童游乐场。

楼阮跟着谢宴礼一路走到了电梯口，又跟着他走进了电梯，眼看着他按下5楼的电梯，这才开口："你们新时代独立男性都是这样的吗？"

谢宴礼问："都是什么样？"

楼阮认真想了一下，说："都会替老婆省钱。"

谢宴礼见她一脸认真，忍不住笑着说："别人我不知道，但我是这样的。"

楼阮抿了抿唇，说："你可以不用这样。"

"那怎么行？"电梯门缓缓打开，谢宴礼抬手挡住电梯门，示意楼阮先出去，他跟在她身后，"不懂事可是会被讨厌的。"

楼阮："……"

谢宴礼的目标好像很明确，他一出电梯就右拐直走，好像已经想好要去买什么了。

突然，谢宴礼步子一顿，说道："嗯，到了。"

楼阮顺着他的目光看过去，是一家电影院。

这家电影院还不小，门口摆着不少抓娃娃机和用作电影宣传的易拉宝。

楼阮迟疑地问道："要抓娃娃吗？我不太行。"

抓娃娃这一块，她何止是不行，她是完全没抓过。

谢宴礼站在她身旁，像是在认真地想了想，说："也行。"

"嗯？"

"那就先抓娃娃，再请我看电影。"谢宴礼薄唇勾起弧度，"夫人，我这样应该不算过分吧？"

楼阮说："……当然，不过分。"

是她格局小了。

是她一眼就看到了一堆娃娃机里的粉色猪猪，就以为谢宴礼也和她一样喜欢那些粉色猪猪。

"给我五十块。"谢宴礼抬起手，要钱的时候也优雅。

楼阮打开手机，点开了微信扫一扫，递给他，说："密码是020207。"

谢宴礼挑了挑眉，伸手接过了手机，问道："密码都告诉我，这么相信我啊？"

"嗯，相信你呀。"楼阮笑了。

不然呢？他难道还看得上她这些小钱吗？

谢宴礼往前走，他感觉这两天发生的事都好不真切，像在做梦一样。

他用楼阮的手机扫了二维码，买了五十块钱的币。

楼阮也跟了上来，看了一眼娃娃机上的说明牌，说："十个币只能抓一次，再来五十块钱的。"

就五次机会怎么抓得到啊？

谢宴礼挑了挑眉，拿起了她的手机，又买了五十个币。

谢宴礼很快就把落下来的金币都拿了出来，转身看她，说道："好了，来抓吧。"

"我不一定抓得上来。"楼阮从他手上拿出十个币投进了抓娃娃机，手指落在了摇杆上。

然后，她开始专注地看着娃娃机里的粉色小猪，轻轻挪动摇杆，看准了一只位置最佳的，按下摇杆旁的红色下爪按钮，然后……

然后，她眼睁睁看着那只可可爱爱的粉色小猪掉了下去。

失败！

楼阮懊恼地鼓起了脸，回头看谢宴礼。

"再来！"她又摸走了十个币，结果再次失败。

谢宴礼一直在她身后耐心等着，直到他掌心只剩下最后十个币。

还有最后一次机会。

谢宴礼看着娃娃机透明主板上映着的楼阮的脸。

她好像很喜欢抓娃娃……

失败九次了，她也不气馁。

失败九次的楼阮总算回了头，可怜兮兮地说道："谢宴礼，要不还是你来吧？"

"我也不会。"

"没关系，你体验一下！"

说着，她就给谢宴礼让出了位置，还朝着他抬起了手，贴心地说道："袋子给我拎吧。"

谢宴礼嘴角勾了勾，倒没再说什么，把装着领带的购物袋递给楼阮，然后走到那只粉色娃娃机跟前，把手中剩下的十个币全都投了进去。

楼阮把购物袋拎在了手臂上，站在一旁认真盯着娃娃机里的粉色猪猪，白皙的小脸微微绷着，似乎已经在紧张了。

谢宴礼握住摇杆，不疾不徐地操纵。

他对准了楼阮一直想要的粉色小猪，按下了红色下爪按钮——

粉色猪猪被抓了起来。

楼阮盯着它，屏住呼吸，看到那只粉嫩嫩的小猪"咣当"一声滚进了洞口。

她蓦地睁大眼睛，惊呼："谢宴礼，你太厉害了！"

楼阮弯下腰捞出了粉嫩嫩的战利品。

她看着那只可可爱爱的小猪，双眸亮晶晶的，说："我就知道，天才做什么都天赋异禀，你可以抓上来！"

"夫人栽树我乘凉罢了。"谢宴礼转过身看她，见她这么开心，他也被感染了。

楼阮把那只粉嫩的猪猪递给他。

谢宴礼看着她递上来的猪，忍不住笑了："不要这个，要领带。"

楼阮看了一眼手上那只可可爱爱的猪猪，疑惑道："你刚不是说先抓娃娃，然后再给你买电影票吗？"

谢宴礼身子微微前倾，接过她手上的购物袋，云淡风轻道："嗯，这不是抓了吗？

"我重在参与。"

谢宴礼又回头看向那边的电影宣传海报，说道："走吧，现在给我买电影票吧。"

门口有好几部热映电影的海报，电影院里巨大的电子屏上也有最新上映的电影宣传片。

一部是正能量主旋律电影，一部是爱情片《热恋》，还有一部儿童动画片《淘淘猪猪》，另外还有两部文艺片、一部鬼片和一部美食片。

楼阮站在电子屏前，问："你想看哪一部？"

这几部电影里，她觉得《热恋》的海报最漂亮最有氛围感，题材也很喜欢！

她想看《热恋》！

谢宴礼扫过电影院里巨大的电子屏，一本正经地说道："那就……《淘淘猪猪》吧。"

楼阮："？"

04

那只叫淘淘的猪猪也是粉色的，画风很可爱，配音也很软萌，故事也很有趣，但就是……

楼阮轻轻叹了口气。

傍晚，她坐在台灯下，用电脑敲了将近两千字的《第一次一起逛商场复盘》。

想说的真是太多了。

每个细节都历历在目。

【领带只试了几条他就不试了，说剩下的全要了，他是不是觉得麻烦啊？抓娃娃他一次就成功了，显得前面失败九次的我真的很不聪明。还有看电影的时候，他竟然选了《淘淘猪猪》，虽然猪猪也很可爱，但……他真的会喜欢我吗，之前是不是我们感觉错了啊？】

酒后接吻……

他当时到底在想什么呢？

楼阮倒没有沮丧，就是有些惆怅。

军师们：

【都去看电影了为啥不看《热恋》？《热恋》特别甜！男女主真的很有张力！很有氛围的！】

【我的建议是二二三四再来一次，继续勾引！】

【哎呀，楼主别多想，继续冲。】

……

楼阮看着大家的回复，长长地叹了口气。

一个星期之内，她做了各种试探，对他嘘寒问暖，送他东西，找借口让他帮忙……

攻略帖上该用的办法都用了，谢宴礼还是和刚结婚那两天一样。

他的态度、说话的语气，和每天雷打不动回家带花和小零食一样，丝毫没有变化！

楼阮从酒柜那边拿了两瓶酒，挪到了沙发跟前。

谢宴礼送她的第一束花已经干了。

干枯的红玫瑰插在漂亮的花瓶里，多了几分颓败和萧索的美。

她倒了杯酒，努力回想着最近一周的状态，越想越觉得她可能还是有点自作多情了。

谢宴礼带她去游乐场、每天下班给她带花和小零食、给她煮饭……完全是出于个人修养。

楼阮吸了吸鼻子，又是一杯。

冷静，反正也不是第一次单恋了，没必要为了这个伤心。

他们现在是住在同一屋檐下的，有的是机会。

她仰起头，又是一大杯。

不一会儿，她就喝完了一大瓶，白皙的脸上涸出了漂亮的红晕。

楼阮又开了一瓶酒。

今天的京北天气很好，夕阳将云层染成了橘色，淡金色的光落了进来。

楼阮看着那道落在茶几上的光，往前伸了伸手，光影落在她雪白纤细的手腕上。

她垂着眼睛看了看，抿起了唇。

难道真的要勾引吗？

穿着性感睡衣，假装在浴室滑倒，做作地喊谢宴礼帮忙吗？

有点好笑。

楼阮低笑了一会儿，想得正有些入神，门口电子锁的声音响起。

她迅速从沙发上站起来，摇摇晃晃跑了过去。

那扇门被打开，谢宴礼和往常一样，带着花和小零食回来，被她扑了个正着。

谢宴礼身子一顿，蹙眉问道："你又喝酒了？"

楼阮双臂勾着他的脖子，仰着头看他，温软的鼻息全都落在了对方的喉结上。

谢宴礼这一次的动作比上次迅速多了，他把东西放在鞋柜上，迅速关上身后的门，准备在醉鬼撩人之前先把她送上楼。

"喝多了连鞋子都丢了？"

但这次，楼阮只是定定地看了几秒他的喉结，低声说道："谢宴礼，我买……战袍了。"

谢宴礼没听清，心里虽然告诫自己她现在不清醒，却还是忍不住问道："什么战袍？"

"我这次，必定勾引到你。"楼阮像是在和自己说，也像是在鼓励自己。

谢宴礼眼皮一跳，心跳漏了一拍，漆黑的瞳眸盯着那张因为饮酒而染上诱人绯红的脸，问："你刚刚说什么？"

楼阮被他抱着，已经闭上了眼睛。她眼睫有些湿，手臂蹭过来环绕他的脖子，脑袋软软地歪在了他肩头，呓语似的呢喃道："谢宴礼，我要怎么样，才能勾引到你啊……"

谢宴礼保持着那个姿势站在那里，瞳孔微震。

她好像朝着他心口开了一枪。

楼阮靠在他怀中，已经彻底闭上了眼睛，纤长浓密的眼睫微垂着，纤细的藕臂软塌塌地环着他，很乖。

没有前面两次喝多的时候那么闹，却比前面两次更磨人。

谢宴礼垂下眼睛，下巴蹭过她额间的柔软发丝，很轻很痒。

他声音低哑，像在自言自语："你不用做什么。

"我和外面的山茶一样，会自己掉落，不用你摘。"

Rose Crown

第十四章

✦

粉色娃娃机

01

谢家虽是豪门世家，但家里每个人行事都格外低调，除了谢宴礼。

他是谢家第一个走向人前，走向大众视野的人。

过去十年，每次获得大大小小的荣誉时，学校和媒体的宣传他从没有拒绝过，每一次都礼貌配合。

他要走上神坛，要他的名字随处可见，要让他的仙子看到他。

十年过去，纤尘不染的月色终于落在了他身上，他的仙子看向了他。

谢宴礼眼尾微红，看着靠在枕头上已经熟睡的人，第一次起了贪念。

"楼阮。"他轻声喊她。

她睡得很沉。

"楼阮。"

她还是没醒。

谢宴礼微微俯身，修长的指尖拂过她的发丝，声音很轻很轻："夫人……"

他掌心落在她漂亮的腕骨上，眸光在昏暗的房间里晕着浓稠的墨色。他垂下眼，在她嘴角落下轻吻。

楼阮抬起手蹭了蹭嘴角，无意识地发出鼻音。

"你说，要勾引我？"谢宴礼的声音在寂静的夜里响起的时候，宛若海上的鲛人之歌，蛊惑人心。

宿醉后，楼阮头又疼了。

第二天醒来，她睁开眼睛盯着天花板看了半天。哦，昨天又喝多了。

谢宴礼回来以后，她好像又扑上去了。

然后……

她揉了揉头发，拿出手机看了一眼时间，已经快 9 点了。

今天周二，谢宴礼应该已经走了。

她掀开被子起来，噔噔噔跑去洗漱，衣服也没换一件就揣着手机跑下楼了。

饿了，真的有点饿了。

楼阮噔噔噔跑下去，还没踩下最后一级台阶，眼睛一瞥就看到了坐在那边的谢宴礼。

楼阮惊呆了。

怎么回事？

时间倒流？

今天是周六？

还是穿越，她又回到了上一次喝酒后？

坐在那边的人也抬眼看了过来，狭长的黑眸挑着，似乎心情不错。

"夫人醒了。"

楼阮问道："……嗯，你怎么又没去上班？今天不是周二吗？"

"哦，"谢宴礼慢条斯理地说，"请假了。"

楼阮突然清醒了几分。请假了？

为什么请假？

生病了吗？

她走过去，站在谢宴礼面前仔细看他，问道："生病了？"

他眼底好像是有点青黑，像一夜没睡，但气色看起来不错，不像是生病的样子啊。

"夫人昨天又喝多了。"谢宴礼眉梢带笑。

楼阮腹诽：不用你提醒。

她盯了他两秒才理直气壮地说道："是多喝了一点点，但不是在家里吗，喝多一点也没事……"

"嗯。"谢宴礼微微颔首，修长冷白的手指轻轻屈起，在桌面上很轻很轻地敲了敲，"所以昨天说了什么，做了什么，都忘了，是吧？"

楼阮忽然心虚了，试探地问："和上次一样？"

她觉得应该和之前差不多。

"还有别的。"谢宴礼抬起眼。

楼阮："……"

还有什么？

谢宴礼见她好像真的不记得了，才拿起手边的手机，说道："夫人不记得没关系，我可以帮夫人回忆。"

楼阮看着他的动作，睁大眼睛。

他拿手机干什么？

还录像了？

不会吧？还带保留证据的？

谢宴礼倒也没给她看什么录像，而是把手机放在一旁，轻轻点开了播放键。

是录音。

楼阮看向谢宴礼。

对方气定神闲地坐在那里，似笑非笑。

她带着醉意的声音从手机听筒里弥漫出来，恍若呓语：

"要……勾引你。"

楼阮傻眼了。

谢宴礼仍然抬眼看着她，听到这声后，他薄唇轻轻勾了勾，喉咙里溢出轻笑，撩拨着她的心弦。

手机里断断续续地传来声响。

"谢宴礼……你到底喜欢什么？"

"我要怎么才能勾引到你啊？"

"清纯……学院……喜欢吗？"

什么鬼？

她到底想说什么啊？

清纯制服学院风吗？

楼阮恍恍惚惚地站在那里，脑子嗡嗡的，时间仿佛都静止了。

勾、引。

她恨不得钻到地底下，不应该喝酒的……

谢宴礼站起来，绕过茶几，在她面前站定。

几乎是下意识的，楼阮微微往后退了一下，却被一只手抓住了手臂。

谢宴礼悦耳的声音从上方落下来："夫人，喜欢我也不是那么丢人的事，可以直接告诉我的。"

楼阮被抓着胳膊，脑子有些混沌，说话都语无伦次的："我……我怕你觉得……"

怕他觉得她用他来疗伤，治疗上段单恋的伤。

谢宴礼抬起手，微微屈起的修长指节微张，掌心里的芍药花朵纹理绽开。

"没什么好怕的，楼阮，我也喜欢你。"

他抓着她手臂的手指轻轻松开，垂着眼睛，"楼阮"两个字被他念得格外缱绻好听。

楼阮身子一僵，蓦地抬起头。

那双潋滟惑人的黑眸盯着她，眼尾染着淡红。

他看着她，一字一句说道："很早之前，就喜欢你了。"

楼阮瞬间就把要说的话全都忘了，她微微仰着头，呆呆地看着他，问："很早就喜欢我？"

谢宴礼颔首，"嗯"了一声。

楼阮睁大眼睛，追问："什么时候？"

谢宴礼很早就喜欢她？

她是不是还没睡醒？

谢宴礼敛眸，语气略微平静了一些："你以后会知道。"

"很早是多早？以后又是多久以后？"楼阮双眸一眨不眨。

"……你迟早会知道。"

楼阮耐心地追问："迟早又是什么时候？"

"迟早就是迟早。"

楼阮白软的小脸气鼓鼓的，盯着他说："那我自己猜。"

谢宴礼喉结轻滚，悦耳的嗓音似溪水流淌："你猜。"

楼阮咬牙想了一下，说："是在某个商业晚宴的时候？"

以前在周氏的时候，她参加了不少商业晚宴。

周氏和谢宴礼虽然没什么生意上的往来，但都是京北的企业，各种晚宴上，撞上也是难免的。

谢宴礼摇头，说："不是。"

不是吗？

楼阮想了一下，又问："读书的时候吗？"

谢宴礼顿了一下，缓缓颔首，"嗯"了一声。

楼阮睁大眼睛，说："一定是我毕业展的时候。你是不是看了我的展，被我的才华吸引了？"

一定是！

毕竟她大学四年都没怎么在华清看见过谢宴礼。

四年时间，这人完全是活在传说里的，根本没近距离看到过。

而且谢宴礼，肯定也不是因为颜值喜欢她。

一定是因为才华，因为她的内涵！

大学里喜欢她的画的人还是挺多的。

"不是展的话，就是通过某种途径看到了我的画！"她认真分析，分析到最后，还忍不住笑起来，"你是我的粉丝吗？有没有关注我的微博？"

其实最后一句她也就是随口一问，毕竟像他这种年少有为的霸总肯定是没

Rose Crown

有时间玩微博的。

谢宴礼听着她的分析，嘴角一直含着笑，直到她抬眼看他，才轻轻点了点头，说道："对，是你的粉丝，微博也关注了。"

"真的吗？"楼阮再次震惊，"你微博ID是什么？白夜有没有关注你？"

她说着就要拿出手机看。

谢宴礼笑着抓住她纤细的腕骨，制止道："以后你会知道。先看这个，我画了很久。"

楼阮看着他掌心的芍药花纹理，明知故问："这是什么？"

不得不说，谢宴礼那些美术选修课还是有用的。

这朵被画在掌心的芍药秾丽缱绻，很漂亮。

"我画得那么差吗？"谢宴礼语气里有抱怨，"是芍药。"

楼阮眼睫眨了眨，问："怎么花了？"

那朵被画在掌心的芍药线条有些糊了。

谢宴礼笑着将人拉入怀中，脸轻轻埋在她颈间，声音低沉："我紧张。"

因为紧张，所以薄汗浸透了掌上芍药的线条。

清代马瑞辰《毛诗传笺通释》：以勺与约同声，故假借为结约也。

芍药，是定情花。

02

楼阮已经翻了一上午的微博粉丝列表了，她连白夜的微博关注都翻了一遍，硬是没找到一个有可能是谢宴礼的。

这个时候，她有点嫌弃自己粉丝太多！

楼阮呼了口气，正准备坚持不懈继续翻找的时候，门口传来了敲门声。

她翻身下床，走到门前还拨了下头发才开了门。

谢宴礼站在门口，双眸看起来更红了，她严重怀疑他回了房间以后并没有补觉。

"你不是在补觉吗？"

谢宴礼嘴角勾了勾，说道："下来看个东西。"

楼阮恍恍惚惚地跟着他走了下去，然后就看到了一台巨大的粉色娃娃机。

比商场那台大得多，边缘还带着各色跑马灯。

谢宴礼已经走到了它旁边，随意地靠在那儿，歪头问道："怎么样？来抓娃娃吗？"

楼阮震惊了，噔噔噔跑了过去。

这个娃娃机很大，里面放着的都是大大小小的礼物盒，礼物盒被漂亮的包装纸包着，根本看不出里面是什么。

她手放在摇杆上，却发现根本无法操控它，她看向靠在身旁的谢宴礼，问道："这个也要投币吗？"

谢宴礼双手抱胸，说："昨天之前需要。"

"昨天之前……"楼阮看着他，"那现在呢？"

"现在不用投币了。"谢宴礼弯唇笑起来。

他缓缓凑过来，那双潋滟漆黑的瞳眸里像有钩子，声线低下来，说道："亲我一下就行。"

楼阮有些不可置信地看他那双眼睛。

他喜欢这种游戏？

楼阮唇瓣一弯，说："行。"

那只握着摇杆的手抬起来，抓住了他的领口，黑色的真丝睡衣将那只手衬得越发柔白纤细。

谢宴礼完全是被拉过来的。

他靠在玻璃材质的娃娃机门上，不经意触到了跑马灯的开关，各色跑马灯亮了起来，映在楼阮脸上，她的手还抓着他的领口。

娃娃机机箱里的镜子中，除了机箱里大大小小的礼物盒子，还映出男人的背影。

楼阮的目光落在了谢宴礼性感的喉结上。

察觉到她的注视后，他不受控制地滚了滚喉结。

楼阮笑了一下，抬着眼睛，认认真真地询问："你说的亲一下，是什么地方都行吗？"

不等谢宴礼开口，她柔软的指腹轻轻掠过喉结，像羽毛拂过。

"这里也可以吗……"

她话还没说完，谢宴礼就低下了头。

她的话彻底被吞噬。

机箱里的镜子中，雪白纤细的双臂环住了男人的腰。

而另一边，楼阮的腰也被揽住。

落在她腰间的修长大手的背部筋脉蓬勃，骨节泛红。

第二天，请了一天假的谢宴礼早早就去上班了。

谢星沉是掐着中午饭点牵着谢京京来的。

她们一进门就被那台巨大的粉色娃娃机吸引了。

谢星沉迅速换鞋进门，惊呼："我的天，这是什么？"

她身后，穿着白色公主裙的谢京京脱下擦得闪亮的小皮鞋，乖巧地换上了楼阮提前让人准备的粉色小恐龙拖鞋，声音稚气地说："娃娃机。"

谢星沉绕着那只娃娃机转了两圈，忍不住惊叹："好家伙，好家伙……"

真没想到啊，有生之年竟然能看到谢宴礼整这么大一个粉色物体进家门。

楼阮动作凝滞了一下，像是想到了什么画面，白软的脸微红。

昨天，刚开始明明是她按着谢宴礼亲的，后来就被反客为主了。

最后不知道亲了多久，她气都喘不上来了，他竟然只给她算十次。

不愧是资本家。

正在厨房做饭的李阿姨也笑着探出头来，说道："这是谢总让唐叔找的最大最好的娃娃机！

"还是从德国空运过来的，费劲得嘞！"

谢星沉看了一眼机箱里大大小小的礼物盒子，好奇地问道："这里面都是什么？"

踩着小恐龙拖鞋的谢京京走进来，她手上抱着个小包裹，是用漂亮的绸缎包着的，小小一只，看起来很袖珍可爱。

她用白乎乎的小手捧着小包裹递给楼阮，说："漂亮姐姐，这是我给你的新婚礼物，是妈妈帮我包的，但是里面的东西是我准备的哦！"

她看了一眼那台娃娃机，抬着小脸补充道："一定比哥哥的好。"

楼阮弯下腰，伸手接过了谢京京递上来的小包裹。

那只包裹被绸缎包裹得很用心，上方还有个漂亮的结，绸缎上的刺绣精致漂亮，里面特殊的绣线闪着亮亮的光。

她抿起唇，轻轻地摸了下小公主的头，说："谢谢京京。"

谢星沉"扑哧"笑了一声，问道："所以你到底准备了什么？路上还不告诉我，现在可以说了吧？"她又看向旁边的娃娃机，"我真的很想知道这里面是什么。谢京京，下次不许打断我！"

小公主看向楼阮。

楼阮说："我也不知道。"

她还没抓。

"开抓！"谢星沉大手一挥。

小家伙也用稚声重复道："开抓！等会儿一起拆，比比我和哥哥谁送的礼物更好！"

谢宴礼早上走的时候大约是把娃娃机设置好了，今天摇杆可以移动了。

这只娃娃机爪子很紧，抓到以后就没再掉下去过，所以楼阮第一次就抓到一只小盒子。

小盒子"咣当"一声落了下来，谢星沉弯腰把它取了出来，说："再来！"

楼阮手握摇杆，继续抓，直到把机会都用完。

她得到了七个小盒子，和谢京京那只丝绸小包裹放在了一起。

"哦，拆礼物啦！"谢京京已经坐在了楼阮身边，小脸粉嘟嘟的。

楼阮最先拆的是谢京京送的那个小包裹。

小公主坐在楼阮身边，双手托腮看着楼阮的动作，眼睛亮亮的。

楼阮小心地解开丝绸包裹，里面是个巴掌大的小盒子，上面用彩笔画了简笔画，还在角落里写了"谢京京"三个字。

楼阮又小心翼翼打开了那个小盒子，然后看到了一张黑色的银行卡。

谢京京张开双手，高高兴兴道："是黑卡卡！"

楼阮："……"

谢星沉："……"

小公主见她们两个表情复杂，默默放下手，小声说道："姐姐，你不喜欢黑卡卡吗？"

"那我明天送你别的颜色的卡卡，"她掰着小手指说道，"我还有绿卡卡、白卡卡、红卡卡，好多颜色的卡卡！"

她单纯地以为楼阮不喜欢黑色。

"但是我妈妈说喜欢一个人就要送她黑卡卡，黑卡卡在哪里心就在哪里，我爸爸一般都给她黑卡卡的……"

她顿了一下，又叹气，说："原来也不是每个人都喜欢黑卡卡。"

楼阮不知道自己该是什么表情，但她生怕让小孩子难过，连忙挤出一个笑来，说道："我很喜欢，但是京京，这个我不能收。"

谢京京澄澈的眼瞳认真看着楼阮，听她说话。

谢星沉直接打断，问谢京京："你怎么不送我？"

小公主扭头看她，解释道："不是送过你嘛！之前送过一张黑卡卡的，还有绿卡卡和蓝卡卡！"

谢星沉点点头，又问："哦，那你怎么不送你阮阮姐姐绿卡卡和蓝卡卡？"

小公主睁大眼睛，说："因为我看妈妈平时好像最喜欢黑卡卡。"

她年纪小，不知道为什么黑卡卡最好，但楼阮瞬间就明白她的意思了。

小公主是把她有的最好的东西拿来了。

他们有钱人逢年过节都不给红包直接给卡吗？

"快问问你阮阮姐姐喜欢什么颜色的卡卡，"谢星沉继续说道，"也告诉她你喜欢什么颜色的，这样下次她去你家的时候才能送你你喜欢的。"

谢京京攥起手，坚定道："粉卡卡！我喜欢粉卡卡！"

"阮阮姐姐，下次你要送我粉卡卡哦！"

楼阮点了头，说："好。"

"那姐姐你喜欢什么颜色的卡卡？"

"绿色。"

"好哦，我记住啦！"

楼阮也不好当面拒绝小孩子的心意，想着到时候让谢宴礼把卡退还好了。

谢星沉好奇地看着谢宴礼那堆小盒子，说："继续拆，我想知道这里面是什么。"

谢京京轻轻叹了口气，好像没刚开始那么期待了。

也不知道哥哥送了什么，反正她送了姐姐不太喜欢的黑卡卡，要被比下去了……

楼阮想了想，转过头摸摸谢京京的头，说道："谢谢京京，你的礼物姐姐特别喜欢，特别特别喜欢！"

"真的吗？"谢京京瞬间抬起头。

楼阮点头，说："真的！"

楼阮拆了手边第一个小盒子，纸盒子里嵌着柔软的防摔物，中间是只红色的丝绒盒子。

她把盒子取了出来，一边开，一边说："应该是戒指……"

盒子被打开，她们看到了一枚硕大的海蓝色椭圆形钻石。

谢星沉手撑着头，心想：还行吧，男人的小把戏罢了。

谢京京歪头看了一眼，开心地说："哇！不错不错，我们幼儿园做新娘游戏也用这么大的！"

楼阮倒吸一口凉气，谁家娃娃机里能抓钻石？

她又开始拆第二个。

第二个盒子是这几个里面最大的，晃一晃还能听到响声。

会是项链吗？

楼阮拆开盒子，从里面拿出了一个带着鎏光的袋子，打开里面是各色澳白珍珠，银蓝色、丝绸白、粉光……

看起来都是极光品质，还都很大一颗。

谢京京凑过来，有点嫌弃地说："这个不如我的黑卡卡！"

楼阮笑了一下，又拆了其他几个盒子。

剩下几个盒子里，也都是各种看上去价值不菲的首饰和钻石。

它们被摆在一起，虽然颜色不一，形状不一，但都有一个共同的特点，就是璀璨。

楼阮感觉心情很复杂。

谢京京有些不甘心地问："姐姐，你更喜欢我的礼物，还是哥哥的？

"哥哥的还要抓，我的都不用哦！"

她可爱的双马尾晃来晃去。

楼阮心都快化了，看着谢京京水润的眼睛，手指拂过她前额柔软的刘海，回道："当然更喜欢京京的啦！"

"嘀嘀——"

突然，身后的大门应声而开。

穿着黑色西装的人站在门口，狭长漆黑的瞳眸看了过来，似笑非笑地说：

"楼阮，我听到了。"

谢星沉"啧"了声，问道："你怎么这会儿回来了？"

谢宴礼面不改色地走进来，回道："午休。"

谢星沉翻了个白眼，午休才多长时间？一来一回在家就只能待半小时，也不嫌折腾。

独属于谢宴礼的淡香味道已经笼罩了过来，人已经站在了身后，楼阮感觉到了那么一点点压迫感。

谢京京坐在她身边，眨巴着眼睛看谢宴礼，声音稚气地问："哥哥，你听到了？"

"嗯。"

小公主声音软软的，带着稚气，像个小大人似的说："嗯，那你要好好反思哦！"

"你还知道反思这词儿？"谢宴礼挑眉。

了不得。

"我什么都知道！我妈妈就经常这样说我爸爸！"

她现在已经不是以前那个路都走不稳的小宝宝了！

谢京京站起来，双手叉腰，指着谢宴礼说道："哥哥，你要好好反思！"

她想着妈妈的样子，学得有模有样。

谢宴礼忍不住弯起嘴角微微偏过头，看向楼阮，问道："夫人，你说我该反思吗？"

他的手已经搭在了楼阮身后的椅背上。

楼阮感觉那股淡香忽然变得侵略感十足。

谢京京正准备说话，另一边的谢星沉扯了扯嘴角，赶紧环住小公主的腰，把她端到对面去了，还很贴心地替谢宴礼捂住了她的嘴。

位置已经空了下来，谢宴礼没有不坐的道理。

桌子下，楼阮轻轻推了推他的手，抿唇道："当然，要反思。"

"好，都听夫人的，我好好反思。"谢宴礼反手扣住她的手，唇瓣弧度咧得更开。

天色将黑，客厅里没有开灯。

楼阮靠着娃娃机，纤细的手臂被迫环着面前人的脖子，几度要滑下去。

面前的人垂着眼睛，鼻尖蹭过她的肌肤，亲吻她的嘴角，略带淡香的热气扫过她脸颊，嗓音轻缓低沉："夫人不喜欢我送的礼物？"

他的温热气息落下来，让人心跳加速。

他时不时地在她唇瓣上落下轻吻，蜻蜓点水似的，若即若离。

"那夫人喜欢什么？我再好好准备。"

每一个字，都有热气掠过。

每一个字的温热触感，都让人战栗。

楼阮小心翼翼地往后缩了一下，觉得口干舌燥，可偏偏无处可逃。

她舔了舔唇，正想说些什么，手指就被牵住。

他扣着她的手指，一寸一寸将她的指腹落在自己的喉结间，姿态赏心悦目。

"差点忘了，夫人喜欢这里。"

楼阮睁大眼睛，脸颊变得滚烫起来。

谢宴礼已经凑过来了。

他亲吻着她，汲取她的香甜。

"夫人想咬，要亲，都可以。"

这个吻逐渐变得绵长，吻到最后，楼阮招架不住，全身都失去了力气。

而他竟然还好意思问她觉得他反思得怎么样……

楼阮根本说不出话来，直到那人抬手拭去她唇瓣的晶莹，眼瞳垂下来与她平齐，黑眸中碎光璀璨。

楼阮手指撑在娃娃机上，大口呼吸着新鲜空气，好不容易才低声说了句话。

她声音很低很低，低到近乎听不清。

下一秒，她整个人就被抱了起来。

身体腾空的瞬间，楼阮睁大眼睛，心脏怦怦直跳。

谢宴礼抱着她走到客厅的开关边上，打开了沙发边暖黄的落地灯。

灯光的色调被调得昏黄。

谢宴礼把人抱着坐下来，问："我反思得不好？"

楼阮胸口微微起伏，刚刚被亲得腿软，她抬着迷离的眼睛看着面前的男人。

看到饱满性感的喉结，她忍不住将唇瓣贴了上去。

谢宴礼身子一顿，将手掌落在她腰间，轻轻合上了眼睛。

喉结那里，好像和别的地方不一样。

一碰就难以自控。

可现在太早了。

他们才刚刚相互确认心意没多久。

谢宴礼紧闭的眼睫微颤，再睁开眼时，漆黑的双眸近乎迷离，那张动人心魂的脸上，也染上了瑰丽的色彩。

他平复短促的呼吸，嗓音染着暗哑："夫人。"

"嗯？"楼阮终于停了下来，看向了他。

谢宴礼尽量让语气平稳："我觉得一天的反思不够，我可以每天反思，但今天就先到这里了，行不行？"

03

周末，楼阮和谢宴礼一起回了老宅。

谢老爷子请了不少人来家里，有苏州的六十多岁高龄的老绣娘和她的徒弟，还有国内有名的篆刻大师、漆器大师。

同时，他也让人跑遍全国各地，准备了上好的材料——有为篆刻同心章而准备的颜色纯正的青田石，也有上好的婚书底布和绣线等。

老爷子一边倒茶，一边说道："婚礼的事，可不能马虎。

"无书不成婚，婚书是一定要有的。"

"谢宴礼不懂事，直接就把婚结了，都没好好准备订婚……算了，既然没有订婚，那结婚我们就好好准备。"他低头喝了口茶，对着楼阮招了招手，"来，孩子。"

楼阮连忙上前，站在了他身旁，轻声喊道："爷爷。"

谢老爷子拿起桌上的宣纸，推了推架在鼻梁上的老花镜，对楼阮说："这是我给你们选的一些结婚证词，你看看喜欢哪一段，回头让宁老师他们绣下来。"

宁老师，就是谢老爷子特意让人从苏州请来的。

楼阮接过了老爷子递上来的宣纸，看向了坐在一旁的谢宴礼。

谢老爷子也顺着她的目光看了过去，说："干什么呢？赶紧过来，一点不上心！"

谢宴礼笑了声，慢慢悠悠站了起来，说道："小点声，别吓到你孙媳妇。"

谢老爷子瞪他一眼。

谢宴礼站在楼阮身后看着结婚证词，说："其实我们家呢，还是夫人做主，夫人喜欢哪个就选哪个。"

谢老爷子忍不住龇牙，暗骂谢宴礼：结婚这么大的事，这么不上心！

楼阮轻轻拉了拉谢宴礼的袖子，示意他别说了，爷爷正生气呢。

谢宴礼这才弯了弯唇，和她一起翻看结婚证词，仔细挑选了起来。

最后，他们在十几张结婚证词中选出了一张。

宣纸上是谢老爷子遒劲有力的字体：

婚书
谨以白头之约，书向鸿笺。
好将红叶之盟，载明鸳谱。
此证
结婚人：谢宴礼 楼阮
癸卯兔年三月初七

选好结婚证词后，他们又和绣娘确认了婚书的底布和绣线颜色，与篆刻同心章的先生确认好了篆刻样式，最后才和做漆器的师傅沟通。

谢老爷子私心想给楼阮做几件漆器，比如首饰盒之类的。

他总觉得楼阮第一次上门来时，自己给的礼物太敷衍，都没有用心准备。

谢老爷子爱漆器，漆器属于非遗匠艺，制作烦琐，耗时又比较长，可他觉得这东西又漂亮寓意又好，还可以多年保持不褪色不变色，所以坚持把老师傅请到了老宅来，做几件给谢宴礼和楼阮当作新婚礼物。

楼阮也很有兴致，和老师傅沟通以后，从图册里选了漂亮的对碗、筷子、首饰盒和衣柜，还一一和老师傅确认了图案。谢宴礼虽然无所谓，但见她喜欢，还是给了意见。

两人一起在老宅待到了晚上，陪着老爷子一起吃了晚饭才动身回家。

回家的路上，楼阮看到了公交站牌上的电影宣传。

就是之前没看的那部《热恋》。

她坐在副驾驶上，幽幽转过了头。

她虽然没说什么，但许是目光太过直白，谢宴礼忍不住问："怎么了？"

"上次看电影的时候，"楼阮侧头看着他，"为什么选《淘淘猪猪》？"

谢宴礼问道："你不是喜欢那个粉色的猪吗？"

楼阮无言以对。

娃娃机里的那个粉色猪猪和动画电影里的粉色猪猪不一样好吗？

虽然都是猪，但根本不是同一只猪。

算了，这本来也不是猪的问题。

"谢宴礼。"

"嗯？"

"你今天有没有事，比如视频会议什么的？"

前方红灯，谢宴礼把车停下来，问："想做什么？"

"我们去看《热恋》吧，"楼阮看着他认真地说，"这是最近评价很高的爱情片。"

谢宴礼嘴角的笑凝了两秒。

其实上次出门之前，谢宴礼有提前做过功课，最近上映的影片他都搜索过。

《热恋》风评是很不错，就是……

吻戏比较多。

那个时候，他几乎是第一个就否定了《热恋》。

和她一起看这样的电影，可能会比较危险。

楼阮像是看穿了他细微的情绪波动，说："……你不喜欢就算啦。"

好像男生都不太喜欢看这种电影。

谢宴礼连忙解释："没有不喜欢。

"前面就是星河购物中心，你看看还有没有票。"

楼阮歪头看他，像是在认真观察他是否勉强。

"如果你不喜欢，其实可以不用去的……"

楼阮斟酌了一下，还是这样说道。

话音一落，她自己也有些恍惚。

她以前经常对周越添说这样的话。

"软软。"

闻言，楼阮猛地抬起头。

他念这两个字，比任何人都好听。

"我真的没有不喜欢。"他声线轻柔，"真的。"

楼阮凝视着他。

他身后的车窗外，城市的风景一闪而过，那张侧脸在所有的风景中独占一筹。

他脸上没有不耐烦，只有极致的温柔。

楼阮最后还是成功地看到了《热恋》。

电影确实很好看，吻戏也确实很多。楼阮抱着爆米花看得面红耳赤，整场她都不敢去看谢宴礼的反应。

而谢宴礼内心表示很后悔。

他后悔没有包场。

几天后。

楼阮磨磨蹭蹭地挪过去，坐在了谢宴礼身边。

她声音软软的："谢宴礼。"

男人抬起头看她，眼睛里有疑问。

楼阮犹豫着说："我过几天有点事，要去意大利一趟，白烨有告诉你吧？"

谢宴礼回道："没有。"

"……那，我现在告诉你，我过几天要去趟意大利。

"去四天，很快就回来了哦。"

"四天？"谢宴礼蹙了眉。

看个展而已，需要四天吗？

楼阮手指轻轻捏住他的衣角，问："白烨在那边办展，你知道的吧？

"我看了一下，他的展前面一天有个我喜欢的艺术家的展，后面一天也有一个我喜欢的艺术家的展，所以，需要四天。"

楼阮轻轻眨了眨眼，凑过去在谢宴礼脸颊上飞快地亲了一口。

亲他这件事，她已经越来越熟练。

"你放心，你生日我记得的，24 号我一定回来！"

闻言，谢宴礼动作顿了一下。

　　他原本是想陪着楼阮一起去的，甚至还提前让人准备了私人飞机，但他在华清的导师安教授实验室临时有事，正好卡在她去意大利的前面两天。

　　所以，他只能晚两天去陪她。

　　谢宴礼转过头看她。

　　"可以吗？"楼阮拉着他的袖子，小幅度地晃了晃。

　　谢宴礼垂眼，问道："马上要出发了，现在才告诉我？"他扣住她的手，"补偿。"

　　楼阮仰头亲吻他的嘴角，说："好了！"

　　被亲吻的人轻笑一声，说："果然，太轻易得到就不会珍惜，夫人现在对我越来越敷衍了。"

　　"没有，"楼阮立刻摇头，小脸绷起来，严肃道，"我这不是敷衍，是……乖，我很乖的哦！"

　　04

　　三天后，楼阮拉着行李箱，出门之前回头看了一眼，又跑回房间，从床头拿走了一本《夜莺与玫瑰》。

　　她把它装在背包里，准备无聊的时候看。

　　谢宴礼有事，所以是司机送她去的机场。

　　上飞机之前，楼阮给谢宴礼发了消息：【回来给你带礼物。】

　　过了会儿，谢宴礼才发来了一张照片。

　　照片里，谢宴礼领口系着一条她选的领带，不知道是不是要进实验室，他身上还穿着白大褂。

　　他今天还戴了副理工男专属的半框眼镜，看起来和平时完全不一样，莫名多了几分禁欲的斯文败类气质。

　　这张照片拍摄的角度有些微妙，喉结的位置在照片正中央，像是这张照片的核心。

　　也不知道是不是故意的。

　　楼阮盯着照片看了好几秒。

　　这个人……

　　她还没多看几眼，照片就被撤回了。

　　楼阮一愣。

　　别太荒谬！

　　手里的手机振了一下，谢宴礼又发了条消息过来。

　　谢宴礼：【好，要想我。】

　　楼阮：【？】

谢宴礼：【嗯？我怕夫人太想我耽误正事，还是好好看展吧，看展比较重要。】

他好像很知道她喜欢什么。

这个撤回，楼阮合理怀疑是报复。

好气。

就在她准备气愤退出的时候，手机又振了两下，刚刚被撤回的照片重新出现在眼前，而且还附带了一张更清晰更好看的。

谢宴礼：【胡说八道的，一定要想我。】

楼阮：【好。】

楼阮严重怀疑谢宴礼会勾魂。

后面她坐在飞机上除了看着窗外的云发呆，就是看谢宴礼那两张照片。

有点后悔订了四天行程了。

四天是不是太漫长了？

此时谢宴礼正跟在安教授身后，听着头发花白的老人讲自己最新的发现。

口袋里的手机一直都没动静，安静得可怕。

他抬起手拉了拉领带，英俊的面庞上没有表情。

跟在他身后的师弟师妹们认真听着安教授的话，没人注意他，直到安教授回头看他。

"小谢，你不舒服？"

在安教授印象中，这个学生很少有像现在这样心不在焉的时候。

"没有，"谢宴礼回过神，"抱歉，您继续。"

走出实验室后，谢宴礼拿出了一直没有动静的手机。

他认认真真选了衬衫和领带，还难得戴了眼镜，拍了十几张照片精挑细选出了两张发给她，她倒好，随便几个字就敷衍了。

安教授忽然站到了谢宴礼身边。

他端着泡了毛尖的双层玻璃杯歪头看谢宴礼手上的腕表，出声道："意大利时间。"

腕表表面上，一上一下显示了两个时间，上面是中国时间，只有小小一块，下面是意大利时间，几乎占满了整个表盘。

"是。"

"哦，"安教授忍不住开口，"你太太去意大利了？"

谢宴礼回道："对，您怎么知道？"

他原本是想着举办婚礼的时候再正式下请帖告诉导师的。

"你不是发了朋友圈吗？我看得到。"

闻言，谢宴礼感觉有些尴尬。

安教授眯起眼睛，背着手，又问："去几天？"

谢宴礼回道："……四天。"

安教授重复他的话："四天。"

想到安教授都已经刷到朋友圈了，谢宴礼索性开口："既然老师已经知道了，那可不可以先放我两天假，合作的事情等我回来再谈？"

"不可以，"安教授直接说道，"男人要独立。

"你这样子，不行。"

"老师，我们是新婚……"

"不管你是新婚还是金婚，都要独立！"

聊了几句后，安教授转过身，拿出了手机，刷到了自家夫人最新的游客照，配文：【五月的三亚。】

安教授先点赞再评论：【亲爱的，你什么时候回来呀？都两天了，是不是该回来啦？】

第十五章

◆

他求的，如你所见

01

意大利佛罗伦萨。

白烨已经在机场等着了。

他是在楼阮即将抵达前的两个小时，才知道了对方叫什么。

原来是楼阮！

同样作为专业第一进入华清美院，他当然是知道对方的名字的。

他怎么就没注意谢宴礼当初看到自己名字时候的微妙表情？

白烨坐在机场来来回回地复盘，最后脑子乱成了一团糨糊。

楼阮快要抵达的时候，白烨再次收到谢宴礼的消息。

谢宴礼：【我夫人有点社恐，你多和她说点话，别让她尴尬。】

白烨跷着腿，看了一眼消息。

佛罗伦萨时间晚上 10 点钟，白烨接到了楼阮。

白烨还带着人举了个牌子。

他一直盯着出口那边，可太期待了。

楼阮出来的时候身旁还跟着人，是谢宴礼派来的。

白烨几乎一眼就认出来了，说："是那个，一定是。"

他唯一见过的关于楼阮的照片，就是被谢宴礼珍藏着的那张照片，也是《暗恋她》的灵感来源。

图片里的女孩子虽然只有小小一只，小到只能看到脸部轮廓看不清五官，但白烨还是一眼认出来了。

一张毫无攻击性的脸，完全符合东方人对初恋脸的定义。

楼阮似乎看到了这边的牌子，她手上还举着手机，应该是在和谢宴礼打电话。她一边往这边走，一边朝着白烨这边挥了挥手。

"我看到了。"她看见了白烨，对着电话里的人惊奇感叹，"长得好漂亮。"

白烨就站在另一头，身上随意套着一件灰色卫衣，顶着一头微卷的金发，皮肤像白瓷一样。他有着不同于谢宴礼的另一种风格的好看，看上去很纯良很好接近，用漂亮来形容最合适不过。

"漂亮？"电话另一头的谢宴礼顿了一下。

"对，以前在学校的时候怎么也没见过？"

白烨已经和身后的人一起上前。

两方人会合，白烨率先露出笑容，说："酸橘老师好，远道而来给我捧场，辛苦啦。"

这不是楼阮第一次来佛罗伦萨。

她完全可以适应这里的气候和食物，再加上有白烨作陪和谢宴礼安排的人保驾护航，整个旅途愉快又舒畅。

这里夏天和国内时差六个小时，虽然楼阮一直都在和谢宴礼互发消息，但她还是有点想家。

想回家。

家里有人在等她。

这对她来说是种非常奇妙的体验。

所以楼阮把旅行的强度提高了不少。

白烨的画展开始之前，楼阮去了圣母百花大教堂、乌菲齐美术馆、学院美术馆和皮蒂宫，并且充当了讲解员，给谢宴礼派给她的随从小秦讲解了美术馆里的名画、圣母百花大教堂穹顶上的精美壁画。

小秦似懂非懂地默默听着。

因为像这些场馆大多数地方都不可以拍照，所以小秦还要努力寻找可以拍摄的区域，录下视频发给了谢宴礼，顺便还附带了一些彩虹屁：

【夫人懂好多！好厉害！在美术馆的时候她一直在给我讲解！】

【夫人真的好有才华！】

【天哪！谢总，夫人太厉害了！】

……

国内已是深夜。

谢宴礼一条一条翻看着小秦发来的视频和赞美。

三天了。

他们分开已经接近六十个小时。

她好像有些乐不思蜀了。

谢宴礼笑了一下，觉得她开心就好。

手机轻轻振了振。

这一次，是乐不思蜀的人发来的消息。

谢太太：【佛罗伦萨的夕阳。】

还有一张照片和一条语音。

谢宴礼点开那条语音，楼阮清软的声音里带着笑："晚安哦，谢宴礼。"

谢宴礼弯起嘴角回她："晚安！"

楼阮的电话很快就打了过来。

"你怎么还没睡？国内都几点了？"

谢宴礼垂眼看向腕表。

腕表表盘上一上一下显示着两个时间。

现在是北京时间 11 点 40 分。

"夫人没发消息给我，夜不能寐。"

电话另一头静了一瞬。

紧接着，她有些严肃的声音传来："那你现在收到了，可以睡觉了。"

"好，"谢宴礼答应得干脆，"那夫人呢？"

楼阮想了一下，说："我们在广场上走一走就直接回酒店了，晚饭在酒店吃，吃完也不出来了，明天就是白烨的展了。"

"嗯。"

"你朋友的展，你怎么这么冷淡？不期待吗？"

谢宴礼沉默了两秒，回道："期待。"

"我就知道你们关系很好。"楼阮像撒娇似的，"我问白烨你的微博 ID 是什么他都不告诉我，表面上说我们都是美院人，其实还是你那边的……"

她顿了下，又觉得自己说太多了，京北现在已经很晚了，于是她飞快地切断话题："好啦，时间不早了，你早点睡吧，我和小秦要回去了。"

"嗯。"

"晚安。"

"晚安。"

挂断电话后，谢宴礼手指落在鼠标上，打开了许久没有更新的微博。

最新一条微博下面已经催更遍地。

【你小子，兄弟姐妹们陪你酸酸甜甜暗恋十年，你暗恋成真了你甜蜜了

就忘了兄弟姐妹们了吗？】

【速更！夜不能寐！】

【婚后小甜饼呢？】

【我老公说他临死前想看您更新。】

【婚后小漫画呢？】

【什么时候更新啊？】

……

谢宴礼翻了一圈，挑了一条问什么时候更新的回复：【明天。】

虽然京北现在已经接近午夜 12 点了，但熬夜的人不少。

很快就有人发现了谢宴礼的回复，并且把截图发到了超话里。

【喜大普奔，"太太"明天要更新了！！婚后小甜饼它要来了要来了家人
们！】

超话里人虽然不多，但个个都是气氛组。

【啊啊啊！期待！】

【期待！】

……

在异国他乡玩得开心的楼阮还没看到这些。

她和随行的小秦一起回了酒店，然后在房间叫了餐。

换好衣服，吃完饭，洗漱完毕，她又忍不住拿出手机欣赏了临行前谢宴礼
发给她的照片，然后才满意地躺下了。

照片上那个好帅的人在家等她，嘿嘿！

第二天，谢宴礼有个会议要参加，他打算参加完会议就直接去机场。

他穿着一件改良中山装出了门，领口的风纪扣一丝不苟地扣着。

楼阮好像挺喜欢他戴眼镜，所以出门前他特意选了一副无框眼镜。

黑色的行李箱被放在后备厢，谢宴礼坐在了后座。

他垂眼看着手机屏幕，那条已经定时了的微博还没有发出去。

02

白烨的展在佛罗伦萨时间的早上 10 点钟开始。

楼阮在酒店吃了早餐后就和小秦一起坐着白烨的车出发了。

她坐在后座，欣赏着佛罗伦萨的城市建筑。

看了一会儿，她拿出手机想给谢宴礼发条消息，却看到手机顶端有通知
提示。

【您关注的 @X 发微博了！】

楼阮先对着车窗拍了张照，给谢宴礼发了过去：【去看展的路上！】

给他发完消息后，楼阮才点进了那条消息提示。

@X：【故事的主角是你 @ 酸橘。】

还有一张照片。

评论区彻底炸了：

【嫂子？？？是嫂子！】

【震惊我全家，X暗恋的女孩就是酸橘太太，梦幻联动了。】

【家人们快去看酸橘太太的微博，太太画了X，太绝了！】

【从酸橘太太微博回来了，什么神仙爱情，嗑死我了，酸橘太太画得也太好了。】

【等等，这是什么先婚后爱的故事？所以你小子今天是自爆马甲？】

……

有风从车窗外钻进来，将楼阮的发丝吹得凌乱。

她保持那个姿势僵坐在那里，仿佛全身鲜血都凝固了。

故事的主角，是你。

这几个字在她脑中反复循环，一遍又一遍。

X这个账号，画暗恋小漫画十年了。

十年间，她无数次和他的画共情。

无数次为他，也为自己心酸。

现在他说故事的主角是她……

楼阮抓着手机，眼前开始有些模糊。

眼泪像断了线的珠子似的往下落，她觉得心口又酸又胀，悲戚感几乎要将她淹没。

这个人怎么会是谢宴礼？

他怎么会站在角落里悄悄看着她和其他人并肩而行？

他怎么会自卑、怎么会怯懦、怎么会悄悄拿自己和别人比较，又怎么会去参加一些无聊的活动？

他该是闪闪发光，该是众星捧月，该是被所有人仰望着的啊！

楼阮点开他发的漫画，标题是"结婚1"。

"结婚1"里，他画的是自己听说她要去，所以临时也去了的那场酒会，却看到她站在门口听里面的嬉笑。

紧接着，就是他站在走廊里，静静地看着没有月亮的天空发呆。

再接下来发生的事，她自己也都知道了。

然后，他画到了她同意结婚。

长图的最后，有他漂亮的字：

【一个没有月亮的晚上，我的世界终于开始围着我转。】

"马上就到了，前面再拐个弯就……"白烨坐在前面副驾驶座上，一边说话，一边抬起头看后视镜，突然，他的声音瞬间止住。

"楼阮，你怎么了？"他立马转过头来，递给她纸巾，"是哪里不舒服吗？要不要去医院？我现在给谢宴礼打电话……"

白烨没什么女性朋友，他还是头一次见女孩子哭成这样，吓得半死，连画展的事都被他抛到九霄云外了。楼阮要真在这儿出点什么事，他还怎么回去见谢宴礼？

楼阮的眼泪好像没有阀门，哭得白皙的鼻尖通红，但她停不下来，酸楚和心疼几乎将她的胸腔填满。

她想见谢宴礼，想现在就见到他。

坐在她身旁的小秦也被吓到了，手忙脚乱地接过前面白烨递上来的纸巾，问道："夫人，您怎么了？"

白烨当机立断，扭头对司机说："去最近的医院。"

楼阮感觉自己头像炸开似的疼，白烨和小秦的声音像是从远方飘进她的耳中。她抬眼看他们，声音断断续续的："不去……不去医院。

"白烨，抱歉……我下次再来看你的展……我想回去，我要立刻回去。

"谢宴礼……我想见谢宴礼。"

光是喊出他的名字，她都觉得艰涩无比。

十年，他暗恋了她十年。

她忽然想起他们领证那天和徐旭泽一起吃饭时，谢宴礼半开玩笑地和徐旭泽说，他暗恋了她十年。

暗恋。

偏偏是最苦的暗恋。

十年间，他们没有一点交集，他只能站在她看不到的地方看她。

坐在前面的白烨焦急地问："你怎么了？"

他的目光扫向楼阮还亮着的手机屏幕，眯起眼睛，努力辨认上面的字。

只看了个大概，白烨瞬间就明白了。

"你知道 X 是他了。"

听到这句话，楼阮的眼泪掉得更凶。

白烨顿了一下，说道："我可以直接让司机送你去机场，但是楼阮，我这里还有很多关于他的故事，你想不想听？"

楼阮抬头，眼中还蓄着泪，一滴一滴往下落。

白烨笑了一下，说："当然，如果你想下次再听的话，也可以。"

楼阮没有立刻离开。

小秦已经打电话安排了私人飞机在机场等候，准备提前回国。

巨大的展厅里，华丽的画作一幅一幅被挂在墙上，右下方贴着创作者的信息和创作时间，以及画作的名称。

走进展厅，楼阮看到的第一幅作品就是白烨画的谢宴礼。

色彩鲜明的教室里，绿意浓郁的窗边，穿着白色衬衣的少年手边放着生物类书目……

楼阮的眼眶又红了起来。

白烨站在她身旁，说道："这是我第四次见阿宴，他在人群中就是焦点，很难不去注意。

"这节课是李教授的'世界美术名作二十讲'，我主动坐在他身边，问他是不是很喜欢美术。"

像是想到了什么，白烨笑了一下，继续说："他刚开始还不是很想理我的样子，礼貌又疏离，贼客气。

"不过后来听我说我叫什么，才终于肯正眼看我了。

"我当时还以为是他听了我大名，觉得我厉害才那样，直到我听到你的名字。"

"你知道的吧？学校官网上有我们的专业排名公示表，油画和水彩是并列的两个表，你占一头我占一头。"白烨带着楼阮继续往前走，"现在想起来，他是看过那张表，知道有我这么个人，所以转头来看看我长什么样儿。

"这边。"

白烨抬了抬手。

楼阮顺着他的目光看了过去，几乎都是谢宴礼。

华清美术学院校园里的、教室里的谢宴礼。

展厅里的油画笔触浓重，色彩丰富，光影运用自然，但这些画里，没有一张正脸，都是侧脸和背影。

画里的主人公永远偏头看向画外，像在找什么人。

白烨一张一张给楼阮介绍，介绍每一幅画的时间和地点，最后又说："阿宴经常去我们学院，次数太多太多了，没课的时候他也会去银杏林那边坐着看书或发呆，所以银杏林那边的画比较多。"

四幅油画里，都是同一个人，同一个地方，同一把长椅上，同一棵银杏树下。

不同的是，那棵树好像一直在变。

春日浅绿满枝时，他在树下。

夏日深绿葱郁时，他在树下。

秋日金黄炫目时，他在树下。

冬日碎雪缀枝时，他还在树下。

春夏秋冬，四季往复，他一直都在。

"他其实没主动和我讲过你，"白烨站在楼阮身旁看着那组画，"是我自己发现的。

"我有次去他们宿舍，看到他桌上摆了张照片，那照片真就是……乌泱泱的全是人，完全没有重点，压根儿分不清主角，"他回忆着说道，"我还挺好奇他怎么会放这种照片在桌上，就拿起来看了一眼。

"挺神奇的，我一眼就发现他是在看你。

"回去以后，我就画了《暗恋她》，那幅画你应该已经见过了，就在你们家。

"微博上说是私人定制，但其实是我自己要画的。"白烨笑起来，金色的鬈发微微遮挡住了眼睛，他语气诚恳，"故事感很强，宿命感也很强，真的很难不产生创作欲。"

楼阮没说话，她鼻子越发红了，眼眶也越来越模糊，有些看不清那组图，觉得又难过又心疼。

她不断擦拭眼泪，眼尾都被擦得泛红了。

白烨转头看她，有些不忍心，但还是带她去看了最后几幅。

"这是在峨山。咱们美院传统，峨山写生。"

最后两幅展出图上没有人像，只有雨后寺庙里被点燃的高香和百年老树上的红绸。

枝头上挂着的，不知道是谁的心愿。

其他人的心愿都被模糊了，只有一条，白烨在画里如实展现了出来。

红绸上写的是：【希望她平平安安，得偿所愿。】

"峨山上的金华寺不知道你去过没有，听说求姻缘很灵。我要去写生的时候就喊上了阿宴，爬山的时候我还开玩笑说，要是来场大雨就更戏剧性了，没想到半道真的下了雨，我们只能就着雨往上爬。

"爬上去的时候我还和他说，下大雨爬山，更苦情了，菩萨一定看到你的诚意了，这个时候求什么都灵。"白烨看着那两幅色调浓烈的画，声音低了下来，"……我让他快求个姻缘，但他没有。"

白烨微转过头看楼阮，轻声说："他求的，如你所见。"

03

机场，楼阮眼眶红得吓人。

飞机起飞前，她拨通了谢宴礼的电话。

电话那头，他很快接了。

"喂。"

"谢宴礼，"她尽量让声音平静，"我在机场，要回家了。"

谢宴礼顿了一下，随即笑了一声，问道："怎么提前回来了？不是还有展要看？"

她握着手机，眼泪控制不住流下来，声音有些嘶哑："我想你了，也想家。"

电话另一头彻底没有了声音，过了几秒才听到谢宴礼很轻地说："好，我在家等你。"

飞机将于十几个小时后在京北降落。

从展厅过来的路上，楼阮一直在翻谢宴礼以前的微博。

翻到最早的时候。

小漫画里的少年在人群中一眼发现她，看着她和身旁的人一起走进学校附近的早餐店。

楼阮吸了吸鼻子，努力不让自己哭出来。

16 岁的他站在学校的优秀作品展示窗前看着她的画，小心地拿出手机拍摄作品下方学生信息处她的证件照。

竞赛获奖的他被媒体采访时，回头看向楼上她的班级，见她趴在上面，主动和媒体提议在那里拍照。

楼阮睡过去的时候脸上还挂着眼泪，睡醒的时候飞机已经在中国境内了。

楼阮披着毯子呆呆地看着外面的云，这一觉她睡了很久很久，梦到了很多很久以前的事。

空姐询问她需不需要吃晚饭。

楼阮实在没什么胃口，只要了杯水。

她拍了拍脸，心想不能再哭了，脸都哭肿了。

回去被谢宴礼看到，他会难受。

想到这里，她又要了晚餐。

脑子里事情很多，很乱，又刚睡了一觉，她索性从包里拿出了来时随手放进去的《夜莺与玫瑰》。

这本书看起来已经有些年岁了，书封已经有些褪色，有了细微的毛边。

楼阮翻了一下，拿下了书本外围的包封。

一页硬卡纸落了下来，落在了她裙子上。

楼阮垂眼看下去，拿起了它。

卡纸被翻过来，正面的素描人像和角落里的小诗出现在眼前。

她动作猛地顿住，目光落在角落里那几行字上，心脏像被一只大手抓紧了——

纸上画的是她的侧脸，每一笔都能看出主人的用心。

角落里的小诗瞩目。

我倚暖了石栏上的青苔

青苔凉透了我的心坎
　　但夜莺不来
　　夜莺不来……

　　春信不至，夜莺不来。
　　这首诗似乎是很早的时候抄写的，已经有些褪色。
　　在这首诗的最后，他又用黑色的笔补了句：【会来的，你要等。】
　　这几个字的笔迹，和前面那首诗的字迹比起来，更成熟坚定了，只是字体的变化，就能看出时间的跨度。
　　明明已经决定不再哭了，但她看着那张卡纸，眼睛还是忍不住湿润。
　　那几年，谢宴礼在角落看着她和另一个人并肩的时候是什么心情？
　　每一次踏足美院的时候是什么心情？
　　在纸上写"春信不至，夜莺不来"的时候是什么心情？
　　后来又写"会来的，你要等"是什么心情？
　　在雨里爬上峨山，走进金华寺的时候，又是什么心情？

　　谢宴礼等在京北机场，抬头看外面淅淅沥沥的小雨。
　　周围满是湿气。
　　他本可以坐在专属休息室等，但他没有。
　　贵宾厅里太安静了，安静得他可以清晰地听到自己的心跳声，安静得他有些心慌。
　　他看着雨水落在地面上惊起的涟漪，反复回想楼阮的语气。
　　她说想他，这和以前的她很不一样。
　　不知道她看到微博了没有。
　　不知道他这一步走得对不对。
　　不知道十年爱意对她来说会不会太重……
　　他其实是很擅长等待的人，但在机场的这几个小时，他头一次觉得等待是这样难熬。
　　外面的雨下下停停，直到凌晨才彻底安静下来。
　　谢宴礼还在原地，抬头看着黑漆漆的天幕，身形被头顶的灯光勾勒得更加修长。
　　也不知道过了多久，谢宴礼才抬起手腕，看向腕表的表盘。
　　身后也正好有人上前，低声说道："先生，夫人落地了。"
　　谢宴礼口袋里的手机振了一下。
　　是白烨。
　　他发了条短信过来：【她都知道了，哭得有点惨。】

谢宴礼动作一顿，蓦地抬起头，大步走向专属通道。

几分钟后，楼阮奔出通道。

尽管她已经在尽量克制了，但跑出通道看到谢宴礼的那一秒，热泪还是涌了出来。

她几乎是冲进他怀里的。

谢宴礼怀中被填满，他抱住她，哑声问道："怎么哭成这样？"

楼阮紧紧抱着他，眼泪汹涌，断断续续地说："谢宴礼……你好笨。"

谢宴礼垂着眼睛，修长的指骨落在她因为哭泣而轻轻耸动的肩上，轻轻安抚着她。

"好笨。"她又说。

太笨了，都不会换个人喜欢吗？

心里的酸涩感让她止不住哭，滚烫的眼泪全都洇在他衣裳上。

隔着衣料，谢宴礼好似感受到了她眼泪的温度。

楼阮忽然想起他发在微博里的一幅小漫画，画的是他们大学毕业时，他站在人群之外看她穿着学士服在拍班级合照。

漫画最下面写道：【京北这么大，我们以后还会再见到吗？】

现实是，毕业以后，他们在无数次商业酒会上遥遥相望。

楼阮以为是巧合，是同处于京北商界的必然。

可现在发现都不是，那些都是谢宴礼在日复一日中等到的机会。

察觉到楼阮哭得更凶，谢宴礼终于松开手，捧起她的脸，垂下眼睛亲吻她的嘴角，温热的指腹也轻轻蹭过了她脸上的泪珠。

"好了，"他嗓音微哑，"十年听起来很漫长，其实也没有多长。

"我从不会反复去想已经爱了你多少年，我只会在某些瞬间想到，今天天气好，你会不会开心，今天天上有星星，希望你也能看到……"

楼阮身体开始轻颤，还发出了低低的呜咽声。

谢宴礼垂着眼睛，看着她哭，眼尾也微红了些，不过很快就又勾出一个笑来，说："不要为我伤心。

"每一个想你的瞬间，我都不是难挨的。"

蓦地，楼阮抬起手，勾住他的脖子，唇瓣覆了上去。

亲吻来势汹汹，但又格外轻柔，带着满腔珍重和爱意。

凌晨的机场人流量没那么多，只有寥寥几个人抬眼看了过来。

而随着楼阮回来的小秦和谢宴礼的随从都已经转身回避了。

楼阮毫不在意其他人的目光，她捧着谢宴礼的脸仰头亲吻，直到没了力气，才将脑袋埋在了他怀里。

她染着浓重的鼻音和哭腔，说："去金华寺的时候，怎么写那样的愿望？我当时要是真的得偿所愿了，你怎么办？"

"那我就愿望成真了啊。"谢宴礼替她拭去眼泪。

眼看着她又要哭，他赶紧哄道："先回家好不好？饿不饿？回家吃点东西，好好睡一觉。"

他牵住楼阮的手，和她十指相扣，步履从容地带着她往前走。

楼阮被他牵着走，小声说道："笨死了，怎么都不换个人喜欢……"

他却只看着她笑。

她不知道，他好像总是能在人群中一眼看到她，总是能听到她的名字，总是会不由自主地关注她。

惊觉心动，已经不可收拾，已经看不见其他人。

这样的情况，又要怎么换个人喜欢呢？

04

京北的夜。

迈巴赫后座，挡板慢慢升起。

夜晚的城市之光透过车窗折射进来，各色光影中，楼阮抓住谢宴礼黑色的衣角，仰着头亲吻对方的唇瓣。

一丝不苟的风纪扣上方，饱满的喉结轻轻滚动。

谢宴礼垂着眼睛，手掌落在她腰间。

那双纤细手臂攀上他的肩膀，又去亲吻他颈侧的肌肤。

"谢宴礼。"

浅樱色的唇瓣若即若离。

"嗯。"他轻声应道。

楼阮圈着他脖颈的双臂落下来，小心地捧住他的脸，问道："我会不会……和你想的不太一样？我会不会没你想的那么好？"

"不会，"谢宴礼嗓音低沉，"酸橘老师和我想的一样好。"

楼阮眼睫颤了一下，酸橘那个微博账号很久了，她甚至不记得是哪一年注册的。

读大学之前，那个账号对她来说一直是树洞一样的存在，记录一些日常的流水账，比如看了什么书、吃了什么东西、心情怎么样……

他们之前虽然不认识，但他也并不是完全不了解她的。

她吸了吸鼻子，把头埋在他颈间，问道："你什么时候知道那个的啊？"

明明和她的名字都没什么关联。

到底是怎么找到的？

"高一。"谢宴礼抚上她柔软的发丝，很轻很轻地替她顺了顺。

那时候她的微博没有粉丝，他也不敢关注，有时候一天会点进去看好几次。

有一次，他不小心点了个赞又很快取消了，担心被她看到，也想过不如就让她看到。

"好笨，笨死了……"她伏在他肩头。

谢宴礼嘴唇轻轻贴上她的发丝，问道："不喜欢吗？"

"喜欢。"

她呢喃似的重复道："喜欢，喜欢你。

"特别喜欢你。"

车子驶入地下停车场时，楼阮的身子微微往后倾了倾，又被人迅速抱了回去。

谢宴礼双手落在她腰间，忽然侵略感很强地吻下来，他唇舌烫得吓人。

楼阮只能抬着头，被迫接受他有些霸道的亲吻。

车子在地下车库转了一圈，终于停在了合适的位置。

后座的挡板依旧升着。

前面驾驶座上的小秦很懂事地直接下了车，没有打扰后面的人。

楼阮坐在谢宴礼腿上，她就这样被他抱着，不知道亲吻了多久。

直到呼吸彻底被掠夺，她才被他软软放开，又被紧紧抱在了怀里。

谢宴礼像是要将她揉进骨血。

楼阮下巴抵在他肩上，呼出两口气。

"最喜欢你。

"以后，也一直喜欢你。"

谢宴礼闭了闭眼，今夜她说的每一句话、每一个字，掉的每一滴眼泪，都让他胸腔震荡。

"再说一遍，"他扳过她的脸，嗓音沙哑得厉害，"软软，再说一遍。"

楼阮眼睫闪了闪，唇瓣轻触过去，嗓音热而甜："谢宴礼，我爱你。

"以后，你可以随时向我确认。"

谢宴礼的胸腔微微起伏，他竭力控制又想吻她的冲动，让自己冷静了几分，说："我们回家吧。"

怀里的人是被他抱着下来的。

她在无人的停车场里轻咬他的耳尖，刚刚直起身子的人动作突然一顿。

她双臂乖乖环着他，鼻息落在他脖颈间，热意顺着那块肌肤涌向他的四肢百骸。

她在他耳边低声问："这次，可以得到你了吗？"

一夜旖旎缠绵。

身旁的人正在熟睡，但谢宴礼根本睡不着。

他一直看着楼阮的睡颜，忍不住去亲吻她的额头、她的嘴角……

你真的，是我的了。

不知道几点，楼阮醒来，发现谢宴礼没在身边，她拿出手机刷起了微博。

因为谢宴礼那条微博，所以她的消息栏里的信息都到了999+。

她找到那条微博，认认真真地给他点赞。

她又想了想，轻轻敲字：

@酸橘：【以后，你也是我故事的主角啦！】

评论完后，楼阮盯着"酸橘"那两个字看了几秒，飞速退了出来，改了个 ID。

@甜橘：【以后是甜橘子啦！】

谢宴礼把她公开以后，很多人都来她这里围观，见她发了新微博，大家立刻评论：

【酸橘老师……不是，甜橘老师终于发微博了！】

【呜呜呜，甜橘老师画的是 X 吧？以后还会画 X 吗？太喜欢老师的画风了，老师画的 X 太好看了。】

楼阮回复那条评论：

【还会画的。】

【他本人比我画里的更好看。】

楼阮刷着微博又睡着了。

快到午夜 12 点时，谢宴礼回到房间，坐在床边看着她。时间一分一秒地度过，她均匀的呼吸声就在耳畔。

五十七、五十八、五十九……

零点。

谢宴礼垂下眼睛，轻轻吻她。

今年的愿望贪婪一点，希望她永远爱他。

正当他轻手轻脚掀开被子躺进去的时候，楼阮迷迷糊糊地伸出手抱住了他，声音断断续续的，像睡梦中的呓语：

"谢宴礼……生日……快乐。"

谢宴礼也拥住她，轻声说："谢谢夫人。"

第二天清晨，谢宴礼睁开眼睛，身边还躺着温软的人。

好一阵后，他意识逐渐恢复，神思清明起来。

刚醒来的那个瞬间，他还以为昨天的一切都只是一场梦。

楼阮早就醒了，她转头看他，问道："醒了？"

谢宴礼终于有了实感，哑声问道："嗯，你很早就醒了吗？"

楼阮说："也没有。"

她想了想，又问："昨晚怎么不叫醒我？"

一觉醒来都天亮了，还想着 12 点给他唱生日歌的。

下一次就要等明年了。

谢宴礼低头亲她，说："看夫人睡得香，没舍得。"

楼阮环着他的脖子，抬着白净的小脸，说："都没吃蛋糕唱生日歌，也没许愿。"

"许了。"谢宴礼亲了她一下准备起身，"你再睡会儿？"

楼阮松开手，又躺了回去。

谢宴礼站起来后还俯身给她掖好了被子。

他走进洗手间，洗漱完毕以后才重新出来。

楼阮在床上裹得严严实实，只露出颗脑袋。她看着走向衣柜的谢宴礼，有些好奇地问："你许的什么愿，能告诉我吗？"

谢宴礼打开衣柜，从里面拿出衬衫和套装，回头看她，说道："愿望说出来就不灵了。"

"哦，不是和我有关的愿望啊。"

楼阮语气平常，眼睛却一眨不眨地落在他解扣子的手指上。

这种睡衣，真的需要一颗一颗解开扣子吗？

不过，看着是挺赏心悦目的。

谢宴礼看着她，见她好像没有要回避的意思，好心地提醒道："我要换衣服了。"

"我知道啊。"

"……"

他脱下那件薄薄的黑色真丝睡衣，拎在手上，腹部肌理漂亮，线条流畅。

楼阮眼睁睁看着他的耳尖以肉眼可见的速度红了起来，忍不住弯起嘴角，问道："要我闭眼吗？"

"那你先告诉我你许了什么愿。"

谢宴礼还是没说话。

楼阮抓着被子，眼睛亮亮地看他，说："说出来的话，我可以勉强做你一天的阿拉丁神灯，满足你的小小心愿哦。"

谢宴礼低下头，不紧不慢地走到衣柜边换衣服，再拉开配饰抽屉，找到了一块腕表，垂眼戴上。

然后是袖扣。

最后是领带。

他刚拿出领带，身后的楼阮就说："我给你系！"

只见她快速从床上爬了起来，屈膝挪到床边，折腿坐在床尾朝着他伸手，说道："我来给你系领带！"她甚至还伸手拍了拍床，"快来快来！"

谢宴礼走过去，把那条格纹领带递给了她，正是上回他们一起去买的那条。

楼阮接过领带，先把领带套在他脖子上，认真思索片刻，问道："给你系温莎结？"

还没等谢宴礼回答，她又说："交叉结、十字结，还是平结？"

"你都会？"

"嗯？"楼阮看着他的领口，趁他不注意，凑上去飞速亲了一口，又赶紧退回来，小手拉着领带，点头，"嗯，都会的。"

"……什么都行。"谢宴礼垂着眼。

楼阮葱白纤细的手指绕着复古的格纹领带，一丝不苟地打结。

打好了结以后，她才拽着领带轻轻拉了一下，把人拉到和自己快脸贴脸了，盯着他说："没给别人系过。"

面前的人慢慢翘起嘴角，修长的指节抓着她落在领带上的手，说道："我又没问这个。"

楼阮眯起眼睛，点了点下巴，说："嗯嗯，你没问，不过我今天是你的神灯，就算你不说，也会满足你一些小小心愿。"

谢宴礼嘴角上扬，但仍然说："这可不是我的心愿。"

"我的心愿嘛……"

楼阮盯着他的目光认真而专注，问："是什么？"

他微微顿了一下，垂着潋滟的瞳眸看她，嗓音平缓磁性，徐徐道："我比较贪心。

"希望神灯姐姐，永远偏爱我。"

第十六章

✦

以后是甜橘子啦

01

谢宴礼穿戴整齐出门后，楼阮看了看手机，最上方有新消息提醒：

【您的好友 @X 点赞了您的评论。】

【您的好友 @X 点赞了您的微博。】

【您的好友 @X 评论并转发了您的微博。】

……

楼阮点进微博。

@专心喜欢甜橘：【好的，甜橘老师。】//@甜橘：【以后是甜橘子啦！】

评论：

【？】

【6。】

【真有你的。】

……

楼阮默默捂住脸，给谢宴礼点了个赞。

专心喜欢甜橘。

是她完全没想过他会改的 ID 名，和谢宴礼的气质……挺不搭的。

不过她很喜欢！

楼阮把手机放在胸口，嘴角漫出笑意。

过了一会儿，她打开了那个论坛。

好久没更新，"军师们"都已经在催更了。

楼阮输了很长的字，写到谢宴礼暗恋她十年的时候，鼻子还是忍不住酸了一下。

她一段一段发上去，军师们已经在嗷嗷叫了：

【天啦，十年？这哥们儿是真痴情啊！】

【走向忽然变得不那么现实起来。】

【战袍用了没？】

【牛啊，这不三年抱俩说不过去了吧？】

……

早饭过后，楼阮又跑到楼上画了两张画。

一张是阿拉丁神灯，下面写了字：【神灯永远偏爱你。】

另一张则是一颗橘子，也写了字：【送你颗甜橘。】

她想了想，问谢宴礼要了娃娃机的钥匙，又让唐叔送些漂亮盒子过来。

一共二十一个漂亮盒子。

楼阮把那两幅画和之前买来的战袍，还有随着战袍赠送的猫耳朵、小铃铛和眼罩什么的都装在盒子里放进了娃娃机。

做完这些后，她还对着漂亮盒子们拍了张照片。

然后，她发了条朋友圈。

【给谢先生的生日礼物！】

第一个评论的是谢星沉：【今天是哥哥生日？竟然给忘了，生日快乐哦！】

紧接着是谢老爷子，发的是三个大拇指图案。

再接下来是谢妈妈：【啊，这么多礼物？他往常都不过生日的，阮阮太有心了！】

……

楼阮看着评论，嘴角挂着浅浅的笑意。

这些只是额外赠送，她还得给他准备个正式点的才行。

徐家。

出租车停在门口，徐旭泽打开车门下车，然后就看到家门口靠着个人。

"好家伙，"徐旭泽一脸稀奇，"这是谁啊？这不是周总吗？怎么大驾光临了？"

这要不是大白天，徐旭泽还真以为自己见鬼了。

周越添靠在他们家门口，一脸的胡楂，也不知道几天没刮了，一张脸看起来毫无气色，眼窝也微陷了进去，不知道受啥刺激了。

徐旭泽原本不想多说什么，但在越过周越添的那一刻被一把抓住。

周越添力气很大，紧紧攥住了他的胳膊，问道："楼阮的手机号是多少？"

他嗓子哑得不像话，像一把钝刀在锯木头，每一个字都听得徐旭泽眉头紧皱。

"你没事吧？"徐旭泽挣了一下，不仅没挣脱，反而被抓得更紧，"她的手机号你不知道？说什么胡话呢？"

徐旭泽试图掰开周越添的手。

"她换号了。"周越添抓着他的胳膊不放，"我联系不上她了。"

徐旭泽盯了周越添两秒，忽然忍不住笑了起来。

真有意思啊，还有周越添联系不到楼阮的一天呢。

"把她新手机号给我。"周越添完全无视徐旭泽的反应，还在逼问。

徐旭泽扬起下巴，说道："你找我要她手机号？你不知道我俩不熟的吗？"

这姓周的以前可没少在他面前耀武扬威，整得他这个当弟弟的在楼阮面前跟个外人似的，明明他们才是住同一个屋檐下的。

"你知道，"周越添肯定地说，"她不会不告诉你。"

徐旭泽硬生生把周越添的手掰开了，笑眯眯地说："我跟她的关系，怎么比得上你跟她呢？是吧，周总？"

"……以前的事是我不对，"周越添无力地垂下手，低声说道，"把她新手机号给我。

"求你了……"

徐旭泽惊了，诧异地看着周越添，自下而上地打量，没有放过每一个细节。

他不禁有些怀疑人生，这真的是周越添？

求他？

这是姓周的能说出来的话？

很好，他很喜欢听。

徐旭泽"啧"了声，说道："求我也没用，我真没有。"

说完，他就要转身进门，但再次被周越添拉了一下。

周越添似乎还想说什么，但徐旭泽却没给他继续废话的机会，徐旭泽转过身子推了他一把，说："别说我真没有，我就是有，也不会给你。

"呵，你也有今天。"

随即，徐旭泽迅速转过身，"哗"一声把铁门拉上，对着里面喊了一声："陈叔，给派出所打电话，说有人扰民，把外面那人轰走！"

徐旭泽步子跨得很大，很快就穿过了院子，推门进去，问道："妈，给我打电话干什么？"

他目光扫向客厅，话音瞬间止住。

他那平时跟个陌生人似的亲爹不知道什么时候回来了，此时还抱着个小孩坐在沙发上。

而半个小时前刚和他通过电话的亲妈，则背对着他坐在另一边沙发上，她面前还跪坐着个女人。

这又唱的哪出？

见徐旭泽推门进来，徐父第一个开口，他像没事人似的拍了拍怀中的孩子，说："小泽回来了，这是阿浩，你弟弟。"

徐旭泽扫了一眼他怀里的孩子，看起来都八九岁了，又看了妈妈一眼，然后笑嘻嘻地走过去，说道："我还有这么大个弟弟，牛啊。"

他径直坐在了徐母身边。

"回来了。"徐母今天穿着一条印花真丝长裙，长发用一根银簪挽着，依旧是那副冷淡的样子。

徐旭泽点点头，这才看清了跪坐在地上的女人。

她和徐母差不多的年纪，皮肤很白，脸上化着精致的妆容，脖子上的项链很亮眼。

徐父脸上依旧挂着浅浅的笑容，说道："是，以前没告诉你。"

这心理素质，这脸皮……

要不是徐母就坐在身边，徐旭泽简直都想拍手叫好了。

安静了两秒，徐父又笑着问："怎么就你一个人回来了？软软呢？她最近都在忙些什么？怎么打电话给她她都不接？"

徐旭泽正要说话，他身旁的徐母就伸出了手。

她做了精致美甲的手指轻轻戳碰复古的咖啡杯，发出细微的声响，女人动作优雅，声音平静："她结婚了。"

徐父脸上的笑意一凝。

徐旭泽低头看了一眼楼下，叹了口气，关上房门。

落在耳边的最后一道声音是母亲平静地说："徐俊彦，离婚可以，但你要净身出户。"

徐旭泽倒在床上，拿出了手机。

他点开微信，在新的朋友里面一路下滑，也不知道滑了多久才翻到了一个水彩头像。

那个人的微信昵称叫甜橘。

徐旭泽点了通过。

什么啊，连个备注都不写。

也不怕他不给通过。

都不知道是什么时候的验证消息了，要不是姓周的过来他都不知道楼阮换号了。

楼阮放下笔，把画好的画扫描出来，传上了微博。

@ 甜橘：【春信至，夜莺来。】

谢宴礼，你等到了。

楼阮看了眼评论就关了微博，丝毫没有注意到，微博首页的画手们都在疯转一个情感帖。

那条情感帖的名字是——

【放弃追了十几年的男生后，我喜欢上了闪婚老公。】

在第一个转发这个营销号的评论区里，甚至还有人在"艾特"各位画手，其中，某位靠着画暗恋小漫画出名的画手被"艾特"最多。

【@ 专心喜欢甜橘，好甜好甜好甜！太太快来看一眼！！！】

【@ 专心喜欢甜橘，求产粮，求求！！！】

【@ 莉莉安 @ 小甜梨 @ 专心喜欢甜橘 @ 甜橘 @ 白夜 救命，好甜，太太们来看！】

……

快 12 点的时候，楼阮拿出手机给谢宴礼发了条消息。

楼阮：【今天中午回家吗？】

发完以后，她才发现徐旭泽通过了她的好友请求。

刚给他备注完名字，对方就发了个句号过来。

徐旭泽：【。】

徐旭泽：【你发好友申请的时候就不能写个验证消息说是你吗？】

楼阮正要回复，对方就又接连发了消息过来。

徐旭泽：【你这新婚生活过得挺惬意的啊，还在朋友圈展示老公厨艺呢！】

徐旭泽：【挺闲啊，还能想起来你有个弟弟啊？你就不能给我发个短信吗？不能给我打个电话吗？】

楼阮抿了抿唇，默默打字解释：【我那会儿换号换得突然，卡直接扔了，不记得你手机号，就直接加了微信。】

徐旭泽的微信号她还是记得的。

xuxuze1999，名字后面跟着出生年份，还是好记的。

徐旭泽：【竟然能记得我微信号？】

徐旭泽和楼阮平时也是不怎么交流的，他偶尔和她说话也是吵着要她离周越添远一点。

楼阮问他：【家里出什么事了吗？】

过了几分钟，徐旭泽回复道：【徐俊彦回来了。】

楼阮动作微微一顿。

她已经不记得上一次见养父是什么时候了。

而且养母不太喜欢她和养父见面。

徐旭泽：【他带了个女人和小孩回来，妈在楼下和他对峙，应该要快进到分家产了。】

徐旭泽：【分家产的时候我给你发消息。】

楼阮：【我不要家产。】

徐旭泽：【你说了不算，我说了也不算，你自己回家跟妈说。】

徐旭泽：【对了，我回来的时候看见周越添了，在家门口蹲着呢，还让我把你手机号给他。】

楼阮：【在家门口？】

徐旭泽：【对，他看着跟个鬼一样。他不会要上演追妻火葬场吧？不过我看你这新婚生活蜜里调油的，应该不会回头了吧？】

楼阮：【不会。】

她消息刚发出去，身后的门被推开。

刚回到家的谢宴礼站在房门口，挑着眉说："该吃午饭了，甜橘老师。"

楼阮回头看他，朝着门口张开了手。

站在门口的人低笑了声，走过来俯身将她抱起来，薄唇轻勾，问道："给我准备什么惊喜了？"

楼阮纤细的藕臂勾住他的脖子，说："你要自己去娃娃机里抓，然后自己拆了看，我直接告诉你多没意思啊……"

"条件呢？"

他这是在问抓取礼物的条件。

"还没想好。"楼阮想了想，抬起眼睛看他，"不过今天是你生日，就先免费让你抓两次，怎么样？"

谢宴礼抱着她下楼，问道："两次？"

"太多了吗？那一次吧。"楼阮用手戳戳他的脸。

"果然，得到了就不珍惜了。"谢宴礼垂眼瞥她。

看着他好像有点委屈的样子，楼阮妥协地说："……三次，不能再多了。"

"就三次。"

他踩下最后一级台阶，抱着楼阮来到客厅。

李阿姨刚收拾完东西准备走，一抬眼就看到了两人这样亲密，立刻咧开嘴说："夫人下来啦，饭已经好了。"

小夫妻感情好着呢！

这样老宅那边她就好问了！

楼阮白皙的脸上染上绯红，伸手拍了拍谢宴礼，示意他把她放下。

但谢宴礼就像没懂似的，他大大方方地抱着她，对着已经在门口换鞋的李阿姨颔首，说道："嗯，辛苦您。"

楼阮红着脸往谢宴礼肩窝缩了缩，闷着声重复谢宴礼的话："辛苦了，李阿姨。"

李阿姨看着他们，嘴角都快笑裂了，摆了摆手，说："不辛苦不辛苦。那我走啦，下午见。"

02

晚上 7 点。

客厅中央已经被玫瑰摆满了。

外面的天还没完全黑，但楼阮已经把蜡烛全都点亮了。

她人都快累瘫了。

茶几上摆着蛋糕，她垂眼看着那个蛋糕，又看了看摆在一旁的衬衫和礼盒。

衬衫是她在意大利买的，是一件手工剪裁的纯黑色衬衫。

她没见谢宴礼穿过黑色衬衫，不确定他会不会喜欢，而且她也不知道谢宴礼的尺码，衬衫是她自己预估着买的。

她想了想，还是打开了手边的礼盒。

礼盒里面是一部新手机，黑色的，和谢宴礼现在用的那部是一个牌子，但是是新款，和她现在用的这部是同款不同色。

楼阮拿出手机，坐在被玫瑰和蜡烛环绕的客厅里打开了它。

手机屏幕上微弱的亮光映着她软白的脸。

楼阮打开备忘录，第一条写：

【谢宴礼，二十六岁生日快乐。】

退出，她又重新开一页备忘录：

【神灯许你一个愿望，凭此备忘录兑换，任何时间，任何地点，没有限制条件。】

写完这条后，她又继续写了一条新的，直到写到第二十六条，才退出备忘录，把手机放了回去，好好盖上了盒子。

谢宴礼应该快回来了。

楼阮整理了一下衣服，又拿起遥控器打开了电视，用自己的手机投屏。

手机上是她今天画好的水彩小漫画。

她实在不是很擅长画小漫画，和谢宴礼比起来只能说是马马虎虎。

但是质量不够数量来凑，漫画小视频、玫瑰、蛋糕、衬衫和手机，还有娃娃机里的礼物，加起来应该还是可以的吧！

楼阮伸手捧住脸，想着在意大利的时候要是能买一枚好看的袖扣给他就好了，但没看到合适的……

"嘀嘀。"

门口的电子锁声音响起。

楼阮坐在沙发边，双手捧着脸转头。

那扇门被打开，一个修长的身影出现在门口。

满屋子馥郁的玫瑰香味弥漫过来，谢宴礼被一地的蜡烛和玫瑰晃了眼。

他微震了一下，抬起眼睛朝着沙发边看去。

楼阮坐在那里，双手捧着脸看他。

像是为了正式点似的，她还换掉了睡衣，穿着一件白色的裙子坐在那里，一张脸只比巴掌大一点。她朝着他看过来的时候，满屋子的光芒都好像钻进了她眼里，亮晶晶的。

她站了起来，脸上带着笑，说道："回来啦！"

谢宴礼怀中也抱着花，是一捧娇嫩的粉色玫瑰。

回家的路上，他选了一盒草莓布丁，要离开蛋糕店的时候看到挂在门口的奶糖包装可爱，顺手拿了两袋一起带了回来。

楼阮见他动作慢吞吞的，从沙发边绕过来，接过了他手上的东西，低头轻嗅那捧粉色玫瑰，开心地说："是粉玫瑰呀，好喜欢。"

他手上的蛋糕店袋子也被她拿了过去。

她软甜的笑声很快在耳边响起："是草莓布丁吗？这个是什么？"

窸窸窣窣的声音响起。

是她怀抱着那捧花，伸手把奶糖袋子拿了出来，又笑着说："是奶糖啊，这个袋子好可爱。"

东西又被重新装了回去，被她放在了一旁。

腰被环住，谢宴礼垂下眼睛看她。

楼阮抬眼看他，双眸澄澈干净，问道："不喜欢吗？"

她也不知道他喜欢什么花，所以就准备了玫瑰。

但他反应好像淡淡的，是嫌花太多了吗？

楼阮觉得有这个可能，毕竟他平时是那么简约的人。

她还没从思绪中抽离出来，谢宴礼就已经低头吻了下来。

他手掌落在她腰间，这个吻绵长又缱绻。

"喜欢。"

16岁的谢宴礼会站在学校无人的角落里，站在橱窗前偷偷看她的画，会偷偷看画作下方学生信息处她的照片和名字。

但26岁的谢宴礼却可以在回家后看到她准备的玫瑰、蛋糕和蜡烛，可以拥抱她，可以亲吻她，可以享受她用心准备的生日，又怎么会不喜欢？

怎么可能会不喜欢？

楼阮微微喘了口气，又踮起脚亲吻他的脸颊，说："你喜欢就好。"

谢宴礼张了张口，正要再说什么，她就凑过来，捧着他的脸亲他的唇。

她仰头看着他，眼瞳晶亮：

"26 岁生日快乐，我爱你，老公。

"明年，后年，以后每一年的生日，我都陪你一起过，好不好？"

这天晚上，谢宴礼的朋友圈终于又更新了。

是一个蛋糕的小表情，还有两张图片。

第一张图是家里的玫瑰、蛋糕和电视屏幕上的水彩画。

第二张是他穿着一件黑色衬衫，手臂环绕一个女人的照片，看样子是他站在后面圈着人家拍的。

对方的手还搭在他手臂上。

两人都没露脸，就只有脖子到腰间的图，但图片里，两人手上的婚戒格外瞩目。

当然，最瞩目的还是谢宴礼脖子上的淡红色痕迹。

他抱着人微微偏了一点，很像是故意露出来的。

朋友圈没发几分钟，点赞就过了百。

季嘉佑跳得最欢：

【啊啊啊，玫瑰，好多玫瑰！！忌妒得我牙都咬碎了！】

【以前从没见你穿过黑衬衫，别说，还挺好看的。】

谢宴礼回复了这条：【衬衫是老婆在意大利给我买的生日礼物。】

没过多久，白烨也回复了：【这照片拍得……你构图真有问题，出去别说在我们美院上过课。】

正准备出去过夜生活的谢星沉：【你老婆什么都没发，你一个人在那里自嗨呢！】

谢宴礼靠在音影室的沙发上，低头去亲怀中已经快要睡着的人。

"软软。"

"……嗯。"

楼阮迷迷糊糊的。

谢宴礼垂着眼睛，在她的锁骨和脖颈上落下细细密密的吻，呢喃道："好多人祝福我们。"

"嗯。"楼阮半眯着眼睛。

"要看看吗？"他轻声问。

前方的投影里光影斑驳。

影片里，男主人公在淡紫色的薰衣草庄园里遥看奔跑的女孩。

"……好。"楼阮声音轻轻的，和影片舒缓的音乐声重叠，她伸出手，接过了他的手机。

谢宴礼回复了很多人，但没有回谢星沉。

楼阮往他怀里缩了缩，脑袋靠在他怀中低笑，软甜的声音带着惺忪："谢宴礼，你好幼稚啊……"

她声音很轻很轻，尾音几乎要听不清楚。

谢宴礼见她已经闭上了眼睛，空出一只手去拿一旁的遥控器，准备关掉投影。

怀中的人却又说："那我也发一个吧。"

03

距离午夜 12 点还有一分钟的时候，楼阮的朋友圈更新。

楼阮：【谢先生，二十六岁生日快乐！】

还有一张图片——

一小块蛋糕放在投影前，点了根小小的蜡烛，后面的银幕上是张她画的水彩画，画的是朝露、蝴蝶、星球、月亮和云，角落里是手拉手的他们。

而真正的他们，就在流光溢彩的投影下亲吻。

蝴蝶落在他脸上，月牙落在她手臂上。

他的手捧着她的脸，视若珍宝。

这张拍的是全身，两人一高一矮，身高差和体型差完美体现，但看起来格外般配。

音影室的门被关上，谢宴礼抱着人回房间。

楼阮本来早就困了，一直迷迷糊糊，但这会儿却清醒了。

被他抱在怀里，她抬眼看他，问道："谢宴礼，我明天能在你脸上画只蝴蝶吗？"

家里走廊的夜灯下，她的面容被映得极柔和，抬着眼和他说话的时候像小鹿似的，眼睫湿漉漉的。

要是以前，谢宴礼一定会一口答应。

不过现在……

他抱着她走进房间，垂眼瞥她，勾了勾唇，重复她的话："谢宴礼？"

楼阮一愣。

她被放在了床上，自己卷着被子滚了进去，熟练得像是在这个房间睡了很多次似的。

她的小脸从深色的被子里露出来，衬得她肌肤雪白。

她眼睫垂下，他这是要她拿出求人的态度吗？

身旁微微陷下去，那人躺了上来。

她又往那边滚了滚，整个人挂在了他身上，问："老公，我明天可不可以在你脸上画只蝴蝶？"

她脑袋往下一靠，就听到了他坚实有力的心跳声。

她伏在他身上，伸出手戳了戳他的脸，指腹在他脸上描绘，说："画在这里好不好？"

蝴蝶好像和他很配。

刚刚拍的那张图……

其实还是没拍出她想要的效果，但家里又没有支架，也没有人帮忙拍，只能把手机架在后面定时，所以拍出来的效果和想象中还是有差异。

但是投影里的蝴蝶正好落在他脸上，真的太好看了。

"好不好？"被子里，她用小脚踩了踩他的腿，又伸出手臂环住了他的腰，"好不好嘛？"

谢宴礼难得听她用这样的语气和他说话，抬着眼睛笑了，问道："为什么画蝴蝶？"

"漂亮，"楼阮抱着他说，"蝴蝶在你脸上，好看。

"好不好，好不好嘛？老公，好不好？"

"好，夫人说什么都可以。"谢宴礼终于答应她，侧身躺下来。

他伸出手臂，让楼阮枕着，想让她睡得更舒服些。

怀中的人得到了肯定的回答，把他抱得更紧。

她软白的脸颊贴着他的胸膛，声音低低的："那说话算数哦……"

"嗯。"

第二天。

楼阮睡到了自然醒。

她一抬眼就对上了谢宴礼的眼睛，他好像已经醒了挺长时间了。

谢宴礼床头有个简约的黑白电子表，楼阮转头看了眼时间，问道："几点了，怎么还没去上班？"

都 9 点半了，平常这个时候他已经在公司了。

谢宴礼笑着起身，说："请假了。"

楼阮有些茫然，问道："今天有什么事吗？"

"有。"谢宴礼说，"夫人昨天晚上不是说要在我脸上画蝴蝶吗？

"但是夫人，我今天下午有个重要的合同要签，直接画在脸上不太好。"

楼阮说："……我没说让你带着蝴蝶上班，我是想你下班以后……"

谢宴礼指了指自己的锁骨，说道："就先画这儿吧，等我晚上回家，再画脸上。"

楼阮震惊了。

她又没有要他带着蝴蝶去上班！

谢宴礼不紧不慢地洗漱完了以后，才去选了套衣服。

衬衫不需要选，楼阮昨天送他的那件黑色衬衫就摆在那里。

他等着楼阮洗漱完，又吃完早饭，才手指轻抠着沙发问："夫人，现在可以给我画蝴蝶了吗？"

楼阮盯着他笑得迷人的脸，无奈扶额，说："我真的没想让你带蝴蝶去上班。"

"这样啊。"谢宴礼抬起手，支住下巴，微微歪头，若有所思，"不想画的话就算了吧。"

楼阮腹诽：别太荒谬！

她猛地站起来，走到了谢宴礼面前，有些气鼓鼓地说："你就是想带着它上班是不是？"

谢宴礼手指随意地扯了下领口，问："夫人，你不觉得在这里画一个更漂亮吗？"

楼阮顺着他的动作看了过去，可恶，那里有个吻痕！

她顺便也顺着他的意思想了一下，在锁骨上画似乎也很好看。

谢宴礼循循善诱："画在这里的话，别人也看不到啊。"

"我还可以带着夫人的爱一起上班……"

楼阮迟疑了两秒，说："看不到？"

"对啊。"

她不信。

她盯着谢宴礼的脸，觉得完全没有可信度。

他昨天晚上还哄骗她说让她给他留个吻痕，那个地方隐秘，衣服一挡肯定不会有人看到。

结果拍照的时候，他就偏过来，直接让它入了镜。

然后，他就发到了朋友圈。

那么多长辈，还没分组……

她合了合眼，问道："那你能保证不给别人看到吗？"

谢宴礼低笑了声，伸出手把人拉过来抱住，诚实道："不能保证。

"夫人画得好看，我会忍不住炫耀。"

楼阮没好气地瞪了他一眼，心想：就知道。

谢宴礼抱着她，说道："所以，我其实就是想炫耀，可以吗？"

"你不穿衬衫了吗？"楼阮脸都红了。

谢宴礼笑道："我可以不打领带。"

"……"

"好不好？好不好嘛？夫人，好不好？"他学着她昨天晚上的语气说道。

楼阮哪里受得了这个。

她当然还是答应他了。

画笔落在谢宴礼锁骨上的时候，他忽然低笑了声。

楼阮一手拿着画笔，一手拿着调色盘，动作顿了一下，看着他，问道："笑什么？"

谢宴礼伸手揽住她的腰，让她坐在他腿上。他笑声很轻，温热的气息氤在她额间，尾音微拖地说："痒。"

楼阮垂下眼，看着他锁骨上那一笔黑色，回道："这才画了一笔。

"你怕痒的话就……"

"不，不许说算了，"他伸手捂住她的唇，鼻尖几乎要触上自己的手，"我不怕。"

楼阮被捂着唇，又坐在他怀里，没办法，只能睁大眼睛瞪他。

谢宴礼勾唇，松开了手。

他微微仰头，优越流畅的颈部线条露出来，饱满的喉结和漂亮的锁骨也毫无保留地展现在了面前。

04

楼阮是头一次在人身上画画，又是这样近的距离。

她捏着画笔的手一紧，扫了谢宴礼一眼，把调色盘放在了一边，大大方方地扯开他黑色的衬衫领口，白皙的手指捏着画笔，垂眸专注了起来。

谢宴礼闲适地靠在椅子上，懒洋洋地伸手抱着她的腰，眯着眼睛看向了一旁的镜子。

镜子里，穿着藕粉色长裙的少女坐在他怀中，雪白的小腿微微腾空，裙摆荡漾。

她垂着纤长浓密的眼睫，一只手拉着他的衬衫领口，另一只手提着画笔，侧脸精致乖软。

那双低垂的眸子已经很久没有抬起，她眼里已经没有他了，只有他锁骨上初显雏形的蝴蝶图案。

黑色的水彩颜料落在锁骨上，从柔软的笔尖上落下来，触感酥酥麻麻。

她手上动作微重了一下，浓稠的颜色落在那块薄而白的肌肤上，谢宴礼短暂地屏住了呼吸。

这个感觉，实在有些微妙。

楼阮转过头，换了支笔。

她粉白的手指捏着笔杆，垂眼蘸取调色盘上的颜料。

谢宴礼依旧靠在那里，他落在她腰间的手一松，转头拿起了放在边上的手机。

一直专注于创作的人终于分出眼神看了他一眼，拿着画笔转过来，微微低下头，目光与他锁骨平视。

软甜的呼吸氤在那里。

谢宴礼短暂地合了合眼，又重新睁开。

他看向一旁的镜子，修长的手指在手机屏幕上滑动，打开了相机。

拍照之前，谢宴礼垂眼看了一下趴在胸前的人。

她泛着粉白色泽的手指按着他已经开了三颗扣子的领口，心无旁骛地看着他的锁骨，用心勾勒着笔下的蝴蝶。

真是一心一意搞创作。

完全不像他这般坐立难安。

谢宴礼喉结滚了下，对着镜子拍了张照。

楼阮已经听到了他拍照的声音，她定定地看着他锁骨上的黑色蝴蝶，声线轻而稳地说："别晃，要画另一半了。"

这只蝴蝶，只有一半是真正的蝴蝶羽翼，另一半她先用线条勾了一下，现在打算在这边用几朵黑色玫瑰来构成。

"……好。"谢宴礼捏着手机，垂眸问她，"可以发出去吗？"

纤细的画笔轻轻在他锁骨上勾了个小圈，浓稠的黑色颜料落在白皙的锁骨上，楼阮头也不抬，"嗯"了一声，语调依旧轻柔。

得到了她的肯定后，谢宴礼眼睫闪了闪，单手打开了朋友圈。

他眯着眼睛选中了刚才那张图，打字：【配合夫人搞创作。】

发完后，谢宴礼就放下了手机，靠在那儿继续享受那种痒痒的、酥酥麻麻的、微妙的难耐感。

甜橘老师画得很认真很慢。

蝴蝶画完以后，她又心血来潮，在蝴蝶周围画了一圈玫瑰花枝。

一小朵一小朵的玫瑰花和细小的枝叶让谢宴礼的眉皱了又皱。

所幸，她很快就停了下来。

"好了，"楼阮放下画笔，凑过去在那里吹了吹，"你看看。"

终于得到了"赦免"的人靠在那儿，懒洋洋地掀起了眼皮。

楼阮正对着他的眼睛，作势就要从他身上起来，说道："看看呀。"

她觉得她今天的发挥还是蛮好的！

谢宴礼点点头，却没让她下去。

他手一抬，直接把人抱了起来。

楼阮瞬间腾空，惊呼："放我下来。"

抱着她的人已经走到了镜子跟前，他微微侧了侧身子，看着镜子里自己领口的方向，只能看到一半蝴蝶羽翼。

另一半被衬衫挡住了。

他勾着唇看她，说："挡住了，夫人帮帮我。"

楼阮愣了愣，然后伸出手，轻轻拉开他的衬衫领口，让那只蝴蝶完全展露出来。

"怎么样?"她问道。

谢宴礼看着镜子里漂亮的黑色蝴蝶,轻挑眉梢,说道:"确实好看,不枉甜橘老师专心致志几十分钟,一眼都没挪给我。"

楼阮一时没反应过来。

谢宴礼说:"下次还是画脸上吧,至少这样你能多看看我。"

楼阮简直无言以对。

呵,男人!

半个小时后,谢宴礼坐上车出了门。

他坐在车子后方,随手拍了一下锁骨上的蝴蝶,慢条斯理地打开了微信。

之前发的那条已经有很多点赞了。

谢宴礼草草看了一眼,目光扫过邵峥的点赞,又重新分享了图片。

这次没有文案。

但大家都知道,这是谁画的。

第十七章

◆

炙热，告白

01

下午，和华清大学实验室的合约签署会议开始，谢宴礼按时出席。

他在公司高层、员工和代表华清大学实验室来签约的安教授的目光下，漫不经心地坐下。

在他俯身坐下的一瞬间，整个会议室安安静静的，所有人都目不转睛地盯着他微开了两颗扣子的领口，窥见了那只漂亮的黑色蝴蝶。

坐在他身边的高层笑了声，打破沉默，说："谢总和夫人感情真好。"

谢宴礼嘴角勾着愉悦的弧度，说："婚礼的时候，请大家一定赏光。"

高层们和华清大学实验室的人都笑起来，连忙说道：

"一定，一定。"

坐在那边正中央的安教授推了推眼镜，表情严肃地说："我和你师母会到场的。"

谢宴礼含笑应了。

合同顺利签署。

谢宴礼出身华清，公司里也有很多从华清毕业的员工，华清大学实验室又都是老熟人，所以签完合同后，大家决定一起去聚聚，联络联络感情。

谢宴礼原本是要回家的，但被人叫住了。

"谢师兄，一块去喝一杯啊，咱们上次一起吃饭都不知道是什么时候了。"

华清的师弟格外热情，私底下也不喊他谢总。

一旁有人插嘴："哎呀，你干什么？谢师兄得回家了，人家夫人在家等着呢。"

"没事啊，可以叫上嫂子一起来啊，我们都还没见过嫂子呢。"

安教授越过他们，目光落在谢宴礼身上，神色淡淡地说："叫上一起来吧，他们都挺好奇。"

谢宴礼想了想，说道："我问问她。"

跟在安教授身后的一群人纷纷抬头，一个个眼珠子都快瞪出来了，恨不得钻进谢宴礼的手机里。

谢宴礼看了他们一眼，转了身，拨了电话。

安教授身后的几个人立刻往前挪了挪，竖起了耳朵。

谢宴礼语气平静，简明扼要地和楼阮说了情况，问她要不要来。

随后，他又在一群师弟师妹的注视下侧身，声线平稳地说："好，我让司机去接你。"

小师弟激动得忍不住狂拍身旁的人的胳膊。

他们是真的很想知道，谢师兄谈起恋爱到底是什么样子。

他们也是头一次见谢师兄这么频繁地发朋友圈，简直恋爱脑到一点都不像谢宴礼。

究竟是什么样的女人能让他这个样子？

今天终于要见到庐山真面目了吗？

搓搓手，搓搓手……

安教授算是其中最淡定的，他转头看向他们，问道："高兴什么？"

"没什么，没什么！哈哈哈！"

几个人齐刷刷地往后退。

楼阮站在衣柜跟前，在认真选衣服。

谢宴礼说是有教授和师弟师妹，还有华跃的一些员工和高层……

她还从来没有见过他的朋友和同事。

楼阮犯了难，不知道穿哪件更合适。

她手指落在一件红裙子上，又缓缓收了回去。

这件会不会不够日常，太隆重？

也不知道他们要去什么地方吃饭。

她抿起唇，最终还是选了一条绸面浅紫色长裙。

她换上衣服，又搭配了轻盈得体的首饰。

最后，她打开了许久没用的化妆包，坐在镜子前认真化了妆，卷了头发。

眉毛已经很久没修了，她还顺手修了眉毛。

野生眉被修好以后，整个人的气质瞬间就变了，原本的无辜感褪去了几分，精致感增加。

最后，选口红的时候，楼阮还选了平时比较少用的深色系口红。

正红偏橘。

做好一切后，手边的电话也响了。

是来接她的人。

"夫人，我们已经到了。"

楼阮拎着一只小包下了楼，出门前还特意在镜子前多照了几遍，确认没有任何问题才出了门。

结果路上遇到前方发生车祸，车辆堵得一眼望不到头。

司机给谢宴礼打了电话，但对方没接。

他抬头看了眼后视镜，询问道："夫人，这里一时半会儿应该通不了，谢总电话打不通，您要不先在这里下车，往右边路口那边的 871 路公交车站台走，我让其他人在那边等您，带您从另一条路走？"

楼阮点点头，说："好。"

"那我先联系好人，您稍等。"

谢宴礼这边坐了一大桌，一群人敬来敬去，喝得安教授眼睛都有点红了。

老教授摆了摆手，说："不喝了，不喝了，去找你们谢师兄。"

谢宴礼心情不错，陪着他们喝了不少。

他虽然酒量不错，但还是有些上头了。

楼阮迟迟没来，他转头往门口看了好几次。

时间越来越久，谢宴礼有些耐不住，摆了摆手推了师弟的酒，说道："她还没来，我给她打个电话。"

拿出手机，他发现有好几个未接电话，还以为楼阮出了什么事，眉心跳了一下，连忙拨了过去。

所幸楼阮的电话接得很快，她嗓音轻快甜软："喂。"

"等着急了吗？"楼阮坐在后座，"快到啦。"

"怎么这么久……"谢宴礼声音有些闷，听着莫名有几分可怜。

楼阮小声解释："路上遇到车祸了，我下车后坐小秦的车绕了段路。"

"……车祸？"

京庆会馆，银色的车子停在门口。

车门被打开，油画似的裙摆落下来。

小高就等在门口，一见车停下，立刻跑上前迎了过去。

"夫人，我是谢总的秘书，您叫我小高就行，我带您进去。"

楼阮见他和小秦打了招呼，便放心跟着走，问道："他呢？"

谢宴礼怎么没出来？

他刚在电话里还说她到了要出来接她呢。

小高表情凝滞了下，说："谢总……呃，您进去看看就知道了。"

3 楼的包厢里面坐满了人，笑笑闹闹的。

楼阮跟在小高身后走进去，一眼就看到了坐在最里面的谢宴礼。

他脱了外套，黑色的衬衫开了两颗扣子，手支着额头，歪头看着他们喝酒。

小高低声道："谢总喝多了。"

说着，那边的人就抬头看了过来。

谢宴礼支着额头的手落下，坐在那里隔着人群遥遥看着她。

因为饮了酒，他那双惊艳的狭长眉眼有些失焦，失去了原本的攻击性。

看起来有些……呆。

也很乖。

楼阮还没来得及继续往里面走，就有一群人忽然冲到了跟前：

"嫂子来了！"

"师姐好漂亮。"有个长得小小萌萌的女孩子被架在中间，她两只手的指尖合在一起，朝着楼阮比了个心。

"什么师姐啊？"她身旁的人拍了她两下，"这是嫂子，叫嫂子！"

"对，这是嫂子，什么师姐，人家是美术学院的，谁是你师姐？"

"嫂……师姐，学姐！"那女孩子一张脸绯红绯红的，朝着楼阮伸出了手，"漂亮……"

"欸！嫂子，她喝高了。"

……

招呼不知道打了几轮，楼阮才终于走到谢宴礼面前。

谢宴礼抿着唇，已经在那里坐了半天。

他朝着她张开了手臂，闷声开口："抱。"

一旁的几个人惊呆了。

谢宴礼保持着那个姿势，微微仰着头，脸上染着薄红，静默地等楼阮抱他。

周围的人都在定定地看着他们。

见楼阮没动，谢宴礼再次张了张手臂，薄唇也抿成直线，似乎有些委屈。

楼阮虽然有些不好意思，但还是微微俯身，低头去抱他。

谢宴礼环住她的腰，下巴抵在她肩上，声音依旧闷闷的："我看到了。"

"……什么？"楼阮轻声问。

谢宴礼默了默，说道："她抱你。"

"……噗。"身旁有人实在憋不住，又赶紧道歉，"对不起，嫂子，你们继续，我回避哈！"

那人立刻站了起来，还伸出手晃了晃，对着他们周围的人说："起来起来，回避，都回避！"

楼阮更不好意思了，她把脑袋埋下去，缩在谢宴礼颈窝。

谢宴礼本人倒是没什么不好意思，他修长的指骨落在她腰间，抬着微红的眼尾看着周围的人离开。

心里那点微妙的烦躁感终于消散了些。

他重重环住她的腰，像是要把人揉进骨血。

"谢宴礼？"楼阮轻声喊他。

淡淡的酒香和谢宴礼身上的冷香融合在一起，丝丝缕缕缠绕过来，环着她腰肢的手臂终于松开。

"你化妆了……"谢宴礼的声音中带着委屈。

"……还戴了耳钉。"

戴个耳钉而已，他委屈什么？

"还是珍珠的。"

楼阮不解。

到底怎么了啊？

喝多了酒的谢宴礼行动变得十分迟缓。

他脸上染着薄红，手指落在她腰上，慢吞吞地舔了舔唇，殷红的薄唇染上了惑人的色泽。

他垂着眼睫，也不知道是在和楼阮说还是在和自己说："还卷了头发……"

楼阮喊道："谢宴礼？"

他好像真的醉了，有些迷迷糊糊地垂下眼睫，脑袋也一点一点地低下去，语气闷闷的："来见他们，还特意打扮，见我都没有……"

"啊……"楼阮睁大眼睛。

她见过喝了酒呼呼大睡的，也见过喝了酒颠三倒四说胡话的，但没见过谢宴礼这种，喝了酒以后变成小可怜的。

02

回家路上。

小高双手落在方向盘上，已经很努力不看后视镜，也很努力两耳不闻窗外事，一心只看前方路了，但是……

谢宴礼在后座，紧紧抱着身旁人的胳膊，脑袋微微歪着，靠在她肩上，眼皮垂着，好像很困，却怎么都没合上，好像生怕身旁的人会消失。

而楼阮……

她一会儿歪头伸手戳戳他的脸，一会儿碰碰他的眼睫，一会儿拿出手机开始诱哄。

"谢宴礼。"

"……嗯？"

"今天为什么不开心？"

"……别人抱你。"

楼阮觉得谢宴礼实在是太可爱了，她举着手机对着他，继续问道："别人是谁？"

"嗯……"醉酒小谢乖乖抱着她的胳膊，歪了歪头，"一个女……生。"

前方的小高："……"

他不小心看到了谢总的另一面，会不会被"流放"啊？呜呜呜……

楼阮实在忍不住，看着谢宴礼脸红红的样子直笑。

她凑过去亲了口，又继续逗他："可人家是女孩子，还是你师妹。"

"嫌我小气吗？"他轻轻勾着她的手，眼神里透着认真。

楼阮在那双漆黑的眼瞳中看到了几分小心翼翼。

她忽然有些笑不出来了，录着视频的手机也放下了。

她轻轻摸了摸那张脸，声音又甜又轻："没有，不小气。

"被你可爱到了，谢宴礼超可爱的。"

宿醉醒来后，怀里是空的。

谢宴礼猛地转头。

床头柜上，白色的手机正在那里安静地充电。

那是楼阮的手机。

不是梦。

她的确嫁给了他，是他的妻子。

谢宴礼心脏怦怦直跳，睡醒那刻周身血液逆流的感觉也逐渐恢复正常。

他掀开被子下床，没有和往常一样先洗漱，而是加快步子，打开房门下了楼。

巨大的粉色娃娃机竖立在客厅，存在感极强。

谢宴礼走下来，一眼看到了厨房里的楼阮。

她穿着一件淡绿色的家居服，围着白色的围裙，正侧身站在厨房里，拿着勺子低嗅汤勺里的汤。

似乎是听到了动静，她转头看了过来，明媚的笑意绽开，问道："醒啦？头疼吗？我煮了醒酒汤。"

说着，她又转头看了眼正在冒着热气的锅，放下了手中的汤勺，重新盖上了盖子，说："应该还要再煮一会儿。

"你再等会儿吧。"

她转过身，在厨房里忙来忙去。

虽说是忙来忙去，但其实楼阮也不知道自己在忙些什么，厨房的台面上摆满了大大小小的碗碟和食材、调料。

她做好的食物就一盘炒蛋和两个看起来还行的三明治。

站在那边看了她半晌的人终于走了过来，伸手从后面抱住她。

"什么时候醒的？"

嗓音低沉。

楼阮回道："早就醒啦，盯着你睡了一个小时才下来。"

至于她在厨房忙活了多久，她没看时间。

反正是，查攻略，看做饭视频，把手机耗到没电才跑上去给它充了电，然后又跑下来继续折腾。

结果就是，折腾一通白折腾，没折腾出什么成果。

她看着一片狼藉的厨房，问："是不是很乱？"

"没有。"谢宴礼环着她不放，"不乱。"

"……折腾了好长时间，也没做出什么东西。"

"夫人的手是用来画画的，不是用来做菜的。"他终于松开了她，走到洗手台前洗手，"你吃过了吗？我来做吧。"

"吃了点废弃材料。"

谢宴礼抽出一张厨房纸，擦干净手上的水珠，说道："下次废弃材料留给我吃。"

"谢宴礼。"楼阮喊他的名字。

"嗯？"谢宴礼开始收拾台面上的东西。

楼阮歪头看着他笑，说道："你喝多了以后，和清醒的时候差别好大。"

谢宴礼手上动作顿住，转头看向她。

楼阮眉眼弯着，眼瞳中带着狡黠的碎光。

昨天晚上零星的记忆袭来，谢宴礼回转头继续收拾台面，嗓音低沉地说："以后，我……"

他想说以后不喝酒了。

但身旁的人却凑了过来，伸手搂住他的腰，说："你喝多了以后好可爱哦。"

她轻轻眨了眨眼睛，问道："以后能不能多喝点？"

谢宴礼一愣。

不等他说什么，楼阮就踮起脚凑了上来，一双眼睛亮晶晶的。

"不过……我特意打扮可不是为了他们哦。"她抬着头，一字一句地说，"是为了你呀。"

是第一次以你的妻子的名义，出现在你的老师、朋友和同事面前。

吃完早餐后，楼阮接到了徐旭泽的电话。

徐旭泽语气和往常没什么不同，还是那副对什么都无所谓的样子，吊儿郎当的，仿佛父母离婚分家产并不算什么大事。

"楼阮，妈让我喊你回家。

"回来吧，要分家产了。

"这房子也要卖咯。"

……

楼阮 4 岁被接到那个家，上大学那年搬出去，在那里住了十几年。

房子也要卖掉……

楼阮轻轻合了合眼，放下了手机。

谢宴礼原本就在休假，当然是跟着楼阮一起去。

回去的路上，楼阮一直沉默着。

谢宴礼也没说话，很安静地坐在她身边，牵着她的手陪着。

车子在徐家门口停下。

那扇铁门开着，院子里花草丰茂，十分静谧。

"咔嗒"一声，车门被打开。

谢宴礼下了车，站在车外，朝着楼阮伸出了手。

楼阮手指落在他温暖的掌心，下了车。

谢宴礼替她拂过脸颊的碎发，嗓音格外柔和缱绻："我陪着你。"

回到这个压抑的家也没事，有我陪着你。

"嗯！"

楼阮重重地点头。

有谢宴礼陪在她身边，她什么也不怕。

养父很少回家，她和养父没有什么感情。

养母性格冷淡，虽然没有让她感受到多少母爱，但是吃穿、读书、学习画画，从没有亏待过她。

徐旭泽说，是养母开口让她回来的。

楼阮正准备和谢宴礼一起进门，就猛地被人从身后一把抓住。

手腕被重重攥住，疼痛感袭来。

她下意识回头，看清了那个抓着她的人。

许久不见的周越添随意套着一件 T 恤，额前的发丝已经长得几乎要盖住眼睛。

他发丝下那双隐约可见的眼睛微微凹陷，眼瞳有些发红，眼下是显而易见的乌青。

胡楂挂在脸上，已经不知道多久没刮了。

楼阮有些惊讶地看着面前的人，有些恍惚。

周越添的目光落在他们紧紧扣在一起的双手上，忌妒和愤怒的情绪几乎要冲出胸膛。

他红着眼睛看向楼阮，一开口就是哑掉的哭腔："终于见到你了，我找了你好久。"

谢宴礼也认出了他，眸色晦暗了几分。

楼阮下意识往谢宴礼那边靠了靠，被抓着的手腕轻轻后缩，想挣开周越添。

"软软，你还要不要我……"周越添没有松手，"我已经知道错了，你会原谅我的对不对？我才是你一直喜欢的人啊。"

他好像真的要哭出来了。

楼阮快速平复情绪，还算冷静地说："你先松手。"

周越添顿了下，定定地看着她，一动不动。

明明还是同样的人、同样的脸、同样的声音，但好像一切都和以前不一样了。

为什么？

她以前从不会用这种语气和他说话，从不会露出这样的表情的。

谢宴礼斜睨着周越添，黑眸沉沉，殷红的嘴角轻勾，笑意懒散，却有无形的压迫感袭来，说道："这位先生，如果你今天不想在警局过夜，就先松开我太太的手腕。"

在周越添还没开口的时候，谢宴礼已经慢条斯理地掰开了他抓在楼阮手腕上的手指。

楼阮全程没有制止，甚至在周越添的手被掰开后，还往谢宴礼那边靠了靠。

亲疏立现，泾渭分明。

周越添低头看着自己悬在空中的手指，觉得心脏一阵刺痛。

"……软软。"周越添声音艰涩。

她退后的动作一遍一遍在脑海中重现，好像一把利刃刺进心口，戳进骨头里，疼痛传到四肢百骸，宛若凌迟。

谢宴礼站在楼阮身后，他自己都没察觉到，自己牵着她的手紧了许多，原本干燥的掌心已经冒出了薄汗。

他的目光落在周越添身上，胸口起伏。

哪怕这个人现在看起来已经狼狈不堪，但"周越添"这三个字对谢宴礼来说永远是座压在心头的大山。

永远是个噩梦。

他又出现在她面前了。

还是以这样的姿态。

狼狈的、憔悴的，和往常完全不同的姿态。

谢宴礼薄唇轻抿，缓缓看向楼阮。

这样的周越添，她会心疼吗？

虽然她已经放弃他了，可看到这样的他，她是不是还是会在意呢？

楼阮还真是第一次见周越添这样，有点吓到了。

她牵着谢宴礼的手，抬起头看他，嗓音缱绻绵软，低哄道："老公，你先进去，我跟他说几句话，好不好？"

周越添猛地抬起头，凌乱额发下的眼睛通红。

他完全没想过有一天，楼阮会这样喊另一个人。

他脑子"嗡"了一下。

明明站在晴空艳阳下，但他觉得刺骨地冷。

谢宴礼垂眸。

楼阮抿起唇对着他笑了一下，说："就说几句，很快的。"又补一句，"我保证。"

谢宴礼的视线落在了周越添身上。

周越添那双通红的眼睛像看仇人一样看着他。

只是两秒，周越添就合上了眼睛。

他真的一秒也看不下去，看楼阮站在谢宴礼身边，对他来说无异于自虐。

看着她眼里全是谢宴礼，听着她轻声细语地和谢宴礼说话，听着她喊谢宴礼老公……

每一个画面都足以杀死他。

"好。"谢宴礼终于点了头。

楼阮松开了他的手，又拍了拍他的手臂，重复道："很快，我保证。"

谢宴礼颔首，终于转了身。

楼阮低头看了一眼自己的手，刚刚被抓着的地方有些泛红。

徐家的铁门前，微风拂过，树影婆娑。

这个地方周越添不知道来过多少次。

多少个早晨和黑夜，他在这里看着楼阮从这扇门里出来进去。

看着谢宴礼彻底进去后，他才涩声说："软软……"

"周越添。"楼阮不知道他要说什么，但还是打断了他，声音平静，"你还记得你以前想做什么吗？"

周越添微微怔住。

"你说你要接管周家。"

"那是很久以前的梦想了，我现在的梦想不是那个了。"

周越添站在艳阳下，阳光映出凌乱发丝的影子，因为睡眠不足，那张脸显

Rose Crown

得越发憔悴狼狈。

楼阮声线平稳地提醒道："几个月之前还是这个。"

"那是以前，我现在的梦想不是那个，我不想接管什么周家，周清梨想要就给她，我现在只想要你！"周越添几乎是在喊。

他不想听楼阮说这个，不想听她说周家。

同时，他还伸出了手，试图去拉她。

楼阮适时地后退，不动声色地避开他的手。

她站在树荫下，精致的眉轻轻蹙起。

"第一，周家不是你给她的，是她凭本事自己接管的；第二，我已经结婚了，可以理解你因为不适应说出这样的话，但请你务必想想你这么多年走的每一步都是为了什么。"

"结婚了又怎么样？"周越添抬起头，忽然上前一步，看着她，"结婚了还可以离婚啊。"

楼阮也跟着后退，脸上满是不可思议。

"你和他才认识多久，你和我认识多久，你喜欢我那么多年，难道就这样轻易放弃吗？"周越添红着眼，"你以前，你一直追着我的，你都忘了吗？"

"哦。"楼阮忽然笑了，"原来你知道我以前喜欢你？"

周越添忽然顿住，看着她的笑眼，说不出话来。

他以前经常见她笑，愉悦的、灿烂的……

但从没有像现在这样的。

她现在的笑意没有温度，她好像离他很远很远。

而且，越来越远。

徐旭泽不知道什么时候出来了，远远靠在院子的尽头看着他们，神色严肃。

"既然我以前喜欢你这件事你知道，那我现在不喜欢你了，你也该知道吧？"

周越添猛地摇头，大声说："不可能！

"人的感情怎么可能说收回就收回，怎么可能说不喜欢就不喜欢！"

"怎么不可能？"楼阮只想赶紧结束话题，"我以前是很喜欢你没错，但现在不喜欢了，一点都不喜……"

"不可能！"周越添猛地打断她，他不想听这个，他一个字也听不下去。

楼阮继续把话说完："我现在，一点都不喜欢你了。"

楼阮不想继续和他纠缠，转过身就要进去。

周越添却忽然在身后喊："楼阮，你不能这么对我，是你先招惹我的，是你先追着我跑的！你不能随随便便和一个只认识几天的人结婚！你们怎么结的婚？是他用了什么卑劣手段……"

卑劣手段？

楼阮步子一顿。

她回过头来，似乎是认真想了一下，然后抬眼看他，说道："对啊，是我先追着你跑的，但你不是挺乐在其中的吗？"

周越添脸色一变。

"你乐在其中享受着一切的时候，既不敢正视我的眼睛，也不敢开口说让我别跟着你，"她笑了笑，"现在又来指责我先招惹你。

"周越添，坐错车不可怕，可怕的是投了币不舍得下车，然后越走越远。

"别舍不得了，下车吧，周越添。"

见她又要走，周越添红着眼睛，再次喊道："你怎么就确定这辆车是对的？

"你跟他才认识几天？他是什么人你清楚吗，了解吗？谢家人多，家庭复杂，他们家几代从商，以后要是出了什么事，他们想拿捏你很简单，伤筋动骨都是轻的……"

楼阮站在那儿看着地上的树影，听着他说完后才回头，说："我不能确定。

"但我现在就愿意坐这辆车，哪怕以后死在这辆车上。

"无、所、谓。"

周越添隔着那扇铁门看着她，瞳孔骤缩。

楼阮没再说什么，她甚至没再多看外面的人一眼，径直往里面走。

徐旭泽还靠在那儿，见她走过来，懒洋洋地笑道："厉害啊。

"要不要我叫人把他轰走？"

楼阮看他一眼，问："你心情还挺好？"

爸妈都要离婚了，他还能笑得这么开心？

谢宴礼现在是和养父养母他们坐在一起吗？

他一个人在里面会尴尬吗？

03

楼阮伸手推开了门。

屋子里安安静静的，客厅里只坐着两个人。

养母和谢宴礼。

养母正低头翻看着什么，她右手拿着一只精致的中古咖啡杯，有氤氲的热气从杯子里冒出来。

谢宴礼坐在她对面，见楼阮进来，抬头看过来。

楼阮安静地走进去，走到谢宴礼身边，看着对面的人轻声喊道："妈。"

她这才看到了养母在看什么。

摊在她腿上的册子上面印着珠宝图案和报价，那一面的项链和戒指报价都在百万左右。

楼阮印象中，养母似乎从来不戴这种款式的首饰。

"嗯。"女人放下咖啡杯，抬起头看了楼阮一眼，又回头对徐旭泽说，"打电话让律师过来。"

徐旭泽小声嘀咕："律师不是都已经说清楚了吗？怎么还让他过来？"

徐俊彦不愿意净身出户，徐母就直接找了律师。

徐俊彦的账单被一份一份打出来，包括他给情人买过的珠宝。

也不知道徐母用了什么手段，珠宝能追回的追回，不能追回的让徐俊彦折了现。

除了珠宝，徐俊彦名下的房产、股票、基金也都在谈判。

徐俊彦昨天还带着那小孩来了一趟，徐旭泽躲在门后听了个大概。

他爸爸想要酒庄和公司，但他妈妈很强硬，酒庄不给，公司也不给。

"要是不想被爆出丑闻影响股价，让你那些好兄弟、好玩伴和整个徐家陪你一起玩完，就老老实实把协议签了，我可以放了其他人。

"我不是在和你商量。

"你也有资格和我谈条件？"

徐旭泽还是头一次听他妈妈用那种语气说话，也不知道她手上捏了徐俊彦什么把柄。

他想，一定是比出轨更严重的事情，不然他爸爸绝不可能就这样净身出户。

徐旭泽默默往旁边挪了挪，拿出手机拨通了律师的电话。

楼阮抿起唇，轻轻拉住了谢宴礼的手。

虽然她知道这个时候不该开口，但还是忍不住低声问："妈，爸爸他……"

"你不用见他。"养母合上那本珠宝手册，语气平淡，"以后你没爸了。"

徐旭泽听到这话后忍不住扯了扯嘴角。

这话说得，好像以前有一样。

以前也八百年见不到一次啊。

楼阮默不作声。

谢宴礼很轻很轻地捏了一下她的手指。

看来是已经谈妥了，她连养父的面也不用见了。

徐旭泽拨出的电话已经通了。

"张律师，您好，您现在方便吗？我妈想让您过来一趟。

"好，好的。"

他放下手机，老老实实和母亲交代："张律师说他马上过来。"

徐母面无表情地点了点头。

安静等了十多分钟后，律师来了。

对方从公文包里拿出了几份财产分割协议。

他和徐母讲述着现在的情况，徐旭泽听了几句后不可思议地抬头。

"妈，你这是什么意思？"

他以为妈妈只是从徐俊彦那里拿到钱后让大家开心一下，但现在这是什么情况？

他们家所有的财产，都要分了？

别人家分遗产才这样分？他们家明明好好的，为什么要这样啊？

原本以为卖掉这个房子只是不想再和徐俊彦有什么关联，搞半天这是连他也不想要了？

律师被打断后，也停止了说话，大家都看向了徐母。

徐母靠在沙发里，还是面无表情，说道："你成年了，该独立出去了。"

"……我是成年了，但我没结婚啊，我还在上大学呢，妈。"徐旭泽满脸不可置信。

为什么和徐俊彦离婚连他也不要？

"继续讲。"徐母蹙了下眉，对律师说。

徐旭泽忍不住继续追问："你的意思是，我以后就自己过，没事儿别去烦你……是这个意思吗？"

"是。"徐母眼睛都没眨一下。

"……妈。"楼阮看了徐旭泽一眼，见他眼睛好像红了。

徐母抬眼看她，问道："你也有异议？"

楼阮沉默了几秒，低声说："我不要这些钱。"

"你是徐俊彦走正规程序抱回来在这个家长大的，该你的就是你的。

"我累了，张律，你和他们把协议签了。"

徐母说完就站了起来。

张律师点头应道："是。"

徐旭泽一直看着徐母，直到她彻底消失在视野中，才转过头看张律师，问："她这是什么意思？和我断绝关系，让我拿钱滚蛋？"

张律师回道："……夫人不是这个意思。"

"那是什么意思？"徐旭泽已经在克制了，但还是没忍住，眼泪滚下来，他一把抹了，"不是，为什么啊？因为我是徐俊彦的儿子？

"可我不也是她的儿子吗？"

即将得到一大笔财产，大家心里却没多高兴。

和楼阮一起坐在车里时，徐旭泽的心情也已经平复了很多。他坐在副驾驶座上看了会儿手机，忽然说："也正常。"

楼阮不知道他什么意思。

徐旭泽接着说："我们这种家庭，有阿姨有司机，没人去参加家长会，没人给做饭，也正常。"

以前学校开家长会的时候，别人的家长都会去，但他们家从来没人去参加，不管是楼阮的还是徐旭泽的，一般都是阿姨在家里给老师打个电话。

徐旭泽又自嘲说："没有亲情，至少还有钱，总比什么都没有强。"

谢宴礼坐在楼阮身旁，很轻地拍了拍楼阮，像是在安慰她。

楼阮往他身边靠了靠。

谢宴礼伸手揽住了她，让她靠在了自己怀里。

车子平稳地行驶。

徐旭泽安静了一会儿，忽然又开始抱怨："但是她为什么让我没事儿别去烦她啊？

"不至于吧？我有那么烦吗？我在家都不敢大声说话，生怕吵到她，凭什么啊？"

楼阮也想不出为什么。

自楼阮有记忆起，养母就是这样的性格。

她好像很不喜欢孩子，徐旭泽还是婴儿的时候，她就不怎么管，他们两个一直是阿姨在带。

楼阮想了想，轻声说："可能是离婚了，想一个人安静地待着。"

"她对徐俊彦又没什么感情，有什么可安静的啊！"徐旭泽不满地嘟囔。

徐旭泽的这些疑问，楼阮也有。

她以前经常会想，为什么养母对亲生儿子也那么冷淡疏离。

但这个问题她一直都没想通。

现在更想不通了。

徐旭泽把头靠在车窗玻璃上，看着外面的风景喃喃道："算了，她想怎样就怎样……"

04

虽然大家兴致都不高，但饭还是要吃的。

所以他们就近找了家私房菜馆吃饭。

包厢里。

谢宴礼垂着眼睛，慢条斯理地剥虾。

剥好的虾全都落进了楼阮碗里。

徐旭泽坐那儿快速干了两碗饭，心情忽然好了不少，他扫了一眼坐在他对面的两个人，忍不住"啧"了一声。

"怎么？"楼阮问了一句。

徐旭泽给自己夹了菜，叹了口气，说："你这新婚生活真不错，难怪你不愿意下车。"

楼阮不解。

谢宴礼抬眼看向他们，不明所以。

徐旭泽抿起唇笑，还用手托住脸，掐着嗓子学楼阮说话：

"但我现在就愿意坐这辆车，哪怕以后死在这辆车上。无所谓。

"无所谓欸。"

楼阮腹诽：这人怎么回事儿？刚在家里的时候还在哭鼻子，在车上的时候还靠着车窗闹情绪，这才进饭馆多久，这么快就恢复了？！

"有点饱了。"徐旭泽手上还捏着筷子。

楼阮说道："不吃了就回去吧。"

徐旭泽接话："我不。"

徐旭泽看到楼阮气鼓鼓的表情，忙低头扒了口饭，说："你自己说的，我就是复述一下。"

"你复述它干吗啊？"

楼阮闭了闭眼，她说的那会儿还不觉得，现在回想一下，好"中二"……

徐旭泽呵呵笑道："稀奇呗。"

楼阮以前从来不会对周越添说这种话，连个哭丧脸都不会给。

之前他对着周越添翻个白眼都能被她说两句，比如什么"你别那样对人家呀""他人很好的，别对他有偏见啦"……

无语，真的无语。

楼阮生怕徐旭泽再提起，赶紧催他："你吃好了吗？好了我让小秦送你回学校。"

徐旭泽的手指落在桌面上，指尖轻轻点了点，忽然看向谢宴礼，说："我当时真应该用手机录下来……"

谢宴礼正把剥好的虾放进楼阮碗里，问道："你们说什么呢？"

"没什么。"楼阮摇头。

她并不是很想让他听到那段"中二"发言。

徐旭泽却来劲儿了，他嘴角弯起来，笑容灿烂地说："录下她对你的炙热告白。"

楼阮一愣。

告白？

还炙热告白……

她盯着徐旭泽，拳头攥了起来。

要是眼神能暗杀一个人，徐旭泽早就被暗杀八百次了。

他们虽然感情不怎么样，但到底同一屋檐下生活了那么多年，就不能得饶人处且饶人吗？

一定要她"社死"吗？

"炙热告白？"谢宴礼一脸疑惑地看向楼阮。

楼阮默默抬起头，对上了对方深沉的眼神。

"展开讲讲。"谢宴礼的视线落在对面的徐旭泽身上。

楼阮用眼神警告了一下徐旭泽，然后低头吃饭。

"哎，其实也没什么。"徐旭泽往后一靠，兴致勃勃地开始讲述，"当时的情况呢，是这样的……"

楼阮手里的瓷白小碗快被她捏碎了。

徐旭泽完全不予理会，他学着楼阮当时的语气，绘声绘色地说："坐错车不可怕，可怕的是投了币舍不得下车，然后越走越远。"

楼阮感觉自己嘴角在抽动，想死，真的。

她完全可以感受到落在身上的那道滚烫目光。

等徐旭泽终于学完了，楼阮听到头顶上方落下来一声轻笑。

徐旭泽手撑着下巴，好奇问道："她在家里是不是经常说这些？"

他以前都没见过楼阮发过什么甜蜜的朋友圈，但加了新微信以后简直闪瞎他的眼睛。

谢宴礼垂着眼睛，给楼阮添了果汁，语气平常地说："她在家不说这个。"

"真的假的？在家里没有炙热告白？"徐旭泽完全不信。

谢宴礼目光掠过楼阮，说道："她在家里的炙热告白没有这么婉约，都是比较直接的。"

楼阮立刻抬起了头，白皙的耳尖迅速染上了醉人的红。

"这还婉约？"徐旭泽有些茫然，蹙眉想了几秒才抬起头看谢宴礼，"那她在家里都怎么直接？我爱你这种？"

"通常情况下，她会说稍微含蓄点的，比如喜欢我，说很多遍。"

楼阮伸手掐了谢宴礼一把。

"就这吗？"徐旭泽忽然有点傻眼。

谢宴礼喜欢听这个？

他们是什么小学生吗，还喜欢你喜欢我的？

谢宴礼被掐了一把，像被小猫爪子挠了下似的，触感轻软，他嘴角笑意更甚，垂眼看她，说："你听，人家都觉得没什么，夫人怎么还害羞？"

楼阮又掐了他一把，气鼓鼓地低下头继续吃饭。

以后再也不说喜欢他了！

可她的样子看在谢宴礼眼里，就像巴掌大的小猫故作凶巴巴的样子，朝着你亮爪子，然后亮出来的就只是粉萌粉萌的肉爪。

徐旭泽若有所思，楼阮这个样子，感觉比以前生动了不少。

这种表情，以前在她脸上很难看到的。

他以前就算故意冷嘲热讽，她也会摆出那张乖乖脸，好脾气地跟他说"不要这样"。

说实话，真的一点意思都没有。

吃完饭后，楼阮的脸还是红红的。

她甚至都不跟谢宴礼走在一起了，自己跑上车坐了上去。

后面的车门被打开，谢宴礼坐了上来。

谢宴礼嘴角勾着笑，伸出手掌，掌心里有两颗水果糖，包装纸是漂亮的淡橘色。

他嗓音带笑，问道："甜橘老师，来颗橘子糖吗？"

楼阮看了一眼，白皙的小脸绷着，高冷婉拒："不吃。"

驾驶座上的小秦面无表情地启动车子，对后面的情况视而不见。

倒是副驾驶座上的徐旭泽抬起了头看向后视镜。

只见谢宴礼收回手，然后认认真真地剥开水果糖的糖纸，把橘色的水果糖递到楼阮嘴边，说："尝一下嘛。"

徐旭泽愣了愣，转头看了小秦一眼，欲言又止。

小秦默默伸出手按了一个按钮，后面的挡板慢慢升起。

徐旭泽没忍住问道："他们平时也这样吗？"

小秦双手落在方向盘上，认真看着前面的路，仔细回想了一下，说："平时比这个还……

"甜蜜。"

05

徐旭泽被送回了学校。

下了车以后，他忽然想起了什么，拿出手机打开了八百年没有用过的微博，点进关注列表，熟练地搜索"酸橘"。

倒是搜出了一个用户。

不过她的微博 ID 并不是酸橘，而是甜橘。

"甜"字还被标了红。

头像还是熟悉的画风。

是这个。

楼阮的头像一直都是她自己画的，他一眼就认出来了。

难怪谢宴礼叫她甜橘老师……

徐旭泽再次想起车上那句"甜橘老师"，打了个冷战。

他点进了楼阮的微博主页。

"……好家伙，好家伙……"徐旭泽被震撼到了。

一路刷下去，还挺甜。

正当他准备收起手机回宿舍的时候，电话来了。

一个陌生号码。

"喂，你好。"徐旭泽接起。

对方的声音十分熟悉，是他前不久刚刚在车上听到过的。

隔着电流，谢宴礼的声音依旧让他头皮发麻，因为莫名会想起那句"甜橘老师"。

谢宴礼带着笑意说："这是我的手机号码。"

徐旭泽回道："……哦，行。"

电话另一头的人又说："我加了你微信。"

徐旭泽点点头，回道："行，我等会儿通过。"

谢宴礼"嗯"了声，留下一句"有什么事可以找我"，然后就挂了电话。

徐旭泽存了谢宴礼的电话，又一边走一边打开了微信。

好友申请那里有个黑色头像。

哈，果然。

霸总标配黑色头像。

徐旭泽点了通过，备注名字完事。

他并没有兴趣多看一眼。

车子停在了地下停车场。

小秦早就下车了。

车上只剩下了谢宴礼和楼阮。

谢宴礼挂了电话，手指抚过怀中人的脸颊。

楼阮直接张开嘴一口咬住。

手指上多了个牙印，谢宴礼也没生气，反倒笑了笑，把人抱起来，让她坐在他腿上。

"甜橘老师现在对我很凶。"

楼阮瞪着他，说："谁让你说那个！"

"那夫人在家，确实就是那样直白地炙热告白的啊……"

"那也不许往外说！"楼阮伸出小手推他。

"好。"谢宴礼笑了笑，伸手把她按在怀里，"我听夫人话，但作为交换条件，夫人以后能不能多说一点我爱听的？"

楼阮耳尖就贴在他心口，她可以清晰地听到他的心跳声。

他清润的嗓音落下来："像今天夫人说的，我就很喜欢听。"

楼阮在他怀中抿起唇。

随后，她的小脸被抬起来，她被迫抬头看他。

他那双漆黑的眸子含笑，染着潋滟的碎光，表情认真，像在承诺："不过，我不会让夫人死在我这辆车上的。"

楼阮突然抬起下巴封住他的唇，指腹蹭上他漂亮饱满的喉结，又移到了锁骨处描绘蝴蝶的位置。

短促的吻暂停，她抬着亮晶晶的眼睛看他，喊道："谢宴礼。"

"……嗯。"

"这些，都是我对你的炙热告白。"

嫁给他以后，她画的每一幅画，都是对他的炙热告白。

徐旭泽回宿舍睡了一下午。

醒来后，他半眯着眼睛点了个外卖。

点完后，徐旭泽脑子总算清醒了些。

他坐起来，从挂在床上的小挂篮里拿了瓶可乐，随手拧开瓶盖，一边喝，一边打开了微信。

"喀——"

"咋了？"室友茫然回头，"没事吧？"

可乐喷了一身，他伸手抽了张纸巾，用力摆手，说："……没事儿。"

话虽是这样说的，但他呛得可不轻。

室友狐疑地看了他一眼，又转过头。

徐旭泽擦了几下，重新把手机拿起来，屏幕上赫然亮着谢宴礼最新的朋友圈。

谢宴礼：【小猫咬的，小猫补偿。】

还有一张图片。

那是一张用两张图拼起来的图片，上面一张是谢宴礼的指节，修长的指节上有个小小的牙印。

一看就不是猫咬的。

下面那张，还是他的手指，牙印被一只蝴蝶遮住了。

是徐旭泽再熟悉不过的楼阮的画风。

真会玩。

震惊他全家。

可乐味在鼻腔弥漫。

徐旭泽点进了谢宴礼的朋友圈，一条一条看了下去。

徐旭泽看完以后，丢下手机直挺挺地躺下了，闭着眼睛想了想，说："我是不是还没睡醒？"

谢宴礼的朋友圈简直活跃得像个假号！

他看着比楼阮还上头……

不是，他想不通。

那可是谢宴礼欸!

他们真的超爱……

可是，他们才认识多久啊?

第十八章

◆

万赞分析贴

01

清晨，楼阮还没睡醒。

谢宴礼任她躺在怀里，他碰了碰她前额的碎发，过了一会儿，从一旁拿起了手机。

在他准备打开微博时，楼阮迷迷糊糊地睁开了眼睛。

她脑袋往前凑了凑，嗓音有些哑地问道："在看什么？"

"嗯？"谢宴礼的注意力被吸引过去，凑过去亲她，"微博。"

"好多人'艾特'我。"

"……这不是正常的吗？"楼阮闭着眼睛在他怀里蹭了蹭，还想再睡一会儿。

谢宴礼揽着她的肩，随手滑动手机屏幕，说道："他们在'艾特'我看一个……感情帖？"

楼阮还是闭着眼睛，迷迷糊糊地"哦"了一声。

谢宴礼嘴里念着："放弃追了十几年的男生后，我喜欢上了闪婚老公……"

躺在他怀中的楼阮蓦地睁开了眼睛。

谢宴礼蹙了下眉，说："怎么跟那种新媒体小说推送一样？

"他们都让我画这个，我看看……"

谢宴礼还没点进去，一只嫩白的小手就从被子里伸了出来，拿走了他的手机。

他手上一空，然后看向怀里的人。

楼阮动作很快，已经把他的手机藏到了身后，语气可怜巴巴的："老公。"

"……嗯？"谢宴礼有些恍惚。

"我饿啦……

"想喝粥，甜粥。

"可不可以？"

她很少和他提要求的。

谢宴礼几乎没有迟疑，他马上翻身起床，说道："好，我出去给你买。"

出去？

出去肯定要带手机的……

"我想吃你做的。"楼阮嗓音变得格外甜。

谢宴礼盯着她看了两秒后才点了头，说："好。

"那……我的手机？"

楼阮裹着被子，只露出一张小脸，问："要手机干什么？"

谢宴礼眼尾微挑，说："搜搜教程，学习一下甜粥怎么做更好吃。"

楼阮把他的手机紧紧揣在怀里。

"不用搜什么教程，你随便煮点就好，我要求不高。"不等他有什么动作，被子里就伸出了一截纤白的手臂，很轻很轻地拉住他的睡衣袖口，轻轻晃动，"……真的饿啦。"

谢宴礼点头，说："好。"

随后，谢宴礼微微俯身，握住她纤细的手腕，掀开被子把她的手放了回去。

"要甜的？"

楼阮见他要走，眉梢不自觉地弯了弯，缩在被子里小鸡啄米似的点头，说："嗯嗯，甜的。"

几乎把做贼心虚写在了脸上。

谢宴礼眉目弯了弯，转了身。

被子里，楼阮还紧紧揣着他的手机。

她看着谢宴礼走出房门，才赶紧拿出了它。

屏幕亮起。

楼阮飞快地浏览谢宴礼的微博消息列表。

这种事她还是第一次干，很不习惯。

楼阮缩在被子里，满脸心虚地点进了那条都在"艾特"谢宴礼的微博。

那条微博，转发两万，评论一万，点赞四万。

再一翻，前面很多都是"艾特"谢宴礼的，让他画点小漫画的……

楼阮捂住了脸。

怎么会这样？网络大世界，它火了就火了，为什么要火到谢宴礼面前啊？

楼阮已经不知道怎么收场了，她注册了一个微博小号，先带着论坛帖主页的截图去找了目前知道已经转发帖子的营销号，要求对方删除微博。

但是照目前这个转发速度和热度，肯定是删不完的。

"啊……"

楼阮在床上翻了个身，发出悔不当初的哀号。

呜呜呜……

那个帖子的内容，她横看竖看觉得都不适合给谢宴礼看。

呜呜……

太羞耻了。

"咚咚——"

门口传来叩门的轻响声。

楼阮抬头看过去，谢宴礼不知道什么时候已经回来了。

他慢步过来，在床边坐下。

楼阮问："你……什么时候上来的？"

"夫人在这儿滚来滚去的时候。"

"你那会儿怎么不喊我？"楼阮想死。

谢宴礼有理有据地说："我看夫人好像很苦恼。"

"没有！"楼阮下意识否定，又有些心虚地别开视线，"我有什么可苦恼的？"

谢宴礼悦耳的轻笑落下来，问道："没有吗？"

楼阮有些底气不足地说："没有啊，没有什么可苦恼的。"

谢宴礼低笑了声，说："真的吗？那个帖子不是夫人发的吗？"

"你已经看过了？"几乎是一瞬间，楼阮差点从床上跳起来。

"没有。"

"你诈我？"

"也不是。夫人一看就不是经常做这种事，心虚都写在脸上了。"

楼阮伸手就要推谢宴礼，却被他抓住了手。

他眉眼弯弯，黑眸中带着浅浅的愉悦，说道："而且那个帖子的名字，指向性很明显。"

楼阮恨不得立刻跳出去找找镜子，看看她的表情究竟有多心虚！

怎么能一眼就看出来呢？

谢宴礼把人抱住，下巴抵在她肩上，轻声说道："不过还是有点好奇的。写了很多我不能看的东西吗？"

楼阮有些犹豫。

可她不管怎么想，都觉得好羞耻。

"嗯。"她声音有些闷闷的。

抱着她的人轻笑一声，说："行。既然夫人不想让我看，那我不看。"

楼阮睁大眼睛看他，问道："真的？"

谢宴礼点头，说："真的。"

"不过……"谢宴礼顿了顿，忽然笑了，"夫人，我都这么听话了，夫人就不给我点奖励吗？"

楼阮："？"

很好，她就知道，生意人绝不会吃亏。

"你想要什么奖励？"

谢宴礼薄唇轻勾，笑容炫目，说道："楼下的娃娃机，多给次机会？"

"我其实有点发愁。

"你准备的要是抓不完，那我让人准备的那些礼物就不能放进去，这样下去，夫人会很吃亏。

"会损失一大堆礼物。"

他说得正义凛然，好像真的是在替楼阮考虑似的。

楼阮犹豫了一下，问道："要是不给你抓娃娃的机会，你就会看帖子吗？"

"当然不会，这不是和夫人交易，也不是威胁，只是讨赏。

"一切决定权归夫人所有。"

餐桌上，金灿灿的泛着香甜味道的南瓜甜粥摆在楼阮面前，旁边还有油条和煎饼。

谢宴礼甚至还调了一小碟料汁给她，以防她觉得鸡蛋煎饼味道太淡。

楼阮被谢宴礼这一通操作搞得心里不是滋味起来，脑子里一会儿是他认真说"决定权归夫人所有"的样子，一会儿是他在厨房里忙来忙去给她煮粥的样子。

她好像对他很差，帖子也不让他看，娃娃机也不多给次机会……

楼阮低头喝了口南瓜粥，微甜不腻。

她咬着勺子，看了一眼对面正在慢条斯理用餐的人。

他看起来好像完全不受那些事的影响，见她看他，还抬眼对她笑，询问甜粥的味道如何。

快要吃完的时候，楼阮才喊了声："谢宴礼。"

"嗯？"谢宴礼抬起头看她。

楼阮声音低了些："……给你一次机会。"

楼阮转头看了一眼客厅里那只巨大的粉色娃娃机，说道："抓娃娃。"

谢宴礼顺着她的视线看了过去，眉梢轻挑。

他的夫人，果然是全天下最心软的小女孩。

"好。"他像不怎么意外似的，"那我吃完饭就可以抓了？"

"嗯。"楼阮定定地看着他，像是鼓起了很大勇气似的，声音很小，"帖子，也可以看。"

谢宴礼猛地抬起了头。

楼阮又小声重复了一句："帖子也可以看。"

"不是说有很多我不能看的东西吗？"谢宴礼笑问。

"……是有一些。"

"那也给我看？"

"嗯。"

谢宴礼勾起嘴角，说："那我可要好好想想，吃完饭是先看帖子还是先抓礼物了。"

碗里的南瓜甜粥已经见了底，楼阮低下头，喝掉了最后一口，甜味在口中弥漫开来。

谢宴礼身子微微前倾，问："这两样，有指定顺序吗？"

楼阮放下手中的小汤勺，瞪了他一眼，回道："没有！随你，这个不需要请示！"

谢宴礼眼底的笑意更加灿烂，完全被她可爱到了。

谢宴礼吃饭的速度明显比刚刚快了些。

那碗甜粥他是端着碗直接喝完的。

全都解决完后，他又把碗碟拿进厨房，放进了洗碗机里，这才慢悠悠走出厨房。

楼阮正坐在那里抬头看着他。

她微微抿着唇，看起来像是有些忐忑。

"我忽然想起来，我好像要出门一趟……"她小声说着，站了起来，也不等谢宴礼说什么，又跑过来抱住他的腰，"你看完不许笑我。"

被抱住的人忍不住低笑了一声，问道："这么紧张？"他想了想，"要不这样，我只看我能看的部分，不能看的部分不看？"

楼阮认真想了一下这件事的可行性，得到的结论就是没什么可行性。

"……没必要，直接看吧。"

"行，那我看完，一定不笑。"

楼阮把手机放在了谢宴礼的掌心，然后转身试图离开。

谢宴礼伸出手臂，把人揽住，说："想要夫人陪我一起看。"

他嗓音微低，沾了绵软，听起来竟有几分撒娇意味。

楼阮还没反应过来，就被他圈在怀里，抱到沙发边坐了下来。

楼阮眼看着他打开微博，找到了那个帖子。

Rose Crown

她看着那个熟悉的页面，嘴唇逐渐抿起，绷紧。

抱着她的人低笑了声，下巴落在她柔软的发丝上，说道："原来夫人这么早就喜欢我了……"

这个倒是没什么不好承认的，楼阮声音很轻地"嗯"了一声。

谢宴礼手指滑动，继续往下看，嗓音中仍然夹杂着抑制不住的笑意。

"夫人，能不能稍微宽限一下条件，我尽量少笑几声？

"对不起，一想到你这么早就喜欢我，想着怎么追我……

"真的很难忍住不笑。"

楼阮没好气地说："不行。"

"那怎么办？我实在忍不住。"

温热的气息拂过耳尖，身后的人笑意更甚。

他搂着她，四周都是他的气息。

周围的空气仿佛都跟着一起变得愉悦了起来。

"勾引？"

楼阮一愣。

谢宴礼贴到她耳后，说："所以，是她们说要勾引，夫人才那样的吗？"

楼阮默默地把手撑在沙发上就想走，却被身后的人一拉，又坐回了他怀里。

"还没看完。"身后的谢宴礼声线平稳，隐约带笑，"夫人去哪儿？"

楼阮觉得有些热，前额都冒出了细密的薄汗，努力保持平静说："你先看，我去喝杯水。"

谢宴礼"哦"了声，松了手，说道："那我等夫人回来一起看。"

楼阮在心中大喊：救命啊！

她到底该换到哪个星球生活呢？

这辈子怎么会这么漫长？

她认命地往厨房走，一边回头看他，一边问："你要喝吗？"

坐在沙发上的乖巧小谢轻轻颔首，说道："要喝！"

楼阮有些生无可恋地走进了厨房。

她从冰箱里拿出了两盒草莓牛奶，走了出去。

谢宴礼朝着她伸出了手。

淡粉色的草莓牛奶盒被递到了他手上。

他拆了粘在上面的吸管，撕开吸管包装纸，把吸管插好了递给楼阮。

楼阮接过，在他身边坐了下来。

她低头咬住吸管，白软的脸颊鼓起来，猛吸了一大口。

微凉的草莓牛奶味道在口中弥漫开来，凉意顺着喉咙进入腹部，整个人好像重新活过来了似的。

谢宴礼靠了过来，问道："其实也没什么，夫人怎么这么容易害羞？

"我之前画的那些漫画，夫人不也全都看了？

"这是礼尚往来。"

他说得好像很有道理。

但……

但他那个全都是纯爱心事啊！

她这个帖子里面那些"军师们"在后面可是留了好多不正经的评论……

楼阮看着他翻页的动作，看得心惊肉跳。

终于，谢宴礼翻看的速度慢了些，挑了挑眉，问："所以第一次喝多了，是试探？

"怎么那么可爱，想试探我结果真的喝多了？"

楼阮无言以对。

楼阮咬着吸管，闭眼想着爱谁谁的时候，听到谢宴礼突然低声说道："试领带的时候，我没有觉得很麻烦。"

看来他刷到她发的那条：【领带只试了几条他就不试了，说剩下的全要了，是不是觉得麻烦啊？】

"我觉得很开心。

"又开心又忌妒，还有点怕。

"看你领带打得那么熟练，还以为……

"这个你后来说了。"

他定定看着她，继续说道："我那时候之所以说不试了全都要了，是因为我很怕。

"一条一条试，我怕你会累，怕你……会嫌我烦。"

——怕你会嫌我烦。

楼阮抬着头，鼻子马上就酸了。

试个领带而已，他搞得这么卑微干什么？

"我才不会烦。"她抬着眼睛，眼尾不知道什么时候已经红了，"自己瞎猜什么……"

谢宴礼低声笑起来，捧住她的脸，垂眼亲她，说："对，我瞎猜。

"是我不对。"

他的吻落在她嘴角，蜻蜓点水。

他那双低垂的眼睫遮住了眼中的迷恋，轻声说道："那我给夫人写个保证书好不好？

"保证以后绝不瞎猜了。

"有什么事就问夫人。

"夫人不要生我的气，好不好？"

Rose Crown

楼阮听着他的低喃，原本的窘迫顿时消失得一干二净。

她有些心疼地说："我没生气……"

谢宴礼抱她抱得越发紧，低声说道："……可你帖子里写了的。

"领带全都要的时候，你不太高兴。

"电影也没选到你想看的。"

他埋在她颈窝，继续说："最后面还问她们是不是感觉错了，我是不是真的喜欢你……"

谢宴礼微低的嗓音中带着一丝小心：

"是我没做好。

"以后不会了，不要怀疑我了……"

——以后我再也不会那样，不要再怀疑我的爱。

楼阮鼻子酸起来，心软成一片。

没有做好的是她。

不该别扭，不该不相信他的爱。

楼阮伸出手轻轻抱他，半张脸都埋在他怀里。

"嗯。

"以后不怀疑了。"

她脸颊贴上他心口的位置，可以很清晰地听到他的心跳声。

"我也，写个保证书给你。"

这天夜里，很多人都刷到了谢宴礼最新的朋友圈，他们看到内容时都不约而同地吐出一口长气。

谢宴礼：【第二条被夫人画掉了。】

配的图片是两张不同字体的保证书。

上面那一页是谢宴礼的。

　　保证书

　　甲方：楼阮　乙方：谢宴礼

　　乙方保证永远相信甲方，保证永远对甲方坦诚，保证有问题及时提出，及时解决，绝不自己胡思乱想。

　　保证永远爱甲方，以甲方为第一位。（此条被画掉了）

　　谢宴礼 2023 年 6 月 7 日

至于下面那页，只能看到不同笔迹的"保证书"三个字。

内容被上面那页遮得严严实实。

众人纷纷表示好奇，强烈要求放出楼阮的那份。

第二天，谢宴礼满足了大家的心愿，把楼阮那份保证书发了出来。

谢宴礼：【夫人写的。】

楼阮的这份保证书相对来说就简单多了。

保证书

保证永远相信谢宴礼的爱。

楼阮 2023.6.7

看到朋友圈的众人：……你究竟在得意什么啊？

02

和华清大学实验室的合作，还有公司上市的事情，让谢宴礼变得格外忙碌，但仍然没有耽误他每天回家给楼阮带花和小零食。

家里的花越来越多，但永远有新鲜的。

干了的花，楼阮也都没有扔掉。

客厅里的各色花瓶随处可见，里面插着品种颜色不一的花朵。

原来只有灰黑白三种颜色的家早就变得色彩缤纷。

楼阮放下画笔，把刚画好的画摆在了一旁。

2楼最末一间房被谢宴礼整理出来给楼阮做了画室。

现在这里到处都是画。

除了偶尔和谢星沉还有谢妈妈她们吃饭逛街，楼阮大多数时间都待在画室里。

不知道是不是因为赋予了情感，楼阮觉得她最近画得比以前更好了。

她站起身来，扫描了最新的几幅作品，把它们传上了微博。

微博一发出去，就收获了很多评论。

【啊！甜橘老师真的太会画了！】

【好绝！！谁看了不说一声绝！】

【又画X老师了，嗑死我了！】

【等一个X老师的评论和点赞……】

……

楼阮手指滑动，刷新了一下，谢宴礼的点赞这就来了。

您的特别关注"@专心喜欢甜橘"点赞了您的微博。

您的特别关注"@专心喜欢甜橘"评论了您的微博：【太好看了，请问甜橘老师是怎么想出这样的人物的？是有模特参考吗？】

楼阮坐在画室里，看着那条评论低笑了一声，慢慢地敲字：

【你好，有模特参考的，模特就是我的先生，他的微博 ID 是 @ 专心喜欢甜橘。】

没几秒，谢宴礼这条评论里就多了不少回复。

以经常出现在他们评论区的白夜老师带头冲锋。

@ 白夜：【差不多得了。】

还配了个咬牙切齿的表情包。

网友们紧随其后：

【本来上课就烦，谁懂啊？家人们。】

【哟哟哟，你们开始了！】

……

楼阮看着评论，嘴角溢出浅浅的笑。

谢老爷子的电话突然打过来。

"阮阮呀，我之前跟你说的设计师回来啦。我让小秦去接你，和爷爷去吃饭吧？"

楼阮回答："好。"

谢老爷子说的人是一位很有名的中式礼服设计师。

为了他们的婚礼，老爷子费了不少心。

中式礼服谢老爷子在张罗。

婚纱是谢妈妈在安排。

楼阮离开画室，去洗了手换了衣裳。

小秦已经等在了门口，见楼阮下来，他打开了车门，说："夫人，老爷子和设计师在清影园。"

楼阮点了点头，然后给谢宴礼发了消息：

【晚饭我不在家吃了，爷爷找的设计师回来了，我去清影园和爷爷他们一起吃。】

谢宴礼很快回复：【好，我结束后直接去那边。】

清影园是家中式私房菜馆，里面亭台水榭，清幽雅致。

楼阮跟着小秦穿过长廊，走到谢老爷子订好的包厢门前。

他们已经到了。

谢老爷子的笑声从里面传来："是吗，你也是华清美院的？我孙媳妇也是！她画得可好啦。"

小秦站在门前叩了门。

"应该是我孙媳妇到了。"谢老爷子的声音再次传来，"进来吧！"

还有另一道声音传来，应该是设计师："哎哟，小谢夫人来了，小林，快去开门。"

那扇门被彻底打开的瞬间，楼阮看清了来人。

对方穿着色调淡雅的蓝色裙子，大方得体，却在看到她的瞬间，脸上的笑容略微凝固。

楼阮也有些怔然，没想到会在这个地方，会在这种情况下再次见到这个人——

林语，她的大学室友。

她们之间倒也没有大的过节，就只是闹过一些微妙的不愉快。

比如她太早出门吵到了林语她们睡觉；她不小心听到林语和其他室友说，"咱们去吃火锅吧，不叫楼阮了，和她吃不到一起"，下一秒，她就很不合时宜地出现在了她们面前……

她们没有什么激烈的争吵，就只有过一些尴尬时刻。

随后以她搬出宿舍终止。

大学毕业后，她再也没有见过她们。

谢老爷子坐在圆窗边，外面是影影绰绰的竹影，他笑呵呵地朝着楼阮招手，说："阮阮，快来，爷爷点了你喜欢的松鼠鱼！"

下一秒，他又对坐在对面的设计师介绍："这是我孙媳妇！"

语气里带着骄傲，好像在说，看，是不是聪明又漂亮，也是华清美院毕业的，还长这么漂亮。

空气短暂凝滞了一瞬。

林语伸出了手，似乎是想接楼阮的包，她有些不太自然地说："你好……小谢夫人。"

而此时，林语身后的设计师也站了起来，看着楼阮，说道："谢董说得真的一点不夸张，小谢夫人长得又漂亮又有气质，都能去当明星了！"

林语低下头，看不清眼中情绪。

楼阮声音平静："没事，我自己来吧。"

她越过林语走进去，把包和外套挂好，在老爷子身旁坐了下来，对设计师点了头，说："您好。"

谢老爷子看起来很高兴，说道："我点了松鼠鱼、西湖牛肉羹、椒麻鸡片、金丝面……全都是你爱吃的！"说着，他又推了推手边的果汁，"喏，这个也是特意给你点的。"

末了，他又笑着对对面的设计师解释："年轻人爱喝饮料，不怎么喝茶。"语气里带着几分对小辈的宠溺。

设计师是个穿着旗袍的中年女人，她长相温婉，和林语有些像，一边坐下来，一边笑道："谢董可真疼孙媳妇。"

"那可不，"谢老爷子道，"我孙媳妇可比我那孙子贴心多了。

"跟我亲孙女似的。"

林语也慢慢走了回来，在设计师身旁坐了下来。

楼阮来后，很快就上了菜，他们一边吃一边聊。

设计师最后还给了楼阮几张照片，这是她提前设计好的几款。

她语气诚恳地说："您看看喜欢哪一套，或者有什么想法……"

话音未落，包厢外就有人敲门。

那扇门被一只修长的手推开，包厢里的人一起抬了头。

谢宴礼穿着一身黑色西装，面容清贵，一双乌黑狭长的眸子淡漠疏离。

他目光一转，视线落在楼阮身上，薄唇一勾，说："爷爷，让人添双筷子吧。"说着，他就含笑走进来，在楼阮身边坐了下来，"怎么把人拐到这儿来了，让我好找。"

谢老爷子瞪他一眼，没好气地说："又来蹭饭了。"接着朝门外喊，"小秦，让人添份饭。"

坐在对面的设计师有些惊讶地看着谢宴礼，说道："这是谢总吧？真是一表人才。"

何止一表人才，简直可以去当明星了，和楼阮一样，都好看得过分。

两个人一个浓颜，一个淡颜，一个勾魂摄魄，另一个清纯干净。

楼阮五官虽然没有那么深邃，但坐在谢宴礼身边却也不输气场，两人反而相得益彰，看起来极其相配。

"您好。"谢宴礼礼貌又客气。

设计师笑了一下，这才想起身边的人，介绍道："这是我女儿，现在是我的助手，是华清美院毕业的，礼服上一些花样就是她画的。"

听到"华清美院"四个字后，谢宴礼转头看了一眼身旁的人，依旧很客气地和林语点头，说："你好。"

林语挤出个笑来，说："你好……"

谢宴礼滑动平板上的礼服图，小声问楼阮："看中了哪一套？"

楼阮低声说："还在看。"

设计师笑道："那正好一起看吧，谢总有什么意见和想法也可以直接跟我说。"

谢宴礼说："我们家我夫人做主。"

设计师感叹："你们感情真好。"

谢老爷子在一旁哼了声，说："得亏是阮阮做主，照你那审美，你家那样子能住人？没点颜色！"

谢宴礼连连应道："是。"

楼阮还在低头认真看礼服。

谢宴礼突然想到了什么，忽然开口："关于礼服，我还真有个想法。"

设计师抬起头，从一旁的中式手袋中拿出了本子和笔，认真地说道："您请讲。"

谢宴礼弯了弯唇，说："得先请示我夫人。"

他笑着问道："夫人，我可以有意见吗？"

谢老爷子端起茶杯，嘴角扯了一下。

包厢里这么多人，楼阮有些不好意思，她伸手推了谢宴礼一下，小声说："你有什么想法直接说就好了……"

设计师握着笔，愣了两秒。

林语的目光落在楼阮身上，看了两秒又低了头。

谢宴礼薄唇轻启："加个刺绣吧。"

"2013.4.12。"

听到这句，楼阮马上抬起了头。

设计师在本子上记下了这个时间，她忍不住问道："十年前？是两位认识的时间吗？"

谢宴礼眼尾轻扬，说："是我第一次见我太太的那天。"

楼阮推开洗手间的门，一眼就看到了洗手台前站着的人。

林语背对着她，伸手拧上雅致的铜制竹节开关，水流声戛然而止。

那面镜子里映出了楼阮的脸。

她们对上了视线。

洗手间里很安静，好像只有她们两个人在。

楼阮想抬脚出门。

身后的人却忽然叫住了她："楼阮。"

楼阮停顿了下就继续往外走。

自从她搬出宿舍后，她们就再也没说过话。

她们不熟。

也没什么可说的。

"楼阮！"身后的人还是追了上来！

楼阮避无可避，终于转头看林语，问："什么事？"

"没想到……会在这儿遇见你。"林语有些无措。

楼阮低头沉默着，不知道和她说什么。

"那个……周越添呢？"

楼阮完全没想到会从林语口中听到这个名字，她微微蹙起眉。

她在宿舍没住多久就搬出去了，她记得自己好像没有和她们说过周越添。

"很惊讶吗？没想到我会知道这个人？"林语的语气忽然变得古怪起来，"谁不知道啊？

"大一军训的时候，学校表白墙就有人发了你的照片，问你叫什么名字，要追你。

"你高中就在京北上学，华清不知道有多少你们的高中校友。

"你的信息很快就被人发出来了。

"京北一中，美术学院水彩二班，楼阮，一直喜欢一个人，那人叫周越添，周氏食品家族的儿子。"

"你到底想说什么？"楼阮不想继续听了。

林语定定看着她，说道："那时候经常有人找我们要你的联系方式，托我们送东西给你。

"然后你每天早起吵醒我。

"还有吃饭，我不爱吃羊肉，我闻那个味道都闻不了，刘蕊也是，但你喜欢吃，那我们就是跟你吃不到一起啊！"林语说着说着音量就大了起来，眼圈都红了，"当时我确实不太喜欢你，但我绝对没有拉着她们孤立你的意思。"

那天她说完那句话后，看到楼阮出现在门口，人都傻了，心里七上八下，一整天都在想着和楼阮解释，但又不知道怎么开口。

说了楼阮就会信吗？

纠结了一天，她晚上回去给楼阮带了个小布丁，结果回去的时候人都走了。

林语像是说完了，她越过楼阮，往前走了两步又停下来，沉了口气，说："你果然跟他在一起了。

"我妈十几岁就开始做喜服，手艺还行，她会好好做。

"当然，你要是介意，也可以换掉我们。"

楼阮忽然问道："什么叫……果然跟他在一起？"

林语回了头，说："谢宴礼很有名。"

在华清很有名，在京北一中也很有名。

当然，和有名比起来，更重要的是……

"我以前在选修课上总见到他。

"学校表白墙你不看吗？有个万赞分析帖。"

03

林语离开后，楼阮站在清影园的一面花窗前，拿出手机找到了林语提到的万赞分析帖。

学校的表白墙她看过，但都是偶尔看一下，看看群里发的截图而已。

这个万赞分析帖现在的点赞数已经是一万七了。

@华清大学表白墙：【投稿，好像发现了个惊天大秘密！】

里面有十八张图片和一个视频。

楼阮点开了第一张图。

第一行就是投稿人的分析。

【严重怀疑生物学院有名的谢宴礼暗恋美术学院的楼阮！】

下面还附了很多长图，楼阮一一翻看下去。

基本都是学校里公共活动的照片，应该都是学校里的学生随手拍的，投稿人特意在每一张图中圈出了照片中她和谢宴礼的位置。

有时候他们会幸运点，处在照片的中央位置，有时候只会露出一个脑袋、半张脸，或是一截手臂……

十几场活动图排列下来，投稿人语气激动，感叹号都不知道打了多少。

【看完了吗？看到了吗？有没有发现每一张照片，xyl都在看lr？这张最离谱，已知同场活动lr戴着这个发圈，下午3点，发圈套手上了。】

【再看这张！！！ xyl的视线方向，在右下角的发圈上！！发圈的主人是谁不用说了吧！！！】

……

花窗外面，微风拂过，竹叶沙沙作响。

楼阮不知道站了多久，她一直滑着手机屏幕，看到了第二张长图。

【如果大家觉得刚刚那些还只是巧合的话，那么我们来看这里！】

【已知二位都是京北一中的优秀毕业生，以下图片皆来源于京北一中学校官网、学校表白墙、贴吧或部分一中热心同学友情提供。】

还是和上一张长图一样，发的是一些一中的老照片。

运动会、升旗、谢宴礼获奖照片和一些杂七杂八的同学们随便拍的照片。

投稿人同样圈出了图片中的两个人。

每一张照片里，他都看向她。

楼阮站在花窗这一侧，轻轻吸了吸鼻子。

她垂着眼睫，继续看下去。

第三张长图，入目就是被投稿人标红的字。

【以下是生物学院谢宴礼的选修课程，家人们，怎么说？】

第四张图。

【谢宴礼的微信头像好像不是简单的纯黑色吧？黑得好像不太均匀啊！】

【来看这张，被京北一中挂在官网的优秀作品，楼阮的《雪》。】

【角落里这点树干的颜色，是不是和谢宴礼的头像很相似？】

【OK，我们来叠个图。】

【哦豁，对上了呢！】

第五张图。

【楼阮微博点赞动漫机车美男图。咱也不知道谢宴礼关注她微博了没有，反正机车是骑到学校来了。】

第六张图。

【在图书馆看到了几本书，很不巧，发现了些什么！】

Rose Crown

【谢宴礼，为什么你每次都和人借一本书？还总在人后头，人家还了你就借？不会吧，不会真的有这么巧的事吧？】

【既然这么巧，那一定是天赐良缘！】

其实也没有很多书，这张图上只有三张借书卡。

《一天》大卫·尼克斯
2018 年 3 月 1 日—2018 年 3 月 29 日 楼阮
2018 年 3 月 29 日—2018 年 4 月 3 日 谢宴礼

《中国建筑常识》林徽因
2018 年 10 月 7 日—2018 年 10 月 19 日 楼阮
2018 年 10 月 19 日—2018 年 10 月 23 日 谢宴礼

《沈从文讲文物》沈从文
2018 年 11 月 2 日—2018 年 11 月 9 日 楼阮
2018 年 11 月 9 日—2018 年 11 月 14 日 谢宴礼

楼阮看着那几张图书借阅卡的图片，想起她读大学的时候其实不怎么爱去图书馆，但每次去的时候都会看到坐在最醒目位置的谢宴礼。

她那个时候还常常想，他都这么优秀了还天天待在图书馆，她自愧不如。

现在想起来……

华清有好几个图书馆，而她去的通常都是距离她们学院最近的。

但每次都可以看到他……

楼阮鼻子酸起来。

好笨，这人好笨。

都不会上来说句话的吗？

她手指滑动手机屏幕，看到了第七张图。

【这张图由投稿人亲自拍摄，属于是"战地记者"了……

【三食堂好像很得 lr 学妹青睐，也很得 xyl 学弟青睐，附上两人在豌杂面窗口一前一后排队的偶遇照片，这一定是巧合。】

第八张图，由两张图拼接在一起。

上面是一张朋友圈截图。

【某年 2 月 7 日，15 级校广播站王陆：

【大八卦！生物学院那个大帅哥好像有女朋友了！就是那个叫谢宴礼的，刚刚加我了！他点了一首《生日快乐歌》！《生日快乐歌》啊，家人们！今天也不是他生日啊？谁过生日啊？他这肯定是给哪个妹子点的吧？】

这张朋友圈截图下面，是楼阮的微博资料截图。资料栏里很清晰地写着：

【19××年02月07日，水瓶座。】

2月7日是谁的生日，她再清楚不过。

第九张图。

【楼阮学妹的期末作品展，生物学院的谢宴礼师弟来这里应该只是欣赏她的才华吧？】

【嗯……才华使人相遇！】

期末作品展……

其实也不是她的期末作品展，而是很多同学的作品展，他们的作品被放在了同一个展览馆里。

而这张照片拍的是，谢宴礼站在她那三幅画跟前，微微抬头看着它们的样子。

展览馆很大，作品很多，周围人来人往，但他只为她的作品驻足。

楼阮脑袋埋了下去，忍不住哭了起来。

手机忽然振了起来。

是谢宴礼的电话。

可能是看她出来太久没有回去。

她抬起手抹去眼泪，吸了吸鼻子，接了电话。

熟悉的嗓音从电话另一头传来："夫人迷路了？怎么还没回来？

"需要人形导航吗？"

天好像要黑了，长廊上古朴的灯自动亮起来，漫出暖黄的光。

楼阮蹲在花窗下，慢慢站起来，低低地点头。

"嗯，需要。"她虽然已经极力忍耐，但嗓音里还是挂了哭腔。

谢宴礼几乎一瞬间就听出了不对，语气也变了，嗓音里的散漫在一瞬间消失得一干二净。电话那一头传来细微的响动，好像是什么东西被他撞倒了。

"你在哪儿？

"周围有什么？

"这么大的院子怎么也没个人？"

谢老爷子的声音有些模糊，好像在问怎么了。

谢宴礼没有挂电话，和他解释了两句就出门了。

"还在洗手间附近吗？出来以后走了多久还记得吗？

"你周围现在是什么样子的？"

谢宴礼语气微微压着，但还是能听出来他有些急。

楼阮蹲得腿有些麻，她扶墙站着，忽然红着眼睛笑了声，说："没走远，就在洗手间外面的走廊。

"地上有地标的。"

"我马上过去。"谢宴礼仍然没有挂断电话，步子很快，来的路上一直在和她说话，"很快了，地标显示穿过这个走廊再拐弯就到。"

"……嗯。"楼阮忽然说道，"谢宴礼。"

"嗯？怎么了？"

楼阮看着那道修长挺拔的身影出现在长廊另一头，说道："我刚在这儿蹲了会儿，腿麻了。"

那一头的人也看到了她，几乎是跑过来的。

谢宴礼随手把手机塞进口袋，上前抱住她，用安抚的语气说："没事，我抱你回去。"

楼阮推了他一下，说："不要，爷爷他们还在包厢里。"

她想到自己被抱进包厢，那多不好意思。

谢宴礼手指拂过她的发丝，说道："我们不回去了。"

楼阮抬起头，问："为什么？"

谢宴礼顿了一下才说："包厢里的那个……设计师助手，也是我们学校的。

"你是不是认识？"

长廊暖黄色的灯光下，他深邃的轮廓温柔下来，精致的眉眼微蹙，正垂眼专注地看她。

"以前，有过矛盾？"

楼阮有些担心被人看到自己被公主抱，她伸手拍了拍他，示意他把她放下来，仔细想了一下才说："一些小矛盾。"

就是生活习惯不同。

一个习惯早睡，一个习惯晚睡，然后大家都会受到影响。

大学是她第一次开始住宿生活，以前在徐家时，房子很大，大家基本都不会被干扰。

但宿舍只有十几平方米，有时候她们晚上打电话、打游戏发出声音她会觉得心烦，而她早上早起也会吵到她们。

她在忍耐她们的时候，她们同样也在忍耐她。

她是比较敏感的人，有时候别人关门动作大了也会反复去想是不是她们讨厌自己了。

所以生活中的不便她没有说，没有尝试过沟通，怕她们因此讨厌她。

她们也一样，犹豫不决。

现在想起来，很多很小的、很杂冗琐碎的事情，都因为她们的紧张、不安和犹豫被放大。

其实，并不算什么大矛盾。

生活习惯不同，加上没有及时沟通而已。

"生活习惯不同的人住在一起相互磨合，很难。"

"我和她们，就是没有磨合得太好…"楼阮想了想，最后得出结论。

谢宴礼顿了下，说："有被吓到。"

"嗯？"楼阮不解。

谢宴礼垂眼睨她，继续说："还以为夫人在点我。"

"……谁点你了？"

"还以为你说和我生活习惯不同，跟我住在一起很难。"

"我说我大学的时候啦。"

"嗯。"谢宴礼嘴角弯了弯，"生活习惯不同的人住在同一屋檐下很难，还好我和夫人生活习惯比较一致。

"不过是人就会有不同，所以以后生活中，夫人有什么事一定及时告诉我。

"和她们已经是过去的事了，我们要有以后的，我们一定要磨合好。"

"……嗯。"

他们还是回了包厢。

两人一起挑选了礼服，又和设计师沟通了细节。

最后，林语给楼阮做了测量，她们还是没什么交流。

谢宴礼的测量则是楼阮来做的。

04

坐上车后，楼阮重新拿出了手机。

那个万赞分析帖她还没看完。

身旁的人照常往她身边凑了凑，低声说道："夫人，华跃要上市了……"

他还没完全凑过去，一只柔白的手就抬了起来，挡在了他面前，终止了他的贴贴行动。

谢宴礼看着那只拦住他的手，问："什么意思？"

楼阮保持着那个姿势，视线终于从手机屏幕上挪开，看向他。

"上市？"

"嗯。"谢宴礼低笑了声，牵住她抬起的手。

楼阮的注意力从那个万赞分析帖短暂抽离了出来，喊道："谢宴礼。"

"嗯？"

楼阮弯了弯唇，说："我有个问题。"

"问吧。"谢宴礼轻轻点头。

楼阮目不转睛地看着他，问道："你是什么时候加的我的微信？"

她刚刚看到第十张图了。

那张图是投稿人和一位校友的微信聊天记录。

对方是华清大学剪纸社团的成员，对方说谢宴礼进了他们社团。

剪纸社团。

她大一刚开学的时候看到过的，他们摆了很漂亮的剪纸，所以她当时就交钱加入了社团，然后被拉进了剪纸社团的群。

但这个社团在他们学校并不是那么热门，群里人很少，就十来个。

因为人少，大家又都好像很忙，所以四年里一次活动也没组织过。

刚进群的时候还有人在群里说话，最后连说话的人都没有了。

谢宴礼似乎没想到她会问这个，只顿了两秒，他就坦荡地说："大二的时候，剪纸社。

"为了不引起你怀疑，我把剪纸社所有人都加了。"

楼阮眉眼弯弯地说："剪纸社我是大一进的。"

谢宴礼抿唇，说道："我知道。"

他知道她加入剪纸社的时候已经过了社团招新的时间，所以等到大二招新的时候才加入的。

"那时候剪纸社的社长去表白墙投稿，要用你军训时候的照片去做宣传……"

"嗯？"楼阮听着听着，忽然觉得不对，"还有这回事？"

"你在表白墙看到的吗？"她忍不住问，"那我人气好像不太行，剪纸社最后都没几个人。"

谢宴礼垂下眼睛，说："其实是因为当时负责学校表白墙运营的人，正好是我认识的人……

"我'贿赂'她了，所以那个宣传没有被发出去。"

楼阮一愣，重复道："贿赂？"

她完全没想到，谢宴礼还能和这两个字沾上边儿。

"……嗯。"谢宴礼顿了顿，开始坦白，"表白墙刚开始有很多关于你的帖子，从军训的时候开始。

"后面越来越多，甚至有人发了高中……高中时候的事情。"

楼阮捏了捏他的手。

这个她知道，林语说了。

有人发了高中的时候她和周越添的事。

"后来是我认识的人开始运营，"谢宴礼的声音低下去，"因为我的私心，后面关于你的就比较少了。我不想看到别人那样去讨论你……"

楼阮凑了过去，问道："你怎么贿赂的？"

谢宴礼斟酌了一下措辞，说："其实就是，帮忙争取时间。"

给师母争取打游戏的时间。

谢宴礼刚上大一的那会儿，师母沉迷于某竞技游戏，玩一把大概需要三四十分钟。

安教授每天下了课就回去，但师母想多玩会儿游戏，有次师母发现谢宴礼在外面看学校表白墙，当下就和他做了交易。

从那以后，他每天下课都会去找安教授问些问题，进行学术探讨，帮助师母拖延时间。

直到她终于对那款游戏失去了兴趣。

谢宴礼也没想到，师母那么三分钟热度的一个人，竟然真能一直运营着那个表白墙到他们毕业。

"嗯？"楼阮不解。

谢宴礼按了按额心，问道："那天一起吃饭的安教授，你还记得吗？"

楼阮顿了一下，那天谢宴礼喝多了，场面有些混乱，但安教授古板的脸和严肃的表情还是让她印象深刻。

"安教授？你说的那个认识的人就是安教授？安教授运营表白墙？"

那样一张严肃认真的脸，运营学校表白墙吗？

那个万赞分析帖，也是经过他审核以后放上去的？

"不是……"谢宴礼没忍住笑了出来，"是安教授的夫人，姓顾，中文系的教授。

"师母的性格比安教授活泼很多。"

安教授的夫人，华清中文系的教授，运营他们学校表白墙……

"是不是很不可思议？"

"……嗯。"

"你以后会见到她的。"

"谢宴礼，你多和我讲讲大学时候的事吧。"

小漫画里虽然也画了很多，比如故意去她经常去的地方，远远看到她抱着书去上课什么的，但表白墙的视角和那个完全不一样，还有很多他没画出来的。

他垂下眼睛笑，问道："怎么对大学时候的事情感兴趣了？"

楼阮抿起唇，说："就是忽然想听嘛，你讲讲。"

谢宴礼低笑，回道："行，你想听什么？"

"随便讲讲，什么都行。"

"嗯，好，我想想……"

回家的路上，谢宴礼还真和楼阮讲了不少大学时候的事。

讲距离他们美术学院近的三食堂菜好吃，人多。

讲他们美术学院附近的第七图书馆里的人少，所以每次都能占到最好的位置。

讲她不住校，不能经常在学校看到，从来不会在图书馆学习，都是借书还书，完了就走，都不多停留一秒，有时候借了书以后要一个月才能再去一次图书馆。

讲他发现她每次去图书馆都是傍晚7点左右……

趁着谢宴礼去换衣服的工夫，楼阮进了画室。

她坐在画室翻看完了最后几张图。

第十一张图：【这是谁啊，大早上来我们美术学院的湖边看书，不会是距离我们美术学院超远的生物学院的谢宴礼吧？

【好像是，不确定，再看看，也有可能是谢宴礼的双胞胎兄弟。】

第十二张图：【热烈欢迎生物学院大才子谢宴礼光临美术学院水果店！】

第十三张图：【校运动会，谢宴礼同学，你在看谁？】

第十四张图：【咱就是说，生物学院的人为什么总出现在我们美术学院啊？得奖了大可不必来我们美院拍照哈！】

第十五张图：【大冬天的，又来我们美院拍照了！】

第十六张图：【美院的猫都认识谢宴礼了。谢宴礼，你真的不给猫买根火腿肠吗？人家都卧你脚下了。】

第十七张图是一张聊天记录截图，是投稿人和生物学院与谢宴礼同专业的同学的聊天记录。

【谢宴礼应该是放弃出国了，他其实高二就可以出去海外高校的，以前没出就不会出的。】

一旁还附加了投稿人的备注：【大二放弃交换，一定是因为国外高校美术学院的风景不如我们华清吧，嘻嘻！】

第十八张图：【下大雪了，谢宴礼又又又来美术学院了！！他在湖边堆了个雪人！！朋友们看，角落里的字母瞩目。】

照片里那个雪人被堆得很圆润，脖子上甚至还围了条粉色围巾。

雪人脖子下方有两个字母，"LR"。

楼阮眼睫闪了闪，手指滑动，看到了最后。

最后是一个视频。

里面的人乌泱泱一片，她一眼就看到了谢宴礼。

他穿着白色的无袖背心，下面是条深蓝色牛仔裤。

他被很多人围在美院附近的露天舞台上，在唱歌：

> 分分钟都盼望跟她见面，
> 默默地伫候亦从来没怨，
> 分分钟都渴望与她相见，
> 在路上碰着亦乐上几天……

视频里，她抱着书从另一头路过，台上的人弹着吉他，歌声慵懒似晚风，他一边轻唱，一边视线随她而动。

那首歌，是《初恋》。

楼阮的视线定定地落在屏幕上。

美院附近的木头舞台上，被美术学院的学生画了很多涂鸦。

头顶树叶被傍晚的夏风吹得沙沙作响。

谢宴礼抱着吉他站在那里，额前的碎发随着动作轻轻晃动，带着几分蓬松的凌乱感。

他那双漆黑狭长的眸子穿过人群随着她移动，如墨如潭，潋滟无双。

那年夏天路过的时候，她其实是有停下来看他的。

他存在感实在太强，时常会听到他的名字。

那天下课后，她抱着书准备回家，远远就听到了那边的欢呼声。

她并不是喜欢凑热闹的人，但那天还是停下来看了两眼。

那时候，她站在人群外远远看着他在台上唱歌，看着他被所有的目光注视，还感叹他不管是高中还是大学都一如既往地受欢迎，不管走到哪里都是人群中的焦点。

她抿起唇笑了下，站在角落里听完那首歌后，去旁边的饮品店买了杯橘子汽水。

现在回忆起来，那天的晚风都好像是橘子味的。

酸酸甜甜，争先恐后地冒着泡泡。

谢宴礼已经换好了衣裳上楼找她。

"夫人？"

楼阮站起来的瞬间，手机屏幕亮了一下。她垂眸看了一眼，目光微顿了两秒，又对外面的人喊："在这儿。"

她手指滑动手机屏幕，飞速回复了消息，随后才快步往外走。

谢宴礼已经换上了一件黑色真丝睡衣，领口微微开着，站在门口说："吃饭了。"

"好。"楼阮把手机屏幕熄灭，走到了他面前。

她的手机屏幕一闪而过，谢宴礼扫到了一方聊天框。

鉴于上次已经签了保证书，谢宴礼本着保证书里"不自己瞎猜"的条款，大大方方问道："和谁聊天？还神神秘秘的。"

楼阮双眸微微弯着，明媚而澄澈，说道："过几天你就知道了！有个礼物要送你！"

谢宴礼拉住她的手，眉梢轻挑，问："什么礼物？现在不能说？"

"不能，过几天。"楼阮摇头。

谢宴礼弯唇浅笑，说道："不过年不过节的，忽然送我礼物啊？"

她抬起头，雪肤红唇，那双乌黑的瞳仁中清晰地映着他的影子，满满都是他，她的嗓音软软糯糯："结婚礼物呀！你不想要吗？那……"

谢宴礼一把将她搂住，一手捂着她的唇，说："要，什么时候送？要等几天？"

送个礼物还神神秘秘的，挺会拉期待感。

楼阮被他捂着唇，长睫轻轻眨了眨，一双眼睛里漾着细碎的光。

谢宴礼垂眼看着她，手指有些发痒。

"我也不知道……"楼阮想跑。

她确实不知道！

谢宴礼当然没让她跑掉，他把人紧紧搂在怀里，说："那就先看我的礼物。"

"嗯？"楼阮一愣。

"不过年不过节的，忽然送我礼物呀？"她重复他的话，"是什么礼物？"

"过几天你就知道了。"

楼阮腹诽：他变了，不珍惜了。

晚上，楼阮已经不那么纠结于礼物是什么了，她慢吞吞凑过去，伸出小手环住谢宴礼。

她还没来得及开口，被环住的人就出了声："过几天就知道了。"

楼阮伸手在他身上戳了戳，说："我不是要问礼物！"

谢宴礼看她一眼，伸手关了床头的灯。

他躺下来，好好抱住她，问道："那是什么？"

楼阮顿了好一会儿才小声说："……想听歌。"

"哦？是想我哄睡？"黑暗中，谢宴礼嘴角一勾。

"嗯！"楼阮点了点头，还凑上前在他面颊上轻轻吻了一下，"报酬哦。"

她耳畔传来低低的笑声，软白的面颊被捧住，一个深吻准确无误地落下来，绵长缱绻。

这个吻结束后，谢宴礼才好好躺下来，嗓音愉悦："这个才叫报酬。"

楼阮笑了笑。

"想听什么？"

楼阮枕在他手臂上，在黑暗中小声说："《初恋》。"

漆黑的环境好像能放大人的五感，他呼吸的微滞显得格外明显。

"以前你在学校里唱过。

"就在我们学院附近那边的小舞台，好多人围着你。

"我那天也有停下来听哦。"

她把脑袋埋在他怀里。

"多人共享听多了，现在要听专场。"

谢宴礼低笑出声，修长手指拂过她的脸，说："行，专场。"

第十九章

◆

一生挚爱

01

最终还是谢宴礼的礼物先到。

车子停在了一家酒店的地下停车场。

楼阮从车上下来，跟着小秦一起上了酒店顶层餐厅。

谢宴礼已经在门口等着了。

她朝着他伸出了手。

谢宴礼薄唇一勾，伸手牵着她，问道："饿吗？"

"还行，等很久了吗？"说着，楼阮抬头看过去，酒店顶层的露天餐厅中，有位白发老人坐在角落里，闻声转了头。

她还没来得及问谢宴礼的礼物是什么，就顿住了。

对方一眼认出了她，蓦地起身上前，说道："阮阮，是你！"

对方年纪有些大，中文发音也不是那么标准。

还是和几年前一样。

"你们认识？"谢宴礼怔然。

"是，是……是认识的！"老先生伸出手，和楼阮拥抱了一下，转过头对谢宴礼说，"我之前说想买'怦然心动'的那位小姐，就是阮阮！

"我还给她留了你的电话，你们是因为这个认识的吗？"

老先生看着他们，顿时激动起来。

腕表。

那天楼阮一直看着谢宴礼手上的腕表，那块被命名为"怦然心动"的腕表。

她当时看了挺久，谢宴礼觉得她肯定很喜欢，所以回去后就联系了乔治先生，请他打造了一枚女士腕表。

前不久老先生告诉谢宴礼腕表已经完工，会亲自带着它来中国。

乔治先生也告诉他，当时有位同样喜欢"怦然心动"的年轻女士，想把它买下来送给心上人做礼物。

谢宴礼似乎猜到了什么，垂下了眼睫。

送给心上人做礼物啊……

当时的心上人，是周越添吗？

怦然心动。

还挺浪漫。

他藏住眼底的情绪。

站在他身旁的楼阮摇了摇头，说："我们不是因为那个认识的。"

乔治先生似乎也想到了什么，若有所思地"哦"了声，又笑起来，说道："见到彩虹了呀！"

"什么？"楼阮不太明白。

印象中，乔治先生中文很好，但他忽然说彩虹，楼阮以为老先生用错了词。

身着复古西装的白发老先生笑眯眯地说："来，阮阮，这块腕表就是为你量身打造。"

老先生和他们一起落座，小心翼翼地打开了随着他一起漂洋过海的女士腕表。

精致的银色腕表躺在绿色的丝绒盒中，表盘上有玫瑰绽放，中间位置用带颜色的花体英文写了串时间。

2013.4.12。

谢宴礼第一次见到楼阮的日子。

楼阮垂眼看着它，顿时有些挪不开目光。

老先生坐在她对面，用带着口音的中文说道："几个月前，谢先生让我打造它，为了你。

"我擅自为它取了名字，iridescent。

"Iridescent，彩虹光芒，彩虹般绚丽。

"原本是想说，你们都是彼此生命中彩虹一样绚丽的人，现在似乎又有了新的解释。

"你们中国好像有句话叫不经历风雨，怎么见彩虹。

"现在，你们都看到了自己的彩虹了。"

和乔治先生吃完饭后，谢宴礼的情绪好像有些低落。

楼阮已经戴上了那枚腕表，表盘上的玫瑰开得浓烈，上面的碎钻在夕阳下闪着耀眼的光芒。

她伸手去捏谢宴礼的手，问道："不高兴吗？"

"没有。"谢宴礼声线平稳。

楼阮拉着他的手，笑眯眯地说道："我补偿你。"

谢宴礼垂眼看她，问："怎么补偿？"

楼阮想了想，提议："陪你去玩？"也不等他同意，她就拉着他的手往前走，"我带你去看画展吧。"

"画展？"谢宴礼被带着走，"那是陪我玩？"

"那……"楼阮步子一顿。

谢宴礼敛了敛眸，又问："去哪儿看？"

楼阮抬起头看他，确认他到底是不是真的想去。

谢宴礼笑道："我可是选修课全都在美术学院上的人，倒也不至于一点艺术细胞都没有。

"没有你的时候，我自己也去看画展的……"

楼阮重重点头，牵着他走上前，打开了车门。

知道了知道了，他以前一个人也会去看画展的，他没有不乐意去。

车门已经被打开了，谢宴礼站在门前看。

楼阮微微顿了顿，轻声说道："去京北艺术博物馆。"

谢宴礼这才俯身上了车。

车里的挡板慢慢上升，小秦安静地把车开出了酒店地下停车场。

后座，楼阮不断抬起手翻看手上的腕表。

"好漂亮，我好喜欢！"

谢宴礼转头看着她，说："嗯，毕竟你一直喜欢乔治先生的作品。"

楼阮转了转手腕，转头看向了他，然后凑了过去，抱住了他的手臂，用撒娇的语气喊道："老公。"

谢宴礼保持着那个姿势没动，薄唇轻抿了下，说："我可没说什么。"

"我知道你没说什么呀，"楼阮凑得更近了些，"但是我想说。"

谢宴礼敛眸看她，伸出手，轻轻握住了她软白的小手，声音有些闷："想说什么？"

楼阮笑吟吟地说："乔治先生说得对。

"你就是我生命中彩虹一样绚丽的人。"

谢宴礼眼睫闪了下，他刚刚在餐厅里听老先生说这话的时候，心里波动并没有多大，但这话从楼阮嘴里说出来，忽然变得动听了很多。

楼阮又在他面颊上亲了一下。

"爱你。

"这个礼物，我特别喜欢。"

上车五分钟不到，谢宴礼就被彻底哄好了，他甚至开始认真想看展的事了。

"我们直接去就可以吗，需不需要提前预约？"

楼阮摇头，双眸弯弯，说道："不用，我已经预约了。"

京北艺术博物馆。

楼阮牵着谢宴礼的手往里走。

展馆门口贴了介绍，谢宴礼还没来得及停下来多看一眼，就被她牵着往里面走了。

挂在墙上的画作他都没仔细看，又被她拉着往前走。

他看着拉着他一个劲儿往里面冲的谢夫人，忍不住开口问道："不是要看展吗？"

他话音刚落下，楼阮就停了下来。

一幅水彩画呈现在面前。

正是他的脸。

画作角落里贴着简要信息。

> 画作名称：love of life
> 中文名称：一生挚爱
> 画家：楼阮
> 作品年份：2023 年
> 原作材质：纸本水彩
> 画作尺寸：781×1086mm
> 馆藏：中国京北艺术博物馆

身旁的人踮起脚，轻轻说："这就是我送给你的礼物。"

02

英国艾克威斯丁古堡。

这座私人庄园古堡已经有近千年的历史。

7 月初，谢妈妈和谢爸爸就一起过来了，对这里进行了为期两个月的修整。

华丽璀璨的挂灯下，从世界各地空运过来的鲜花上挂着晶莹的露珠。

破晓时分，古堡中的浮雕蜡烛闪着微弱的光。

谢宴礼站在窗前看着天边的金光，他抬起手，目光落在腕表的表盘上。

5 点。

还有好几个小时。

谢宴礼认真思考现在过去找楼阮的可能性。

因为今天的婚礼，昨天楼阮被接去了谢妈妈那边。

而谢宴礼则和关系亲近的男宾们住在这边。

虽然距离不远，但……

昨天吃过晚饭就没再见到她了。

有人下了楼，睡眼惺忪地看过来，语气诧异："你这是刚醒，还是没睡？"

徐旭泽穿着黑白的猫猫棉质睡衣，脖子上还挂着个熊猫眼罩，整个人都惊了。

谢宴礼不会是……紧张吧？

不会紧张得一夜没睡吧？

窗边身形修长的人转过头来，淡淡的橘光映在他脸上，侧脸弧线优越精致，那双狭长的漆黑眸子被映成了琥珀色。

谢宴礼看了徐旭泽一眼，又重新转头看外面冲破云层的金光，淡淡地说："刚醒。"

其实他夜里一直睡得很不安稳，醒了好几次，4 点多钟醒来后，实在有些睡不着了。

徐旭泽想了想，还是顶着一头睡得凌乱的头发走过去。

他看着谢宴礼，问道："你……紧张吗？"

谢宴礼看着窗外，很轻地笑了一下，说："还好。"

昨天吃晚饭之前，他是紧张的。

晚饭后，紧张就被想念冲淡了。

"那你怎么睡不着？"徐旭泽是一点不信。

谢宴礼抬起手按了按眉心，说："是睡不着，不过不是紧张。"

他转过身，徐旭泽见他要往外面走，连忙问道："你干什么去？"

现在都几点了，马上就婚礼了，他不再睡会儿吗？

"找她。"谢宴礼已经要出门了。

徐旭泽愣了愣。

没事吧？等会儿就要换衣服举办婚礼了，折腾啥啊？

这庄园还是挺大的，从这边走到那边得有段时间呢！

徐旭泽扯了扯嘴唇，正准备回去睡的时候，听到门口传来细微的声音。

他蹙起眉，走了过去，人还没完全走到门口，就听到了一声很轻很轻的"谢宴礼"，明显是楼阮的声音！

徐旭泽根本来不及刹车，就看到了在门口相拥的两人。

"正要去找你，你怎么来这儿了？"谢宴礼环着怀中的人。

楼阮整个人都埋在他怀里，双手环着他的腰，嗓音变得比平时更加甜糯："想你啦……"

徐旭泽吐槽：没记错的话，你俩昨天晚上 8 点才分开吧？怎么还整得跟牛郎织女似的？

无语！

徐旭泽头皮发麻地挪开，跑上楼的动作轻了不少。

他们不睡他要睡！

他要睡全世界最美的觉！把全天下情侣不睡的觉都睡了！

门口的楼阮听到动静，冒出头往里面看，问道："谁啊？"

谢宴礼捧回她的脸，说："你弟弟。"

"啊？"楼阮一瞬间傻了眼，"被他看到了……"

"嗯，"谢宴礼垂着眼睛亲她，"没事。"

看到就看到了。

5 点多短暂相见了一下的小夫妻很快就被发现了。

谢宴礼和楼阮分别被谢爸爸和谢妈妈拎了回去。

2023 年 9 月 9 日，上午 9 点。

古堡的小道上，两匹白马拉着一辆华丽精致的马车前行。

马车上宝石闪耀。

缭绕的粉色蔷薇在窗边绽放，小窗里，身着绸面古典婚纱的新娘戴着华丽的钻石头冠，头冠上的"奇迹之星"是谢夫人在悉尼拍卖会上拍到的，然后带回国由十几位著名工匠联合打造，镶嵌在这顶头冠正中央。

白色头纱下，"奇迹之星"散发着璀璨华丽的光芒，碎光顺着车窗照进马车里。

楼阮身上那件"古典公主"婚纱上镶嵌的钻石闪闪发光，在她肌肤上映出亮光。

她抿起唇，看着车窗外的小道，心跳越来越快了。

古堡外已经站满了人，有亲朋好友，还有各界名流。

前不久，徐旭泽还是给从前的徐夫人，也就是现在的周冉女士打了电话。

她起初还是和之前一样的态度——不来参加婚礼。

最后，徐旭泽叹了口气，说："人家结婚都是由爸爸把新娘交给新郎的，咱家……"

周冉最终改变主意，来了英国。

古堡前，众人期待地看着那条小道，等待着新娘的出现。

徐旭泽穿着黑色的西装，转头看向周女士。

她好像瘦了很多，神色清冷地站在一旁，和众人一起看着那边。微风拂过她的细发，她神色淡淡的，分辨不清她的情绪。

在众人的期待下，那辆嵌满宝石和鲜花的马车缓缓出现在视线中。它缓缓而来，如同童话。

马车在古堡前停下来。

伴娘谢星沉上前打开马车车门，扶着楼阮下车。

身着"古典公主"婚纱的楼阮下了马车，头纱盖在那顶闪着璀璨光芒的头冠上，她捧着一束娇艳的鲜花，抿唇微笑，仿佛真的是从古典油画里走出来的公主。

花苞形状的泡泡袖和蓬蓬裙摆华丽精致，裙摆上有大大小小的钻石点缀，在阳光下璀璨闪耀，仿佛把万千星光都穿在了身上。

周冉站在人群中，恍惚了一瞬才上前，从谢星沉那里接过了楼阮的手。

穿着小白裙子的谢京京拎着小花篮，和她穿着小西装的幼儿园同班同学一起跟着上前，在楼阮身后的路上撒下了花瓣。

人群伴着他们一起穿过长长的古堡小路。

楼阮看到了站在道路尽头的人。

谢宴礼穿着复古的黑色西装，正远远地看着她。

还没走近，楼阮就已经看清了他的表情。

他的唇紧绷着。

他在紧张。

雪白的头纱下，楼阮垂下眼睫，很轻地弯了弯唇。

也不知道过了多久，她终于走到他面前，她戴着白色手套的手被交到了他手上。

谢宴礼的目光落在楼阮身上，他指尖带着薄汗，视线没有偏离一分，嗓音却是极度发紧："谢谢妈。"

他这话是对周冉说的。

周冉一瞬间有些怅然和迷茫。

谢宴礼再次开口："谢谢您把她交给我。"

谢妈妈和谢星沉她们一直藏着楼阮，从楼阮第一次试婚纱起就没有给他看过。

这是他第一次看见楼阮穿上婚纱的样子。

比以前想过的、梦到过的每一次，都要好看。

好看到他朝着她伸出手的瞬间都是颤抖的。

圣洁白纱下的肌肤滑如绸缎，妆容清雅，唇红齿白。

因为头纱，她又多了几分朦胧感，好像从梦中走来一般。

谢宴礼不自觉红了眼尾。

　　隔着雪白的轻纱，楼阮抬头看他，用只有他们两个人能听到的音量喊道："谢宴礼。"

　　他手指落在她白色的蕾丝手套上，纤长的黑睫垂落，声音很低："嗯。"

　　楼阮轻声问："眼睛怎么红了？"

　　谢宴礼握着她的手，回道："夫人好看。"

　　楼阮正想说一句"你也很帅"，就又听到他的声音："像在做梦。"

　　她微微一顿，有些鼻酸。

　　她戴着蕾丝手套的纤白小手很轻地捏了捏他的手，低声说道："才不是做梦，我们真的结婚啦！"

　　他俩的小动作全都被周围的人看在了眼里，他们挤眉弄眼，笑意都挂在脸上。

　　神父开始念道："谢先生，楼小姐，你们愿意在上帝面前结为夫妻，相互承诺爱、尊重、保护对方，无论疾病或健康，富有或贫穷，都始终忠于对方，直到生命终结吗？"

　　楼阮被谢宴礼牵着，清晰地听到了自己的心跳声。

　　随后，她听到自己的声音和谢宴礼的声音重叠在一起，你中有我，我中有你：

　　"我愿意。"

　　下面的人已经开始欢呼。

　　婚戒是在欢呼声中被戴上的。

　　楼阮拉着谢宴礼的手，不由得想到第一次给他戴戒指时的场景。她抿了抿唇，轻轻地说："谢宴礼。"

　　"嗯？"

　　"我爱你。"

　　不等神父说话，下面就又是一阵欢呼。

　　华跃的人和华清大学实验室的喊得最大声：

　　"现在，新郎可以亲吻新娘了！"

　　"新郎亲吻新娘！"

　　"嗷嗷嗷！新郎可以亲吻新娘了！"

　　……

　　谢宴礼垂着眼睛，在所有的人注视下和欢呼声中，轻轻掀起轻软的白纱，闭眸亲吻他的新娘。

　　"啊——"

　　"嗷嗷嗷！"

　　"新婚快乐！"

伴随着欢呼声，花瓣被撒得到处都是。

只有谢宴礼一个人还是紧张的，他捧着楼阮的脸，戴着那枚由她亲手戴上的婚戒，小心翼翼地捧着她的脸，犹如捧着易碎的稀世珍宝。

十年前的惊鸿一眼，让他一梦十年，深陷其中，不可自拔。

这一天，他终于在亲人朋友的见证下，和她一起走进婚姻殿堂。

梦想成真。

从此，所有人都会知道，他是她的丈夫，她是他的妻子。

他们将在所有人的祝福下，共度余生，白头偕老，相濡以沫。

03

婚礼晚宴。

小高一杯一杯地喝。

一群人敬来敬去，暗戳戳地起哄：

"高秘，讲讲，再讲讲嘛！谢总和夫人的爱情故事不能再给我们讲讲吗？"

小高喝得晕头转向，脸都红了，抱着酒瓶靠在那儿讲了一个又一个关于谢宴礼和楼阮的甜蜜小故事。

什么谢宴礼每天下班一定要亲自去花店给夫人买花，会亲自排队去给夫人买草莓啵啵，工作间隙会看夫人的照片，打电话和夫人撒娇……

讲到最后，他像是忽然想起了什么似的。

"……啊！谢总的讲了好多了，要不讲一个关于夫人的吧？"

众人连忙道："讲！快讲快讲！"

小高放下酒瓶，神神秘秘地开了口："京北艺术博物馆、京江美术馆，还有京北文化艺术中心都有夫人的画，每幅画的名称都贼肉麻，什么《一生挚爱》啊，《爱人》啊……画的全都是谢总。你们在网上搜索她的名字就可以看到了……"

在角落偷听的徐旭泽摸出手机，开始在网上搜索楼阮的名字。

她的信息很快就出现在了眼前。

果然出现了几幅画。

第一幅就是《一生挚爱》，馆藏链接是京北艺术博物馆。

谢宴礼的脸就在眼前。

徐旭泽打了个冷战。

这婚礼参加得让人头皮发麻！

他们旁边的一桌，周清梨找到了周越添的微信，给他发了视频过去。

过了一会儿，视频旁边出现了一个小红点。

周清梨挑了挑眉，又把视频发给了身旁的程磊，说道："发给你了，你给他发过去。"

这声音实在太大了，程磊想听不到都难。

程磊默默看向了身旁的邵峥。

邵峥眼睛都不抬一下，低着头一口一口吃饭。

眼见得不到帮助，程磊只能硬着头皮拿起手机，在周清梨的注视下，把视频转发给了周越添。

楼阮和谢宴礼没多久就出来了。

他们一桌一桌地敬酒。

徐旭泽就坐在最前面，他身旁的岑俊早就蹭了过来。楼阮和谢宴礼转过来的时候，岑俊的眼珠子就差贴在那枚"冠冕"上了。

楼阮和谢宴礼刚来，岑俊就已经站了起来，热情道："姐姐姐夫新婚快乐！祝你们长长久久，永结同心！"

他说着，就自己干了那一杯。

楼阮看谢宴礼，等着他介绍。

谢宴礼也不知道这是谁，还在等着楼阮介绍。

还是岑俊自己龇着白牙自我介绍："姐姐，我是徐旭泽的室友，我俩跟亲兄弟似的，他的姐就是我姐！"

徐旭泽腹诽：你在胡乱攀什么亲戚啊？我以前怎么没发现这小子这么自来熟！

楼阮笑道："啊……你好，谢谢你。"

岑俊又笑了一下，对谢宴礼说："姐夫，我舅舅是霍庄，阿旭来了我就没跟他坐一块儿了！"

同样，不等谢宴礼开口，他就喜滋滋地对楼阮说道："姐，'冠冕'当时就是姐夫和我舅舅一块儿买回来的哦！

"花了太多钱了，我小舅当时都惊了。哈哈哈，有情人终成眷属，真好！祝福你们！"

他又来了一杯。

楼阮顺着他的目光，低头看了一眼手上的戒指，若有所思。

岑俊又看了一眼那枚钻戒，忍不住再次感叹："姐，你们一定会幸福的！你们肯定会是世界上最幸福的夫妻！！"

他越来越激动了。

徐旭泽终于听不下去了，站起来一把把人拉开，拿着手上的杯子随意地和两人碰了一下，冷酷开口："……就，新婚快乐吧。"

谢宴礼眼睫微垂，说道："谢谢。"

离开这一桌，楼阮仰头看着身旁的人。

"谢宴礼。"

"嗯。"

他紧紧地牵着她的手。

楼阮目不转睛地看着他，说道："我很喜欢它。"

她朝着他抬起手，纤白手指上，玫瑰花枝缠绕的钻石闪闪发光。

谢宴礼眼睫闪了闪，目光落在她勾着浅笑的脸上。

她晃了晃手，又轻轻踮起脚，凑过去小声说："我喜欢它，也喜欢你。"

她牵着他的手站在晚宴厅中，趁着所有人不注意，飞快地轻啄他的唇。

"今天也超级喜欢你。"

我喜欢它，不是因为它的价值。

你的心意和爱才是这个世界上最宝贵的东西，是上天赐给我最珍贵的礼物。

因为有你的爱，我觉得过往经历的一切都值得。

因为有你的爱，我好像一下子变成了世界上最幸福的人。

喜欢你，好喜欢你。

今天也超级超级喜欢你。

以后也会一直一直喜欢你。

尾声

◆

愿每一段暗恋都圆满

01

周越添收到了程磊的微信。

是楼阮婚礼上的视频。

宾客们嬉嬉闹闹地讲他们的故事。

他安静地看着他们说谢宴礼对楼阮有多好，看着他们说谢宴礼排队去买草莓啵啵，看着他们说谢宴礼总去花店买花……

最后，看着他们说楼阮画了谢宴礼。

视频播放完了。

周越添有些恍惚地想，没拍到楼阮穿婚纱的样子，有点可惜。

第二天，周越添一个人去了京北艺术博物馆。

他脸色苍白地看着墙上的画。

周围人来人往，各种细微的声音在安静的空间里显得格外清晰。

周越添的视线从画里那张俊朗的面孔上缓缓下移，落在了角落里的画作信息上。

　　画作名称：love of life
　　中文名称：一生挚爱

Rose Crown

画家：楼阮
作品年份：2023 年
原作材质：纸本水彩
画作尺寸：781×1086mm
馆藏：中国京北艺术博物馆

他的视线落在"楼阮"两个字上，定定地看了很久。

周越添转过身，回首过往，不知道是从哪个地方开始错了。

也许是他沾沾自喜，得意于他就算不喜欢她她也会喜欢他的瞬间；

也许是他第一次计较谁先主动发消息，迟疑着不愿意主动的瞬间；

也许是她说只喜欢周越添时不为所动的瞬间；

也许是每一次试探、拉扯、迟疑、抉择、不愿开口的瞬间……

一步错，步步错。

直到她彻底离开他，画出另一个人的脸，并为它命名《一生挚爱》。

他以前以为，她无论如何也不会离开他，他以为他对她来说是最重要的人。

他太自以为是了。

相遇的瞬间，她站在巷子口看向他，乱了命盘的人其实是他。

好像神明怜悯，朝着他伸出了一只手，但他，没有抓住。

02

谢宴礼的小漫画上市了。

漫画：《专心喜欢甜橘》
作者：@专心喜欢甜橘

漫画书的扉页用烫金字体写着：【献给太太@甜橘及每一个暗恋过、正在暗恋的你。】

发售那天，出版社邀请了谢宴礼，在京北一间图书大厦开了一个小型发售会。

场地很小，却坐满了人。

谢宴礼戴着口罩，和大家打了招呼。

气氛瞬间热了起来：

"啊啊啊，甜橘老师呢？甜橘老师为什么不跟着一起来？！"

"甜橘老师呢？！怎么就你自己来？"

……

主持人拿着话筒都喊不过下面的人。

好不容易稳住场子以后，谢宴礼才举起话筒，说道："甜橘老师啊？就和平时一样，在家画我啊。"

现场又炸了，起哄的声音此起彼伏。

谢宴礼拿着话筒，没觉得有任何不好意思，还大大方方地坐了下来。

主持人艰难地控场，等到大家安静下来才开始进行作品问答环节。

"好的，X老师，我们征集了一下问题，老师可以选择回答，也可以选择不回答。"

谢宴礼颔首。

"好的，那我们开始了。第一个问题，新婚快乐吗？"

现场粉丝又笑了起来。

"这题我会，他超快乐！！"

"啊，哈哈哈，他快乐死了！"

"特别开心。"谢宴礼弯唇，是口罩也挡不住的如沐春风。

主持人说："哈哈哈，好的。第二个问题，有想过自己的漫画会被这么多人喜欢吗？忽然出版是因为暗恋成真吗？"

谢宴礼回道："没想过会被很多人喜欢，画的时候就只是想表达心情，那个时候也没想过会被甜橘老师喜欢，毕竟她画得比我好太多了。"

"之前确实有很多出版社找过我，但我一直没有想过出版。"他握着话筒，继续说道，"决定出版的时候，我们刚结婚。

"我的微博ID那个时候还是X，甜橘老师那时候还不知道我就是X。

"她说很喜欢，希望能出版，所以就决定出版了。"

主持人笑了一下，说道："这本漫画能出版，真是多亏了甜橘老师，让我们感谢甜橘老师！"

谢宴礼点头，开口："没错，让我们感谢甜橘老师！"

下面的粉丝笑声一片。

"专心喜欢甜橘老师……"

"你超爱的！"

"下一个问题，请问X老师，没有在校园的时候和甜橘老师在一起，会不会觉得很遗憾？"

主持人问出这个问题后，下面的粉丝静了静。

今天来这里的很多都是多年老粉，都是一点一点看着谢宴礼如何度过这十年的朋友。

他的十年是怎么过来的，有多少酸涩，他们都知道。

坐在上面的人潋滟的眉眼弯了弯，轻声说："遗憾其实是世间常态。

"因为有遗憾，所以现在拥有的才显得格外珍贵。

"不是每一段暗恋都能有结局，我已经是千万分之一了。

Rose Crown

"我的十年，已经圆满了，没有任何遗憾。"

发售会结束的时候，身着黑色西装的 X 老师拿起笔，在身后的展示牌上写下了一行字：

　　愿每一段暗恋都圆满。
　　——专心喜欢甜橘

结束了，要买花回家了，甜橘老师还在家里等他。

- 正文完 -

番外一

◆

出差

谢宴礼和公司高层一起出差去了海城。

楼阮没有跟着一起去。

才第一天，谢宴礼就开始觉得时间漫长。

他从早上抵达海城开始就不断地看手机。

工作间隙看，中午吃饭看，下午和合作方谈完细节看，晚上吃饭前看。

楼阮是一条信息没有，一个电话也没有。

微博没有更新，朋友圈也没有更新。

好像消失了一样。

都不知道她在干什么。

菜还没上，谢宴礼垂着眼睛，轻轻地在手机屏幕上敲字。

谢宴礼：【在干什么？】

楼阮那边没回。

谢宴礼能亲自来海城，海城的合作方都非常开心。

他们高高兴兴地相互攀谈，直到上菜。

他们不是没有察觉到谢宴礼兴致不高，但也没多想，毕竟谢宴礼是出了名的不喜欢应酬。

可人家远道而来，他们为尽地主之谊，总得和人吃顿饭。

他们打算吃得随和点，能喝酒的就喝点，不能喝的也不强求。

菜上齐以后，大家正打算碰个杯，谢宴礼酒杯都举在手里了，忽然来了电话。

Rose Crown

他放下酒杯，慢条斯理地解释道："不好意思，是我太太的电话。"

原本一整天都看起来有些冷脸的人忽然变得柔和起来。

他接了电话。

"嗯……

"没喝酒，真没喝，一口都没有。"

华跃这边的人已经开始憋笑了。

谢宴礼面不改色地挂断了电话，在华跃科技一群人的起哄中，脸不红心不跳地对身旁的小高说："小高，把雪碧给我。"

他漆黑狭长的双眸轻轻眯起，语气甚至还有几分自豪："抱歉，我太太担心我的身体，让我少喝点。"

华跃科技的员工"噗"地笑了出来。

合作方看他加满了雪碧的杯子，神色复杂。

谢夫人不是只说少喝点吗？刚刚他接电话的时候包厢里安安静静，他们可都听到了。

他这倒好，直接不喝了。

还挺听话。

海城之行一共两天。

第二天，他们将前往海城边界的一个小岛。

上岛之前，华跃的同事们都在讨论等会儿回去的时候要去海城免税店买什么东西，有人是自己买，有人是给妹妹和老婆买，大多人都是给老婆买护肤品什么的。

谢宴礼跟着他们一起上船，想了想，还是给远在京北的谢太太打了电话。

楼阮似乎在画画，她在电话那一头顿了一下，问道："免税店？"

谢宴礼坐在船头的窗边，看着窗外的水面，点头，说："人家都去给老婆买东西，我不一起去，显得我不太合群。"

在他身边落座的小高心想：大可不必哈！免税店那些东西，夫人想要还不是张个口的事儿？小秦会直接送上门，还需要谢总亲自去买吗？

小高抿起唇，想继续听下去，又觉得有点听不下去，总觉得这椅子烫得慌……

谢宴礼的视线依旧落在外面的水面上，不紧不慢地说："夫人，你这样人家会孤立我的。"

小高："……"

"就让我参与一下大家的活动嘛。"谢宴礼说得毫无负担。

小高马上站了起来，很想回避一下。

但船上的工作人员见他站起来，连忙过来告诉他船要开了，请他坐好系好安全带。

小高只能咬牙坐了下来。

而谢宴礼也像要挂断电话了。

"嗯，要开船了。

"那夫人好好想想要什么。

"好。"

谢宴礼挂了电话，旁边的小高也终于松了口气。

然而没过多久，另一种折磨开始了。

这是小高第一次坐船，水面看起来明明很平静，还风和日丽的，但他却觉得胃里翻江倒海，仿佛所有器官都被挤压，这辈子都没这么难受过。

不一会儿，小高就开始脸色惨白起来，他扶着椅子把手，转过头去看谢宴礼，问道："谢、谢总，您怎么样啊？

"难受吗？"

谢宴礼看起来没有他这么严重，但应该也是晕的，脸色都白了不少。

小高晃了晃，抱着扶手又开始难受，实在没力气关心身旁的人了。

一个多小时后，他们终于下了船。

华跃来的人大多数都晕船晕得一塌糊涂，下了船后个个脸色苍白地蹲了下去。

谢宴礼也是，他喝了几口水后脸色也还是白。

大家休息了会儿才去参观考察。

参观考察完毕以后，他们又开始犯愁。

要回去只有那一条路，只能硬着头皮上船，果不其然，大家又晕得一塌糊涂。

下船后，情况最严重的要属谢宴礼，他脸色白得吓人，吐得厉害。

众人缓了会儿，还是决定回酒店休息。

上船前说得好好的要去免税店，现在全部歇菜。

只有谢宴礼平静地坐上车，打开手机开始发语音。

在略微嘈杂的环境里，他脑袋抵在前座的后背上，垂着眼皮白着脸低声问："夫人，我要去免税店了，你想要什么啊？"

番外二

◆

珍珠链条包

京江别墅的房子已经晾得差不多了，该搬过去了。

现在这个家里东西原本不多，但因为楼阮的到来，忽然从极简主义变成了极繁主义，家里东西多得不得了，楼上楼下不知道收拾了多少箱也没收拾完。

家里有很多干花和漂亮的花瓶，值钱的不值钱的，楼阮全都没舍得扔。

她小心翼翼地把干花收来，说："这个要小心，容易碎。"

干了的花瓣容易碎，叶子也容易碎。

谢宴礼含笑过来一起整理，说道："没关系，碎了我再赔给夫人。"

"那怎么能一样？"楼阮垂着眼睛，手上的动作仍然很轻。

她拿起一枝干枯的玫瑰，抬手给他看，说："这是你第一次送我的。"

说完，她又小心地把手上的花放了回去，小声嘀咕："要好好珍藏起来的……"

谢宴礼拿起一只花瓶，弯了弯双眸。

"算了，"楼阮伸出手，接过他手上的花瓶，"这里我来整理，你去整理楼上的东西吧。"

"快去快去！"她又拍拍手，赶他上去，"衣服和书，要带过去的都好好整理一下。"

收纳师已经帮他们整理了一部分，但还有很多私人物品没整理。

这些花，也是楼阮想要自己整理的。

谢宴礼成功被赶了上去，楼阮自己在客厅整理花瓶和干花，全都装完以后她才上了楼。

谢宴礼已经整理出了好几只大箱子出来，整整齐齐摆在 2 楼走廊里。

有一只箱子里放着楼阮的包包，大大小小的包全都放在防尘袋里，被整齐地摆在箱子里。

楼阮看着最上面那只，沉默了几秒。

最上面防尘袋里的那只珍珠链条包，是周越添买的。

谢宴礼还在房间整理东西，楼阮默默弯腰，伸出手，拿起了那只被装在防尘袋里的珍珠链条小包。

她捏着小包的链子，不敢发出声音。

虽然很糟蹋东西，东西也没做错什么，但是……嗯……就……

还是扔了吧。

楼阮提着包，轻手轻脚地转身下楼。她完全没注意到，原本该在房间整理东西的人不知道什么时候已经站在了房间门口，正歪头看着她。

那只珍珠链条小包被丢进了一楼洗手间的垃圾桶里。

丢下去后，楼阮还看着那个垃圾桶想，这样会不会太明显，要不还是在上面盖一层垃圾……

但她还没有付诸行动，身后就传来了谢宴礼的脚步声。

楼阮揉了两张纸，正要遮掩，那人就已经站在了身后。

谢宴礼看起来倒也没有要进来的意思，双手抱胸，靠在了门口，问道："站这儿干什么？"

"洗手。"楼阮抿了抿唇，面不改色地回答。

"哦？"谢宴礼挑起眉梢，视线落在了她身后的垃圾桶上。

楼阮没动。

她知道自己没有完全遮住身后的垃圾桶，但她不敢动。

"你整理好了吗？"她试图转移谢宴礼的注意力。

"哦……"谢宴礼靠在门口，慢悠悠收回视线，"整理好了，你的包和首饰我都整理好了。不过我刚刚下楼的时候发现好像少了一只包，也不知道去哪里了。"

楼阮一惊。

什么好像少了一只？

他肯定是已经知道了！

"我扔了。"她沉了口气，说道。

"好好的东西，扔了干什么？"

"不喜欢了。"

"哦，"谢宴礼不紧不慢地点了点头，语气不明，"周越添送的。"

洗手间的镜子里映出楼阮的侧脸，她几乎是在谢宴礼念出"周越添"那三个字的瞬间抬起了头，澄澈的眼瞳中满是诧异。

这是她第一次从谢宴礼口中听到"周越添"这三个字。

她抬着头，仔细看着那张脸，试图看清他眼睫下的情绪。

谢宴礼语气倒没什么变化，很平常："他送你的东西挺多。"

楼阮："？"

"包啊，笔啊，项链啊……"

还是很平常的语气。

"都整理出来扔掉，挺费劲的吧？"

楼阮呆了几秒，仔细想了一下。

哦，以前搬家的时候他看到了。

她伸手去拉他，有些好笑地问："吃醋了吗？

"怎么那么可爱，都什么时候的事了……"

谢宴礼说："就几个月之前。"

楼阮拉着他手的动作一顿。

什么几个月啊？明明都快一年了！

而且……

也不知道是不是这几个月发生了太多事情，她总觉得好像已经过了一个世纪。

楼阮仔细想了想，问道："那怎么办呀？那你再多送我点，送的比他多好多。"

谢宴礼低头看她，忍不住弯起唇来，说："行。

"既然夫人开口了，那这个亏本的买卖我就做了。"

楼阮抬了抬下巴，回道："也不算亏本吧，中秋快到了，我到时候画个可爱的月饼给你。"

谢宴礼手指搭上她的腰。

"画一个？也行。

"画个饼也行。

"夫人说什么都行。"

番外三

◆

茉莉白玫瑰

　　结婚第二年的 5 月，楼阮去了意大利。

　　谢宴礼因为工作没能陪着一起去。

　　今天是 5 月 25 日，谢宴礼的生日。他坐在会议室里，一边听着下属的方案，一边瞥向手边的手机。

　　从早上起，它就一直安安静静，没有半点动静。

　　楼阮上一次给他发消息是今天凌晨 12 点。

　　只有很简单的四个字。

　　【生日快乐。】

　　谢宴礼侧头盯着自己的手机看了很久，最后才抬起手按了按眉心，觉得好笑。

　　现在是北京时间 8 点 25 分，意大利现在是凌晨。

　　他指望她给他发什么消息？

　　她不是已经和他说过生日快乐了吗？

　　还想要什么？

　　又不是小孩子了，过个生日而已，总不能真的让她放下那么重要的工作回来，他不也因为工作没有过去陪她吗？

　　谢宴礼轻轻摇头，重新将注意力放在了下属身上，试图专注工作。

　　但是……

　　好像有什么东西从左边耳朵进来，又从右边耳朵出去了。

Rose Crown

谢宴礼定了定神，抬头看向前方的PPT。

几分钟后，他发现自己又走神了。

谢宴礼有些疑惑，头一次觉得专注这么难。

明明已经不是新婚了，他还是很离不开她。

别人都说结婚时间长了，两个人的感情就会逐渐平淡，但他们好像没有。

他几个小时不见就会很想她。

明明他们还没结婚的时候也不是这样。

太黏人了，谢宴礼。

他忍不住在心里对自己说。

"先休息一下吧。"谢宴礼叫了停。

正在讲PPT的下属一愣。

会议室里的其他员工们也都看向谢宴礼，神色各异。

谢宴礼没太在意他们，拿起了手机。

在他低头拿起手机的瞬间，会议室里一部分人也迅速拿起了手机，鬼鬼祟祟点进了某个神秘的微博粉丝群。

群主正在里面激情选车。

@甜橘：【红色的吗？红色是不是太招摇了？要不还是黑色？】

@甜橘：【算了，反正都是买给他的。】

会议室拿着手机的员工们一边暗暗关注着谢宴礼，一边当卧底和老板娘汇报情况：

【会议暂停了，我们开始休息了。】

【他今天好像有点心不在焉，感觉小钱讲方案的时候他根本没在听。】

正在谢星沉家车库里选车的楼阮愣了愣。

她正想回复，想让他们偷偷拍个照片给她看，手机上方就弹出了一条微信消息。

是谢宴礼发来的图。

楼阮点了进去，看到他发来的是一张备忘录截图。

这是去年他生日时，她在送给他的手机里写的备忘录。

备忘录的内容是：【神灯许你一个愿望，凭此备忘录兑换，任何时间，任何地点，没有限制条件。】

谢宴礼后来一直没提起过这个，楼阮还以为他没发现。

只见他又冒出了条消息。

谢宴礼：【兑换一个愿望。】

楼阮原本是不想回复，打算直接带着花去接他下班，给他个惊喜的，但她手太快了，等反应过来的时候，消息已经发出去了。

楼阮：【什么愿望？】

谢宴礼：【神灯确实很灵，愿望实现了。】

楼阮：【？】

谢宴礼：【愿望是，夫人睡醒后发条消息给我。】

谢宴礼问楼阮怎么这个时候秒回，楼阮用半夜起床上厕所搪塞了过去，又在他的催促下，再三保证会马上睡觉，随后才坐在车库拍了拍心口。还好，她的"接老公下班大计"没有被毁掉。

下午，一辆黑色迈巴赫停在了华跃科技门口，副驾驶上躺着一束清雅的茉莉配白玫瑰。

楼阮看准时间，抱着花下了车。

她远远看着谢宴礼从华跃大楼走出来，步子从慢到快，最后朝着她跑来。

落日将他身后的云层染成橘色，他的头发因为奔跑而被风吹起。

"你怎么……"

楼阮抱着花朝他伸出另一只手，露出瓷白的牙齿，说："我来接你下班。"

谢宴礼坐在副驾驶上，怀中抱着那束茉莉白玫瑰，下巴蹭着花，看掌心里的车钥匙。

楼阮现在开的这辆车，是她去意大利前买给他的生日礼物，为了给他惊喜，车之前一直放在谢星沉那儿。

谢宴礼指尖摩挲着掌心的车钥匙，转头看楼阮，问道："怎么买这么贵的生日礼物给我？"

驾驶座上的人转动方向盘，眯着眼睛笑了一下，说："有钱，钱都给你花。"

谢宴礼："……"

看来谢太太一场一场的画展没白开，确实赚了不少钱。

早上情绪还很闷烦的人此刻心情很不错。

他拿起手机拍下了怀中的花和车钥匙，朋友圈和微博同步发出新动态。

谢宴礼好像真的很高兴，酒都多喝了几杯。

楼阮眼看着他的状态变得奇怪，好像有点可怜巴巴的。

桌上的香薰蜡烛亮着光，在摇曳的烛光下，高高大大的人像只可怜大狗。

他凑上来抱住她，下巴抵在她肩上，黑睫垂了下去。

"又是它。"

生日蛋糕只吃了一半，另一半还被摆在桌上，散发着香甜的味道。

楼阮看不清谢宴礼的表情，但能感受到他的语气有些闷。

和上次喝多时一样，似乎在因为什么事不高兴。

"什么？"楼阮问。

环着她的人脑袋轻轻晃了晃，也不知道有没有听到她的话，声音含混不清的："又是……它。"

他上次喝多生闷气是因为她去见安教授他们打扮化妆，还有他师妹抱她了。那这次是因为什么？

又是他？

什么又是他？

"……以前送……现在送我……"谢宴礼又小声说了一句，声音还是含含混混的。

楼阮完全听不清他在说什么。

她伸出手，想把人拉开看他的脸，但挂在身上的人一动不动，好像一块铁。

"……不要。"

不要？

什么不要？

"谢宴礼？"楼阮伸手推了推。

抱着她的人还是一动不动。

"你先松开我，我去倒杯热水给你好不好？"她手指拂过他的后背，轻哄道。

"……"

"好，那不松开了，我困了，我们去睡觉，好不好？"

就在她以为谢宴礼今晚铁定不会松开她的时候，环着她的人默默松开了手。

摇曳的烛光下，她终于看到了他的脸。

他抬起头看她，忽然开口："……好。"

楼阮盯了他几秒，有些哭笑不得地起身。

她刚站起来，就被抓住了指尖。

谢宴礼坐在那里，仰着头看她，认认真真重复道："好。"

楼阮："……"

应该是比上次醉得严重。

上次还能简单说点什么，这次好像……

她叹了口气，反手牵住他，说道："起来吧。"

仰着头望她的人眼睫闪了闪，薄唇轻抿，慢吞吞站了起来，安静地被她牵着走。

楼阮看着他乖巧的样子，笑着说道："好啦，我们回房间啦……"

越过茶几的时候，谢宴礼的腿蹭了下放在茶几边的茉莉白玫瑰。

他停住，低下头看向了那束花。

楼阮回过头看他，问道："怎么了？"

高高大大的人乖乖被她牵着，定定地看着茶几上那束花发呆。

楼阮晃晃他的手，再次喊他："谢宴礼？"

谢宴礼小声说："又是它。"

"什么又是它？"楼阮觉得莫名其妙。

到底在说什么啊？

她甚至还俯身把花拿了起来，仔仔细细看了一遍。

　　"又是茉莉白玫瑰？又是它怎么了？你不喜欢吗？不喜欢我下次不送了……"

　　送点别的花给你。

　　后面的话还没说出口，面前的人就突然抬头看向了她。

　　他那双眼睛黑漆漆的，隐约带着委屈："你送他，也送我。"

　　楼阮："……"

　　她盯着谢宴礼委屈的表情看了好一会儿，才试探性地问："我送他？我送他什么？茉莉白玫瑰？"

　　"嗯。"

　　楼阮震惊了，她什么时候送谁茉莉白玫瑰了？

　　他这是怎么回事？

　　上次喝多了也没胡言乱语啊！

　　她看着手上的花，开始怀疑人生。

　　她身旁的人抿着唇沉默了几秒，忽然低落地开口："但我还是喜欢……"

　　楼阮把花放下，看着他认真问道："谁，我还送谁花了？"

　　"他。"

　　"他是谁？"

　　他看起来好像不是很想说出来。

　　楼阮觉得和醉鬼沟通很困难，但是这个话不说清楚她今天晚上真的要睡不着。

　　"我没有，我没送过别人花，除了你！"

　　"……我都看到了。"

　　"什么时候？在哪里看到的？"

　　这酒是不是有问题，喝了还会出现幻觉吗？

　　"……学校，毕业的时候。"

　　楼阮下意识否认："什么毕业的时候啊？我大学毕业的时候没有送过别人花啊……"

　　她声音忽然一顿，很久远的记忆袭来。

　　她抬起手，捏住谢宴礼的脸，有些不太确定地问道："高中毕业，茉莉白玫瑰，给周越添？"

　　忽然听到那个名字，被捏住脸的人蹙起眉，不情不愿地点了头，"嗯"了一声。

　　楼阮："……"

　　行，破案了。

　　第二天清晨。

宿醉的谢宴礼睁开眼睛。

楼阮不在身旁。

昨晚的记忆一点点回笼，谢宴礼蓦地掀开被子，起身就要去找人，但还没下床，就看到了枕边亮着的手机。

是楼阮的手机。

入眼就是她昨晚发的朋友圈。

【人生第一次买花就是茉莉白玫瑰，为了庆祝自己高中毕业，所以自己送了自己一束花，那是第一次送花，也是第一次收到花。今天先生过生日，又买了一束同样的花，好漂亮。】

下面第一条评论就是她自己的：

【哦，忽然想起来，除了第一束花，后面每一次走进花店，每一次买茉莉白玫瑰都是因为他。】

正在厨房热汤的楼阮被人从身后抱住。

谢宴礼声音闷闷的："那个……当时是送给自己的？"

"嗯。"楼阮没有挣脱，背对着他。

"那怎么……"

她关了火，转过身来看他，说："我当时只是让他帮忙拿了一下，你自己乱想什么，还想这么久！"

谢宴礼低着头，眼里好像有光漫开。

只是让他帮忙拿了一下啊……

"笑，还笑！之前的保证书都白写了，你重新写一份给我！"楼阮瞪他。

谢宴礼嘴角的笑更加明显了，垂眼拉住她的手亲吻。

"好，写，重新写一份。"

"加上惩罚机制！"

"好，听夫人的，加上。"

Meitui
Cuim Mian